교수,
후궁으로
깨어나다

교수, 후궁으로 깨어나다

三

코양희 장편소설

블라썸

◇ 차례

15장

나한테 반하게 하겠어

처소로 돌아가는 내내 마음이 너무 혼란스럽고 이상해서 제대로 숨조차 쉬기 어려웠다. 나는 주먹을 쥐고서 연신 표정을 구겼다.

"소주, 안에서 안 좋은 일이 있으셨던 거예요?"

내 표정이 좋지 못한 걸 알아본 원웅이 걱정스럽게 물었지만 대답해줄 기분조차 아니었다.

"아니. 그건 아니야."

나는 별일 아닌 것처럼 중얼거렸지만, 내 목소리에서부터 이미 '아주 별일이야. 난 지금 몹시 화가 났어' 이런 티가 났다. 목소리만 들으면 이미 다른 사람과 마구 싸우고 온 것 같았으니.

"처소로 돌아가면 수정차를 드릴게요, 소주."

이 와중에 원웅이 날 달랜다고 꺼낸 차가 하필 수정차다. 개시시가 나와 개원에게 대접할 거라면서 꺼낸 차.

"아니. 수정차는 싫어."

"평소엔 잘 드셨잖아요?"

"지금은 싫어."

단호하게 말하자 원웅은 의아한 듯했지만 순순히 알겠다고 대답했다.

처소로 돌아오자마자 나는 침상에 몸을 묻고서 베개에 얼굴을 파묻었다. 이상하게 양파를 깔 때 느낌이 들었다.

　몸을 비틀고 있자니 개원이와 함께 지냈던 짧은 동굴 생활이 생각났다. 아무도 오지 못하고 우리 단둘만 있던 그 동굴이. 추운 날에는 불을 피워놓았고, 더운 날에는 바닥에 늘어져서 바위에 얼굴을 식혔다. 비가 오는 날엔 우산을 쓰지 않고 둘이 이리저리 뛰어다니면서 어린아이들처럼 첨벙거렸다.

　목욕을 하고 싶으면 나는 개원이에게 업혀 호수 이름을 외쳤다. 내가 직접 가는 게 더 빨랐지만 그래도 무조건 개원이에게 데려다달라고 했다. 개원은 나를 업고 호수로 가주었고, 나는 개원을 끌고 호수 안으로 들어갔다. 차가운 물이 우리를 감쌌고 뿌연 호숫물로 앞이 잘 보이지 않았지만, 그 공간에서 맞잡은 개원의 손만큼은 확실하게 느껴졌지. 그런 순간이면 심장이 너무 부풀어서 이대로 나 혼자 호수 위에 동동 떠버릴까 봐 겁이 날 지경이었다. 그걸 막기 위해 개원을 두 손으로 꽉 잡으면 개원은 호숫물에 제멋대로 퍼진 내 머리카락을 보면서 웃다가…….

　하지만 우리의 추억이 얽힌 그 동굴에서 그는 나를 죽였다.

　- 이거 신기하게 생기지 않았어? 널 위해 가져왔어.

　그는 평소와 같은 모습으로 내게 과일을 건넸고, 나는 동굴 벽에 기대어 앉아 과일을 먹었다. 근처에서 열린다는 축제에 가보고 싶다고 했다.

　그 축제는 과꽃 축제였고, 과꽃은 개원이 내게 선물한 최초의 꽃이었다. 우리 애정의 상징과도 같은 꽃. 사방이 그 꽃인 곳에서 개원이와 놀 수 있다면 참으로 행복할 것 같았다. 행복. 개원은 내게 있어서 그 자체로 행복을 상징하는 사람이었다.

　개원은 내 제안에 웃으면서 그러자고 대답했다.

"나쁜 새끼."

그 대답을 들으며 나는 심장이 녹아갔다. 보지 않아도 내 심장이 녹아가는 걸 알 수 있었다. 그 과일은 용고였다. 용고를 떨어뜨리고서 괴로워 몸을 비트는 내게 개원은 다가왔다. 눈앞에 그의 신발이 보였다.

- 이거. 이상한 건가 봐. 넌 먹지 마, 개원아.

멍청한 개원이가 이상한 과일을 따 왔구나, 생각하면서 괴로운 와중에도 개원이에게 절대로 그 과일을 먹지 말라고 했지. 개원이는 당연히 먹지 않을 거라며, 내가 떨어뜨린 남은 용고를 조각내어 하나하나 내 입에 다 넣어주었다. 그가 강제로 턱을 닫게 하고 목을 누르자 용고는 전부 다 식도를 넘어갔다. 차가운 동굴 바닥은 더 이상 차갑지 않았다.

괴로워하면서도 바보처럼 그에게 손을 내밀었다. 개원이는 내 손을 잡아주는 대신 귀에 대고 속삭였다.

- 네 옆에 있기 괴로웠다. 미련하고 멍청한 천년비.

그의 얼굴이 보이지 않았다. 보이는 건 그의 발뿐이었다. 그리고 동굴 바닥은 다시 차가워졌다. 몹시도.

"개새끼."

개시시 옆에서 만난 게 아니라면, 만나자마자 그 새끼의 목덜미를 뜯어놨을 거야. 어째서 이런 데서 재회한 거지? 베개를 움켜쥐고 몸을 비틀고 있자니 식은땀이 흘렀다. 멀쩡한 심장이 갑자기 또 타들어가는 느낌이 나는 듯해 괴로웠다.

"계란아? 소여야. 천 귀인!"

누군가 내 몸을 흔들면서 부르는 걸 듣고서야, 나는 지금 내가 동굴 바닥에서 몸을 뱀처럼 꼬며 죽어가는 도중이 아니란 걸 깨달았다. 여기는 내 처소, 아니 천소여의 처소였고 내 앞에 있는 건 개원이 아니었다.

"폐하."

"괜찮으냐? 왜 이러고 있어? 어디가 아파?"

"과꽃을……."

"과꽃이라니?"

"과꽃 좀 갖다주세요."

어떻게 시간이 흘렀는지도 모르겠다. 하루 동안 푹 자고 나니, 개원을 보았단 것 외에는 생각나는 일이 많이 없었다. 천소여 머리가 나쁜가? 그게 이상해서 잠시 관자놀이를 누르고 있자니, 침상 근처에 서 있던 원웅과 부성이 훌쩍이면서 나를 병자처럼 대했다.

"소주, 이제 좀 정신이 드세요?"

"괜찮으신 거예요?"

"소주, 저희를 알아보시겠어요?"

"왜 이래?"

그 행동들이 너무 황당해서 내가 떨떠름하게 묻자, 원웅과 부성은 서로를 쳐다보더니 더욱 울먹거렸다.

"소주께서 하루 내내 깨어났다 주무시길 반복하셨으니까요."

"계속 과꽃이 보고 싶단 말씀만 하셨어요."

"폐하께서 오셨는데 과꽃 가져오란 말만 하다가 도로 주무시고……."

"기억나지 않으세요?"

12

내가 황제한테 과꽃 가져오란 말을 하다가 잤다고? 내가?

"……."

잘 떠오르진 않지만 듣고 보니 그런 비슷한 말을 한 것 같기도…….

내가 기억이 좀 돌아오는 것처럼 보이는지, 원웅은 따뜻한 차를 가져오겠다면서 얼른 밖으로 나갔다. 부성은 조금 더 누워 있으라고 이불을 위로 끌어올려주면서 나를 조심스럽게 눌렀다.

"더 누워 계세요, 소주. 탕 궁의를 불러올게요."

딱 그 말을 듣는데, 모든 게 다 떠올랐다. 개시시의 생일이라 해서 갔더니 뜬금없이 개원이 있었던 것. 그와 말다툼을 한 것. 그 자리를 박차고 나와 분에 차 내 처소로 돌아온 것. 과거를 떠올리며 괴로워하는데 황제 얼굴이 보인 것. 그에게 과꽃을 달라하고 까무룩 기절해 버린 것.

"괜찮아. 이제 괜찮아졌어."

기억이 멀쩡해지자마자 나는 부성을 말리고서 침상에서 일어났다. 정신없이 지내는 동안에 제대로 먹지 못해서인지, 일어나자마자 잠시 균형을 잃었지만, 부성이 얼른 부축해준 덕에 제대로 설 수 있었다.

"소주! 아직 이렇게 움직이시면 안 돼요. 네?"

걱정스럽게 권하는 부성에게 손을 저어 보이고서, 나는 옷이나 갈아입혀달라고 부탁했다.

"옷이라니요?"

"활동하기 편한 옷으로."

부성은 내가 움직이는 걸 걱정스러워했지만 명령을 거부할 수는 없었다. 부성이 옷을 입혀주는 동안 나는 머릿속에서 개원을 잠시나마 잊기 위해 애썼다.

그래. 이건 슬퍼할 일이 아니야. 개원이 개시시의 사촌이고, 개시시를 통해 그를 부를 수 있단 것도 알았잖아? 어쩌면 내가 무공 실력을 완전

히 되찾으면 개원을 따로 찾아가지 않고서도 복수를 할 수도 있어. 개시
시를 통해 그를 불러서!

'그러려면 앞으로는 개시시와 친하게 지내야겠다. 안 친하게 지내다가
개원을 불러달라고 하면 이상하니까.'

개원이를 본 충격을 서서히 잊어갈 즈음. 날씨는 더욱 무더워져서 이제
는 가만히 있기만 해도 땀이 줄줄 흘렀고, 무공을 수련하러 비밀 장소에
가는 것조차 내키지 않을 정도로 지독한 날씨가 되었다.

"빨리 가을이 왔으면 좋겠다."

원웅은 부성을 볼 때마다 이 소리를 해댔지만, 안타깝게도 원웅에겐
날씨를 조절할 능력이 없었다. 계절을 빨리 불러올 능력도 없고. 물론 이
런 재주는 나도 없기에 우리는 그저 더위 속에서 푹 늘어져서 하루 종일
땀만 뻘뻘 흘렸다.

"이대로 가다간 소주께서 더위로 쓰러지시겠어요. 내무부에서 얼음을
얻어 올게요, 소주."

결국, 견디다 못한 부성이 팔을 걷어붙이고서 더위를 뚫고 밖으로 나
갔다. 나와 원웅은 부성이 돌아오길 기다리면서 연신 부채질을 해댔다.

"온 귀인의 처소는요, 소주. 궁녀들이 얼음을 가지러 가지 않아도 태감
들이 알아서 얼음을 가져다준대요. 온 귀인이 유일하게 황손을 회임한
사람이니까 다들 가만히 있어도 기나 봐요."

"그런가 보네."

"한 번 만에 회임이 되다니. 온 귀인도 참 운이 좋아요."

"그런가 보다."

"황후마마께서도 온 귀인에게 날이 더우니 문안을 오지 말라 하셨대요. 몸조리를 잘해야 한다고요."

"그래?"

"우리 소주도 여러 번 쓰러져서 조심해야 하는데……."

내가 쓰러진 건 몸이 약한 문제랑은 전혀 관련이 없는데. 하지만 이 이야기를 할 수는 없으니 조용히 있자. 나는 그저 고개만 끄덕이면서 원웅의 말에 무조건 맞장구를 쳤다.

얼마나 그러고 있었을까. 마침내 부성이 얼음 상자를 들고서 나타났다. 그런데 무슨 일이 있나? 부성의 걸음걸이가 평소보다 훨씬 거칠었다. 표정 역시도 단순히 더위 때문이라고 하기에는 험악하고.

"조심해!"

얼마나 세게 걸어대던지, 얼음이 상자 안에서 깨질까 봐 걱정한 원웅이 얼른 달려가서 상자를 받아 들 정도였다. 부성은 가져온 상자를 원웅에게 건네더니, 자기 부채를 꺼내 미친 듯이 부채질을 하면서 입술을 꽉 깨물었다. 그 모습을 멀뚱히 보고 있자, 부성은 더위가 조금 가시는지 부채를 내려놓고 내 곁으로 다가와 하소연했다.

"소주, 내무부에 갔다가 제가 뭘 알게 됐는지 아세요?"

"온 귀인한테 얼음을 제일 많이 챙겨주는 거?"

"아니요!"

"그럼?"

"폐하께서 온 귀인이 회임해서 힘들 거라고 오늘 하루 영빙정에서 쉬는 걸 허락해주셨대요!"

영빙정은 심궁과 동쪽 구역 사이에 있는 정원으로, 황제만의 정원이었다. 혼자서 시간을 보내고 싶을 때 갈 수 있는 정원. 황제가 그 안에 들어가는 건 '아무도 오지 말라'는 신호일 정도이니 뭐. 그런 곳에 온 귀인이 혼자 갈 수 있게 해준 건 떡돌이가 정말로 큰 총애를 베푼 거였다.

"회임해서 그렇겠지 뭐."

어쨌든 부성이 저렇게 화낼 일은 아닌 것 같아서 나는 부성의 부채를 가져다 두 개를 다 내게 부치면서 달랬다. 더워 죽겠는데 저런 데 화내는 건 기운 낭비지.

하지만 부성은 고개를 저었다.

"그냥 영빙정에 가게 허락하신 것뿐이면 저도 이 정도로 화나진 않아요, 소주!"

"그러면 왜? 뭐 다른 게 더 있어?"

마침 원웅도 부성에게 받은 얼음을 넣어 시원한 음료를 만들어 왔다.

"이거 드세요, 소주."

하지만 부성이 하는 말이 다 들렸는지, 내게 잔을 건네면서도 원웅 역시 부성을 빤히 쳐다보았다. 부성은 더욱 시무룩해져서 털어놓았다.

"폐하께서 온 귀인에게 마음에 드는 비빈들을 모두 다 데려갈 수 있게 해주셨대요. 그런데 온 귀인이 소주는 초대하지 않았잖아요."

나는 그래도 그리 화나지 않았다.

"뭐 어때. 나는 그 사람이랑 별로 안 친한걸."

게다가 온 귀인은 너무 천소여를 따라 해서 별로야. 황후랑 황후 아버지랑 황후 가문이랑 아예 짜고서 천소여를 따라 한 사람이잖아. 친해질 마음도 없다. 부성은 고개를 저었다.

"문제는요 소주, 온 귀인이 소주 빼고 모든 비빈을 다 초대했다는 거예요. 딱 소주만 빼고요!"

그 말에 눈을 멀뚱히 뜨고 있던 원웅이 대번에 도끼눈을 뜨고서 소리 질렀다.

"뭐? 진짜야?"

나도 이 말에는 조금 의외다 싶어서 손가락으로 나를 가리키며 재차 물었다.

"진짜 나만 빼고 다 불렀어?"

"네!"

부성은 크게 대답하고는 속상한지 얼굴이 붉어져서 주먹을 꽉 쥐었다.

"회임하긴 했지만 폐하께서 여전히 소주만 총애하니까, 온 귀인이 소주를 따돌리려는 거라고요!"

"다른 사람들은? 초대받은 사람들은 다 갔고?"

"가야죠. 온 귀인은 난생처음으로 황손을 품은 사람인걸요. 이대로 다음 회임하는 사람이 없으면……."

온 귀인이 낳은 황손이 다음 황제가 되겠지. 부성은 차마 뒷말을 잇지 못했으나, 입술을 짓씹으며 눈을 내리깔았다. 원웅도 분위기가 좋지 않고……. 두 측근 궁녀를 번갈아 보다가, 나는 눈가를 긁적였다. 음. 나는 어딜 가도 환영받진 못하나 보네.

그런데 이상하긴 해. 온 귀인과 나는 크게 싸운 적도 없는데, 왜 나만 쏙 빼놓은 거지? 온 귀인은 차라리 황후나 영빈과 문제가 있으면 있었지 나랑은 크게 싸운 적도 없는데.

사방에서 풀벌레 소리와 새소리가 들려왔다. 더운 공기는 무겁게 피부를 눌렀고, 조금이라도 부채질을 멈추면 그 자리에는 땀방울이 고였다.

하지만 영빙정에 있는 정자는 전혀 분위기가 달랐다. 정자 중앙에는 얼음을 넣어두는 커다란 보관함이 있어서, 그곳에 얼음을 두면 냉기가 사방으로 뻗어 나와 몹시 시원했다. 이 탓에 온 귀인이 초대한 비빈들은 다들 정자에 모여 앉아 담소를 나누었다.

"이래도 괜찮을까요?"

그런데 한참 더위와 여름을 화제로 이야기를 나누고 있자니, 개시시가 조심스럽게 말을 꺼냈다. 비빈들이 대화를 멈추고 개시시를 쳐다보자, 개시시는 초조하게 영빙정 출구를 힐긋거리며 중얼거렸다.

"천 귀인은 폐하께서 가장 총애하는 후궁인데, 이렇게 천 귀인만 쏙 빼놓고 모여도 괜찮을지 모르겠어요."

입궁한 지 얼마 되지도 않은 데다 품계도 높지 않은 개시시는 온 귀인의 초대를 거절할 만한 힘이 없었다. 밉보였다가 나중에 어떤 짓을 당할지 모르기에 순순히 오긴 했으나, 천 귀인을 꽤 좋게 보는 그녀는 이 상황이 너무 불편하게 여겨졌다.

"개 답응은 너무 소심하네."

하지만 개시시의 초조한 목소리는 규빈의 웃음기 섞인 질책에 묻히고 말았다.

"폐하께서 모든 후궁을 다 데려가라 한 것도 아니잖아. 온 귀인이 원하는 사람을 초대하라 했고, 온 귀인은 안 친한 천 귀인을 초대하지 않은 것뿐이야. 그런데 온 귀인이 못된 사람이라도 되는 것처럼 말하면, 기껏 개 답응을 초대해준 온 귀인이 뭐가 돼?"

"저는 그런 뜻으로 한 말이 아니라……."

"그런 뜻으로 한 말이 아니어도 듣기 불편하네, 개 답응."

온 귀인이 차갑게 건넨 말에 개시시는 입을 뻐끔거리다가 결국 다물고 말았다. 사실 온 귀인뿐만 아니라 다른 후궁 몇 명도 천 귀인을 데려오지 않은 게 조금 걸리는 눈치이긴 했다. 후궁들 중 처음으로 회임한 온 귀인과 정면으로 충돌하고 싶지 않아서 가만히 있을 뿐.

모든 후궁이 자신의 말 한마디에 조용해지고, 황후 역시 문안 때와 달리 잔소리를 하지 않자 온 귀인은 흐뭇하게 웃으면서 모두에게 들으란 듯 말했다.

"사실 싸운 적은 없지만 천 귀인은 나와 너무 비슷하게 보여서 좀 꺼려지긴 한답니다. 물론 그게 천 귀인의 탓은 아니지만요."

말을 마친 온 귀인이 우 귀인을 보며 "안 그래요?" 하고 묻자, 우 귀인은 자연스럽게 온 귀인의 팔짱을 끼면서 맞장구를 쳤다.

"두 사람이 닮기도 닮았지만, 온 귀인이 회임한 후로 천 귀인이 온 귀인을 따라서 치장하는 것 같기도 해요. 불쾌할 만하죠."

"정말인가요?"

"그럼요. 옷 입는 색이라거나 장신구를 보면 딱 보이는걸요?"

불쾌하단 듯이 언성을 높인 우 귀인은 온 귀인의 표정이 삐뚜름해지자 만족스레 웃으면서 그녀에게 직접 부채질을 해주었다.

"물론 천 귀인 따위가 온 귀인과 비할 바가 못 되죠. 아무리 온 귀인을 따라 해봐야 이 귀한 황손까지 따라 만들 수는 없으니까요."

그런데 한참 즐겁게 천 귀인을 흉보며 이야기를 나누고 있을 때였다.

"황제 폐하께서 드십니다!"

태감의 목소리가 들려오더니 영빙정 입구에 황제의 황금색 일산이 나타났다. 곧이어 황제가 모습을 드러내자, 후궁들은 얼른 정자 아래로 내려가 황제에게 동시에 인사를 올렸다.

"폐하를 뵙습니다."

월요 황제는 고개를 끄덕이고서 눈으로 후궁들을 빠르게 살폈다. 사실 영빙정을 빌려주긴 했으나, 그는 여기에 직접 올 생각은 없었다. 하지만 온 귀인이 모든 후궁을 다 데리고 영빙정에 갔단 이야기를 듣자, 의외로 마음 씀씀이가 괜찮구나 싶어서 찾아온 것이었다. 온 김에 며칠 전에 '과꽃 과꽃' 중얼거리며 상태가 이상하던 천 귀인도 확인하고 싶었고.

"음?"

하지만 아무리 찾아보아도 천 귀인은 보이지 않았다.

"천 귀인은?"

황제의 질문에 개시시가 움찔했으나, 그녀는 가장 뒤쪽에 서 있어 잘 보이지 않았다.

"천 귀인은 왜 여기 없지?"

황제는 재차 물으면서 영빙정에 있는 작은 호수 뒤편을 눈으로 살폈다. 그곳에도 천 귀인은 보이지 않았다.

"설마. 천 귀인을 빼고 모였느냐."

온 귀인은 황제의 눈치를 살피다가 슬쩍 입을 열었다. 우 귀인의 말을 듣고 천 귀인을 부르지 않긴 했으나, 황제가 대놓고 그녀를 찾으니 기분이 나쁘면서도 덜컥 겁이 나서였다. 황제가 정말로 자신이 천 귀인을 따돌린다고 생각할까 봐.

그때. 우 귀인이 온 귀인 곁으로 다가서더니 슬픈 목소리로 알렸다.

"온 귀인이 초대했지만 천 귀인은 거절했답니다, 폐하. 온 귀인이 일부러 부르지 않은 게 아니에요."

"천 귀인이 거절했다?"

"예, 폐하."

황제가 재차 묻는 말에 순순히 대답한 우 귀인은 잠시 그의 눈치를 살피다가, 조심스럽게 덧붙였다.

"천 귀인은 온 귀인과 어울리길 싫어합니다. 그렇지만 천 귀인이 온 귀인을 괴롭히거나 하는 건 아니에요. 그저 거리를 둘 뿐이지요. 그러니 천 귀인이 나쁜 뜻이 있어서 온 귀인의 초대를 거절한 건 아닐 거예요, 폐하."

우 귀인의 말은 천 귀인을 질책하는 게 아니라 두둔하고 감싸는 것처럼 들렸다. 하지만 황제가 바로 믿기 어려워 눈살을 찌푸리고 있자니, 승빈이 온 귀인에게 다가가 위로했다.

"천 귀인이 순수하지만 철이 조금 없지. 감정을 숨기지 못할 뿐 속내가 나쁜 아이는 아니니, 너무 기분 나빠하지 마."

"당연하지요. 감사합니다, 승빈마마."

다른 후궁들도 온 귀인에게 다가가 그녀를 위로하기 시작하자, 분위기는 정말로 천 귀인이 온 귀인의 초대를 거절한 것처럼 되어갔다.

의심하기에는 그런 행동을 보이는 후궁들의 숫자가 너무 많았기에, 황제는 더 이 문제를 묻지 않고 적당히 온 귀인을 위로해주다가 돌아갔다.

황제가 천 귀인의 부재에 별다른 말을 하지 않고 돌아가자, 온 귀인은 내내 불안해하던 걸 멈추고서 활짝 웃었다. 온 귀인이 웃으면서 우 귀인을 보자, 우 귀인은 '거봐. 내가 뭐랬어?' 하듯이 득의양양한 미소를 지으면서 그녀의 팔짱을 꼈다.

"겁먹을 필요 하나도 없어요, 온 귀인. 천 귀인이 아무리 잘난 척해봐야 회임하지 못하는 이상 끝이에요."

어느새 승빈도 물길 따라 흘러오듯 자연스럽게 다가오더니 온 귀인의 다른 한쪽 팔에 팔짱을 끼면서 말을 더했다.

"동생은 입궁한 지 얼마 되지 않아서 품계가 오르지 않았지만, 아이가 태어나면 품계가 오르는 건 확실한 일이지. 천 귀인은 회임도 하지 못했고 멍청해서 따로 공을 세우지도 못해. 가문이야 동생보다 훨씬 떨어지고. 그러니 천 귀인이 지금 잠시 총애를 받는다고 해서 겁낼 필요 하나도 없어, 동생."

우 귀인은 속으로 '당신이 언제부터 온 귀인하고 친했다고 동생이라 부르냐'고 생각했지만, 말없이 미소 짓고만 있었다. 온 귀인은 한 궁을 사용하는 승빈이 친근하게 대해주자 그저 기뻐하는 것처럼 보였기 때문이다.

온 귀인은 막 입궁했을 때는 문안에서 그리 좋은 시선을 받지 못하다가, 후궁들이 모두 자신에게 잘 대해주자 지금 상황이 무척이나 행복한 듯했다. 아직 입궁한 지 얼마 되지 않은 그녀는, 황제의 총애를 받는 것보다는 다른 후궁들에게 인기가 좋다는 게 더 기뻐 보였다.

"저쪽으로 가자, 동생. 귀한 몸인데 더위를 먹으면 안 되잖아."

승빈이 정자로 그녀의 팔을 가볍게 끌자, 온 귀인은 배 위에 손을 올리고서 승빈을 따라 정자로 이동했다. 정자 안에서도 가장 좋은 자리에 온 귀인이 자리를 잡자 비빈들은 다시 그녀를 둘러싸고서 밝게 대화를 나누기 시작했다.

자연스럽게 화제는 조금 전 황제가 언급한 천 귀인의 이야기로 흘러갔는데, 아무래도 천 귀인이 자리에 없다 보니 좋은 쪽으로 가지 못했다. 후궁들은 온 귀인이 천 귀인을 그리 좋아하지 않는단 걸 알게 되자, 천 귀인이 얼마나 멍청한지, 얼마나 이기적인지, 황제가 총애하기 전에는 얼마나 존재감이 없었는지에 대해 우스꽝스럽게 이야기해주었다.

얼마나 그렇게 대화를 나누었을까. 승빈이 한참 천 귀인에 대해 이야기를 하고 있는데, 잠시 말을 쉬는 틈에 우 귀인이 자연스럽게 끼어들면서 은근히 말을 꺼냈다.

"궁궐에서는 폐하의 총애를 받아야 편히 사는데. 천 귀인은 혼자 살겠다며 총애를 독점하고 있잖아요. 천 귀인을 총애하시기 전에 폐하는 후궁들에게 고루 총애를 베푸셨는데, 천 귀인이 끼어든 후로는 다른 비빈들에겐 신경도 써주지 않으세요. 전 가끔 천 귀인이 폐하께 우리에 대해 나쁜 말을 해서 그런 게 아닐까, 좀 걱정됩니다."

승빈은 자기 말이 끊기자 잠깐 인상을 찌푸렸으나, 우 귀인의 말이 옳다고 여겨서 차갑게 말을 보탰다.

"거의 확실하다고 봐야지. 아니면 폐하께서 천 귀인을 총애하자마자 우리를 냉대하실 리가 없지."

그러자 곁에서 동그란 부채를 살랑살랑 부치고 있던 규빈이 눈살을 찌푸리더니, 부채를 내려놓고서 후궁들을 살피며 물었다.

"천 귀인이 폐하를 독점하고 폐하는 천 귀인만 총애하시니, 우리끼리라도 뭉쳐야 하는 게 아닐까요?"

우 귀인은 얼른 말을 받았다.

"염 귀인도 천 귀인 때문에 죽었잖아요. 우리가 뭉치지 않으면 천 귀인이 우리를 하나하나 쳐내려 할지도 몰라요."

비빈들은 염 귀인 이야기가 나오자 다들 조용해졌다. 염 귀인이 천 귀인에게 그나마 호의를 보였던 후궁인 건 모두 알고 있었다. 그런데도 천 귀인은 염 귀인이 죽었을 때 눈물 한 방울 보이지 않아서, 사람들은 천 귀인이 맹해 보이지만 아주 비정한 성격이라고 수군거렸다.

천 귀인이 염 귀인을 죽였는지에 대해선 아니라는 의견이 강했으나, 저승사자가 천 귀인을 잡아가는 대신 염 귀인을 데려갔단 소문은 흉흉하게 돈 바가 있었다.

우 귀인은 후궁들이 갑자기 조용해지자 온 귀인이 걱정스럽게 자신의 배를 내려다보며 물었다.

"그럼 어떻게 해야 할까요? 우리가 천 귀인을 따돌려야 하나요? 하지만 그랬다가 폐하께서 노하시면……."

우 귀인은 주위를 한 번 휙 둘러보더니 목소리를 낮추어 소곤거렸다.

"노하시긴요. 그럴 일이 있어요? 천 귀인이 먼저 우리를 상대하지 않고 폐하만 챙기는 거잖아요. 천 귀인이 우리를 무시하니, 우리끼리 서로를 챙긴다고 해서 문제 될 건 없어요."

다른 후궁들도 눈치를 보는가 싶더니 하나둘 고개를 끄덕였다. 그들은 어차피 자신들은 천 귀인과 친하게 지내지 않았으니, 지금처럼 계속 행동한다고 해서 그게 문제는 아닐 것 같다고 생각했다.

"그럼요. 같이 안 어울리는 건 괴롭히는 게 아니잖아요."

"우리가 안 챙겨도 천 귀인은 폐하가 있는걸요. 천 귀인은 폐하만 따르게 두고 우리끼리 잘 챙겨주면 돼요."

"우리가 뭉쳐 있어야 천 귀인도 우리를 해코지하지 못할 겁니다."

천 귀인의 이복동생인 영빈은 자신이 나서야 할지 말지 판단이 서지 않아 힐긋 연비를 보았으나, 연비가 묘한 미소를 짓고서 가만히 있자 자신도 입을 다물었다. 천 귀인의 동복 언니인 연비는 후궁들의 말을 따를 생각이 전혀 없었으나, 군이 여기서 그런 말을 할 필요가 없기에 나서지 않았다.

하지만 개시시는 연비만큼 융통성이 좋지 않았기에, 연신 초조하게 부채 손잡이를 손톱으로 긁으며 사방을 살폈다. 천 귀인을 좋아하는 그녀는 이 상황에 자신이 아무 말 없이 있는 것 자체가 죄를 짓는 것 같아 꺼려졌다. 결국, 후궁들이 다 같이 천 귀인을 따돌리려는 분위기로 하자, 개시시는 용기를 내어서 한 번 더 나서보았다.

"천 귀인은 우리에게 아무 해도 끼치지 않았는데, 폐하가 총애한단 이유로 따돌리는 건 아닌 거 같아요……. 폐하가 우리 중 다른 누군가를 총애할 때도 있을 텐데, 그때마다 그 사람을 따돌릴……."

그러나 말을 다 마치기도 전에 비웃음이 터져 나왔다.

"개 답응이 천 귀인과 친하게 지내고 싶으면 그렇게 해요. 아무도 안 말리니까. 천 귀인한테 가서 붙으면 되지, 왜 여기에 죽치고 있어요?"

"!"

"자기도 혼자 있기 싫어서 모였으면서, 혼자 착한 척, 어쩔 수 없이 우리랑 어울리는 척하면 좋을까? 난 저런 사람이 제일 가증스럽더라."

안비가 웃으면서 중얼거린 말에 개시시는 얼굴이 빨갛게 달아올라서 치맛자락을 꽉 쥐었다. 개시시의 궁녀는 정자 근처에서 그 모습을 보며 자기가 다 초조해서 안절부절못했다. 이대로 개시시가 한마디라도 더하면 그녀까지 졸지에 모든 비빈의 공적이 될 분위기였기 때문이다. 개시시가 아무 말도 하지 못하고 바닥만 보고 있자, 상황을 지켜보던 남빈이 나서면서 개시시의 손을 쥐고 웃었다.

"개 답응은 착한 거지요. 입궁한 지 얼마 되지도 않았는데, 그렇게 몰아가고 그러지 말아요. 마음이 여린걸."

남빈 역시 천 귀인이 몰리는 상황이 불편했으나 전체적인 분위기가 날카롭자 아무 말도 하지 못하다가 슬그머니 개시시라도 감싼 것이었다. 다른 후궁들은 '착하기는' 하고 계속 개시시를 비웃었으나, 눈앞에 있는 사람보다는 눈앞에 없는 사람을 욕하기가 더 쉬웠기에 다시 천 귀인을 헐뜯기 시작했다. 이 분위기를 지켜보며 우 귀인은 부채를 입가를 가리고 조용히 웃었다.

'천소여. 이건 복수의 시작일 뿐이야.'

염 귀인이 천 귀인 때문에 죽었으니, 자신도 천 귀인을 죽여야 했다.

천 귀인의 피로 염 귀인의 한을 씻어주기 전에는 절대로 멈추지 않을 생각이었다.

서책을 펼쳐서 억지로 글자를 머리에 집어넣고 있을 때였다. 부성이 오만상을 찌푸리고서 손 씻을 물을 가지고 들어와 내게 내밀었다. 하지만 낮부터 내내 저 상태이기에 뭐. 이젠 그러려니 한다. 후궁들이 날 빼고 모인 일 때문에 계속 저러겠지.

"괜찮다니까. 너무 신경 쓰지 마."

"기분이 나쁜데 어떻게 괜찮아요, 소주."

"난 하나도 기분 나쁘지 않아."

내가 그 후궁들과 어울릴 일이 적다는 건 내 자유 시간이 그만큼 늘어난단 거니까. 어설프게 천소여 흉내를 내면서 끼어 있느니, 그냥 무공 훈련이나 하면서 지내면 되지!

"소주……."

하지만 부성은 내가 일부러 밝게 말한다고 여기는지 날 아주 가엾게 쳐다본다. 군이 걱정하지 말라고 할 필요도 없어서, 나는 부성이 가져온 물에 두 손을 씻고서 원웅이 내민 천에 손을 닦았다. 이제 두 궁녀가 내가 먹을 음식을 날라올 것이다.

그런데 웬걸. 온종일 부성과 맞먹을 정도로 표정이 구겨져 있던 원웅이 아까보다는 표정이 좀 풀려 있었다. 이제 원웅도 다른 사람은 신경 쓸 필요가 없단 걸 알게 된 건가, 싶어서 쳐다보자 원웅이 새초롬하게 웃으며 말했다.

"아까 얼음을 가지러 갔다 들었는데요, 소주. 승빈이 음식을 잘못 먹었는지 갑자기 배가 아파서 탕 궁의를 부르고 난리가 났대요."

"진짜야?"

부성은 모르던 이야기인지 얼굴이 환해져서 되물었다.

"응. 승빈 궁녀가 자기 소주 죽는 거 아니냐고 난리 났어. 엄살은."

부성은 박수까지 치면서 좋아하다가 내 쪽을 쳐다보았다. 소주도 기쁘죠, 하고 묻는 얼굴로. 기쁘냐고? 글쎄. 기쁠 일 없다.

"소주는 안 놀라시네요?"

놀랄 일도 없고. 놀랄 필요가 있나. 차 상자에 상한 찻잎을 넣어두고 온 게 나인데. 후궁들이 다 자리를 비웠다기에 잘됐다 싶어서 아까 얼른 다녀왔지. 천소여 몸으로 깨어난 지 얼마 안 됐을 때, 승빈이 소주방 궁녀를 통해 나한테 이상한 걸 먹이려 했던 일은 다 기억하고 있었거든. 나한테 먹이려던 걸 그대로 돌려주었으니, 승빈도 억울하진 않을 거야.

그런데 흐뭇하게 웃으면서 다시 서책을 내려다보고 있자니, 원웅이 "아." 하고 품 안에서 반듯한 서찰을 꺼내 내게 내밀었다.

"이거요, 소주."

"뭐야?"

얼결에 서찰을 받아 들고서 묻자, 원웅이 작은 목소리로 말했다.

"내무부에서 만난 개 답응 궁녀가 줬어요. 전에 개 답응의 사촌이 소주께 무례한 일이 있었다고, 사과하는 서신이래요."

개시시의 사촌이라면…… 개원이? 개원이가 나한테 사과하는 서신을 썼다고?

내 손이 통제를 잃고 서신을 집어 던질 뻔했다. 내가 한 손으로 서신을 던지려다가 다른 한 손으로 막고서 씩씩거리자, 원웅은 눈을 토끼처럼 뜨더니 나를 미친 사람처럼 쳐다보았다.

"소주……?"

나는 손을 저어 그들에게 나가라고 한 다음 개원이 이 새끼가 뭐라고 주절댔는지 확인하기 위해 서신을 펼쳤다. 사과? 홍! 웃기시네! 싹싹 빌어도 내가 용서할 줄 알아? 답서도 당연히 없어!

일전에 제 동생의 생일을 축하해주려 찾아오신 분께
무례하게 대해 죄송합니다.
천 귀인께서 천년비에 대해 함부로 판단하고
경솔하게 대하긴 하셨지만,
천 귀인은 천년비에 대해 듣기만 했지 실제로 본 적이 없는
사람이란 걸 생각했어야 했는데요.
주위 사람들이 모두 안 좋게 말하면 거기에 휩쓸리기 쉽지요.

귀인께서도 소문에 휩쓸린 많은 사람 중 하나였을 뿐입니다.
천년비를 직접 보신다면 다른 평가를 하시리라 확신합니다.
귀인은 가문이 한미하단 이유로 후궁들과 잘 어울리지 못하는
제 동생을 챙겨주시는 분이니까요.

무례를 몹시 반성하고 있는 개 답응의 사촌 올림.

이걸 지금 사과하는 서신이라고 쓴 거야? 서신을 다 읽자마자 나는 바닥에 팽개치고서 마구 밟아버렸다. 열이 받아서 견딜 수가 없었다. 이건 사과가 아니었다. 시비 거는 거지! '네가 그날 잘못 행동한 건 맞지만 네가 아는 게 없어서 그랬으니 이해하고 넘어갈게'라는 말 아닌가! 내 눈에는 그렇게 보인다. 아니어도 상관없다. 나한텐 내 해석이 옳으니까.

'에이! 에이! 에이!'

나는 한 번 더 서신을 뭉갠 다음 얼른 종이와 벼루, 먹, 붓을 챙겼다.

"원웅아! 먹 갈아 와!"

밖에 나가 있던 원웅은 다시 안으로 들어오다가 바닥에 반쯤 찢긴 채 짓이겨져 있는 서신을 보고 깜짝 놀라 물었다.

"소주, 무슨 내용이길래 이렇게 화내세요?"

"개시시의 사촌 오라비가 나를 모욕했다."

"네?"

원웅의 표정이 험악하게 일그러졌다. 부성도 들어오다가 내 말을 듣고서 씩씩거렸다.

"개 답응이 소주께 시비를 거는 건가요?"

"개 답응이 아니라 개 답응의 사촌 오라비가! 어쨌든 먹 갈아줘. 답서는 안 쓰려 했는데. 나도 써야겠다."

원웅이 먹을 가는 사이, 나는 팔짱을 끼고 어떻게 해야 개원을 말로 후릴 수 있을지를 진지하게 고민했다.

그런데 한참 답서를 쓴 다음, 말리면서 원웅에게 '나중에 개 담응 궁녀를 보면 이걸 갖다주어라'고 지시하고 있을 때였다. 귀자가 들어오더니 경사방 태감이 찾아왔다고 알렸다.

그 말을 듣자마자 부성은 바닥에 팽개쳐진 서신을 들어 올려 숨겼고, 원웅도 덜 마른 서신을 접어 얼른 자신의 품 안에 넣었다. 그 행동이 끝나기가 무섭게 경사방 태감이 들어와 내게 웃으며 축하 인사를 건넸다.

"귀인, 오늘도 폐하께서 귀인을 찾으십니다. 온 귀인이 회임을 해도 폐하께는 귀인뿐이신가 봅니다."

나는 알겠다고 중얼거리고서 옷을 벗기 위해 옷자락에 손을 올렸다. 그러나 평소에는 밖으로 나가 내가 준비할 동안 기다려줄 경사 태감이 오늘은 손을 휘저으며 말렸다.

"오늘은 그냥 가시면 됩니다, 귀인."

"계란말이는?"

"예? 허기지십니까?"

"아니, 이불에 돌돌 마는 거 말이네."

"아아. 여러 번 시침을 들어 폐하의 윤허를 받으면 하지 않아도 된답니다. 가마를 타고 편하게 이동하시면 되니 얼른 준비하시지요. 소인은 저 밖에서 기다리고 있겠습니다."

늘 이불에 돌돌 말려서 태감들이 업고 갔던 길을 가마를 타고 지나가고 있으려니 기분이 아주 괜찮은데? 저 앞에서 태감들이 든 등불은 꼭 커다란 반딧불이 궁둥이처럼 보인다. 게다가 팔을 괴고서 느긋하게 앉아 있자니, 마침 우 귀인과 온 귀인이 서로 팔짱을 끼고서 지나가고 있었다. 그러다 내 쪽을 보고 흠칫 굳기에 손을 흔들어주자 두 사람의 표정이 바로 굳었다. 그걸 보고 한 번 더 웃고서 손을 내리자니, 경사방 태감이 두 사람과 거리가 멀어지자 걱정스럽게 물었다.

"귀인. 그러셔도 괜찮습니까?"

"뭐가 말인가?"

"너무 장난치시는…… 그래도 회임한 분인데. 혹시 오해하셔서 소주님들 사이가 멀어지실까 걱정입니다."

아아. 갑자기 무슨 말을 하려나 했더니. 내가 온 귀인한테 손 흔든 거?

"장난이라니? 난 장난친 게 아니라네."

내가 단호하게 말하자 경사방 태감이 떨떠름하게 뒤를 살피며 물었다.

"그럼 방금 손 흔든 그건 무엇인지요?"

뭐긴 뭐겠어.

"조롱한 거야. 내가 한 행동을 미화하지 말게나."

"아……."

떡돌이에게 가마를 타고 짠 등장하는 내 모습을 보여주고 싶었는데.

막상 황제의 침궁에 도착해보니 그는 보이지 않았다.

"여기서 기다리시면 됩니다."

태감이 이렇게 말하고서 물러가고 나니, 넓은 방 안에 남아 있는 건 나 하나였다. 나는 멀뚱히 방 안을 돌아다니다가 침상에 우두커니 앉았다. 떡돌이는 사람을 오라 해놓고 어디 간 거야? 그래도 늘 계란말이 상태로 오다가 내 발로 와서인가. 좀 신기한 기분이긴 했다. 방 안 여기저기도 평소보다 새롭게 보이고.

"……."

하지만 구경도 잠깐이지. 방 내부를 다 살폈는데도 황제가 오지 않자 너무 지루해져서, 나는 시간이나 때울 겸 흥얼흥얼 노래를 부르기 시작했다. 그런데 밖에서 대기라도 하고 있던 건가. 그렇게 기다려도 안 오던 황제는 내가 노래를 부르자마자 바로 들어오면서 놀려댔다.

"전에 '야앙야앙' 할 때도 생각했지만 넌 정말 노래를 못하는구나."

"하지만 내 노래엔 영혼이 담겨 있어."

"영혼?"

떡돌이가 코웃음을 치면서 옆으로 와 앉는다. 내 노래에 영혼이 있단 말을 전혀 못 믿는 얼굴로.

"폐하도 내 노래를 듣고 흥분했었잖아요."

사람을 한껏 기다리게 해놓고서는 들어오자마자 저러는 게 괘씸해서 지난번 일을 떠올리게 해주자, 떡돌이는 심지어 발뺌까지 했다.

"짐이 흥분했다니? 언제?"

"발―"

내가 구체적인 단어를 사용해 설명해주려 하자 황급히 내 입을 막아버렸지만.

"그건 네 노래 때문이 아니라 네가 준 보약 때문 아니냐!"

"내가 약을…… 아아. 떡돌이가 폐하니까."

음. 그러면 내 노래를 듣고 흥분한 건 확실히 아니었네. 다행이다. 당시에 나는 황제가 진짜로 변태 같다고 생각했는데. 어쨌든 아니면 아닌 거지 싶어서, 나는 침상 위에 대자로 누워버렸다. 사실 아까도 이러고 있고 싶었는데. 그래도 황제 방이라서 멋대로 눕지 못했어.

"아이구 좋다 아이구 좋아. 계란말이 안 하고 오니 이리 좋아. 진작 이리 오라 해줬으면 얼마나 이뻤을까."

늘 불편하게 누워 있던 침상에 팔을 쭉 펴고 눕자 저절로 좋아하는 소리가 나왔다. 나는 마음껏 침상 위에서 뒹굴다가 웃으면서 떡돌이의 허벅지를 찔렀다. 하지만 떡돌이는 내가 평소처럼 계란 상태가 아닌 게 마음에 안 드나. 나를 가만히 내려다보고 있다가 또다시 시비를 걸었다.

"지금은 안 이쁜가 보지?"

"그럼! 뭐가 이쁘겠어?"

시비를 거는데 순순히 대답할 마음이 없어서 당당하게 대꾸해주자, 떡돌이는 나를 흘겨보았다. 나는 그 모습을 보다가 벌떡 일어나 그의 얼굴을 덮은 면사를 치워주었다. 황제는 잠시 움찔했지만 가만히 있었다.

"이러면 좀 이뻐."

내가 자기 얼굴을 뚫어져라 보다가 칭찬하자, 손을 치우게 하면서 황당하다는 듯 되물었지만.

"넌 짐의 얼굴이 그리 좋으냐."

"그나마 이쁜 부분이 얼굴밖에 없는걸."

"무엄하다."

"내가 폐하 얼굴이 곱다고 말해서 싫어?"

"그래. 짐이 얼굴만 고운지 다른 곳도 고운지 네가 어찌 아느냐."

"성능도 불확실한 판에 곱고 말고를 따질 때가 아냐."

"짐은 그 부위 이야기를 한 게 아닌데."

그가 민망해할까 봐, 면사를 도로 펼쳐서 그의 눈가를 가리고서 웃자 황제가 한숨을 내쉬었다. 그의 입에서 나온 바람이 내 목덜미에 닿아 간지러워졌다.

결국, 더 크게 웃으면서 나는 면사를 치우고 이번에는 아예 이불 안으로 기어들어갔다. 본격적으로 자려고. 그런데 왜 저러지? 황제는 눕는 대신 유심히 나를 내려다보다가 아까보다 좀 더 진지하게 물었다.

"후궁들이 모여 노는 데 너만 없던데. 다른 후궁들은 네가 안 오겠다 초대를 거절했다더라. 참이냐?"

"누가 그래?"

"우 귀인이 말하고 온 귀인이 수긍했지."

"……."

"거짓이냐?"

"떡돌이 네가 보기엔 어떤 거 같은데?"

"난 모르겠다."

"아는 게 없네."

"어쩔 수 없다. 네가 어떤 행동을 할지, 무슨 생각을 할지 짐은 도무지 모르겠으니. 넌 내가 만난 모든 사람을 다 합해서 가장 행동의 갈피를 잡을 수가 없지 않으냐."

칭찬인가? 내가 빤히 쳐다보자, 황제는 내가 덮은 이불 끄트머리를 토닥거리면서 중얼거렸다.

"너라면 후궁들과 어울리지 않으려 할 것도 같고. 아닐 것도 같아."

그가 토닥이는 이불 아래쪽에는 내가 있지도 않았다. 떡돌이도 뒤늦게 그걸 알아챈 걸까. 엄청 그윽하게 말하던 떡돌이는 자연스럽게 손 위치를 바꾸더니, 이번에는 내 흘러내린 머리카락을 쓸어주면서 중얼거렸다.

"'누가 그러냐'고 묻는 걸 보니, 너는 초대도 받지 못했던 모양이군."

행동은 너무 뻔했지만 맞는 말이긴 해서, 나는 순순히 대답했다.

"맞아."

그러고서 다시 눈을 감으려는데 황제가 나를 또 불렀다.

"소여야."

아까보다 좀 더 무거워진 목소리로. 이불에 손을 올리고서 눈꺼풀을 들어 올리자, 좀 쓸쓸한 표정인 그가 보였다. 왜 갑자기 혼자 분위기를 잡나…… 싶어 쳐다보고 있으려니, 그가 조용하지만 단호하게 말했다.

"온 귀인이 아이를 낳는다 해도…… 거기서 끝일 거다."

"뭐가?"

"그 아이 때문에 내가 널 뒤로하고 온 귀인을 총애할 일은 없다고 말하는 거다. 아마 그 아이는……."

그러고서 더 말을 하고 싶은 눈치였지만, 황제는 애매한 지점에서 말을 멈추어버렸다. 말을 시작할 때처럼 갑자기. 뒷말이 몹시 궁금한 데서 끊어서 항의하려 했지만, 그는 더 말하는 대신 내 머리통을 잡아다가 자기 무릎을 베게 하더니 이불 위를 토닥거리며 물었다.

"오늘은 짐이 노래를 불러줄까?"

"노래 잘 불러?"

"너보단 잘 부르지."

거만하게 웃는 황제는 바로 입을 열었다.

조금이라도 못 부르면 구박하고서 그만 부르라 하려 했는데. 정말로 그의 입에서 나온 노래는 쓸쓸하면서도 듣기 좋아서…… 나도 모르게 눈이 감겼다.

"폐하께서는 또 천 귀인을 부르셨답니다."

그 시각. 황후는 상에 앉아 서책을 읽고 있었고, 곁에서는 상궁녀 영영이 이 말을 전했다. 황후는 영영의 말에 무표정하게 고개를 끄덕이고서 책을 넘겼다. 그리 관심 없어 보이는 얼굴이어서, 영영은 그런 황후를 보다가 물었다.

"황후마마. 우 귀인의 말을 들어주실 건가요?"

이건 두 시진 전의 이야기였다. 그때 우 귀인이 황후를 찾아와서, 염 귀

34

인의 궁녀가 주인이 죽은 일로 처지가 애매해져 이리저리 계속 소속 없이 옮겨 다니고 있다며, 염 귀인이 천 귀인과 친하게 지냈으니 천 귀인의 궁녀로 보내면 어떨지 청했던 것이다. 황후는 책장을 한 장 더 넘기며 이번에도 덤덤하게 대답했다.

"나쁠 것 없지."

"우 귀인은 천 귀인을 싫어하지요. 생각해주는 척 머리를 굴리는 게 우습습니다."

영영은 우 귀인이 그리 마음에 들지 않는 듯 조롱조로 말했으나, 황후는 오히려 입가에 희미하게 미소만 지었다. 영영은 입술을 삐쭉이다가, 부채를 꺼내 황후에게 살살 부쳐주면서 다시 말을 걸었다.

"온 귀인과 우 귀인이 주도해서 천 귀인을 따돌리려 한다는데. 폐하께서 천 귀인을 그리 아끼시는데, 제 무덤을 파는 게 아닐지 모르겠습니다."

"몇 해 만에 처음으로 회임했으니 그러는 거겠지."

"마마께서 말리지 않으셔도 괜찮을까요? 같은 가문 사람이라, 잘못했다가 마마께 폐를 끼치는 건 아닐지 걱정입니다."

"폐를 끼치겠지. 온 귀인이 지금은 조심성 있게 굴지만 이런 일이 계속되면 점점 거만해질 거다. 나중에는 좋지 못한 실수를 저지르겠지, 결국."

"그 전에 말려야 하는 게 아닐지……."

영영은 한숨을 내쉬며 중얼거렸다. 온 귀인을 회임을 해도 천 귀인을 향한 황제의 총애가 전혀 식지 않으니, 마음에 안 드는 온 귀인이라고 해도 어느 정도는 보호를 해야 하지 않을까, 염려되는 모양이었다.

그러나 황후는 이번에도 별 감흥 없이 시큰둥하게 대답했다.

"무엇 하러 그러겠느냐."

"네?"

"온 귀인에게 일이 생겨도 그 배 속 아이는 황손이다."

과연 그게 진짜 황손일지는 모르겠지만…… 이 말은 황후도 입 밖으로 꺼내지 않았다.

게다가 그 아이가 진짜 황손이 아니어도 황후의 계획에는 별 차질이 없기도 했다. 자신에게 대역이 있단 이야기는 황제 역시도 웬만한 사건이 터지기 전에는 밝힐 수 없는 비밀.

아이가 문제가 될 것 같다면 황제가 알아서 처리할 것이니 상관이 없고, 아이가 위협이 되지 않을 공주라면 낮은 품계를 주고서 키울 확률도 있긴 했다. 후궁들이 아무도 회임하지 못하면 종국에는 황제에게 문제가 있는 게 아니냐는 의혹이 쏠릴 텐데, 그 아이는 그런 의심을 지워줄 역할을 할 수도 있으니까. 그러니 아이가 무사히 태어나 자라게 된다면…….

"온 귀인에게 문제가 생긴다면 그 아이는 아마 친척인 본궁이 기르게 되겠지."

"아!"

"본궁은 폐하와 시침하지 않아 아이를 가질 일이 전혀 없어. 그렇다면 차선책이라도 알아봐야 하지 않겠느냐."

빙그레 웃고서 서책으로 다시 시선을 내린 황후는, 다시 고개를 들더니 잠시 생각해보다가 영영에게 지시했다.

"태아에게 도움이 될 만한 좋은 약들을 온 귀인에게 챙겨주어라. 황후가 아니라, 친척 언니로서 보내는 마음이라 전하고."

염 귀인은 죽었지만 그녀가 가르쳐준 자수 실력은 내 손끝에서 살아남았다. 시간이 조금 오래 걸리긴 했지만 나는 결국 안비가 요구한 대로 자수 하나를 멋들어지게 완성시켰다.

"이걸 봐."

내가 당당하게 수를 보여주자 귀자가 호랑이인지 고양이인지 잘 구분하지 못하긴 했지만 뭐. 괜찮다. 태초에 고양이는 호랑이랑 한배에서 나왔으니까. 내가 본 건 아니지만 아마 내 말이 맞을 거다. 태초에 일어난 일을 본 사람은 다 죽고 없으니까! 게다가 내 자수가 호랑이인지 고양이인지 구분이 가지 않는다면 오히려 큰 장점이 있지.

"이게 무엇이지?"

"마마를 위해 제가 호랑이를 수놓았답니다."

이렇게 속일 수도 있거든. 안비는 내가 찾아가서 자수를 내밀자 '고작 이거 하나 하는 걸 왜 이리 오래 걸렸냐'고 잔소리를 퍼붓다가, 나중에는 좀 미심쩍은 얼굴로 나와 자수를 자꾸 번갈아 보았다.

"본궁의 눈엔 고양이로 보이는데."

"마마는 새끼 호랑이를 본 적이 없으셔서 그래요. 새끼 호랑이는 고양이랑 비슷하게 생겼거든요."

"넌 본 적이 있단 게냐?"

"암요. 저는 쉰 번이나 보았지요."

"명문가 적녀로 나고 자란 네가 어디서?"

"산에서요. 마마는 귀하게 자라서 잘 모르시겠지만 호랑이는 산에서 산답니다."

안비는 의외로 안목이 밝은지 내 말을 계속 믿지 않으려 했지만, 그래도 내가 계속 고양이라 아니라 호랑이라고 우기자 결국 수긍했다.

하지만 어떻게 해서든 내게 시비를 걸고 싶은 마음이 넘치는지, 그녀는 내가 만든 게 새끼 호랑이란 걸 납득하자마자 이번에는 또다른 시비를 걸어왔다.

"그렇게 오랫동안 자수를 놓기에 얼마나 대단한 명작을 만들려다 기대했더니. 아주 형편없구나."

이렇게. 그 말에 당혹스러워서, 그러면 직접 하지 왜 나한테 시켰냐고 물었더니 안비는 성질을 내면서 내가 기껏 수놓아준 걸 집어 던지고 마구 발로 밟기까지 했다. 진짜 성격 나쁘네, 저 사람?

"이 엉터리는 다시 가져가고 새로 해 와라!"

"안비는 정말 못된 거 같아. 안 그래? 내가 열심히 수를 놓아서 바쳤더니, 저렇게 싫어하고."

결국 시간만 들이고 고생만 하고서 내 처소로 시무룩하게 돌아가고 있으려니, 원웅이 주위를 두리번거리다가 내게 작은 목소리로 위로했다.

"걱정 마세요, 소주. 소주가 승리했어요."

"뭐가?"

"화낸 건 안비이지만 성질 난 것도 안비일 거 같거든요."

"왜?"

"소주는…… 긍정적이시니까요!"

무슨 소리인가 싶어서 쳐다보자 원웅이 내게 부채질을 해주면서 실실 웃었다. 뭐. 어쨌든 그렇다면 그런 거겠지. 원웅은 사회생활을 잘하니까.

"원웅아."

"네, 소주."

"오랜만에 청적이나 가야겠다. 바람이 시원하게 불어서 좀 덜 덥네."

방향을 도로 바꾸어 동영궁에서 나가게 되자, 원웅은 이번에는 부채를 옆구리에 끼더니 내가 들고 있던 자수, 안비가 도로 가져가라고 팽개친 그 자수를 받아 들면서 웃었다.

"이건 제가 이따 돌아가서 깨끗하게 빨아드릴게요. 제가 볼 때 정말 잘 놓은 자수니까 버리기 아깝잖아요. 제 눈에도 고양이 같긴 하지만요."

"고양이야."

"예?"

"고양이 맞아."

"!"

한참 이야기를 나누며 걸어가고 있을 때였다. 심궁과 동쪽 구역 사이의 갈림길을 지나는데 낯익고 반가운 얼굴이 보였다. 흑합 장군이었다.

서신을 주고받은 후로 내내 연락을 하지 않다가 정말 오랜만에 만나는 것인지라, 나는 웃으면서 그쪽으로 다가갔다.

"천 귀인을 뵙습니다."

하지만 인사를 올리는 흑합을 보자 웃을 수가 없어졌다. 그의 표정이 너무나 어두워서. 맞아. 흑합 장군은 염 귀인이랑 어린 시절부터 친구라 했지. 그런 친구가 죽었으니 지금 흑합 장군은 속이 말이 아니겠어.

이걸 어쩌나. 이럴 땐 어떻게 위로해야 하나. 나는 잠시 주저했다. 하지만 머리를 빠르게 굴려 보아도, 친구의 친구가 죽은 적이 없다 보니 위로할 방법이 생각나지 않았다. 쩔쩔매고 있자니 다행히 흑합 장군이 먼저 말을 걸어주었다.

"오래간만에 뵙습니다, 귀인. 잘 지내고 계시는지요?"

"난 잘 지내고 있는데…… 장군은 안색이 수척한 걸 보니 잘 지내는 것 같지 않네요."

"네. 염 귀인 생각에 마음이 무겁습니다."

괜찮다고 말하면 그렇구나, 할 텐데. 순순히 인정하니까 더욱 말하기 곤란해진다. 나는 괜히 고개만 몇 번 끄덕였다. 그가 잘 못 지내고 있다니 나도 무어라고 한마디를 더 해줘야 할 것 같은데. 뭐라고 해야 할지 통 감이 잡히지 않아서. 원웅이 조언해주려는 듯 눈치를 주었지만, 알아들을 수가 없으니 소용없었다.

결국, 나는 재량껏 그에게 위로하는 말을 건네보았다.

"염 귀인은 극락에 갔을 거예요, 장군."

하지만 말을 하자마자 원웅이 내 옷자락을 뒤에서 황급히 살짝 잡아당기는 바람에 그다음 말은 할 수 없게 되었다. 내 말에 혹시 문제라도 있던 건가? 사실 염 귀인이 극락 갈 성품은 아닌 것 같지만 그래도 흑합 장군을 위해서 한 단계 높여서 말해준 건데. 사람들은 이런 위로를 싫어하나? 아니, 그러면 뭐라고 해야 해?

"저도 그럴 거라 생각합니다. 가끔 뾰족해질 때도 있지만 기본적으로 선한 분이셨으니까요."

다행히 흑합 장군에게는 내 위로가 통했나 보다. 그의 입가에 옅은 미소가 올라오는 걸 보니. 나는 안심해서 고개를 끄덕인 다음 옆으로 물러서며 작별 인사를 건넸다.

"그럼…… 난 이만 저쪽으로 가볼게요. 잘 가요, 장군."

떡돌이한테 화가 나서 흑합 장군과 친하게 지내려 했는데 염 귀인 사건이 있어서인가, 울적한 그를 붙잡고 친한 척 굴 수가 없어. 나는 얼른 몸을 돌렸다.

"귀인."

그러나 내가 두 걸음도 가기 전에 뒤에서 흑합 장군이 나를 재차 불렀다. 돌아보자 그가 우두커니 서서 나를 보고 있었다. 더 할 말이 있는가 싶어서 쳐다보자 그가 물었다.

"이런 말씀을 드려도 좋을지 모르겠습니다만…… 후궁들이 귀인을 멀리한단 소문을 들었습니다. 괜찮으십니까?"

그런 소문이 돈다고? 나는 처음 듣는 소문인데. 후궁들이 나를 멀리했나? 혹시 온 귀인이 날 빼고 놀러 간 일이 알려져서 그런가? 음. 하지만 뭐, 암살자를 보내는 것도 아니고, 비수를 숨기고 있다가 공격하는 것도 아니고, 천라지망을 펼쳐서 잡으려 드는 것도 아니고. 그냥 나들이에 초대 안 하는 정도야. 내가 눈을 끔뻑거리고 있자 흑합 장군은 희미하게 웃으며 고개를 숙였다.

"제가 헛소문을 들었나 봅니다. 괜한 이야기를 꺼내 죄송합니다, 귀인."

그 모습을 보고 있자니, 역시 흑합 장군은 참 좋은 사람이라 생각이 든다. 의젓하고 굳건해. 떡돌이랑 짜고서 사기를 치긴 했지만, 그래도. 어쨌든 이 와중에 나까지 걱정해주는 게 고마워서 나는 그를 향해 미소를 지어 보이고서 괜찮다고 말했다.

흑합 장군은 나를 동정심 가득한 눈으로 쳐다보면서도 내 말에 연신 고개를 끄덕여주다가 내가 말을 마치자 당부했다.

"부디 귀인께선 늘 무탈하고 무사하셨으면 합니다. 염 귀인 몫까지요."

"고마워요."

그걸로도 그치지 않고서 흑합 장군은 내게 다시 물었다.

"제가 도울 게 있다면 뭐든 말씀하시지요. 귀인을 돕고 싶습니다."

"장군님? 뭐 하시는 겁니까?"

흑합 장군의 부관은 흑합에게 보고할 서류를 가지고 집무실 안으로 들어섰다가, 깜짝 놀라 물었다. 그의 상사가 책상 앞에 앉아 커다란 손으로 조그마한 바늘과 실을 쥔 채 끙끙 앓고 있어서였다. 앞에 놓인 동그란 수틀, 바늘, 실. 누가 봐도 뭘 하는지 알 수 있는 모습이었으나 부관은 보면서도 믿기지 않아 더듬거렸다.

"자수…… 놓으십니까?"

흑합은 무표정하게 수틀 위에 바늘과 실을 도로 내려놓았다. 이건 아까 만난 천 귀인이 그에게 맡긴 일로, 도와줄 게 없냐고 물었더니 있다면서 건넨 물건들이었다. 하지만 이걸 부관에게 설명하기도 난감해서 흑합은 대답하는 대신 자기가 질문을 해버렸다.

"뭘 들고 온 거냐."

"아. 이거요."

부관은 들고 온 서류를 흑합에게 건네면서 요약해 설명했다.

"전에 장군께서 사하비단과 천년비란 무림인이 이상 행보를 보이진 않는지, 그들이 정말로 수오부군왕 사건과 관련이 있진 않은지 계속 주시하라 하셨지요. 그 일 관련한 보고서입니다."

흑합은 미간을 찌푸리며 두루마리를 묶은 끈을 풀었다.

"그들이 왕족들에게 접근했단 확실한 증거가 나온 건가?"

"그런 건 아닙니다. 하지만 신중하게 눈여겨봐야 할 내용이 있습니다."

흑합은 고개를 끄덕이고서 부관이 건넨 서류를 빠르게 읽었다. 이윽고 흑합은 채 반 각도 되지 않아 긴 보고서를 다 읽고서 자리에서 일어섰다.

"폐하께 고해야겠다."

"천년비란 자에 대해선 이미 많은 게 알려져 있었습니다. 그래서 오히려 조사가 어려웠고요."

"이야기가 많으면 헛소문도 많지."

"예. 너무 허황된 이야기를 빼면, 공통적으로 꼽는 건 천년비란 악적이 무척이나 강하다는 것. 힘의 출처에 대해 수상한 구석이 있다는 것. 성격이 포악한 데다 제멋대로고 손속이 잔인하다는 것입니다."

"성격이 포악해?"

"그런 이야기가 많았습니다."

"힘의 출처가 수상하단 건? 무슨 소리지?"

"무림인들은 문파에 소속되거나 스승을 두고 무공을 익히지요. 제대로 무공을 익히지 않은 어중이떠중이들도 저잣거리에 돌아다니는 무공서를 보고 익히곤 합니다. 한데 천년비란 자는 사문도 스승도 알려지지 않았답니다."

"특이한 일인가?"

"드물지만 아예 없던 일은 아니랍니다. 일인 전승 문파나 오래전에 사망한 은거 기인이 남긴 비급을 발견하는 기연으로 강해지면 그럴 수 있지요. 소문으로는 천년비가 늘 들고 다니며 쓴다는 일기장이 있다는데, 거기에 천년비 무공의 비밀이 적혀 있단 말도 있답니다."

기몽의 보고를 받으며 황제는 고개를 끄덕였다. 하지만 만족스럽지 않았다. 그는 천년비에 대해 모든 걸 다 조사해 오라 하였는데, 기몽의 말은 그저 무림인으로서의 악명과 행적, 무공에 대한 게 대다수였다.

"가족이라거나 뭘 좋아했다거나 대인 관계라거나 그런 건?"

"알려진 바로는 가족도 없고 친구도 없답니다. 아는 사람이 없으니 뭘 좋아하는지도 모르고요."

"……."

"연인으로 알려진 자가 있긴 했지만, 그자가 천년비를 죽이기 위해 연극을 했을 뿐이라더군요. 천년비가 죽었단 소문이 잠시 돌았는데, 천년비를 거의 죽일 뻔했던 자가 그 연인이란 자랍니다."

"정말인가."

"네. '개원'이라고, 그자 역시 무림에서 이름만 영웅이라 하지요. 개 답웅과 같은 가문 사람입니다."

월요 황제는 책상을 손가락으로 툭툭 두드리다가 미간을 찌푸렸다. 이렇게 들어서는 천 귀인과 그리 겹치는 바가 없었다. 그나마 하나 비슷한

43

건 제멋대로라는 정도일까. 황제는 결국 한참을 생각하다가 고개를 젓고서 나가라 손짓했다.

"별 소득은 없어 보이지만. 알았다."

곱게 자란 명문가 적녀와 악명으로 가득한 무림인을 비교하려고 하다니. 너무 무리였던 걸까.

천년비 종이를 묻을 때마다 천 귀인이 쓰러진 게 영 이상하긴 하지만, 두 사람이 동일인일 가능성은 그래도 적어 보였다.

"이건 다른 맥락의 보고이지만, 천년비에 관해 조사하던 중 신경 쓰이는 점이 하나 더 있었습니다, 폐하."

그러나 기몽은 나가는 대신 조심스럽게 다시 천년비 이야기를 꺼냈다.

"무엇이지?"

황제에게 수오부군왕 사건과 관련된 보고를 하기 위해 어전 앞에 도착한 흑합은 먼저 기몽 장군이 들어가 있단 이야기에 잠시 그 앞에 서서 차례를 기다렸다.

얼마나 그렇게 기다렸을까. 일각 정도가 지나자 마침내 기몽 장군이 안에서 나왔다. 무덤덤하게 걸어 나오던 기몽은 흑합을 보자 눈빛이 서늘해졌다. 고개를 까딱이는 걸로 인사를 대신한 그는 빠른 걸음으로 그를 스쳐 지나갔다. 흑합은 멀어져가는 기몽의 뒷모습을 잠시 보다가, 오원요의 안내를 받아 어전으로 들어갔다.

"폐하. 일전에 말씀드렸던, 수오부군왕과 관련이 있을지도 모르는 자들에 대해 새로운 정보가 들어왔습니다."

황제는 뜻밖에도 책상에 팔을 괴고 앉아 눈을 감고 있었는데, 기몽이 대체 뭔 보고를 올린 건지 무척이나 피로한 얼굴이었다. 지금 이 이야기를 해도 될까. 흑합이 잠시 망설이고 있으려니, 황제가 무거운 목소리로 천천히 입술을 열었다.

"너도 천년비란 자가 마교에 간단 소문을 보고하러 왔느냐."

두 장군이 다녀간 뒤 월요 황제는 뒷짐을 지고서 창가에 서서 아무 말도 하지 않았다. 오원요는 몇 번이나 안으로 들어와 찻잔을 바꾸고 갔으나, 차 양은 전혀 줄어들지 않았다. 그러기를 다섯 번 정도. 녹색 찻잔에 차를 받쳐 온 오원요는 아까 교체한 찻잔 무게가 그대로이자 두 손을 모아 맞잡고서 황제에게 조심스럽게 물었다.

"폐하. 시름이 있으신지요?"

월요 황제는 얼굴을 가린 면사를 거추장스럽다는 듯 벗어 툭 옆으로 던지고서 돌아섰다. 확실하게 시름이 있는 얼굴이라 오원요는 불안해졌다. 그는 늘 황제의 곁에 머무르기에 많은 정보를 알고 있었다. 기풍 장군과 흑합 장군이 둘 다 천년비와 마교에 대해 이야기하고 돌아간 것도 알고 있었다.

수오부군왕 사건을 조사할 때 사하비단에 관한 이름이 나왔으나 주시하는 정도로 넘어간 것은, 그 단체가 황실에서 관심을 가지기에는 너무나도 작고 미약한 단체였기 때문이었다. 무림에서야 사파니 정파니 하며 자기들끼리 패를 나눌지 모르나, 황실의 입장은 또 달랐다. 무림 내에서도 작게 여겨지는 집단은, 무력 집단이 아니라 그저 몇 명이 뭉쳐 다니는 패거리 정도로만 여겨졌다.

하지만 무림맹이나 마교, 종교와 결합한 무림 단체 정도가 되면 황실에서도 주시하게 되었다. 무림맹은 수많은 무림인들이 힘을 모아 만든 단체이기 때문이었고, 종교와 결합하면 대중이 따르게 되기 때문이었다. 마교는 이 중에서도 특이한 경우였는데, 그들은 무림맹처럼 많은 문파와 무림세가가 모여서 만든 집단이 아닌데도 소속된 숫자가 무림맹과 맞먹을 정도로 많았다. 심지어 파괴적이고 공격적인 구석까지 있어서, 좀 더 다루기 까다롭기도 했다.

그런 집단에 최근 들어 부정적인 주시를 받던 사하비단과 천년비가 방문하려는 소문. 심지어 천년비는 기몽 자군이 '천 귀인이 입궁 전 사용하던 가명일지도 모른다'고 한 인물 아니던가. 기몽 장군의 추가 조사를 들어보니 천년비와 천소여가 동일인일 가능성은 더 줄어들긴 했다. 그래도 어쨌든 천 귀인과 이름이 얽힌 인물이 수오부군왕 사건에 거론되는 무림 세력과 관련이 있을 수도 있단 자체가 월요 황제에게는 몹시 신경이 쓰일 수밖에 없었다.

"폐하. 천 귀인을 의심하시는지요?"

오원요가 더욱 조심스럽게 질문하자, 월요 황제는 바로 대답하는 대신 나란히 놓인 두 개의 찻잔만 내려다보았다. 황제가 말을 나누고 싶은 기분이 아니구나 싶어서 오원요는 얼른 식은 찻잔을 쟁반 위에 올렸다. 오원요가 쟁반을 들어 올릴 때쯤에야 월요 황제는 작게 중얼거렸다.

"아닐 거다. 제멋대로란 점 말고는 같은 점이 없는 사람 같으니."

"그럼요."

오원요는 쟁반을 든 채 허리를 굽신거렸다.

"당연합니다. 그 천년비란 무림인은 천 귀인께서 입궁한 후에도 내내 활동한 사람이 아닙니까. 동일인일 수가 없지요."

"한데 왜 그 이름을 물었을 때 천 귀인이 자꾸 쓰러졌던 걸까."

"……."

월요 황제는 오원요가 막 가져와 내려둔 찻잔을 쥐었다. 조금 뜨겁기까지 한 기운이 손바닥을 타고 올라왔다. 그는 찻잔 뚜껑을 내려놓고 김이 올라오는 찻물을 후 후 불었으나, 시선은 찻잔 조금 위쪽에 멍하니 고정되어 있었다. 오원요는 나가지도 다시 말을 걸지도 못하고서 엉거주춤한 자세로 황제의 반응을 기다렸다. 황제는 한참을 그러고 서 있다가, 결국 차를 마시지 않고 도로 내려놓으며 입을 열었다.

"천 귀인이 진짜 무림인인지 아닌지 확인해 보아야겠다."

"하지만 그건 기몽 장군이 이미 확인하였다 하지 않았습니까, 폐하? 천 귀인은 무림인이라 하기엔 내공이 너무 빈약하다 하였습니다."

"그렇지."

월요 황제는 고개를 끄덕이고서 의자를 끌어다가 그 위에 앉으며 치렁이는 소맷자락을 한 뼘 걷어 올리고 붓을 쥐었다.

"그래도 확인해 봐서 나쁠 건 없지. 오원요."

"예, 폐하."

"천 귀인에게 오늘 짐과 저녁 식사를 함께하자 일러라."

"예, 폐하."

흑합 장군에게 자수를 맡기길 잘했어. 아주 한가해졌는걸! 그놈의 자수 때문에 내내 바늘이랑 실을 쥐고 있다가 홀가분해지자 아주 좋다. 이 즐거운 기분을 표현하기 위해 나는 평상 위에서 열심히 춤을 췄다. 부성은 처음에는 얼굴이 벌게져서 날 쳐다보지도 못했지만, 내가 온 힘을 다해 발을 움직이자 나중에는 내 춤에 감동을 받아 박수까지 쳐주었다.

"전 소주를 볼 때마다 깨달아요. 자기 자신이 당당한 게 최고란 걸요."

내 춤에 대한 소감을 묻자 이런 말까지 해주었다. 이게 내 춤과 무슨 상관인진 모르겠지만.

"못 춘단 거야?"

"소주의 춤은 뭐랄까. 잘 추고 못 추고의 경지가 아니에요. 그 너머에 있는 영역인걸요."

"잘 춘단 거야?"

"보는 사람에게 감동과 깨달음을 줘요, 소주."

"그 정도야?"

내가 활짝 웃자 부성은 자신만만하게 고개를 끄덕였다.

"그럼요."

나도 흐뭇하게 웃고서, 벗어두었던 신을 신고 읽기 싫은 후궁 필수 서책도 펼쳤다. 기분이 좋아진 김에 이 귀찮은 서책도 몇 장 읽어버려야지. 어휴, 이 서책은 대체 언제쯤 다 읽고 치울 수 있을까?

그런데 책을 읽으며 다리를 달랑거리고 있자니, 찻잎을 타러 내무부에 갔던 원웅이 내무부 태감과 함께 돌아오는 게 보였다.

"어? 쟤는 상상 아니에요?"

그뿐만이 아니었다. 그 뒤쪽에는 낯익은 궁녀 하나까지 따라오고 있었다. 염 귀인의 측근 궁녀 말이다. 이름이 상상이란 건 나도 방금 부성에게 들어서 알았지만.

"쟤가 여긴 왜 왔을까요?"

부성은 눈살을 찌푸리고서 중얼거렸다.

"글쎄다."

나는 고개를 젓고서 평상에 앉은 채 그들이 이 안으로 들어오길 기다렸다. 잠시 뒤 사립문을 열고 들어온 내무부 태감은 내게 공손히 인사를 올리더니, 원웅의 뒤쪽에서 따라온 상상을 가리키며 이렇게 설명했다.

"이쪽은 돌아가신 염 귀인의 측근 궁녀였던 상상입니다. 갑자기 주인이 사라져 여기저기 떠돌고 있었는데, 우 귀인이 황후마마께 찾아와 천 귀인께 보내달라 부탁했지요. 천 귀인께선 염 귀인과 친하셨으니까요."

내무부 태감의 뒤쪽에 선 원웅의 표정이 썩은 사과를 먹은 것처럼 구겨졌다. 나 역시 상상이 여기 온 게 좋은 의도로 보이지 않긴 마찬가지였다. 자발적으로 왔으면 몰라, 우 귀인이 보내서 왔다니까.

"여기엔 사람이 더 필요치 않는데."

그래서 일단 돌려 거절해보았으나 내무부 태감은 난처해하며 다시 굽신굽신 설명했다.

"황후마마께서 이미 허락하신 일이라 소신의 선에서 돌려보내기가 힘듭니다, 귀인. 이 일은 상상을 가엾게 여기서서 지시한 것이니까요."

상상은 두 손을 배꼽 부근에 모으고 서 있다가, 내무부 태감의 말이 끝나자 내 앞으로 다가오더니 꾸벅 인사하고서 야무지게 말했다.

"염 귀인께서는 소주를 늘 걱정하고 신경 쓰셨지요. 염 귀인께서는 이곳에 없으시지만, 제가 염 귀인을 대신해 소주를 보살피게 해주십시오."

"말은 잘하네."

내가 진심으로 감탄하자 상상이 흠칫하더니 내 눈치를 살폈다. 내무부 태감은 나와 상상을 번갈아 보더니, 귀찮은 일에 얽히기 싫은 듯 공손하게 인사를 하고서 도망치듯 가버렸다. 순식간에 내 궁녀가 하나 더 늘어버린 것이다. 부성은 상상을 노려보았지만, 상상은 그녀와 눈도 마주치지 않고 그저 순종적인 모습으로 손을 모으고 고개만 숙이고 있었다. 이대로 돌려보낼 순 없는 거겠지? 일단 당분간은?

결국, 어쩔 수 없이 나는 원웅에게 상상이 무슨 일을 해야 할지 알려주라 지시했다. 그런데 지시를 마치고서 내 방으로 돌아서려 하니, 이번에는 떡돌이의 태감이 달려와서 내게 알려주었다.

"폐하께서 귀인과 저녁 식사를 함께하고 싶다고 말씀하셨습니다."

"알겠네."

내 대답에 태감은 꾸벅 인사를 하고서 다시 밖으로 달려갔다. 원웅은 황제가 내 방에 올 거란 소리를 듣자 그제야 기분이 조금 풀리는지 입꼬리를 올리고서 밝게 말했다.

"가장 자신 있는 요리들로 차려 올리라 할게요, 소주."

"저는 소주를 최고로 멋지게 꾸며드릴게요."

부성도 평소보다 훨씬 친근하게 말하며 내게 붙었고, 나는 상상에 대한 일은 잊고서 얼른 내 방으로 들어갔다.

나도 치장을 마쳤고 요리도 치장을 마쳤다. 하지만 떡돌이가 바로 나타나지 않아서, 나는 상 앞에서 한동안 멀뚱히 기다려야 했다. 기다리다 못해 원웅과 부성도 훨씬 깨끗하고 단정한 옷으로 갈아입었지만, 황제는 그러고서도 일각 정도가 지나서야 나타났다.

"자. 계란이가 좋아하는 계란떡이다."

이 와중에도 떡은 꼭 챙겨 와서 주는 걸 뭐라고 해야 할지…….

"사람은 착한 모습과 나쁜 모습이 있다던데, 떡돌이 너도 그렇구나?"

"착한 점은 떡 챙겨주는 모습일 테고. 나쁜 점은 뭐지? 조금 늦게 와서 서운하느냐?"

"슬슬 떡 안에 보석이라든가, 그런 걸 좀 넣어서 가져와 봐. 사람은 떡만 먹고 살 순 없다고. 넣어서 주면 내가 눈치껏 놀랄게."

"참 당당하게도 요구하는군."

"난 절대로 기죽지 않아."

"그래 보인다."

혀를 찬 떡돌이는 맞은편에 앉더니, 갑자기 품 안에 손을 넣었다. 이 와중에 왜 혼자 더듬거리나 싶어서 보고 있으려니, 그는 나와 눈이 마주치자 눈썹을 찌푸리며 몸을 옆으로 돌렸다.

"왜 그래?"

"네가 이상하게 쳐다보고 있잖느냐."

내가 뭘 어쨌다고 괜히 팩 토라지는가 싶더니, 마침내 떡돌이가 무언가 작은 종이봉투를 꺼내 내게 내밀었다.

"자. 떡에 넣어서 주긴 좀 그렇고. 대신 다른 데 넣어 왔지."

"뭐야?"

의아해서 받아들고 봉투를 북 찢자, 놀랍게도 안에서 반짝거리는 자잘한 팔찌가 나왔다.

"와."

촛불을 받아 붉게 반짝이지만 햇볕 아래에서 보면 흰빛일 것 같은데? 하여튼 움직일 때마다 여기저기서 번쩍거리는 것이, 굉장히 아름다웠다.

"내 거야?"

너무 기뻐서 얼른 입에 집어넣으며 묻자, 떡돌이는 먹는 게 아니라며 황급히 내 팔을 잡아 꺼내더니 도끼눈을 뜨고 작게 항의했다.

"떡에 보석 넣어달라더니. 먹으려 그랬던 게냐? 이걸 왜 먹어, 이걸?"

"이런 건 씹어 봐야 돼. 그래야 진짜인지 구분할 수 있어."

"설마 황제인 짐이 네게 짝퉁 보석을 주겠느냐?"

"떡돌이 너도 속아서 산 걸 수도 있어."

"황제에게 가짜 보석을 진상하는 미친 짓거리를 할 나라가 있을까."

아하.

"상납받은 거야?"

"진상받은 거다."

한숨을 내쉰 황제는 고개를 설레설레 젓더니, 내가 손에 들고 있는 보석 팔찌를 씁쓸하게 내려다보며 중얼거렸다.

"짐이 직접 팔에 끼워주려 했는데. 바로 입에 넣을 줄이야……."

나처럼 쫓기면서 살아보라지. 양손에 무기가 들려 있으면 급할 땐 입에 물고 뛰어야 한다고. 어쨌든 떡에 보석 넣어달란 얘긴 그냥 농으로 한 건데. 진짜로 가져다주니 좋긴 좋다. 나는 히히 웃으면서 보석을 옆에 잘 챙겨둔 다음, 탁자를 두드리며 지시했다.

"얼음 넣은 차를 가져와."

다른 음식은 미리 차려뒀는데, 얼음은 빨리 녹으니까 꺼내두지 않고 얼음 상자에 넣어뒀지. 시원하게 먹으라고. 그런데 뭐지? 지시를 했는데도 어쩨 궁녀들이 바로 들어오지 않았다. 평소라면 칼같이 딱딱딱 들어왔을 원웅과 부성인데?

의아해서 고개를 기웃하고 있자니, 마침내 문이 좀 황급히 열리고서 원웅이 가장 앞에서 얼음 상자를 들고 들어왔다. 그 뒤에는 부성이 쟁반에 잔을 들고 들어왔고.

그런데 왜 둘 다 표정이 안 좋지? 이상해서 보고 있자니, 뒤쪽으로 한 사람이 더 들어왔다. 염 귀인의 궁녀 상상이 아주 청초한 차림새를 하고, 내가 준비하지 않은 얼음물에 담근 과일 그릇을 들고서.

저게 뭔가 싶어 보고 있자니, 상상이 조심스럽게 다가와 탁자에 자기가 가져온 그릇을 내려놓고서 말했다.

"폐하, 황후마마께서 날이 너무 덥다고, 폐하께 과일을 보내셨습니다."

떡돌이가 나한테 올 줄은 나도 몰랐는데, 황후는 어떻게 알고 이런 걸 보냈을까. 상상은 그걸 또 어떻게 받아 왔고?

참 희한한 일이라 그 얼음물에 담근 시원해 보이는 과일을 보고 있자니, 떡돌이가 고개를 기웃하다가 손가락으로 상상을 가리키며 물었다.

"너는 염 귀인의 궁녀가 아니었던가."

황제가 자신을 알아보자 상상은 사뿐 날아가는 나비처럼 부드럽게 인사를 올렸다.

"예, 폐하. 그 후로 배속 없이 잡일을 돕다가, 지금은 천 귀인의 처소에서 일하게 되었답니다."

"넌 염 귀인이 사가에서 데려온 궁녀였지?"

"예."

염 귀인에 대한 이야기가 나오자 아직도 슬픈 듯 상상이 눈시울을 붉했다. 슬픈 척하는 게 아니라 정말로 슬퍼 보였다. 떡돌이는 그 모습을 물끄러미 보다가 말했다.

"염 귀인이 떠날 때도 울다 혼절했다 들었다. 고생이 많았나 보구나."

떡돌이의 목소리는 위로하는 투여서, 대각선 뒤쪽에 선 원웅과 부성의 표정이 잠시 꿈틀했다. 황제 앞이라 표정 관리를 하는 듯했지만, 황제가 잠시 돌아서기라도 한다면 온 인상을 구기고 고함이라도 지를 만큼 눈빛들이 흉흉했다.

하지만 떡돌이는 이런 분위기를 모르겠는지 그저 안타깝다는 듯 혀만 찼다. 상상은 더욱 애처로운 모습으로 말을 이었다.

"그래도 천 귀인께서 저를 가엾게 여기고 받아주셔서 참으로 다행입니다. 천 귀인은 염 귀인의 친구이기도 했으니, 앞으론 염 귀인을 모신 마음으로 천 귀인을 잘 모시려 합니다."

둘이 대화를 참 잘 나누네. 나는 멍하니 떡돌이와 상상의 대화를 지켜보다가 내 처소 숙수가 열심히 만든 요리들을 내려다보았다. 먼저 먹고 싶어. 황제보다 먼저 먹어도 되나?

그런데 잠시 넋을 놓고 있는 사이, 떡돌이가 아까와는 다른 분위기로 말하는 게 들려왔다.

"네 마음이 참 갸륵하다. 하지만 천 귀인과 있으면 아픈 기억을 떨치기 어려울 거다. 내내 옛 주인이 생각날 테니."

"소인은—"

"황후에게 말해둘 테니 배속을 바꾸도록 해라. 희원궁은 염 귀인이 지내던 곳이니 같은 이유로 피해야 할 테고…… 그래. 오월궁이 좋겠군."

오월궁은 내가 머무는 동영궁과 가장 거리가 먼 곳인데? 날 보면 염 귀인 생각이 날 테니 나한테서도 멀리 떨어져 있으란 건가? 언제부터 저렇게 배려심이 좋아졌대? 기가 차서 떡돌이를 보고 있자니, 상상이 황급히 무릎을 꿇었다.

"아니옵니다, 폐하. 저는 천 소주 곁에 남고 싶습니다."

황제는 그 말에 잠시 탁자를 손가락으로 툭툭 두어 번 두드리더니 내 쪽을 보며 물었다.

"너도 저 아이를 여기에 두고 싶으냐?"

나는 온기가 점차 식어가는 국을 쳐다보다가 솔직하게 대답했다.

"아무 생각도 없어요, 폐하. 배가 고프단 것 외에는요."

내 말에 면사 아래로 드러난 떡돌이의 입꼬리가 슬며시 올라가는가 싶더니, 곧 그는 다시 상상 쪽을 쳐다보며 손짓했다.

"일어나라."

"그럼 폐하, 소인은……."

"원웅."

황제가 상상의 말을 끊으며 원웅을 부르자, 사태를 불만스레 지켜보던 원웅이 얼른 앞으로 나섰다.

"원웅, 네가 염 귀인의 측근 궁녀를 내무부로 데려다주어라."

원웅은 황제의 말 한마디에 아까의 분노가 싹 풀리는지 활짝 웃으면서 밝게 대답했다.

"예, 폐하!"

"그리고 염 귀인의 측근 궁녀."

"……예, 폐하."

"원한다면 출궁해도 좋다."

"!"

"출궁하고 싶지 않거든 오월궁에 있는 후궁 아래로 들어가거라. 내무부에 말하면 숫자가 가장 적은 후궁을 안내해줄 거다."

그런데 이 한밤중에 궁녀 배속을 바꿀 수 있나? 모르겠다.

어쨌든 원웅은 황제가 지시를 내리며 바로 가라고 하자, 가벼운 걸음걸이로 얼른 밖으로 나갔다.

부성과 상상이 그 뒤를 따라 나가자, 나는 얼른 떡돌이에게 내내 내가 눈여겨보던 국을 가리키며 물었다.

"이제 먹어도 될까? 다 식어가."

하지만 떡돌이는 아직도 일이 덜 끝났는지, 내 말에 대답은커녕 혀를 차면서 고개만 저었다.

그러고는 나를 아주 한심하다는 듯이 쳐다보면서 구박했다.

"맹하긴. 널 원망하던 궁녀가 네게 얼마나 충심을 보일 거라고 곁에 두느냐? 넌 암투도 못 하느냐?"

"내가 데려온 거 아닌데."

좀 억울한 평가라 단호하게 정정해주었으나 떡돌이의 표정은 여전히 풀리지 않았다.

"원치 않게 데리고 있게 생겼으면 짐에게 말하면 되지 않느냐. 짐이 그 정도도 못 해줄까."

그러고는 잔소리를 퍼붓기에, 그가 준 계란떡을 우물우물 씹어 먹으면서 보고 있자니 떡돌이가 한숨을 내쉬고서 내게 물었다.

"짐이 이렇게 말하는데 할 말 없느냐?"

"떡돌이는 암투 좋아하는구나."

"짐이 지금 좋아서 하는 거 같으냐?"

그럼 뭘 기대하고 한 질문이지?

의아해서 쳐다보자, 떡돌이는 눈살을 구기고서 숟가락을 집어 들다가, 갑자기 탁자 위에 숟가락을 도로 내려놓으면서 항의했다.

"떡 하나는 남겨놓아라. 짐도 먹을 거다."

창문을 닫았는데도 어디선가 바람이 흘러들어와 촛불을 흔들었다. 그럴 때마다 타천천이 손에 든 서찰에 진 그림자도 잔물결처럼 흔들렸다.

서찰을 보는 타천천의 눈동자가 조금씩 조금씩 아래로 내려가는가 싶더니, 이윽고 그가 호탕하게 웃음을 터트렸다.

"이럴 수가 있나. 천년비가 후궁일지도 모른다고?"

한참을 그렇게 웃어대다가 타천천은 고개를 설레설레 젓고서 서찰을 내려놓았다. 그러고서 앞을 보니, 서찰을 전달한 총관 상락이 묘한 표정으로 그를 바라보고 있었다.

눈이 마주치자 상락이 말했다.

"단주님께선 천 대인을 사모하시는 줄 알았는데요. 다른 사내의 첩으로 있다는데 즐거워하시니 신기합니다."

재밌어하는 말투에 타천천이 정색하자 상락은 큼큼 헛기침을 하면서 주먹을 쥐고 제 목을 툭툭 괜히 두드렸다. 마치 목이 고장 나서 헛말이 나오기라도 한 것처럼. 타천천은 그 모습을 보자 이번에는 정색을 풀더니, 두 손을 모으고 황홀하다는 듯 웃으면서 되물었다.

"금지된 사랑일수록 뜨거워지지 않을까?"

아주 위험한 발언이었다. 물론 천년비는 진짜 후궁도 아니고, 결정적으로 타천천에게 관심도 없으니 금지된 사랑은커녕 그냥 사랑도 이루어질 가능성은 적어 보였지만.

"그럼요."

어쨌든 상사의 기분을 맞추기 위해 무조건 동의한 상락은, 타천천이 몽롱한 얼굴로 춤을 추듯 허공을 향해 손을 뻗고 있자, 못 볼 꼴을 본 사람처럼 시선을 내리며 다음 보고를 했다.

"수오부군왕이 암살당한 사건 말입니다. 아무래도 황제의 짓 같습니다."

"내 연적 말인가?"

황제가 왜 단주 연적입니까, 라고 묻는 대신 상락은 순순히 대답했다.

"예."

타천천은 손을 내리고서 흥미롭다는 얼굴로 물었다.

"증거는 있는가?"

상락은 대번에 대답했다.

"심증뿐입니다."

증거 하나 없이 보고하는 사람치고는 참으로 당당한 태도였으나, 타천천은 개의치 않고 고개를 끄덕였다.

"우리는 법을 따르는 사람이 아니지. 나는 자네의 머리를 믿고."

증거가 없더라도 상락의 말을 믿겠단 뜻이었다. 얼핏 보아서는 총관이 무슨 말을 해도 다 들어줄 것 같은 태도였으나, 상락은 타천천이 믿기지 않는 보고는 증거를 가져와도 끊어버린단 걸 알기에 딱히 감동을 받진 않았다. 대신 그는 덤덤하게 말을 이어갔다.

"수오부군왕은 신분이나 입지, 머리까지 괜찮았지만 성정에 큰 문제가 있었지요. 저희들이 아무리 충고를 해도 무시하고 제멋대로 굴기만 했으니까요."

"신분제에 밀려 황제 자리에 앉지 못한 놈이 자기보다 신분 낮은 이들은 나서서 무시해댔지."

"예. 이렇게 될 줄 알았습니다."

"알면서 추천한 건 너였다, 상락."

타천천이 비원이 보낸 서신을 집어 촛불에 가져다 대자, 편지가 끝에서부터 검게 그을기 시작했다. 서신이 손가락 한 마디 정도만 남기고 타들어가자, 그는 손을 휘저어 불을 끄고는 상락을 웃는 얼굴로 빤히 바라보았다. 아까와 별 변화가 없어 보이는 표정이었으나 상락은 이번에는 고개를 황급히 숙였다.

"죄송합니다."

타천천이 말을 계속해보라고 손을 저으며 다리를 꼬고 앉았으나, 상락은 여전히 고개를 들지 못하고서 말을 이었다.

"증거가 없긴 이쪽도 그쪽도 마찬가지일진대, 황제는 제 이복동생을 암살로 위장해 죽여버렸습니다. 머리가 좋은 데다 결단력까지 빠른 자입니다. 냉정하고요."

"황제들은 비정하지."

"황제가 저렇게 나온다면 계획을 바꾸는 게 낫겠습니다. 쓸모없는 종친들을 데리고 가봤자 황제에게 꼬리만 잡힐 뿐입니다. 소수의 인원을 골라 집중해야 합니다, 단주."

"누구와?"

미리 명단을 작성해 온 건지 상락은 품 안에서 종이 두 장을 꺼내 타천천의 책상 앞에 내려놓고 물러섰다.

"하나는 계속 연락을 주고받는 인물이고, 다른 하나는 새롭게 고른 인물입니다."

"나머지 종친들은?"

"비밀 유지를 위해선 죽이는 게 빠르지요."

잔혹한 말에도 타천천은 표정 변화 없이 상락이 건넨 명단만 펼쳤다.

그러고서 명단에 시선을 내리려는 찰나.

"천년비에 관해서도 드릴 말씀이 있습니다."

상락이 그의 눈치를 보며 조심스럽게 말을 더 꺼냈다.

타천천은 명단을 도로 접고 책상에 내려놓았다. 타천천의 시선을 받은 상락은 아까보다 훨씬 조심스럽고 신중한 태도로, 한 글자 한 글자 단어까지 고르며 제안했다.

"천 대인이 진짜 후궁으로 가 있다면 지금 당장 불러오진 않는 게 낫습니다, 단주."

"……."

"천 대인은 무공이 고강하지만…… 우리가 원하는 역할은 할 성정이 아니십니다."

"그래서. 껍데기만 이용하자?"

"사파를 집결시키는 역할은 천 대인 몸 안에 들어간 아유정에게 맡기는 게 낫습니다. 천 대인의 위치는 확인되었지 않습니까. 일이 다 완료되면 대인은 그때 다시 불러도 됩니다."

나는 떡돌이가 저녁을 다 먹은 후에 돌아갈 줄 알았다. 하지만 떡돌이는 가만히 앉아있기만 할 뿐 돌아가지 않았다. 그렇다고 잠자리에 들자면서 씻고 오지도 않았다.

"떡돌아? 음식이 맛없었어?"

그 모습이 이상해 묻자, 떡돌이는 내가 다 먹어놓고 무슨 맛을 물어보는 거냐고 항의하더니 잠시 생각하다가 내게 물었다.

"산책하겠느냐?"

"이 밤중에?"

"밤에 하는 산책이야말로 운치가 있지."

산책하자는 사람치고는 표정이 오묘한데, 싫긴 했지만 나는 알겠다고 했다. 나야 뭐. 소화도 시킬 겸 좋지.

"그래 그럼."

그러고서 벌떡 일어서자 떡돌이는 자신도 면사를 다시 착용하더니, 손으로 문을 가리켰다.

"나가자."

승언은 황제와 천 귀인이 나란히 걸어가는 동안 조금 떨어진 곳에 숨어서 뒤를 쫓았다. 하지만 평범한 산책을 따라가는 것치고 그의 표정은 몹시 어두웠다. 걱정이 되서 그랬다. 황제가 지금부터 뭘 할지 알기에.

- 천 귀인이 무공을 익혔는지 시험해볼 거다.

저녁 식사를 하러 오기 전, 황제는 그에게 이렇게 말했다.

무공을 익힌 사람은 어쩔 수 없이 튀어나오는 행동이 있으니 그걸 시험해볼 거라고. 황제가 제안한 그 방법은 분명 효과적일 것 같았다. 계단에서 황제가 직접 몸을 굴려 천 귀인의 반응을 보겠단 거니까. 하지만 황제의 충복 된 입장에서 승언은 그 방법이 너무 위험하게 여겨졌다.

- 낮은 계단에서 할 테니 괜찮다. 천 귀인이 무공을 못 익혔더라도 짐을 잡아는 주겠지. 반응이 느릴 뿐.

황제는 염려 말라 말했지만…… 그리고 맞는 말이긴 했지만, 그래도 걱정이 안 될 수가 없었다.

그렇게 상념에 젖어 따라가는 사이. 마침내 천 귀인과 황제가 청적으로 가는 작은 계단을 지나게 되었다. 열 개짜리 계단. 황제의 말처럼 여기서 넘어져도 목숨이 위험하진 않은 계단이었다. 하지만 넘어지면 분명 다칠 계단이기에, 승언은 긴장해서 마른침을 삼켰다. 그는 눈치껏 앞쪽으로 다가가 오원요의 곁에 붙었다. 오원요 역시 긴장해 있긴 마찬가지였다. 그래도 괜찮을 거라고, 오원요와 승언은 서로를 마주 보며 눈짓을 주고받았다.

그때였다. 미리 말했던 대로 황제가 계단을 먼저 내려가는 척하더니, 갑자기 발을 헛디디면서 몸을 휘청했다. 승언은 뻗어 나가려는 손과 다리를 가까스로 막았다. 대신 황제가 당부한 대로 천 귀인의 반응을 관찰했다. 과연 무림인처럼 빠르게 황제를 잡을 것인지, 아니면 보통 사람들처럼 한 박자 늦게 황제를 잡을 것인지. 그 순간.

'아예 구하려는 시도도 안 하잖아?!'

황제가 계단을 데굴데굴 굴러 내려갔다.

"폐하!"

놀란 승언은 기겁해 펄쩍 뛰고서 황제에게 달려가 부축했다. 오원요도 놀라 황제에게 달려갔다. 승언은 옷이 흙투성이가 된 채 허망한 표정을 짓고 있는 황제를 대신해, 아직도 계단 위에 멀뚱히 서 있는 천 귀인에게 항의했다.

"귀인, 왜 폐하를 그냥 방치하시는 겁니까!"

그 원망스러운 추궁에 천 귀인은 "어?" 하고 고개를 기울이더니 해맑게 웃었다.

"일부러 뛰길래."

"폐하. 괜찮으신지요?"

오원요가 걱정스럽게 물으며 두 손으로 차가운 계란을 내밀자, 황제는 반사적으로 손을 내밀다가 계란을 보고는 치를 떨며 손을 휘휘 저었다.

"도로 가져가라."

오원요는 황제가 부르는 천 귀인의 별명이 '계란'인 걸 알기에 얼른 밑의 태감에게 계란을 건넸다. 아래에 있는 태감이 계란을 받아 들고 나가자 오원요는 이번에는 금창약을 가져와 조심스럽게 물었다.

"정말로 어의를 부르지 않아도 괜찮으실지요?"

"조금 까졌을 뿐이니 괜찮다. 어의들이 괜히 호들갑을 떨어서 모후 귀에 들어가면 그게 더 골치 아프니."

"하오나……."

"약이나 바르라."

황제의 명령에 오원요는 손을 깨끗하게 씻은 다음 약 뚜껑을 열었다.

그가 손가락에 약을 묻혀 조심조심 상처 부위 여기저기에 바르자, 승언이 다가와 들췄던 황제의 옷매무새를 다시 정돈해주었다. 이 모든 절차가 끝나자 황제는 한숨을 내쉬고서 침상 등받이에 몸을 푹 기대고 앉아 중얼거렸다.

"설마 미동도 하지 않고 보고만 있을 줄이야. 짐이 계란이를 너무……."

황제는 적절한 단어가 생각나지 않는지 중간에 말을 끊고서 헛웃음을 뱉었다.

"과대평가했다 해야 할지 과소평가했다 해야 할지."

승언은 황제의 곁에 시립한 채 미간을 찌푸렸다.

"냉정한 분인 건 확실합니다."

"글쎄."

황제는 코웃음을 쳤다.

"냉정한 건 모르겠고. 눈썰미는 확실히 좋은 모양이다."

오원요는 금창약을 원래 두던 장소에 넣어둔 다음, 찻잔에 뜨거운 물을 부어 황제가 기대앉은 침상에 내려놓고 물러서며 물었다.

"그러면 이제 어찌하실 건지요? 아예 반응을 하지 않으셨으니 무공이 강한지 아닌지도 알기 어렵게 되었지 않습니까. 혹시…… 또 그런 위험한 시험을 하실 생각이신지요?"

황제가 그러겠다고 하면 말릴 태세였다. 물론 그가 말린다고 해서 황제가 듣진 않겠지만. 다행스럽게도 황제는 또 자신의 몸을 이용해 천 귀인을 시험할 생각은 없는 듯했다.

"되었다. 내공도 미약하고 판단력도 제멋대로라면 알기 어렵지."

"하오면ー"

"생각해보니 천 귀인이 천년비란 가명으로 활동한 건 중요하지 않아."

이건 또 무슨 말인가? 천 귀인이 천년비와 동일인이면 어마어마한 문제가 되는 게 아닌가? 오원요와 승언이 서로를 힐긋거렸다. 천년비는 평범한 무림인이 아니라 무림에서 공적이었다. 심지어 최근에 수상쩍은 행보를 보였다. 그런데 중요하지 않다니? 황제가 천 귀인에게 너무 빠져서 천 귀인 한정으로 마음 씀씀이가 확 넓어진 걸까?

하지만 그건 아니었다.

"짐의 말이 믿기지 않는가 보구나. 그럼 이렇게 생각해보아라. 천 귀인이 천년비와 동일인이라 해도, 어쨌든 이중생활을 했다면 입궁 전 일일게 아니냐."

"그렇지요."

승언이 두 손을 모으고 순순히 수긍했다.

"천년비란 자는 이곳저곳 사방팔방 돌아다녔으니까요."

"그러니까. 천 귀인이 입궁하기 전 천년비는 누구와도 어울리지 않는 독불장군이었다더라. 사하비단과도 당연히 함께하지 않았지."

"그렇군요."

"천년비가 수상한 행보를 보인 건 천 귀인이 입궁한 후. 즉, 두 사람이 과거에 동일인이었더라도 현재의 천년비는 천 귀인이 아니라는 말이다."

이제야 오원요와 승언은 황제가 말하고자 하는 바를 알아차렸다. 황제는 중요한 건 천 귀인의 현재지 과거가 아니란 말을 하고 있는 거였다.

"천 귀인이 과거를 묻고 후궁으로 사는 거라면 그냥 지금처럼 지내면 되니 아무 문제 없지."

"영명하십니다."

"천 귀인이 지금 문제 되는 천년비와 동일인이거나…… 동일인이 아니라도 이어져 있다면, 그때 법대로 처리하면 될 일이다."

"예."

황제는 뜨거운 차를 후후 불어 마시다가, 계단을 구를 때 씹은 혀가 아픈지 인상을 찌푸리고서 도로 찻잔을 내려놓았다.

"승언아."

"예, 폐하."

"그림자들은 천 귀인이나 천씨 가문이 수오부군왕에게 접근했던 이들과 소통하진 않는지를 잘 살피도록 해라."

"예."

아침 식사를 하고 있을 때였다. 감자조림을 입에 넣고 씹고 있자니, 떡돌이가 갑자기 계단 아래로 떨어지던 게 떠올라 탄식이 나왔다.

"폐하는 취향이 좀 이상해."

부성은 내가 가리키는 반찬을 덜어 접시에 담아주다가 "뭐가요?" 하고 물었다. 부성과 원웅은 어젯밤 나와 떡돌이가 밤 산책하는 데 따라오지 않았기에, 황제가 계단을 혼자 뛰어내려 구른 일을 모른다.

이후 확인해보니 황제가 그 일을 조용히 처리한 건지, 아침이 되도록 아무도 그 일을 모르고 있고.

"소주?"

"아니야."

난 아직도 모르겠어. 걔가 왜 그런 짓을 했는지. 하지만 다친 황제가 스스로 함구했는데 내가 이 이야기를 다른 사람들한테 하고 다니기도 이상하지. 나는 '폐하가 어제 계단에서 구르더라. 그게 좋으신가 봐'라고 말하는 대신 다시 감자조림을 덜어 먹었다. 부성은 고개를 기우뚱하면서 이번에는 연근조림을 덜어주었다. 반면 원웅은 황제 이야기가 나오자 새삼 어젯밤의 감동이 떠오르는지, 뜨거운 물을 찻잔에 새로 따라주다 말고서 주전자를 내려놓고 두 손을 모았다.

"소주, 어제 폐하께서 정말 대단하지 않으셨어요?"

대단했지. 계단에서 혼자 뛰어내렸다니까? 부성도 원웅의 말을 듣자 갑자기 눈이 별처럼 빛나기 시작하더니, 긴 젓가락을 내려놓고 원웅과 손을 마주 잡으면서 밝게 감탄했다.

"상상이 그렇게 가여운 모습을 보였는데도 넘어가지 않으시고. 소주가 한마디도 하지 않으셨는데 알아서 다른 곳에 보내주시고. 저도 어제 정말 좋았어요."

"상상이 처연하게 생겼잖아요. 그런데 옷까지 갑자기 가냘프게 입고 와서 막 우는데…… 어휴, 진짜 놀랐다니까요?"

"전 상상이 그 복장하고 나타났을 때부터 기겁했어요. 어제 소주가 들어오라 했는데도 바로 못 들어왔던 거 기억나시죠?"

"상상이 그 복장 한 걸 그때 봐서 그래요. 상상이 황후마마 명령을 듣고 잠시 어디로 가는가 싶더니 그때 온 거여서요."

아아. 그래서 들어왔을 때 원웅이랑 부성이 표정이 그랬구나. 상상이 그런 옷을 입고 나타난 게 싫으면 진즉에 말리면 됐을 텐데, 썩어들어가는 표정으로 그냥 오기에 뭔가 싶었다.

"그래도 무슨 소용이야? 불쌍하게 울어도 우리 폐하께서 눈 하나 깜짝하지 않으셨는데. 그렇죠, 소주?"

"암. 폐하는 비정하시지. 눈물엔 넘어가지 않아."

"!"

"왜?"

"약간 어감이…… 다른 거 같아요, 소주."

"어디가?"

"그게…….."

원웅과 부성이 대답을 하지 못하고 우물거리고 있을 때였다. 둘의 대답을 기다리고 있는데, 밖에서 그보다 먼저 귀자가 들어와 알려주었다.

"소주. 연얼군주께서 찾아오셨습니다."

연얼군주가?

"들어오시라고 해."

말을 마치자마자 연얼군주가 바로 스치듯이 귀자를 지나쳐 방 안으로 들어오며 호탕하게 인사를 건넸다.

"오랜만에 뵙습니다, 귀인."

인사를 한 그녀는 아직 반 정도 음식이 남은 탁자를 쳐다보더니 곧 곤란한 미소를 지으며 물었다.

"이따가 올 걸 그랬나?"

"괜찮아요."

나는 연얼군주에게 앉으라 하고서 원웅과 부성에게 상을 치워달라 부탁했다. 두 사람은 눈 깜짝할 사이에 남은 음식과 그릇을 치워주었고, 나는 상이 깨끗해지자마자 연얼군주를 놀렸다.

"오늘은 술병을 안 가지고 왔네요."

볼 때마다 같이 술 마시자고 하더니. 연얼군주는 내 말에 또 호탕하게 웃더니, 입가에 미소를 남긴 채 조금 심각한 표정으로 물었다.

"오늘 온 건 걱정되는 소식을 들어서입니다."

"걱정되는 소식이라니요?"

"후궁들 사이에서 귀인이 겉돈단 이야기요."

아니, 나는 멀쩡히 잘 지내는데 왜 흑합 장군도 그렇고 연얼군주도 그렇고. 대체 소문이 어떻게 나고 있기에? 내가 떨떠름해서 쳐다보자, 연얼군주는 내 표정을 확인하더니 껄껄 웃으면서 탁자를 두드렸다.

"역시. 그럴 줄 알았지. 헛소문일 줄 알았어요."

"아. 그러세요?"

"그럼요. 귀인은 원래도 혼자 놀았잖아요."

"……."

진실이긴 하지만 그게 뭐 웃기다고 저렇게 좋아하면서 말하는 거야?

내가 황당해서 쳐다보자, 원웅도 같은 생각인지 입술을 삐죽거렸다.

그런데 그 표정이 너무 노골적이었다. 연얼군주도 원웅의 표정을 눈치채고는, 씩 웃더니 그녀를 향해 손을 저으며 지시했다.

"할 말이 있어 보이는데. 말해보아라."

원웅은 입술을 뾰족하게 만들었다가 연얼군주가 갑자기 자신을 가리키자 얼른 허리를 숙이며 대답했다.

"저희 소주께서 이전부터 혼자 논 건 맞지만 최근에는 소주께 공격이 너무 잦게 들어오긴 합니다, 전하."

내가 예상한 것과는 전혀 다른 이야기를. 뭐야. 연얼군주한테 입 삐죽인 거 아니었어?

"공격이라니?"

연얼군주가 묻자 원웅은 하소연하듯 어젯밤에 있던 일을 털어놓았다.

우 귀인이 청하고 황후가 허락해서 염 귀인의 측근 궁녀 상상이 우리 처소에 잠시 온 이야기, 황제 앞에 갑자기 청초하게 차려입고 나타나서 가엾게 울던 이야기, 염 귀인이 죽은 게 나 때문이라 말해놓고서는 갑자기 친한 척하던 이야기 등을.

심각하게 듣고 있던 연얼군주는 황제가 상상을 바로 내무부로 돌려보냈단 이야기를 듣자 웃으면서 중얼거렸다.

"난 폐하를 싫어하고 폐하는 사람을 싫어하시지."

그 미소가 씁쓸해 보이기도 해서, 이번에는 내가 좀 걱정이 되었다.

"전하. 전하는 괜찮아요?"

단순히 내가 걱정되어 왔다기엔 그녀 역시 표정이 좋지 않은걸. 연얼군주는 기분이 좋을 때 술을 마시는데, 오늘은 술 없이 온 것도 그렇고. 군주는 내 말에 잠시 '네가 내 기분을 알아차릴 줄 몰랐다'는 표정을 지었으나, 곧 활짝 웃으면서 대답했다.

"신경 쓰이는 일이 있긴 한데. 오히려 좋은 소식입니다. 나는 괜찮아요."

좋은 소식인데 표정이 어두울 리가 있나. 하지만 연얼군주가 말하고 싶지 않은 내용이라면 나도 캐묻고 싶진 않아서, 나는 원웅이 가져다준 차만 홀짝였다.

그러고서 한 대여섯 모금을 연달아 마시고 있자니, 차에는 손도 대지 않고서 탁자만 똑똑 손톱으로 두드리던 군주가 조용히 입을 열었다.

"실은…… 이상한 서신이 왔습니다."

"이상한 서신이요?"

연얼군주는 바로 대답하지 않고 부성과 원웅에게 나가라는 눈짓을 보냈다. 내가 고개를 끄덕이자 두 측근 궁녀는 얼른 밖으로 나갔다. 방음이 엉망인 곳이라 나가도 소리가 다 들릴 것 같지만. 연얼군주도 그 점이 신경 쓰이는지 평소보다 목소리를 삼 분의 일 정도로 낮추고 입을 열었다.

"내 오라비를 암살한 범인이⋯⋯. 누군지 안다는 자가 나타났습니다."

"그럼 좋은 거 아닌가요? 전하는 범인을 꼭 잡고 싶어 했잖아요?"

"그렇죠. 그런데⋯⋯ 너무 수상쩍은 서신으로 받은 소식이라. 범인을 안단 자를 만나봐도 좋을지 모르겠습니다."

개원은 마교도들이 팔 할을 차지한다는 작은 마을 객잔에 앉아 있었다. 들리는 소문으로는 천년비가 이곳을 지나갔다고 했다. 여기서 천년비가 볼일을 마치고 돌아오길 기다릴 작정이었다.

개원이 이런 마을에 있는 건 몹시 위험한 일이었다. 마교인들은 원래도 자기들끼리 뭉쳐서 놀았지만, 정파인들을 특히 싫어했다. 그런데 심지어 정파의 영웅이 동행 한 명 없이 혼자서 그들 사이에 끼어 있다니. 절대 들켜서는 안 될 것이다. 하지만 이런 위험한 상황에서도 개원은 두렵지 않았다.

'가짜 천년비⋯⋯.'

그의 마음은 온통 한곳. 가짜 천년비를 처리해 더 이상 천년비가 오명을 뒤집어쓰지 않는 데 있을 뿐이었다.

'슬슬 나올 때가 되었을 텐데.'

궁전에 들러 사촌인 개시시를 보고 오느라 이곳에 오는 일이 좀 늦어졌으니, 가짜 천년비는 아마 슬슬 볼일을 마치고 마교 밖으로 나올 것이다. 그곳에 완전히 눌러앉을 생각이 없다면. 개원은 마시지도 않는 술잔을 초조하게 쥐었다 내려놓길 반복하면서, 사람들이 '천년비다!'라고 외치며 달려가기를 기다렸다.

그렇게 며칠이 지나갔을까? 나타날 시기가 이미 지난 것 같은데도 천년비가 하도 나타나지 않자, 개원도 슬슬 불안해졌다. 혹시 다른 방향으로 갔을까? 꼭 들어간 방향으로 나오란 보장도 없지 않던가. 알려지지 않은 길이 있을지도 모르고. 아니면 의견이 잘 맞거나 말이 잘 통해서, 마교에 들어가지 않고서도 객식구로 지내게 되었을지도 모른다.

'그랬다간…… 용서할 수 없다.'

처음부터 용서할 생각이 없었으면서, 개원은 새삼 주먹을 꽉 틀어쥐고서 결심했다. 가짜 천년비와 사하비단이 정말로 마교에 들어간 거라면 절대로 그냥 죽이지 않을 거라고. 안 그래도 여러 오명으로 상처받은 천년비의 이름에 마교를 뒤섞다니.

그때. 창밖 어디선가 여러 무리의 사람들이 자기들끼리 모여서 웅성거리는 소리가 들려왔다. 그들은 날이 덥다며 시원한 술을 한 잔씩 마시자고 시끄럽게 떠들고 있었다.

'저쪽이다.'

객잔 안 다른 손님들까지 모두 조용해지는 걸 발견한 개원은 무리 속에 천년비가 끼어 있으리란 확신을 하고서 허리춤에 찬 검을 확인했다.

평소처럼 무공을 수련한 다음 방으로 돌아가는 길이었다. 비원 그놈은 나중에 얘기하자 하더니, 왜 말이 없지? 얘기를 해주겠단 거야 말겠단 거야? 내가 그놈한테 직접 찾아가볼까? 내가 직접 찾아가도 되나? 이런 생각들을 하면서.

그런데 처소에 돌아와 보니 이게 웬걸. 원웅이 눈 주변이 새빨갛게 변해 있고 귀자가 쩔쩔매면서 원웅을 위로하고 있었다.

"무슨 일이야?"

내가 다가가서 묻자 원웅은 얼른 손을 저으면서 고개를 숙였다.

"아무것도 아니에요, 소주."

"우는 게 취미야?"

"예? 아니요?"

"근데 왜 아무 일 없이 울어?"

평소에 나는 다른 사람이 말하지 않으려는 걸 캐묻지 않는다. 하지만 오늘은 예외다. 원웅은 아무 일도 아니라고 하지만 귀자가 내게 눈으로 '큰일이 있었다'고 알리고 있으니까. 원웅은 쩔쩔매면서 내 눈치를 살피다가 시무룩한 목소리로 대답했다.

"내무부에 소주 여름 옷감을 가지러 갔는데…… 거기에 우 귀인이 계셨어요."

"걔가 너한테 헛짓거릴 했구나."

"저는 그냥 순순히 인사하고 지나가려 했는데요, 소주. 갑자기 눈빛이 불온하다고, 자길 뒤에서 째려봤다고 시비를 거시더니 뺨을 때리셨어요."

얼굴이 시뻘겋다 했더니. 뺨은 울어서 시뻘건 게 아니었나 보다. 나는 원웅의 앞으로 다가가 속이 터진 만두처럼 된 그녀의 뺨을 보았다. 진짜로 퉁퉁 부어 있었다.

"한 대 맞아서 나올 상태가 아닌데?"

내가 혀를 차자 원웅은 '어떻게 아셨지?' 하는 표정으로 눈을 끔뻑이다가 솔직하게 대답했다.

"네…… 몇 대 때리셨어요."

"몇 대?"

"한…… 대여섯 대쯤이요."

그 말을 듣는데 미간이 저절로 구겨졌다. 아니, 무공을 배운 적도 없는 약해 빠진 애를 때릴 때가 아니 있다고 대여섯 대를 후려친 거야?

"소주, 전 괜찮아요. 정말이에요."

원웅이 저렇게 나오니 더 화가 났다. 원웅이 '복수해주세요 소주!'라고 나섰다면 차라리 화가 덜 났을 텐데.

나는 원웅의 말에 대답하지 않고서 이번에는 부성에게 물었다.

"부성아. 다른 사람 측근 궁녀를 저렇게 두들겨 패도 돼?"

"두들겨……."

부성은 내 질문에 잠시 이상한 말을 중얼거렸으나, 곧 퍼뜩 정신 차린 얼굴로 대답했다.

"두들겨…… 패는 건 안 됩니다, 소주. 하지만 잘못을 저지르면 거기에 적당한 벌은 줄 수 있어요. 만약 원웅이 정말로 우 귀인을 나쁘게 쏘아보았다면…… 지금 하신 처벌 정도로는 큰 문제가 되지 않을 거에요."

말을 마친 부성은 원웅을 향해 빠르게 덧붙였다.

"네가 우 귀인을 째려봤을 거라고 믿진 않아. 말하자면 그렇단 거야."

"응 알아."

"며칠 전에 소주께서 상상을 돌려보낸 게 화가 나서 그러는 걸 겁니다."

원웅이 중얼거리고 부성이 위로하고 귀자도 위로한다. 하지만 셋이서 우 귀인을 씹어봐야 그녀는 고막도 간지럽지 않을 테고. 나는 그 세 사람을, 팔짱을 끼고 오랫동안 쳐다보았다. 서러워하는 저 모습을 보고 있자니, 속에서 이상한 게 막 부글부글 끓기 시작했다.

"암투의 범위가 어디부터 어디까지 허용되는 거야?"

시침을 들라며 떡돌이가 또 날 불렀을 때였다. 나는 그의 맞은편 이불에 기어들어 가면서 떡돌이에게 물어보았다. 떡돌이는 면사를 벗어 옆에 내려두다가 "음?"하고 미간을 찌푸렸다.

"그건 왜?"

"우 귀인이 내 궁녀 뺨을 때렸어. 그것도 여러 대나."

평소에는 대인의 풍모를 풍기는 내가 화를 내는 게 신기한가? 떡돌이는 면사를 내려놓고서 한쪽 팔로 머리를 괴더니, 내 옆모습을 유심히 쳐다보며 신기한 듯 물었다.

"너도 암투에 참여해보려고? 눈치 없어서 잘 알아차리지도 못하더니."

"내가 바본 줄 알아? 난 공부를 못하는 거지 멍청한 게 아니야. 우 귀인이 날 싫어하는 것도, 상상이 돌아간 일로 나한테 화난 것도 알고 있어."

"대단한걸."

"암!"

웃어? 지금 나는 심각한데 웃어? 내가 도끼눈을 뜨자, 떡돌이는 주먹으로 입가를 가리고서 얼른 표정을 관리한 다음 심각한 척 다시 물었다.

"그래. 그래서. 우리 계란이는 어떻게 복수하고 싶은 거지?"

"일 번. 손을 딴다. 이 번. 다리를 딴다. 삼 번. 목을 딴다."

"네 궁녀 뺨을 때렸단 이유로 우 귀인 궁녀 사지를 부러뜨리거나 죽이겠다고?"

"무슨 소리야, 당연히 우 귀인 모가지를 딴단 소리지."

"!"

떡돌이는 내 말에 잠시 눈을 동그랗게 뜨더니 "으음." 하고 말을 길게 늘어뜨렸다. 내가 제시한 세 가지 방법이 다 마음에 들지 않는 얼굴.

"다 별로야?"

그 표정을 분석해내고 묻자, 떡돌이는 내 뺨을 쿡 찌르고서 타박했다.

"짐의 귀엔 네가 하려는 건 암투가 아니라 그냥 결투처럼 들리는데."

"뒤에서 하면 암투지."

"아니. 뒤에서 목을 따는 건 암투가 아니라 암살이라 한단다."

"그럼 나더러 어쩌란 거야? 똑같이 내무부 앞으로 가서 우 귀인 뺨을 때리란 거야? 내가 우 귀인 뺨을 때리면 우 귀인 턱이 무사할 거 같아?"

"……그러니까, 주먹을 휘두른다면 이미 암투가 아니라니까."

떡돌이는 강아지가 작게 신음하는 소리를 내더니 내 뺨을 쿡 찔렀다.

"우 귀인이 네 궁녀에게 시비를 걸었으니 너는 우 귀인 궁녀에게 시비를 걸면 되지 않느냐. 아니면 우 귀인 태감이나."

"나는 대가리만 노린다."

떡돌이는 다시 개가 신음하는 소리를 내면서 내 어깨에 자기 머리를 파묻었다. 그의 머리카락이 목덜미에 닿는 바람에 간지러워서 몸을 들썩였으나, 그는 머리를 들지 않은 채 그 상태로 중얼거렸다.

"세상에 어느 황제가 자기 후궁과 암투 방법을 의논하고 있을까."

"내가 특별하단 얘길 하는 거야?"

"넌 내가 무슨 말을 하든 다 칭찬으로 받아들이는구나."

그가 말할 때마다 목덜미가 더욱 간지러워서 몸을 비틀었더니, 떡돌이는 그제야 내 어깨에서 머리를 떼고 웃으며 물었다.

"그래서. 암투 방법은? 생각났느냐?"

"떡돌이 너라면 이럴 때 어떻게 할 거야? 너한테 화난 사람이 네 부하 뺨을 막 때리면?"

"강등시키겠지."

"좋아. 그러면 나도 우 귀인을 강등시키겠어."

떡돌이는 묘하게 웃으면서 나를 빤히 보았는데, 그 시선이 마치 '네가 뭔데?'라고 물어보는 듯했다. 그래. 난 우 귀인 품계를 떨어뜨릴 권력이 없긴 해. 그러면…….

"떡돌아. 우 귀인을 강등시켜줘."

"짐에게 매달리는 건가? 우리 계란이는 스스로 해결할 능력이 없어?"

그의 말투는 명백히 날 놀리고 있었지만, 그가 나를 무능력한 것처럼 놀려대는 건 그리 유쾌하지 않았다. 거봐. 떡돌이는 역시 날 진심으로 좋아하는 게 아니야. 만약 날 정말로 좋아했다면, 내가 우 귀인 품계를 떨어뜨려 달라고 말하자마자 '그럼!' 하고서 바로 떨어뜨려야 했잖아? 이렇게 놀려대는 게 아니라.

하지만 내가 아무리 빤히 쳐다봐도 떡돌이는 정말로 우 귀인 품계를 떨어뜨릴 마음은 없는 것 같았다. 결국 그 모습을 보다가 나는 소문으로 전해지는 후궁 비책을 사용해보기로 결심했다.

"떡돌이 네가 그러면 나한테도 방법이 있어."

"무슨 방법이지?"

"이건 아주 위험한 방법이야. 역사책에도 이 방법에 넘어간 황제가 얼마나 많이 나오는지 알아? 조심해야 돼, 떡돌이. 내가 이 방법을 쓰면 너는 콩고물처럼 흘러내려서 우 귀인 품계를 떨어뜨리게 돼."

내가 목소리를 쫙 깔면서 경고했지만, 떡돌이는 여전히 날 놀리는 미소를 띤 채 묻기만 했다.

"무슨 방법인데? 그 방법을 쓰면 짐이 우 귀인 품계를 떨어뜨린단 건가?"

"그럴걸?"

내가 단호하게 말하며 눈을 맞추자, 떡돌이는 입꼬리를 올리면서 같이 목소리를 낮추어 속삭였다.

"난 네가 뭘 하려는지 알겠는데, 계란아."

"알겠어?"

"'그걸' 시도해보려고?"

"진짜로 내가 뭘 하려는지 알겠어?"

"역사책에도 나오고. 예로부터 자주 전해져 내려온 거고. 이 상황에서 후궁들이 사용할 수 있는 비책이라면 짐작 가는 게 있지."

거만한 미소를 지은 떡돌이는 자기가 되게 똑똑한 것처럼 웃더니, 천천히 한 자 한 자 이어나가기 시작했다.

"베갯머리……."

저기까지 나오는 걸 보니, 제대로 알고 있군.

"맞다."

나는 차갑게 웃으면서 고개를 끄덕였다.

"송사리."

"응?"

말이 끝나자마자 나는 손을 내려 그의 급소를 틀어쥐고 목소리를 쭉 내리깔았다.

"폐하의 송사리는 내 손에 있다. 송사리를 살리고 싶으면 내 말을 들어."

"!"

황제는 내 말을 듣자 놀라서 눈을 휘둥그렇게 떴다. 하지만 나도 협박을 더 이어갈 수는 없었다. 아니, 정말로 이상해. 이거…… 송사리가 아닌데? 당황해서 손을 놓았다가 재차 확인하려 하는데, 한발 앞서 황제가 손을 내려 내 손을 막더니 항의했다.

"지금, 지금 짐더러 송사리라 한 게냐?"

좀 화가 난 목소리였다. 하긴. 협박당하고서 좋아하는 사람은 아주 드물지. '없다'가 아니라 '아주 드물다'고 표현한 건 그런 인간을 본 적이 있기 때문이다.

타천천이다. 걔는 좋아한다. 타천천을 내가 괜히 변태라고 부르는 게 아냐. 어쨌든 황제는 그런 부류가 아니니 화가 나겠지. 좀 당황스러웠지만 나는 얼른 야무지게 둘러댔다.

"그럴 리가. 송사리는 조그맣지만 폐하는 조그맣지 않던걸?"

그러고서 눈치를 살피니 다행이다. 떡돌이는 눈을 가느스름하게 뜨고
있긴 하지만 아까보다는 화가 가라앉아 보였다.

나는 안도해서 '베갯머리 송사리'의 부작용에 관해 기술해놓지 않은 역
사가들을 원망했다. 물론 그러면서도 떡돌이의 기분을 풀기 위해 얼른
아부도 계속했다.

"폐하는 숭어야 숭어! 이만했어!"

"……."

기분이 풀린…… 게 아닌가? 왜 표정이 더 이상해지지? 슬그머니 표정
을 살피고 있자니, 떡돌이는 입을 벌리고 나를 멍하니 바라보다가 자기
이마를 짚고서 끙 소리를 냈다.

"계란아."

"응."

"자거라."

"우 귀인은?"

우 귀인을 뭘 어쩌할 거란 말도 없이 떡돌이는 이불을 끌어다가 덮어
주고는 토닥토닥 자라고 두드려만 주었다. 모든 걸 초탈해버린 담백한 표
정을 띠고서.

그 시각. 개원은 잠시 일행에서 떨어져 나온 가짜 천년비를 습격하고
있었다. 개원의 검과 가짜 천년비의 원형 무기가 부딪칠 때마다, 쇳덩어리
에서는 날카로운 소리와 빛이 튀었다. 빠른 속도로 접전이 오가는 동안
개원은 그리운 얼굴에 휩쓸리려는 마음을 애써 눌렀다.

저 사람은 천년비가 아니다. 저 사람은 천년비를 흉내 내는 적이다. 개

원은 속으로 연거푸 중얼거렸다. 하지만 온정신을 전투에 몰입해야 할 판에 이런 생각을 하고 있으니, 움직임은 평소보다 둔해졌고 칼날은 평소보다 무뎌졌다.

게다가 개원은 평소만큼의 실력을 발휘하지 못하는 반면, 가짜 천년비의 움직임은 전의 어색함을 제법 떨치고 날카로워진 상태이다 보니 생각보다 전투는 길어지고 있었다. 그러나 전투가 계속될수록 개원은 평정심을 되찾아갔고, 개원의 공격이 매서워지고 정교해질수록 가짜 천년비의 움직임은 흐트러져갔다.

마침내 개원의 검을 가짜 천년비가 비껴 막아내는 순간. 커다란 팔찌형 무기를 지나간 검은 가짜 천년비의 팔을 베었고, 가짜 천년비는 짧게 신음을 뱉으며 비틀했다. 개원은 검 등으로 가짜 천년비를 밀쳐내듯 강하게 쳐낸 다음, 그녀가 뒤로 넘어지자 일부러 소리를 내어 이를 갈았다.

"천년비의 이름을 사칭한 복수다."

천년비의 얼굴을 한 이를 공격하기 위해 마음을 다잡으며 낸 소리였다. 이렇게 안 하면 최후의 순간, 또다시 마음이 약해지고 말까 봐.

아까와 달리 개원은 이번엔 제대로 검날을 겨누어 가짜 천년비의 심장을 향해 검을 휘둘렀다. 그러나 검이 어깨를 베고 지나가 심장에 닿기 전. 가늘고 긴 사슬이 그의 검신을 통째로 붙잡아 강한 힘으로 당겼다.

"!"

개원은 검을 뺏기는 척 힘을 빼다가, 검이 손을 벗어나기 전에 사슬을 다리로 걸어차 누르면서 다시 검을 낚아챘다. 커다란 바위를 걸어차고 사슬을 날린 이를 보니 사하비단의 수장 타천천이었다.

'마교에 다녀가는 사하비단 일행에 타천천이 합류했단 이야기는 들은 바가 없는데. 그 역시 이쪽에 온 거였나.'

의아하다는 생각을 하면서도 개원은 이번에는 타천천을 향해 자리를 박차고 달려갔다. 눈 깜짝할 사이 그의 신형이 타천천의 코앞에 다다랐다. 그러나 타천천에게 닿기 전. 그는 거미줄처럼 펼쳐진 사슬에 가로막혀 뒤로 튕기듯 물러나야 했다.

몇 걸음을 뒤로 물러나며 개원은 이를 갈았다. 개원이 또다시 '천년비'를 죽이러 나타날 줄 알고 일부러 몰래 일행을 따라왔던 타천천은, 그런 정의검을 보며 비웃었다.

"천년비를 죽여놓고서 무슨 복수를 한다고. 우습기도 하지."

그러나 비웃음이 가시기도 전에 내공이 실린 돌이 날아와 그가 펼쳐놓은 사슬 거미줄에 꽂혔다.

"누가 누굴 죽였다고?"

정파 고수답지 않은 행동을 한 개원은 한 번에 여러 개의 돌을 내공을 담아 던져놓고는, 타천천을 향해 자신도 몸을 날렸다.

타천천이 거추장스럽게 사슬 여기저기에 박힌 돌을 사슬을 휘둘러 털어내는 사이, 눈 깜짝할 순간 개원이 다시 코앞에 나타나 그를 걷어찼다.

"!"

타천천은 뒤로 날아갈 뻔했으나, 자신의 쇠사슬을 이번에는 뒤에 펼쳐 몸을 받치는 용도로 쓰고는, 위에서부터 크게 걷어차는 개원의 다리를 피하며 그의 발목을 사슬로 낚아챘다.

사슬은 개원의 검에 가로막혔으나, 이번에는 가짜 천년비가 뒤에서 팔찌를 단도처럼 휘둘러 그의 머리를 노리자 개원은 사슬을 밀어내고 검을 뒤로 보내 그녀를 다시 튕겨내야 했다.

개원은 연달아 타천천과 가짜 천년비의 접근을 막고서 뒤로 물러나며 검을 세웠다. 어느새 사하비단 무리가 그들이 있는 숲을 둥글게 둘러싸고 있었다.

적은 여럿인데 이쪽은 하나. 어두운 밤에 눅눅한 달빛은 제대로 앞을 비추어주지도 못한다. 오싹한 상황이었으나 개원은 위태로워지자 오히려 더욱 차분해졌다.

그때였다.

"잠시."

타천천이 갑자기 한 손을 들어 올렸다. 부하들을 막으려는 건지 개원을 막으려는 건지 알 수 없으나, 하여튼 대화를 원하는 것 같았다. 타천천의 지시에 가짜 천년비는 들어 올렸던 손을 내렸으나 개원은 오히려 검을 세웠다. 그는 천년비의 이름을 팔아먹는 이들과 대화를 나눌 마음 따위는 없었다.

"우리 서로 오해가 있는 것 같은데."

타천천의 말을 들으면서도 마찬가지였다. 그는 검을 손안에서 고쳐 쥐고서 곧장 경공을 펼쳐 타천천을 향해 검을 휘둘렀다.

호선을 그린 검은 타천천의 정수리 부근까지 아슬아슬하게 닿았고, 이를 본 가짜 천년비는 놀라서 그쪽으로 달려가 개원의 옆구리를 향해 다리를 뻗었다.

"사칭이 아닌데."

한발 앞서 있던 개원의 검은 타천천이 태연히 중얼거린 말에 정수리 위에서 아슬하게 멈추어 섰다. 하지만 잠시 주춤한 사이, 그는 가짜 천년비에게 옆구리를 얻어맞고 바로 옆으로 굴러야 했다.

정통으로 맞은 것 같은데도 한 번 구르고 벌떡 일어난 개원은 바로 경계 태세를 갖추고 '역시 개소리였지?' 하는 투로 또 공격하려 했으나, 타천천은 방어하는 대신 가짜 천년비를 자신의 앞에 끌다 놓으며 말했다.

"일단, 이 애는 사칭이 아니거든."

그 말을 뱉은 타천천의 눈동자가 서늘하게 개원의 위아래를 오갔다.

"그런데 그쪽은. 천년비를 죽이지 않았다고?"

"소주, 소주! 들으셨어요?"

떡돌이와 아침 식사를 한 다음 내 처소로 돌아와 씻고 옷을 입는 도중이었다.

꾸벅꾸벅 졸면서 부성이 꾸며주는 대로 몸을 맡기고 있는데, 원웅이 요란스럽게 안으로 들어와 내게 물었다.

내가 '나 졸고 있었어'란 시선으로 쳐다보자, 원웅은 방긋 웃더니 입은 크게 벌리면서 목소리만 한껏 낮추었다.

"폐하께서 오 공공을 직접 우 귀인 처소로 보내서 함부로 손찌검하지 말라 경고하셨대요!"

"진짜?"

"네."

품계를 낮추고 싶진 않았나 보구나. 경고만 하다니. 아니, 경고라도 해줘서 다행인가? 나는 입술을 삐죽거리며 머리에서 달랑거리는 진주를 매만지다가, 원웅과 부성이 좋아서 서로 손뼉을 치는 걸 발견하고 물었다.

"너희는 왜 그렇게 좋아해?"

그냥 황제가 사람 보내서 말 한마디 전한 거잖아?

"왜 좋아하느냐니요. 폐하께서 꾸짖으신 거잖아요."

"황제들은 소란이 크게 일어나지 않는 한 내명부 일은 관여하지 않잖아요. 황후 소관이라고 해서요."

"그런데 이번에 대놓고 소주 편을 들어주셨으니…… 다들 알겠지요! 우리 소주가 품계는 귀인이지만 실세 중의 실세란 걸요!"

그런 건가? 이것도 좋은 거야?

"난 잘 모르겠어."

"폐하께서 우 귀인에게 사람을 보내셨단 건 경고예요, 소주. 앞으로 지켜볼 거라는 경고요. 일단 총애와는 완전히 멀어진 거라고요!"

그래? 그럼 떡돌이가 날 위해 행동을 하긴 한 건가? 하지만 왜? 송사리 협박은 실패한 거 같았는데. 아니면 숭어라고 치켜세워준 게 기분이 좋아서…… 아! 이건가 보다!

수련을 마친 후. 자신만만하게 어깨를 쭉 펴고서 청적에 잠시 들렀을 때였다. 떡돌이를 보고 싶어 들렀는데, 그곳에 떡돌이는 없고 사자친왕만 보였다. 사자친왕은 웬일로 평소보다 좀 그늘져 보였는데, 내가 다가가서 "머리에 꽂은 깃털이 줄었네요."라고 아는 척을 하자 눈썰미가 좋다고 감탄하더니 옆에 앉으라 자리를 권하며 물었다.

"맞습니다, 귀인. 나는 고민할 거리가 있어서 기분이 좋지 않아요. 하지만 귀인께선 기분이 아주 좋아 보이시는군요?"

맞다. 나는 기분이 아주 좋다. 하지만 너무 실실 웃으면 방정맞아 보일 것 같기에, 대놓고 웃는 대신 흠흠 헛기침을 하고 허리를 쭉 펴면서 아주 맹숭맹숭하게 대답했다.

"조금요."

사자친왕은 고개를 끄덕이더니, 히죽 채신머리없게 웃으면서 내 쪽으로 자기 머리를 슬그머니 가져와 물었다.

"폐하께서 귀인을 위해 오원요를 다른 후궁에게 보냈다고 들었지요. 다들 폐하가 귀인께 푹 빠졌다고 수군거리던데, 혹시 그 일 때문입니까?"

맞다. 나는 그 일 때문에 기분이 좋다. 하지만 여기서 수긍하면, 내가 떡돌이의 배려에 휩쓸리는 가벼운 사람으로 보일 것 같아서, 조금 돌려서 표현해주었다.

"반은 맞고 반은 틀렸어요, 전하."

"음? 반은 틀리다니요?"

"내가 기쁜 건 우 귀인이 엿 먹어서가 아니에요."

"엿……."

"내가 기쁜 건 그거죠. 내가 이제 득도를 했거든요."

"득도까지 하셨습니까?"

"암요. 난 이제 폐하를 손바닥에 넣고 주무르는 법을 알았어요."

내가 당당한 목소리로 말하면서 사자친왕을 아주 영민한 눈빛으로 쳐다봐 주자, 사자친왕이 감탄하며 물었다.

"그건 어찌 알았답니까? 나도 좀 알고 싶군요. 비법이 있는 겁니까?"

"암요. 비법이 있죠."

"그게 뭐지요?"

"폐하를 치켜세워주면 돼요. 아부를 하는 거죠."

"아부를요? 아부는 나도 늘 하는데요. 별로 효과는 없었습니다. 귀인은 어찌 아부하셨기에?"

어찌 아부하긴! 거시기가 숭어만 하다고 하면 되지!

"거……."

"거?"

나는 입을 열었다가 도로 닫았다. 그래. 이 이야기는 하지 말자. 아무리 그래도 부부 사이 일인데, 떡돌이 동생에게 이 이야기는 하면 안 되지. 떡돌이도 체면이라는 게 있지 않던가. 나는 입을 다물고서 그에게 고개만 저어 보였다. 다행히 사자친왕은 더 조르는 대신 부채로 입가를 가리고 눈웃음을 지었다.

"괜찮습니다. 대충 짐작 가긴 합니다. 또 이상한 소리를 하셨겠지요. 폐하는 귀인이 그럴 때마다 껌뻑 넘어가시니까요."

나는 그의 추측이 맞는지 아닌지 확인해주는 대신, 아무렇지 않게 화제를 돌렸다.

"한데 전하는 뭐가 고민인 거예요? 늘 밝은 분이 고민거리가 있는 걸 보니 호기심이 들어요."

"걱정이 된단 뜻이지요?"

"아뇨. 그냥 궁금해서요. 무슨 일이 있나요?"

사자친왕은 잠시 고약한 냄새를 맡은 고양이 같은 얼굴로 나를 쳐다보다 요구했다.

"빈말을 못 하시는군요. 빈말로라도 걱정돼서 묻는다고 해주세요."

참 까다로운 사람이로구만.

"걱정돼요. 무슨 일이 있나요?"

어쨌든 말 한마디 하는데 뭐가 대수랴 싶어서 원하는 대로 해주자, 사자친왕은 푹 한숨을 내쉬더니 바위 아래로 내려가 풀에 드러누우며 중얼거렸다.

"귀인은 '이상'이 있습니까?"

"건강해요."

"다행이로군요. 귀인은 꿈…… 밤에 꾸는 꿈 말고요. 귀인이 생각하는 이상적인 미래라든가, 그런 게 있습니까? 낙원. 그래요. 귀인이 만들고 싶은 낙원 말입니다."

"있지요."

개원이에게 복수를 한 다음, 나를 죽이고 싶어 하는 사람들이 없는 곳에서 평화롭게 살고 싶다. 맛있는 음식을 먹고 실컷 자면서. 친구가 하나 둘 정도 있어도 좋겠지. 친구인 척하다가 뒤통수를 내려치는 그런 배신자들 말고, 진짜 친구. 연인도…… 있어도 괜찮겠지. 사랑하는 척 굴다가 독을 먹이는 연인 말고, 같이 알콩달콩 챙겨줄 수 있는 연인. 그런 연인과 살다가 날 닮은 아이가 태어나도 좋을 것 같다. 그러면 내게도 가족이 생기는 거니까.

"난 평화롭고 행복하게 살고 싶어요."

내 말에 사자친왕은 고개만 부자연스럽게 들어 올려서 나를 빤히 쳐다보더니, 몹시 당혹스러워하는 소리를 냈다.

"안 어울리는 꿈이로군요. 귀인의 꿈이라면 분명 아주 이상하고 괴상할 거라 생각했는데."

"근데 그게 왜요? 전하는 꿈이 없어요?"

사자친왕은 고개를 도로 내리더니, 하늘을 쳐다보며 중얼거렸다.

"있습니다. 아주 큰 꿈이 있지요. 보고 싶은 세상이 있습니다. 하고 싶은 일도 있고요."

"근데 그게 왜 고민이에요?"

사자친왕은 대답 대신 또 이상한 질문을 던졌다.

"귀인은 소중한 사람이 있습니까?"

"없는데요."

"!"

또다. 사자친왕이 또 고개를 부자연스럽게 들어서 나를 희한하게 쳐다본다. 왜 그러나 싶어 마주 보고 고개를 갸우뚱하자, 그는 픽 웃더니 목에서 힘을 빼고 누우며 대답했다.

"난 있습니다. 그래서 고민입니다. 내가 하고 싶은 걸 하면 소중한 사람이 상처받는데. 소중한 사람을 상처 주지 않으면 내가 상처받거든요."

"전하의 소중한 사람은 누구고 전하가 하고 싶은 건 뭔데요? 둘 다 할수는 없어요?"

둘 다 하면 되잖아? 뭘 저렇게 고민까지 하지? 하지만 사자친왕은 내 말에 쉬이 대답하지 못하고 하늘만 계속 쳐다보았다.

뭐가 그리 재밌다고 쳐다보나 싶어 덩달아 고개를 들자, 새파란 하늘에 구름이 한 조각 덩그러니 흘러가고 있었다. 그 옆에서, 덤덤한 목소리가 그 구름만큼 느린 속도로 흘러왔다.

"귀인도 고민이 많겠습니다."

나는 왜?

숲속을 세 사람만이 걸어갔다. 타천천과 개원, 가짜 천년비. 개원을 아는 이들이 이 모습을 보았더라면 큰 충격을 받았을 것이나, 이곳에는 그들을 엿볼 수 있는 사람이 아무도 없었다.

인적이 아예 없는 깊숙한 숲속에 들어서자 타천천은 손뼉을 딱 치고서 개원을 보며 웃었다.

"자, 그러면 얘기를 나눠봅시다."

개원은 타천천의 옆에 달라붙어 있는 가짜 천년비에게서 가까스로 시선을 떼고 물었다.

"사칭하는 게 아니라니. 무슨 소리지?"

"말 그대로입니다."

타천천은 빙그레 웃고서 근처의 커다란 바위에 털썩 주저앉았다.

"여기 천년비는 가짜가 아니라 진짜입니다. 손바닥의 상처부터 흉터까지 그대로죠. 그쪽이 천년비에 대해 잘 안다면 인정할 수밖에 없을걸요."

개원이 가짜 천년비를 바로 죽이지 못한 것도 손바닥에 있는 그 흉터 때문이었기에, 그는 눈썹을 찡그리고서 타천천을 쳐다보았다.

"내가 그 말을 어찌 믿지?"

"믿으니 따라오신 거 아닙니까?"

"!"

"나 역시 그쪽이 천년비의 복수를 한답시고 피폐하게 지내는 꼴을 못 봤다면 절대로 이런 얘기를 안 해줬을 겁니다."

"피폐하게 지내는 꼴?"

"우리도 개 대협을 보고 있었거든요. 천년비를 죽인 복수를 하려고."

무서운 말을 하면서도 타천천의 눈은 가느다랗게 휘었다. 하지만 그 눈빛은 몹시 흉흉해서 전혀 빈말로 보이지 않았다. 오히려 그런 점이 개원에겐 안심이 되기도 했다.

"나는 천년비를 죽이지 않았다."

"압니다. 그래서 여기 데려온 거 아닙니까. 얘기를 해보자고."

개원의 눈이 차가워졌다.

"난 분명 천년비를 죽이지 않았다. 하지만 그녀의 시체는 확인했어. 내 손으로 그녈 묻었지. 그런데 너는 저 여자가 천년비라 주장하는군. 이 얘기부터 해라."

타천천은 무릎 위에 두 손을 올려두고, 가짜 천년비를 향해 눈짓했다.

"보여드려."

지시를 받은 가짜 천년비가 가까이 오자 개원은 저도 모르게 주춤 뒤로 물러났으나, 가짜 천년비는 거리를 두고 서서 소매를 치켜올려 손목을 내밀 뿐이었다. 이걸 뭐 어쩌란 건가 싶어서 개원은 미간을 찌푸렸다.

"뭘 하자는 거지?"

"손목에 맥을 짚어보시지요."

"맥이라니?"

가짜 천년비가 손목을 좀 더 가까이 들이대자, 개원은 손을 뻗어 그녀의 손목 위에 두 손가락을 얹었다. 그러기를 잠시. 개원은 눈을 커다랗게 뜨고서 손을 확 거두었다.

"이건……!"

"우리가 발견했을 때 천년비는 죽어 있었습니다. 나는 천년비를 부활시
키고 싶었고, 실행했죠."

개원의 눈동자가 흉흉해졌다.

"천년비를 강시로 만든 거냐!"

그는 타천천의 멱살을 잡으려 했으나, 가짜 천년비가 두 사람 사이를
가로막자 바로 멈추어 섰다. 개원은 혼란에 찬 표정으로 가짜 천년비의
얼굴을 보았다.

"천년비가…… 강시가 됐다고?"

그 허망한 목소리에는 슬픔이 짙었다. 가짜 천년비의 눈동자가 흔들렸
다. 이 와중에 멀쩡한 건 타천천 하나뿐이었다.

"강시는 강시지만 영혼이 들어 있는 강시입니다. 죽은 몸이지만 살아
있는 것과 다를 바 없지요."

"그걸 말이라고!"

그러나 개원은 타천천의 말을 믿지 않았다.

"저 여자. 저 강시. 네 말처럼 천년비의 몸이라 치지. 천년비와 전혀 다
르게 행동하는데 천년비의 영혼이 들어갔다고? 그걸 믿으란 건가?"

"아, 그건 천년비의 영혼을 못 넣어서 그런 겁니다."

"그건 또 무슨!"

"불완전한 술법이었거든요. 문제는 영혼이 없는 상태로 일정 시간이 지
나면, 영혼을 넣는 강시로 만들어도 그냥 평범한 강시가 되어버린단 겁니
다. 그건 부활이라고 보기 어렵지요. 안 그렇습니까?"

개원은 타천천의 말속에 숨은 뜻을 바로 알아들었다.

그는 천천히 눈을 돌려 가짜 천년비를 보았다. 가짜 천년비는 진짜 사

람처럼 눈을 깜빡이고 있었고, 숨을 쉬는 것처럼 몸이 살짝 오르락내리락하기까지 했다. 분명 맥이 없었는데도.

"그럼 저 안에는…… 지금 누가……."

"저희 사하비단에는 천년비를 존경하는 사람들이 많았지요. 저 애는 개중에서도 천년비를 가장 숭배하던 아이입니다. 천년비에 대한 모든 일화를 수집하고, 천년비의 행적을 하나하나 다 따라다닐 정도로 지극정성이었죠. 천년비의 몸을 지키기 위해 기꺼이 이 일에 자원해주었습니다."

타천천의 설명이 끝나자 가짜 천년비가 개원을 향해 포권을 취했다.

"아유정이라 합니다."

개원은 인사를 받지 않고 손으로 이마를 짚었다. 천년비를 사칭하는 이에게 복수할 거란 생각만 했지, 설마 천년비의 몸이 강시가 되어 있을 줄이야. 이건 끔찍하고 무서운 일이었다. 혈교에서 무림을 공격할 때 자주 사용했던 강시술은 위험한 건 물론 시체를 이용하는 행동이라, 사파 내에서도 꺼림칙해하는 이가 많을 정도로 배척받는 술법이었다.

그런데 그 무서운 강시술로 천년비를 부활시키다니. 게다가 영혼을 넣은 강시술. 이건 정말로 엄청난 일이었다. 저런 방식으로 이미 고인이 된 수많은 무림 고수들을 부활시킨다면? 안 된다. 절대로 안 된다. 정파인으로서 그는 당장 이 사실을 무림맹에 알리고 사하비단과 타천천을 공격하자 주장해야 했다.

그러나 개원은 아무 말도 할 수 없었다. 저 강시술. 저 불완전한 술법으로 깨운 게 천년비라지 않는가. 개원의 눈동자가 천년비의 얼굴에 멎었다. 제발 꿈에 나오기를 빌던 얼굴. 한 번이라도 다시 만나고 싶어서, 술에 취하면 그 얼굴이 보일까 싶어서 내내 괴로워하고 그리워하던 얼굴.

그 위험한 술법으로 부활한 게 천년비라고 한다. 정파에서 이 사실을 알면 사하비단과 타천천뿐만이 아니라, 강시가 되어 깨어난 천년비도 없애려고 할 것이다. 사람일 때도 죽이려 했는데. 보지 않아도 뻔했다. 심지어 완전히 부활한 것도 아니고, 반쪽짜리 부활이라 영혼은 다른 사람의 것이라니.

타천천은 그런 개원을 보며 교묘하게 웃었다. 개원은 멍하니 서 있다가 가까스로 입을 열었다.

"영혼은. 그러면…… 천년비 영혼은?"

"술법을 완전하게 해야지요. 안전해지면 천년비의 영혼을 다시 몸에 넣을 겁니다."

"천년비의 영혼이 어디 있는지는? 그건 알고?"

"사실 영혼 넣은 강시 이야기는 사하비단 내에서도 비밀이지만, 개 대협께만 알려드리지요. 천년비의 영혼은 어느 후궁의 몸 안에 있답니다."

개원의 입술이 파르르 떨렸다.

"후궁……?"

개원이 떠나간 후. 아유정은 복잡한 눈으로 오솔길을 쳐다보다가, 타천천의 곁으로 다가가 조심스럽게 물었다.

"이런 이야기는 사하비단 내에서도 아는 이들이 없는데, 저 자에게 알려줘도 괜찮을까요? 저 자는 정파 내에서도 유달리 의협심이 강하지 않습니까."

개원을 바라볼 때 묘한 시선을 한 것과 달리 목소리에는 경계심이 뚜렷했다. 실제로 최근까지 타천천은 천년비를 죽인 원수라며 개원을 죽이려고 했다. 개원이 다시 한번 천년비를 죽이러 오면 그 기회를 틈타 죽일 거라고. 이번에 마교 방문 행렬에 몰래 따라온 것도 그 기회를 잡기 위해서였지 않은가. 그런데 개원을 따로 부르는 건 물론 이런 기밀까지 이야기 해주자 불안했다.

"혹시 정의검 그자가 강시 이야기를 흘리기라도 하면……"

"그러지 못할 거다. 천년비 영혼이 엉뚱한 데 있으니."

"단주님은 정의검이 천 대협을 살해한 게 아니라 믿으십니까?"

"그 피폐한 꼴을 봐라. 그게 악적을 살해한 사람의 얼굴인가, 제 연인을 못 잊고 괴로워하는 얼굴인가."

"그래도 천 대협 위치를 알려준 건……"

아유정은 여전히 불안한 얼굴이었으나, 타천천은 자신만만하게 웃음을 터트렸다.

"후궁은 함부로 보고 싶다고 볼 수도 없지. 영혼을 만날 수 없다면 몸이라도 보고 싶을 터. 걱정 마라. 정의검은 무림맹으로 가는 게 아니라 네게로 달려올 거다. 아마…… 앞으로 꽤 쓸모 있어지겠지. 사하비단엔 고수 숫자가 부족하니까."

개원은 쉬지 않고 이동해 자신의 집에 도착하자마자 개시시를 통해 받은 낯선 서신을 펼쳤다. 반듯하게 접은 서신. 먹물에서는 이름 모를 향이 섞여 풍겨 오고 있고, 서신을 묶은 끈에선 희미한 광택이 난다. 개시시가 '천 귀인이 보낸 답서'라며 자신의 편지 사이에 끼워 보낸 편지였다.

개원은 개시시를 위해 마지못해 사과 서신을 보내긴 했으나 천 귀인과 연락을 주고받는 건 그게 끝이라 생각했다. 더 연락할 이유도 없고. 이 때문에 그는 받은 답서를 펼치지 않고 서랍에 넣어둔 채 곧장 가짜 천년비를 잡으러 마교로 이동했다.

하지만 이제 상황이 바뀌었다. 궁궐 후궁 중 누군가의 몸속에 그녀가 있었다.

'전엔 시시의 생일이라 입궁할 수 있었지. 하지만 이젠 그럴 수 없다. 시시의 도움도 받을 수 없어. 시시는 천년비를 경멸하니까.'

개원은 개시시가 사랑스럽고 착한 동생이라 생각했지만, 그녀가 천년비를 몹시 싫어한단 건 부정할 수 없었다. 개시시는 절대로 천년비의 영혼을 찾는 데 도움을 주지 않을 터. 그렇다고 다른 후궁과 또 이런 식으로 안면을 트고 서신을 주고받는 사이가 되긴 힘드니, 어떻게 해서든 이천 귀인이란 여자와 연락을 주고받으며 천년비를 찾아보아야 했다.

'천 귀인은 무림에 대해 아는 게 없으니 잘 이용하면 도움이 될 거다.'

순진한 명문가 출신 후궁의 눈과 귀를 이용하자니 좀 미안하기도 하지만, 해가 되는 건 아니니 괜찮겠지. 개원은 냉철하게 생각하면서 서신에 묶인 끈을 잡아당겼다. 끈이 풀어지자 반듯하게 접은 서신의 종이가 붕 뜨면서 사이로 또박또박한 글자가 보였다. 하지만 비장한 각오로 서신을 펼친 개원은 내용을 읽자마자 당황해서 눈을 몇 번 깜빡거렸다.

소협의 편지를 받고 놀랐어요. 말을 진짜 X같이 하시네요.

하지만 소협이 잊으신 게 있습니다.

바로 내 품계가 그대 동생보다 높단 거지요.

근데 어쩌죠? 나는 똑똑히 기억하고 있거든요!

소협이 이 서신을 읽는 순간 개 답응이

무엇을 하게 될지 알아맞혀 보세요.

네, 맞습니다. 내 밑에서 구르고 있을 거예요.

연무장 백 바퀴 돌리고, '앞으로 굴러, 뒤로 굴러, 좌로 굴러,

우로 굴러'까지 죄다 시킬 겁니다.

소협은 무림인이니 동생분도 아마 재능이 있겠죠?

재능을 발견하게 된다면 알려줄게요.

아, 개 답응이 울면서 '왜 내게 박정하게 구세요?'라고 물으면,

전부 소협의 탓이라 전하겠습니다.

이건 소협이 만든 연죄자입니다. 안녕.

개원은 눈을 비볐다. 눈으로 보고 있는데도 뭘 본 건지 믿어지지 않았다. 황제의 총애를 한 몸에 받는 후궁이 썼다고는 도무지 상상할 수 없는 편지 내용 때문에.

게다가 그 후궁. 분명 개시시가 말해주기로는 대단한 명문가 적녀라고 하지 않았던가? 자신과는 비교도 할 수 없는 대단한 집안의 적출이라며 함부로 대하면 안 된다고 방방 뛰어서 똑똑히 기억하고 있었다. 연죄자는 또 뭐란 말인가?

그러나 개원이 가장 충격을 받은 건 편지의 내용이나 알 수 없는 단어가 아니었다. 그를 가장 놀랍게 한 건······.

'글씨.'

개원의 눈이 가느스름하게 변했다.

이 글씨. 천년비의 글씨와 비슷했다.

"비원 그자는 왜 소식이 없는 거야!"

차를 마시던 우 귀인이 갑자기 찻잔을 쾅 소리가 나게 내려놓으며 화를 내자, 우 귀인의 궁녀가 일을 하다 말고서 고개를 돌렸다.

"네?"

"촉비도 천 귀인도 모두 멀쩡하지 않느냐. 촉비는 평소처럼 지내고. 천 귀인은 폐하를 등에 업고 승승장구하고 있다."

우 귀인은 오원요가 찾아와 황제의 꾸짖음을 대신 전하던 순간의 모욕 감을 떠올리고서 입술을 꽉 깨물었다. 그때 일은 돌이켜 생각하는 것만 으로도 잠이 확 달아나고 분기가 치솟았다. 자신이 지속적으로 천 귀인 의 궁녀를 괴롭혔나? 아니었다. 천 귀인의 궁녀가 건방지게 굴기에 훈계 를 했을 뿐인데, 황제가 측근 태감을 보내서 꾸짖다니. 세상에 이런 일이 어디에 있을까!

"염려 마세요, 소주. 회임한 온 귀인은 소주를 좋아하시잖아요. 천소여 가 아무리 위세를 부려봐야 결국 회임하지 못한 많은 후궁 중 하나일 뿐 입니다."

궁녀의 위로에 우 귀인은 한숨을 내쉬고서 부채를 집어 빠르게 얼굴을 향해 부쳤다.

"그래. 그래야겠지. 하지만 비원 그놈, 시간을 더 끌면 나도 가만히 있 지 않을 거다."

'우 귀인이 지금쯤 화가 나서 못 견뎌 하겠군.'

타천천에게서 온 서신을 다 읽은 비원은 혀를 차면서 생각했다. 그는 다 읽은 서신을 촛불에 태우면서 눈살을 찌푸렸다.

타천천이 서신으로 알리길, 혼령술이 아직 불완전하니 당장 천년비 영 혼을 부르기는 힘들다고 했다. 자칫 잘못해서 천년비 영혼이 또 이상한 곳으로 가버리면, 그땐 정말로 찾기 어려워질 거라고. 그러면서 타천천은 본인은 혼령술을 안정시킬 방법을 찾을 테니 자신에게 궁중에 남아서 천년비를 지켜달라고 했다.

　서신이 귀퉁이만 남기고 완전히 타 사라지자, 비원은 한숨을 내쉬면서 그을음을 입바람으로 불어 날렸다.

　타천천은 천년비 보호를 부탁하면서, '몸이 바뀌었으니 무공 실력이 이전만 하지 않을 텐데, 천년비는 궁궐에 잘 적응할 성품이 아니다'는 이유를 들었다. 직접 천년비를 만나 보았기에, 비원은 타천천이 뭘 염려하는지 충분히 잘 이해했다. 확실히. 눈치가 백 단이어야 하는 궁궐 속에서 천년비는 너무 눈에 띄었다. 하지만…….

　'천년비가 외롭고 고강한 늑대가 아니라 맹추라니.'

　별개로 환상이 깨져 속상한 건 어쩔 수 없었다. 게다가 우 귀인. 천 귀인을 몰락시켜 달라고 의뢰했던 우 귀인에 대한 일도 어떻게든 방법을 찾아야 한다. 우 귀인의 소원을 들어주지 못하면 그의 명성이 깎여 나갈 텐데. 그렇다고 우 귀인의 소원을 들어줄 수도 없는 일이 아니던가. 우 귀인이 증오하는 천 귀인의 몸속에는 그가 보호해야 할 천년비의 영혼이 들어 있으니까.

　'이를 어쩐다.'

　황제를 손안에 넣고 주무를 방법을 알았으니 실천을 해보아야지.

　수련을 하러 비밀 장소에 가기 전. 나는 우선 청적에 들러서 떡돌이가 있나 없나를 살폈다. 어제는 없었고 그제도 없었는데, 오늘도 없으려나?

　'있다!'

　다행히 떡돌이가 오늘은 있었다. 평소처럼 아주 게으른 자세로 나태하게 바위에 앉아 햇볕을 쬐고 있어! 옆에 손수건을 깔고 종이로 싼 뭔가를 둔 걸 보니, 저건 필시 내게 바칠 공물, 아니, 선물. 그렇다면 떡돌이도 나와 놀 준비를 하고 왔단 거지. 좋아!

상황을 빠르게 파악하자마자 나는 얼른 떡돌이 앞으로 나아갔다. 예상대로 떡돌이는 "우연히 만났군." 하고 웃더니 옆에 놓아둔 종이로 싼 떡을 건넸다.

"자."

나는 흐뭇하게 포장을 벗겨 떡을 꺼내 입 안에 넣고 씹으면서, 오늘 떡돌이의 기분이 어떤지 살폈다. 내가 황제를 손안에 넣고 주무를 방법을 터득했다지만, 그래도 누군가를 조종하는 건 아주 조심히 해야 한다. 떡돌이가 기분이 나쁠 때 하면 안 된다. 가끔 만만해 보이긴 하지만 그래도 떡돌이는 황제 아니던가.

"왜 그리 빤히 보지?"

"네가 기분이 좋은지 아닌지 살피는 중이야."

"짐의 기분은 왜? 부탁할 게 있느냐?"

좋아, 기분도 좋아 보이는군! 부탁할 게 있냐고 묻는 눈빛이 온화하다. 준비가 잘됐단 판단이 서자마자, 나는 얼른 떡돌이 옆으로 가 앉았다.

"시험해보고 싶은 게 있어."

슬그머니 판을 깔자, 떡돌이는 부드럽게 눈웃음을 지으면서 물었다.

"무엇이지?"

질문을 한 그는 어찌나 기분이 좋은지, 직접 떡을 들어 포장 하나를 깐 다음 내 입에 물려주려 시도도 했다.

"손 씻었어?"

내 말을 듣자마자 온화한 기색이 좀 가셨지만. 한숨을 내쉰 떡돌이가 떡을 자기 입으로 가져가는 걸 유심히 보다가, 나는 딱 마음을 먹었다.

그래. 이 정도면 분위기도 괜찮아. 내가 터득한 '황제를 손안에 넣고 주무르기'를 해봐도 되겠구만!

"떡돌아."

내가 은근하게 부르자, 떡돌이는 떡을 입에 넣고 오물오물 씹으며 계속 말해보라는 듯 고개를 끄덕였다. 나는 덩달아 고개를 끄덕인 다음 그에게 내가 준비한 필사의 아부를 펼쳐 보였다.

"오늘 밥상을 보니 네 거시기가 생각났어."

"!"

하지만 떡돌이는 기뻐하기는커녕 오물오물 씹던 떡을 뱉더니, 혼자 사레가 들려서 마구 기침이나 해댔다. 승언이 달려와서 등을 마구 두드리는 사이.

나는 내 말실수를 알아차렸다. 이런! 내가 너무 추상적으로 표현했구만! 스스로 자책하면서 기다리자, 마침내 승언이 물러가고 떡돌이는 자기 가슴을 주먹으로 쿵쿵 두드리면서 내게 물었다.

"이건 또 무슨 소리냐."

"오늘 반찬으로 숭어가 나왔단 이야기를 돌려서 한 거였는데. 내가 말을 너무 어렵게 했나 봐."

떡돌이는 잠시 나를 쳐다보더니, 끙 소리를 내면서 면사를 벗고 손수건을 꺼내 입가를 닦으며 구시렁거렸다.

"도대체 왜 갑자기 이번엔 숭어에 꽂힌 거냐. 전에는 짐더러 내시라고 놀려대더니."

"폐하를 손에 넣고 조물조물하고 싶어서."

"!"

손수건을 집어넣고 면사를 착용하던 떡돌이가 갑자기 '풉' 하는 이상한 소리를 내면서 입바람을 세게 부는 바람에 면사가 저만치 날아갔다.

그 모습을 뚫어져라 보고 있자니, 그는 얼굴이 시뻘게져서 내게 괜히 신경질을 냈다.

"시침은 네가 거부하는 거다, 짐이 아니라."

"여기서 시침 이야기가 왜 나와?"

"네가 말을…… 네가 그런 식으로 하니까……!"

"내가 너무 솔직했지?"

황제가 나를 째려보는 사이, 승언이 달려와서 날아간 황제의 면사를 주워 와 내밀었다.

하지만 황제는 바닥을 나뒹군 면사를 도로 착용하긴 싫은지, 그 면사는 옆에 두고 새 면사를 꺼내서 착용했다.

"대체 몇 개를 가지고 다니는 거야?"

그게 황당해서 물었지만, 황제는 가느다랗게 뜬 눈으로 나를 재차 째려보기만 할 뿐 대답해주지 않았다. 나는 그 표정을 보다가 한숨을 내쉬었다. 뭐야. 내 계략이 실패한 건가.

아부를 잘했으니 떡돌이가 오늘도 끔뻑 넘어갈 줄 알았는데. 아무래도 그 아부는 일회성이었나 보다. 너무 실망스러워서 입을 부루퉁하게 내밀고 있으려니, 떡돌이는 한숨을 내쉬고서 물었다.

"시험해보고 싶다는 게 그 말이었느냐? 사실 듣고도 네가 뭘 한 건지 모르겠지만."

"네가 기뻐할 줄 알았어."

"어느 지점에서?"

'어느 지점에서 기뻐할 줄 알았냐고 묻는다는 건 어느 지점에서도 기쁘지 않았단 건가? 눈치를 보고 있으려니, 떡돌이는 재차 한숨을 내쉬면서 물었다.

"네가 그냥 날 기쁘게 해주고 싶을 리가 없지. 뭘 원하는 건데 그래? 그냥 솔직하게 말하거라. 너는 오해 사는 말을 자주 하니 그게 낫겠다."

문안에 갔는데, 내가 말을 걸어도 다들 대답을 하지 않는다. 개시시가 슬쩍슬쩍 내게 무언가 눈치를 주긴 했지만, 사람들 앞에서는 그녀 역시 내게 제대로 말을 걸지 못했다. 그나마 말 걸어주는 게 연비 정도.

"주도는 우 귀인이 했지만 실행은 온 귀인이 하더라."

"내 말을 씹는 거?"

"언니 도움이 필요하니?"

우아하게 턱을 들어 올린 연비가 놀림 반 조롱 반으로 묻는다. 하지만 도와달라 하면 도와주긴 할 태세였다. 공짜로 도와주진 않을 눈치지만.

"어떻게 도와줄 건데?"

"방법은 많지. 어떻게 갚을지부터 골라두렴."

돈 빌려달라니까 황제한테 빌리라던 사람 어디 안 가지. 구시렁거리고 있으려니 연비는 짧게 웃고서 먼저 걸어갔고, 영빈은 연비의 옆으로 쪼르르 달려가면서 나를 쏘아보았다.

그렇게 일방적으로 무시당하는 문안이 끝난 후 간식을 먹고서 홀로 궁궐을 산책하고 있을 때였다. 심궁 근처에 있는 춘로를 걸어가고 있는데, 뜻밖에도 아는 얼굴을 보았다.

'비원. 그자다.'

우 귀인에게 수상쩍은 부탁을 받고, 그녀에게 내 이름이 적힌 종이를 묻어달란 부탁을 하고, 내게 '천년비냐'라고 묻기도 했던 그자. 전에는 얘기를 깊게 나눌 수가 없는 상황이어서 서로 티격태격하다가 헤어졌지. 하지만 오늘은 시간이 되나?

지나가다가 나를 발견하는가 싶더니, 비원이 곧장 내 쪽으로 다가왔다.

가까이 온 그는 내게 공손하게 인사를 올리더니, 평범한 관리가 평범한 후궁을 만난 것처럼 물었다.

"날씨가 너무 무덥지요. 산책하기 좋은 날씨는 아닌데. 괜찮으십니까?"

하지만 날씨 이야기를 하면서도 그는 눈으로 나를 샅샅이 살폈다. 그날 밤 싸운 일을 떠올리는 건 나만이 아닌 듯했다.

"괜찮다."

어쨌든 묻기에 덤덤하게 대답하자, 그는 좀 불만스러운 눈으로 나를 다시 살피더니 주위를 한번 둘러보고서 아주 작은 목소리로 제안했다.

"잠시 저쪽으로 오시지요. 드릴 말씀이 있습니다."

비원이 따라오라면서 앞서간 곳은 당장 사용하진 않는 것 같지만, 완전히 버려진 것 같지도 않은 어느 건물 부근이었다. 그곳 기둥 뒤로 걸어간 그는 '혹시 누가 있진 않나?' 싶어 유심히 살피는 내게 좀 한심스러워하는 목소리로 알려주었다.

"웬만해서는 오는 이들이 없으니 안심하시지요. 당신이 진짜 천년비라면 사람의 기척이 있나 없나 직접 확인하는 것도 이상하지만요."

그는 눈빛만 불만스러운 게 아니었다. 목소리도 불만스러웠고 하는 말도 불만에 가득 차 있었다.

"두 눈에 아주 불만이 가득하신데?"

그 태도가 못마땅해서 나는 결국 대놓고 그의 태도를 지적했다.

"유감이지만 그대가 불만을 가진다 해서 내 존재가 부정되지는 않아."

비원은 퉁명스럽게 대답했다.

"압니다."

알면서 그래?

"그리고 지금 질문을 던져야 하는 건 나 아닌가? 네가 불만을 늘어놓을 게 아니라?"

내 지적에 비원은 거만한 태도로 내 질문을 어림짐작했다.

"제가 어떻게 그쪽 영혼이 다른 사람 몸에 있다는 걸 쉽게 받아들였는지, 이게 궁금한 거겠지요."

뭐라는 거야?

"관련이 있으니 쉽게 받아들이겠지. 그건 안 궁금해."

"!"

"내가 궁금한 건 그거야. '진짜 천소여' 영혼은? 어떻게 됐어?"

사실 비원을 만나면 무슨 질문을 할지 고민해봤는데 죄다 까먹었고, 지금 남은 질문은 딱 이거 하나였다. 그런데 어째서일까. 비원은 내 질문에 입술을 몇 번 달싹이더니 작게 중얼거렸다.

"그 질문을 하실 줄은 몰랐는데요."

"내 몸은 심장이 없더라?"

"!"

"그래서. 난 이 몸에서 살아도 상관없어. 근데, 그러려면 천소여 영혼 행방이 중요하잖아."

천소여도 이 몸에서 살고 싶어 할 수 있고. 그러면 돌려줘야 하니까. 그런데 진짜 왜 저러는 걸까? 비원은 내 말에 더욱 혼란스러운 표정이 되어 중얼거렸다.

"정말로 당혹스럽습니다. 제가 상상한 성격과 처음부터 끝까지 맞는 게 하나도 없어서."

"뭘 기대했는데?"

"고고한 늑대요. 매정해서 남에게 정도 없는 늑대 말입니다."

비원은 잠시 말을 멈추더니 나를 물끄러미 바라보다가 뒷말을 이었다.

"그 몸이 마음에 드시면 그 몸을 사용하면 됩니다. 몸의 원주인이 어디 있는지, 어떻게 됐는지 궁금해하지 않고요. 그게 제가 생각한 당신의 모습입니다."

개소리, 라고 대답하려 했으나 웬걸. 말을 하는 그는 퍽 진지한 얼굴이었다. 개소리가 아니라 진심으로 내가 그런 사람이라고 믿었던 모양이었다. 그 태도에 나는 조금 감동했다.

"……처음이다."

"뭐가 말입니까."

"내가 상상보다 더 사회성이 좋다고 말해주는 사람."

"전 칭찬한 게 아닌데요."

"속뜻이 칭찬이잖아."

"아니, 저는—"

"고마워. 나 힘낼게."

두 손을 주먹 모양으로 만들고서 웃자, 비원은 입술을 몇 번 뻐끔거리더니 자기 머리에 팔을 올렸다. 하지만 하고 싶은 말이 많아 보였던 그는 결국 한숨만 내쉬고서 말을 돌렸다.

"뭐 그거야 됐고. 어쨌든 혼령술에 관한 문제라면 단주님이 일임하고 있으니 단주님께 물어보십시오."

"단주님?"

"사하비단 단주님. 타천천 님 말입니다."

"걔가 이 일에 어떻게 얽혀 있는데?"

물론 내가 내 몸에서 깨어났을 때 타천천을 보긴 했지만.

"본인 말론 자기가 은인이래."

그자가 내 몸을 가지고 있는 눈치이긴 했어. 내가 중얼거리자 비원은 고개를 끄덕였다.

"네. 단주님께서 죽은 당신을 살려내려 했습니다. 부작용으로 이 꼴이 됐지만요."

"날 살려내려 했다고? 타천천 그 변태가?"

"제 상사를 꼭 제 앞에서 변태라 불러야 할까요?"

비원은 재차 한숨을 내쉬고서 잠시 말을 멈추었다. 담벼락 너머에서 들려오는 발소리 때문이었다. 무슨 공놀이라도 하나. 사람들이 우르르 풀을 밟는 소리가 멀리서 들려오고 있었다. 하지만 그자들이 이쪽으로 넘어올 눈치가 아니자, 비원은 아까보다 훨씬 작아진 목소리로 다시 말을 이었다.

"하여튼 그 부분은 단주님께 물으시고. 단주님께서 제게 부탁하셨습니다. 그쪽을 지켜달라고요."

"타천천이 왜?"

"그것도 단주님께 물어보시고요. 여하튼 그래서 알아보니 그쪽, 폐하께 총애를 받는데 보호 세력이 하나도 없더군요?"

"보호 세력이 뭐야?"

"말 그대로요. 헛소문이나, 진실이긴 한데 악의를 섞은 진실이 떠돌아다닐 때 누군가 나서서 눌러줘야 하지 않습니까. 그쪽은 그게 하나도 안 되고 있어요. 그래서 평판이 안 좋습니다."

뭘 어떻게 알아보았기에 내가 궁궐에서도 인기가 없다는 결론을 내고 왔는지 모르겠다.

하지만 비원의 말이 틀린 건 아니었다. 후궁 중 가장 친하던 염 귀인이 죽은 지금 궁궐에서 나는 친구가 거의 없긴 했다. 그나마 개시시가 나와 가깝지만 소심한지 사람들 앞에선 내게 제대로 말도 못 걸고…….

"어쩐지. 그래서 다들 날 무시했구나."

"후궁들 사이에서 따돌림을 당한다는 소문이 사실이었습니까?"

"응. 문안 갔더니 다 날 무시하더라고. 평소엔 이 정도는 아니었는데 부쩍 심해졌어."

"!"

"난 조용히 지내는데도 왜 다들 날 싫어하나 했더니. 그대 말처럼 내 보호 세력이 없어서 그런가 봐."

말을 마치자마자 담벼락 너머에서 웬 제기가 날아왔다. 놀 때 가지고 노는 그 놀이기구 제기 말이다. 발로 차는 거. 하여튼 그 제기가 내 뒤통수를 툭 때리고 발치에 떨어지기에, 나는 잠시 비원에게 하소연하길 멈추고 거기에 내공과 돌을 넣은 다음 날아온 방향으로 도로 던져주었다.

제기는 빠르게 날아갔고, 얼마 지나지 않아 담벼락 너머에서 "으악! 대인!" 하는 비명이 터져 나왔다. 그 소리를 듣고 나는 흐뭇하게 웃었으나 내내 조용히 있던 비원은 내 팔을 잡고 어딘가로 황급히 끌어당겼다.

얼결에 따라가자, 그는 아까 자리에서 좀 거리를 벌리고 선 다음 식겁한 얼굴로 항의했다.

"어딜 봐서 조용히 지냈단 겁니까? 평소에도 늘 이럽니까?"

"난 조용히 지내. 근데 받은 건 그대로 돌려줘."

"제기에 돌을 넣었잖아요 돌! 그대로 주는 게 아니잖아요!"

"내공도 넣었는데!"

"밝게 자랑하지 마세요! 칭찬한 거 아닙니다!"

뭘 어쩌란 건지 모르겠다. 내가 멍하니 쳐다보자, 비원은 입술을 삐끔거리다가 자기 머리를 짚더니 한숨을 연거푸 세 번 내쉬었다. 사람이 세 번 한숨을 연달아 내쉬는 건 부자연스러우니, 나 보라고 저런 게 분명했다. 거기에 기분이 상해 인상을 찡그리자, 비원은 이마에서 팔을 내리고서 중얼거렸다.

"그쪽은 궁궐에서 살아남기에 최악의 성격입니다. 폐하의 총애만으론 여기서 잘 살아남기 힘들 겁니다. 그런 성격 가지고는."

"그럼?"

"아까 내가 말한 보호 세력을 만드세요. 그쪽이 콩을 팥이라고 잘못 말해도 그런 적 없다고 우겨줄 수 있는 세력 말입니다."

"타천천이 날 지키라 했다며. 그럼 그대가 날 도우면 되잖아."

하지만 타천천에게 부탁도 받았다면서 비원은 내 말을 듣자마자 단호하게 거절했다.

"죄송합니다. 저는 황후마마를 지지하는 쪽이어서요. 간신히 그쪽에 줄을 대고 신뢰를 쌓았는데. 지금 그걸 무너뜨릴 순 없습니다."

나는 황후와 직접적으로 적대한 적은 없지. 하지만 황후 가문 사람들은 천소여를 따라 한 후궁을 일부러 보냈고, 그 후궁은 회임해서 나를 괴롭히고 있다. 그러면 황후도 간접적으로는 내 적이나 마찬가지인데. 지금 비원 이놈은 자기가 황후의 편이라고?

"내 적이란 소리야?"

그렇다고 대답한다면 여기에서 내일 아침 해를 못 보게 만들어주지. 각오를 하고서 물었으나, 다행스럽게도 비원은 바로 부정했다.

"그건 아닙니다. 뒤에선 당신을 도울 겁니다. 실망스럽긴 하지만 단주님 부탁이 있으니까요."

"그럼 됐잖아. 뭐가 문제야."

"대외적으론 못 돕지 않습니까. 지금 그쪽에겐 대외적으로 도와줄 사람이 필요합니다."

비원은 말을 비비 꼬아 해놓고서는 어깨를 축 늘어뜨리고서 당부했다.

"후궁과 관리의 교류를 막는 나라도 있다지만, 우리나라는 그런 문화는 아니지요. 그러니 그쪽도 내명부 밖에서 당신을 도울 사람을 찾아보세요. 원래 몸에 돌아갈 때까진 잘 지내고 있어야 하지 않겠습니까."

비원의 말은 알아듣기 어려웠으나 결론은 명확했다. 다른 후궁들과 손잡은 대신들이 황제 앞에서 나를 헐뜯거나 할 때, 그들을 말리고 나를 두둔해줄 대신들과 결탁하란 거지. 아…… 그래. 그러고 보니 전에 비슷한 말을 하면서 찾아온 관리가 한 명 있었던 것 같아. 당시엔 못 알아들어서 그냥 보냈지만.

하지만 어떻게? 어떻게 해야 대신들과 손을 잡을 수 있지?

"조심하셔야 해요, 소주. 잘되면 그 대신들이 소주에게 큰 도움이 되지만, 잘못하면 이상한 오해를 받고 큰 벌을 받을지도 모르니까요."

고민해보아도 답이 나오지 않아서 원웅과 부성에게 슬쩍 물어보자, 두 사람은 걱정스러워하면서 이렇게 대답했다. 하지만 의외로 둘 다 연비 애비를 부르면 되지 않느냔 말은 하지 않았다.

"난 너희가 아버지를 부르자고 할 줄 알았는데."

그게 이상해서 대놓고 묻자, 두 사람은 서로 눈치를 보다가 솔직하게 대답해주었다.

"천 대인은…… 물론 아버지시니까 소주를 많이 챙겨주시겠지만요. 연비마마도 와 계시잖아요."

"모두 한 가문 사람이니, 혹시라도 연비마마와 영빈마마와 소주가 이해관계 하나를 두고 부딪치게 된다면 천 대인께서 누구를 돕겠어요."

"가문에 가장 도움 될 사람을 도와주실 텐데. 그러면 안 되니까요."

그렇구나. 완전히 이해는 안 갔지만 어렴풋이 무슨 말인지는 알겠어. 그러면 어쩐다…….

"떡돌아. 궁궐에서 세력을 길러볼까 하는데. 추천해줄 대신이 있어?"

"!"

시침을 들러 갔더니 떡돌이가 내게 따끈한 국물이 있는 음식을 주면서 '시름이 있어 보인다'고 했다. 맞다고, 있다고 했더니 그게 뭐냐고 물어서, 세력을 기르고 싶으니 추천해줄 대신이 있냐고 물었다.

내가 못 할 질문을 한 건 아닌 거 같은데. 떡돌이는 내 질문에 입을 손가락 두 마디가 들어갈 정도로 벌리더니 재차 물었다.

"방금 뭐라고……?"

"세력을 키우고 싶어. 내 세력."

이해를 잘 못 하는 눈치이기에 재차 설명해주자, 떡돌이는 심각한 얼굴로 팔짱을 끼더니 한참을 생각하다가 또 같은 질문을 했다.

"역시 짐이 잘못 들은 거 같은데."

"너 눈치가 없구나?"

"눈치가 있으니 재차 묻는 거다. 세상에 어느 후궁이 대신들과 결탁해 세력을 기른단 얘길 황제에게 하는 게냐?"

"하면 안 돼? 이건 폐하 전문이잖아?"

내가 틀린 말을 한 것도 아닌데. 떡돌이는 입술을 몇 번 달싹이다가 한숨을 내쉬었다.

"천씨 가문 사람들은 야망을 품고 뒤에서 온갖 짓을 하려 드는데. 적출 딸인 네가 이러고 있다니……. 네 가문에서 좋아하진 않을 거다."

"그래서 우리 부모님이 날 버렸을까?"

시무룩해서 묻자 떡돌이는 잠시 말을 멈추고 자기 이마를 짚더니, 아까보다 한결 날카로워진 목소리로 물었다.

"네가 거기서 그리 말하면 짐이 뭐가 되느냐. 그리고 총서서가 언제 널 버렸다고?"

"총서서가 누구야?"

"네 아버지!"

아아. 그러고 보니 그런 말을 들었던 거 같기도. 연비 애비라고만 기억하다 보니 잠시 헷갈렸다.

"난 아버지한테 별로 관심이 없어. 그래서 헷갈렸어."

어쨌든 딸이 아버지 품계를 모르는 건 이상한 것 같기에, 나는 적당히 둘러대고서 과일을 떡돌이의 입에 물려주었다. 다행히 떡돌이는 크게 의아하진 않은 듯 순순히 떡을 받아먹었다.

"평소 네 언행을 생각하면 이상한 일은 아니지."

오히려 나를 무시하는 것처럼 말하고는, 떡을 두어 개 더 먹으면서 문밖에 진 오 공공 그림자만 보다가 수건을 꺼내 손을 닦은 뒤 말했다.

"누구와 손을 잡을지는 네가 자유롭게 고르거라. 네 마음대로."

"내가 고르면 그 사람들이 나한테 와?"

"그럴 리가."

"근데 나더러 고르래?"

"일단 골라서 짐에게 내일 말하거라. 짐이 보고 결탁한 후궁이 있는 자인가, 없는 자인가 알려주마."

"눈칫밥은 서출인 영빈마마가 받고 자랐다던데. 천 귀인께서 말하는 걸 듣고 있으면 전혀 그렇게 안 들립니다."

다음 날 천 귀인이 돌아간 후. 오원요는 월요 황제가 의복 입는 걸 도와주며 웃음기 섞인 목소리로 말했다.

월요 황제는 한숨을 내쉬었다.

"그 애는 다 괜찮은데 말을 너무 이상하게 한다."

그분이 다 괜찮으시다고요? 말만 이상하게 하시는 게 아닐 텐데요?

오원요는 속으로 생각했지만, 감히 황제가 총애하는 후궁을 이상하게 말할 수 없기에 "그럼요 그럼요." 하고 맞장구를 쳤다. 그러다가 월요가

'지금 내 아내가 말을 이상하게 한다는 거냐?'는 눈으로 쳐다보자, 오원요는 황급히 자기 입을 두어 번 두드리고서 사죄했다.

"죽을죄를 지었습니다, 폐하. 귀인께서 말을 이상하게 하신단 뜻은 아니었습니다."

"되었다."

그나마 양심이 있는지 황제가 탓하지 않고 넘어가려 들자, 오원요는 안심해서 얼른 말을 돌렸다.

"그래도 잘되지 않았습니까? 천 귀인께서는 최소한 몰래 일을 꾸미실 생각은 없는 것 같으니까요."

"그렇지."

"폐하께 참으로 솔직한 분이십니다. 우리나라는 풍습이나 관례상 후궁들이 대신들과 결탁하는 건 막기 어려우니까요."

의복을 다 입은 월요는 마지막으로 얼굴을 가리는 면사를 착용한 다음, 거울에 자신의 모습을 비추어 보며 말했다.

"세력이 없으면 보호가 안 되긴 하지. 어쩌면 내가 지켜보면서 쳐낼 건 쳐내고, 천 귀인에게 도움이 될 만한 부분만 쓰게 해주는 게 나을지도 모르겠다."

오원요는 고개를 끄덕이다가 승언이 쪽을 힐긋 쳐다보며 웃었다.

"제 생각에 귀인께선 아마 세력이 제일 큰 사람들을 순서대로 적어오실 듯합니다."

단순하시니까요. 오원요는 뒷말을 생략했으나, 승언은 다 알아듣고서 고개를 끄덕였다.

월요 황제 역시 오원요가 생략한 뒷말을 이해했으나, 차마 그 말을 부정하진 못했다.

"자."

그리고 그날 밤. 시침을 들러 온 천 귀인은 거들먹거리면서 자신이 가져온 두루마리를 황제에게 내밀었다.

"여기저기서 듣고 세심하게 골랐지."

꽤 자신만만하게 명단을 내미는 걸 보니, 그들이 짐작한 대로 명망 있는 대신들 이름을 적어 온 게 분명했다. 하지만 그런 대신들은 이미 결탁한 후궁이 있을 텐데. 월요는 그렇게 생각하면서도, 천 귀인을 실망시키지 않기 위해 명단을 보는 시늉을 했다.

그러나 명단 첫 줄을 보자마자 월요는 자신이 뭘 잘못 보았단 생각에 아래쪽을 서둘러 보았다. 하지만 아래쪽을 보아도 놀랍긴 마찬가지였다.

이 명단은……

'굉장하군. 간신만 골라잡으셨는데?'

'이렇게 고르기도 힘들 거 같은데.'

'간신 수집가 수준이잖아?'

어깨너머로 명단을 본 오원요와 승언 역시 입을 벌리고 속으로 탄식했다. 월요 황제는 명단을 덮고서 천 귀인을 쳐다보았다.

원웅과 부성, 귀자, 비원에게까지 정보를 수집해서 세심하게 고른 명단인데. 내가 너무 눈에 띄는 사람들만 골랐나?

이름을 보여주자 떡돌이의 표정이 떡돌이에서 황제로 변했다.

"싫어하는 사람이 있어?"

그 표정이 너무 노골적이라 슬쩍 물어보자, 황제는 손가락으로 내가 건넨 명단의 한 가운데 있는 인물을 짚었다.

"이자. 평판이 아주 안 좋은 거 아느냐, 계란아?"

"응."

"그럼 이자는?"

이번에 황제가 짚은 건 명단의 첫 번째에 올라온 사람이었다.

"당연히 알지. 설마 내가 그것도 모르고 명단에 적었겠어?"

날 무시하는 그 태도가 좀 어이가 없어서 대답하자, 황제는 이마를 짚더니 짧게 한숨을 내쉬고서 내게 물었다.

"권력이 강하고 평판이 낮다면 이해라도 하겠는데…… 왜 이렇게 죄다 평판이 낮은 자들만 골라잡은 거지? 여기서 권력이 강한 사람은 딱 하나뿐인데. 이자도 평판이 너무 낮아서 후궁들이 아무도 결탁하려 하지 않은 자다."

"그렇다더라고."

"왜 이런 자들만 적은 거냐. 이중 몇몇은 너희 가문과도 사이가 나빠."

"오해를 산 걸지도 모르잖아. 오해를 사서 외로워하고 있을지도 몰라."

"!"

"직접 보기 전엔 판단을 안 하려고. 오해를 산 거라면 내가 챙겨주고 싶기도 하고. 서로에게 도움이 되면 좋잖아?"

내가 그랬듯이. 와, 나 진짜 배려심이 대단한데? 무림 악적이 이 정도면 정말로 어마어마한 배려심이다.

스스로 한 말에 감동 받아 나는 떡돌이를 향해 활짝 웃어 보였다.

하지만 떡돌이는 감동을 받기는커녕, 있던 감동까지 다 새어나가 메말라버린 표정이었다.

그런 얼굴로 떡돌이는 나를 잠시 물끄러미 바라보다가, 내가 건넨 명단을 도로 건네며 단호하게 말했다.

"짐이 골라주마. 생각해보니 그게 낫겠다."

그 시각. 연얼군주는 결국 고민 끝에 오라버니를 죽인 범인을 안다는 자를 만나러 약속 장소로 나갔다. 물론 상대가 어떤 사람인지 알 수 없기에 혼자 이동하는 건 아니었다. 주위에는 실력이 뛰어난 호위들이 그녀를 둘러싸고 있었고, 보이지 않는 곳에도 그녀를 지킬 준비를 하고 있었다. 그래도 긴장을 감추긴 어려워서, 연얼군주는 이동하는 내내 풍성한 소맷자락 안에서 초조하게 주먹을 쥐었다 펴길 반복했다.

'만약 상대가 내게 거짓말을 한 거라면…… 절대로 가만두지 않을 거다. 오라버니의 죽음을 이용한 대가를 치르게 하리라.'

그렇게 이동하고 있자니 마침내 약속한 장소가 나타났다. 인적이 아예 없는 공터 중앙에 위치한 커다란 나무. 나무 주위로 몇 겹이나 되는 부적을 늘어놓아서, 척 보기에도 함부로 가서는 안 될 것 같은 곳이었다.

"내리시겠습니까?"

연얼군주가 마차 창문을 열고 그 나무를 보고 있자니, 옆에서 따라온 호위가 물었다.

"우리 외 다른 사람은?"

"아직 아무도 없습니다."

"그럼 나도 여기서 기다리겠다."

마차를 끌고 온 하인들이 마차가 떨어지지 않도록 잘 고정하는 동안 연얼군주는 창문 주위를 살폈다. 감히 자신에게 오라버니의 목숨을 대가로 거래를 시도하려 한 이가 누구인지를 찾아야 했다. 그때.

"제 청을 받아주셔서 감사합니다, 군주 전하."

마차 위쪽. 마차 천장에 가려 보이지 않는 부근에서 목소리가 들려왔다. 연얼군주가 대답하기도 전에 주위를 살피던 호위들이 무기를 빼 들고서 위를 향해 경계 태세를 취했다.

"되었다."

연얼군주는 손을 뻗어 그들에게 진정하란 신호를 보내고서 직접 마차 문을 열고 밖으로 나갔다. 하인이 부축하려 했지만 손을 잡지도 않았다.

우두커니 선 군주는 나무 위쪽을 올려다보았다. 커다란 나뭇가지 위에는 웃는 표정의 가면을 쓴 사람이 검은 무복 차림으로 매달려 있었다.

눈이 마주치자, 검은 무복 차림의 사람은 나무에서 툭 내려오더니 연얼군주를 향해 제법 예의 바른 인사를 올렸다.

"평소 흠모하던 분을 이렇게 만나 뵈니 참으로 기쁩니다, 군주 전하."

괴상한 가면을 써서 얼굴을 가린 상대는 분위기가 무거웠다. 가면만 달빛을 받아 반질반질 빛이 나니 어딘가 소름 돋는 모습이었다.

그러나 이 수상쩍은 분위기는 연얼군주에게 어떤 두려움도 주지 않았다. 아니, 오히려 연얼군주는 이 수상한 자를 보자 더욱 날카로운 표정으로 변하더니, 주머니에 손을 넣으며 거만하게 지시했다.

"내 오라버니를 죽인 범인이 누구인지 안다고."

오만한 태도였으나 수상한 자는 조금도 기분 나쁜 내색 없이 두 손을 모으고 고개를 끄덕였다.

"제가 설마 모르는 일로 군주 전하께 뵙고 싶다 하진 않았겠지요."

연얼군주는 마른침을 삼켰다. 그녀도 자신의 오라비가 좋은 성정이 아니란 건 알았다. 그는 누이동생에게는 친절했으나, 사람을 대할 때 좋고 싫은 게 뚜렷해 친구가 많은 만큼 적도 많았다.

하지만 그에게 오라비는 하나뿐인 가족이었다. 어린 시절 오누이만 남게 된 후. 두 사람은 서로를 평생 지켜주기로 두 손을 잡고 약속했다. 그 약속은 이제 지킬 수 없게 되었으나, 복수만큼은 꼭 해주어야 했다.

'오라버니. 오라버니를 죽인 그자. 그게 누구든 내가 반드시 죽이겠어.'

"그게 누구지?"

흥분을 감추며 연얼군주는 차갑게 물었다.

"단순히 누구라고 말만 해서도 안 된다. 네가 거짓말을 하는지 아닌지 믿을 수 없으니까. 진실이란 증거를 같이 대."

"물론입니다."

"거짓을 말할 경우……."

그녀의 말이 끝나자마자 그녀가 데려온 수많은 호위들이 동시에 검을 빼내어 수상한 자를 향해 겨누었다.

"넌 죽는다."

위험한 협박을 받았는데도 수상한 자는 오히려 어깨를 떨며 웃을 뿐. 조금도 겁이 난 기색이 아니었다.

"마음대로 하시지요."

자신만만하게 대답한 수상한 자는 곧 품 안에서 작은 서신을 꺼내어 연얼군주에게 내밀었다.

"이걸 보시면 누가 범인인지 아실 겁니다."

"무엇이지?"

"군왕 전하께서 암살당하기 전날 저희에게 보낸 서신입니다."

수상한 자는 말을 끝내자마자 눈 깜짝할 사이 사라졌다. 호위들이 놀라 주위를 두리번거렸으나, 이미 그자는 모습을 감춘 후였다.

연얼군주는 입술을 꾹 다물고 그자가 건넨 서신을 펼쳤다.

이윽고 그녀의 눈이 커다래졌다.

'황제가…… 오라버니를 죽였다고?'

16장

이러고서 자자

정행부 지행청의 3품 관리 '등룡'에 오른 청년은 젊지만 가문이 좋고 학식이 높은 데다 청렴하기까지 해 뭇사람들의 평가가 좋은 신입이었다. 등룡이 황제의 부름을 받았을 때 주위 사람들은 아무도 놀라지 않았다.

　"언젠간 이런 일이 있을 줄 알았지."

　"용은 몸을 웅크리고 있어도 티가 나는 법 아닌가."

　"자네는 크게 쓰일 걸세."

　친구며 스승들이 모두 그에게 좋은 말을 해주었고, 등룡에 오른 청년은 신입다운 패기와 꿈을 안고서 황제와 독대했다. 대체 어떤 명령을 하시려고 나를 따로 부르신 걸까…… 조금 걱정되는 마음도 있었다.

　"부르심을 받고 왔습니다. 신 등룡 운월, 폐하께 인사드립니다."

　가까이에서 황제를 마주했을 때는 어찌나 심장이 떨리던지, 목소리가 자꾸 떨려서 감당이 안 될 지경이었다.

　"좋은 이야기를 많이 들었다. 가까이 오라."

　그는 흥분해서 귀까지 벌게졌으나, 애써 침착함을 가장하고 조심스레 황제의 책상 근처로 다가가 무릎을 굽혔다.

　하지만 황제가 내린 명령, 그가 상상한 것과는 조금 방향이 달랐다.

　"귀인 천 씨가, 짐이 너무 총애하다 보니 여러 가지로 공격을 받는 모양이디군. 후궁전 안에서 벌어지는 일이라면 천 귀인이 힘써 해결할 일이겠으나, 후궁들과 결탁한 관리들이 밖에서 천 귀인에게 음해와 모함을 계속해대니 그 아이가 많이 힘들어한다."

뜬금없는 후궁 이야기에 운월은 '그게 왜요?'라고 물을 뻔했으나, 우선 조용히 고개를 끄덕였다.

"그러시군요."

"하지만 천 귀인은 정치나 권력에 관심이 없어 자신을 보호하질 못하고 있지. 그렇다고 외척 세력을 붙여주자니, 그것도 곤란해."

"예……"

운월은 아직도 황제의 의도를 짐작지 못했다. 다른 관리들에게 너무 대놓고 후궁들과의 결탁을 내보이지 말게 하란 말씀이신가? 관리들을 진정시키란 뜻이실까? 그의 상상력은 이 정도가 끝이었다.

"그러니 경이 관리들 사이에서 천 귀인과 관련해 나오는 이간질과 공작들을 밖에서 막으라."

황제는 운월이 자신의 말을 이해하지 못할까 봐 염려되는지, 결국 대놓고 명령을 내려주었다. '네가 천 귀인의 세력이 되어라'고. 운월은 당황해서 입을 뻐끔거렸으나, 면사 아래로 드러난 굳은 입매를 보자 황급히 고개를 숙이며 대답했다.

"예. 하명하신 대로 하겠습니다."

당황스럽긴 하지만 이게 황제의 명령이라면 따라야지 어쩌겠는가. 그러나 황제의 요구는 그걸로 끝이 아니었다.

"이게 황명이란 건 비밀로 하라."

그 뒤에는 더 어려운 요구가 붙어 있어서, 그는 더욱 당혹스러워졌다. 황제의 명령대로 황명임을 감추고 천 귀인을 챙기게 된다면, 그는 멍청하기로 유명한 후궁이 황제의 총애를 받는단 이유만으로 지지해주는 관리가 될 것이다. 이런 행동은 보통 야망을 품고 권력을 높이려는 이들이 하지, 그처럼 청렴하고 고고하단 칭송을 받는 관리가 하진 않았다. 만약 그가 멍청하다고 소문이 자자한 천 귀인을 지지하게 된다면, 사람들은 대놓고 비웃어댈 것이었다. 청렴하다는 관리도 결국 돈과 권력만을 노린다고. 그러다 보니 운월은 뭘 어떻게 대답해야 할지 순간 막막해졌다.

"대답은?"

하지만 황제가 재차 질문을 던지자 그는 깨달았다. 해야 할 대답은 처음부터 정해져 있었단 걸.

"예, 폐하. 영광이옵니다."

그러나 경험의 미숙함에서 드러난 굳은 표정은 가려지지 않았다. 월요황제는 이 모습을 뚫어져라 보다가, 미안하긴 했는지 조건을 붙여주었다.

"오늘, 네 평판을 좋게 하는 데 도움이 될 만한 관리를 불러 네 세력이 되어달라 얘기해보았다."

오늘은 시침에 부르지 않는다는 떡돌이의 말에 따라 혼자 드러누운 채 떡을 먹고 있는데, 황제가 멋대로 내 처소에 찾아와서는 '누워서 떡 먹지 마'라고 잔소리를 한 다음 한 말이 이거다. 나는 구시렁거리면서 침상에서 몸을 일으켰다.

"그럼 그 관리랑 결탁하면 되는 거야?"

"이틀 뒤에 후궁들이 모여서 함께 식사를 하기로 되어 있지?"

"그래?"

"……"

"들어본 거 같기도 해. 그런데 그게 왜?"

"그 자리에 참석해 널 본 다음, 네 측근이 될지를 결정하라 그랬다."

뭐야?

"그럼 그 관리가 내 사람이 되기 싫다고 하면……."

"안 되는 거지."

단호하게 말한 떡돌이는 내가 누워서 먹던 떡을 하나 집더니, 떡에 묻은 가루를 탈탈 털면서 덧붙였다.

"너도 마찬가지다. 그 관리를 보고, 네 마음에 들지 않으면 네 쪽에서 거절해. 이런 관계는 싫은 사람끼리 억지로 붙여봤자 역효과만 나니까."

어두운 밤. 연얼군주가 촛불도 켜지 않은 채 가부좌를 틀고 앉아 있자, 측근 부하들은 곁을 떠나지 못하고 초조하게 주위를 서성였다. 그들은 수상한 자와 연얼군주가 만나는 걸 보았고, 연얼군주가 수상한 자에게서 어떤 정보를 얻는지도 보았다. 연얼군주가 어떤 마음인지 그들은 누구보다 깊게 공감할 수 있었다. 더욱이 이 사실을 감히 다른 이에게 알릴 수조차 없다는 게 얼마나 애가 타는지도.

"전하."

이각여가 더 지났을 때, 그래도 한 부하가 참지 못하고 연얼군주에게 조심스럽게 말을 걸었다.

"그자가 건넨 서신을 다 믿으십니까?"

다른 부하도 얼른 때를 맞추어 말을 보탰다.

"맞습니다. 앞뒤가 맞긴 했으나, 서신이 거짓일지도 모릅니다."

부하들이 걱정스럽게 자신을 불러대자, 연얼군주는 쓸쓸하게 웃고서 서신을 접어 탁자 위에 내려놓았다.

"그래. 거짓일지도 모르지. 하지만 가능성만으로도……."

화가 난다. 그리고 그 화를 누르고 있기가 어려웠다. 당장 황제를 찾아가 '정말로 내 오라버니를 죽였냐'고 묻고 싶은 만큼. 그래도 연얼군주가 조금이나마 흔들리는 기색을 보이자, 또 다른 부하는 얼른 연얼군주의 앞에 무릎을 꿇으며 말했다.

"필체는 분명 군왕 전하의 필체가 맞습니다. 하지만 필체는 흉내 낼 수도 있지 않습니까."

연얼군주는 대답 대신 질문했다.

"전문가는?"

필체를 흉내 내는 것도, 다른 사람이 흉내 낸 필체를 분석해내는 것도 최고라고 하는 사기꾼 출신 전문가에 관해 묻는 거였다. 연얼군주가 수상한 자에게 서신을 받자마자 한 행동도 그 전문가란 자에게 연락을 취한 것이었다.

"사나흘은 지나야 도착할 겁니다."

부하의 대답에 연얼군주는 "그래." 하고 쓸쓸히 중얼거리며 눈을 질끈 감았다.

분명 방 안은 어두운데 눈꺼풀 안에서는 부싯돌 같은 빛이 번쩍였다.

"아니길 바라자. 아니길."

떡돌이가 예고한 것처럼 후궁들이 다 같이 모여서 식사를 하게 되었다. 후궁들만 모인다더니. 막상 모이고 나니 황후와 떡돌이까지 모인, 제법 성대한 정찬이었다. 게다가 이유는 모르겠지만, 근처에 악사들도 한 무리를 불렀다. 우리가 식사하는 내내 음악을 연주하도록.

"이 정도면 연회 아닐까?"

"제 생각에도 그래요, 소주. 하지만 황후마마께서 주관하신 거니까 그 말씀은 안 하시는 게 낫겠어요."

원웅과 내가 소곤거리는 동안에도 악사들은 계속 음악을 연주했고, 태감과 궁녀들은 바쁘게 후궁들과 황후, 황제 사이를 돌아다니며 음식을 빈 접시에 덜어주었다. 다른 후궁들은 자기들끼리 이야기를 나누며 재밌게 놀았지만, 나는 딱히 얘기를 나누며 놀 사람도 없어서 식사에만 열중했다. 그나마 친한 게 개시시인데, 개시시는 다른 후궁들에게 붙잡혀 맞은편에 앉아 있으니 뭐. 부를 수도 없고.

"온 귀인께서는 이제 슬슬 입덧이 심해질 시기가 아닌가요?"

"그러게요. 배는 아프지 않나요?"

"태동도 있나요, 귀인?"

"내 언니가 회임하는 걸 본 적이 있어 아는데, 아직 태동이 올 시기는 아닐걸."

그중에서도 후궁들에게 관심을 가장 많이 받는 건 온 귀인이었다. 혼자서 식사하는 나와 달리, 온 귀인은 사방에서 말을 걸어오는 통에 제대로 뭘 먹지도 못할 지경으로 보였다. 그러다가 한 번씩 사람들의 시선이 황후에게 몰려갔다.

"황후마마 덕분에 여름에서 가을로 바뀌는 계절을 시원하게 보내고 있습니다."

"제 생각엔 온 귀인이 바로 회임한 건 황후마마가 덕을 쌓으셔서인 것 같아요."

그러고는 황후에 대한 칭송이 또 한 다발. 이후 다시 온 귀인 이야기를 하며 칭찬 한 다발. 이렇게 반복, 반복. 물론 후궁들이 한 번씩 떡돌이에게는 말을 걸었지만, 떡돌이가 연거푸 세 번 '생각할 게 있다'면서 대답을 거절하자 다들 자연히 황제에게도 말을 걸지 않게 되었다.

'청렴한 관리를 준비해뒀다더니. 그 관리는 대체 어딨단 거야?'

그렇게 얼마나 시간이 지났을까. 슬슬 배도 불러왔고, 눈치껏 자리를 떠날 수 없나, 지루한 생각이 들 즈음이었다. 내내 칭찬만 받더니 온 귀인도 좀 지루해졌는지, 갑자기 황제에게 말을 걸었다.

"폐하. 폐하는 딸이 좋으십니까, 아들이 좋으십니까?"

"짐은 그 아이가 딸이었으면 좋겠군."

"그러면 저도 딸이 태어났으면 좋겠어요, 폐하."

별말은 아니었지만, 어쨌든 다른 후궁들과 달리 황제에게서 '바쁘다' 외다른 대답을 들은 온 귀인은 만족스레 웃으면서 차를 마셨다. 거기서 끝내면 좋았을 텐데.

"아들은 천 귀인께서 낳아주시겠지요."

온 귀인은 이번에는 뜬금없이 내 이름을 끄집어냈다. 튀긴 교자를 먹으면서 쳐다보자, 온 귀인은 천소여를 따라 한 슬픈 눈썹을 평소보다 더 내리면서 온순한 목소리로 덧붙였다.

"형제자매가 가깝게 크려면 나이가 비슷한 게 좋으니까요."

여기에서 그만뒀어도 괜찮았을 텐데. 온 귀인은 기어코 가만히 있던 내게까지 이상한 말을 했다.

"염려 말아요, 천 귀인. 귀인은 폐하께서 가장 총애하시니 곧 아이가 생길 거예요."

그러고는 자기 두 손을 꼭 맞잡고서 이렇게 말하지 뭔가.

"저도 천 귀인이 빨리 아이를 가질 수 있기를 기도해줄게요."

나는 누가 내 욕을 하는 건 잘 알아듣는 편인지라, 온 귀인이 내게 좋은 의도로 저 말을 한 게 아니란 걸 깨달았다. 하지만 온 귀인의 거만한 말뜻을 알아들었다고 해서, 내가 그녀를 찾아가 턱을 주먹으로 날리면 안 되는 일이었다. 서당 개 삼 년이면 풍월을 읊는다지. 나도 몇 개월간 후궁 몸으로 지냈더니, 후궁들이 싸울 때 주먹을 주고받지 않는단 걸 빠삭하게 안다.

나는 온 귀인이 나를 놀리고 있단 걸 깨닫자마자 얼른 그녀에게 말로 돌려주었다.

"기도해준다니 고마워요. 하지만 온 귀인, 내 생각엔 아직 생기지도 않은 아이를 위해 기도하기보단, 온 귀인의 아이가 무사히 태어나길 기도하는 게 좋을 거 같아요."

"그게 무슨 소리죠?"

"말 그대로인데요."

식사를 마칠 때까지 떡돌이가 말힌 그 관리는 찾아오지 않았고, 다행히 온 귀인이 내게 시비를 걸다 조용해진 후 말을 거는 사람도 없었다.

그날 밤. 나는 시침을 들러 갔을 때 떡돌이에게 이 이야기를 전했다.

"네가 소개해준 관리는 안 나왔나 봐."

떡돌이도 현장에 있었으니 다 봤을 테지만, 그래도 혹시 모르니까. 그런데 의외로 떡돌이는 바로 대답했다.

"너는 자기가 모시기에 그릇이 너무 크다며 거절하더라."

"날 그렇게 좋게 봤대?"

내가 신이 나서 물었으나 떡돌이는 이번에도 딱딱하게 대답했다.

"돌려서 거절한 거다."

"알았어."

나는 중얼거리고서 침상으로 꾸물꾸물 기어들어 가 이불을 덮었다. 펑

소라면 이쯤에서 그의 잔소리는 끝났을 거다.

그런데 오늘은 이상했다. 떡돌이는 잔소리를 하거나, 떡을 주거나, 그것도 아니면 또 다른 세력 이야기를 하지 않았다. 대신 잠시 조용히 내 옆모습을 바라보는가 싶더니 한숨을 내쉬면서 물었다.

"오늘 발언은 내가 듣기에도 오해를 살 만한 말이었다, 계란아."

"내가 왜?"

"짐은 네가 나쁜 의도 없이 말해대는 걸 잘 알지. 하지만 다른 사람들은 모르니 좀 조심하는 게 좋지 않을까?"

"내가 어떻게 말해도 듣는 사람이 꼬아 들으면 뭘 어떻게 하겠어."

"좋게 말해보려는 노력은 해보았고?"

"……."

뭐야 저 질문은? 지금 나더러 잘못했다고 하는 거야?

"좋게 말하려고 했어. 하지만 내가 말하는 태도만큼 듣는 사람 태도도 중요하잖아."

떡돌이가 한숨을 내쉬면서 한 말을 듣는 순간, 마음속 어딘가를 두 손으로 콱 꼬집힌 기분이 들었다. 그게 불쾌해서 딱 잘라 쏘아붙이자, 떡돌이는 "그래. 그래." 하고 체념 조로 말하더니 내 어깨를 두드렸다.

"알았다. 그만 자거라."

하지만 그 태도에 나는 더욱 기분이 상해서, 이불을 확 한 손으로 밀어버리고 상체를 일으키면서 말을 우르르 쏘아붙였다.

"꼬아 들으려고 맘만 먹음 내가 칭찬을 해도 비꼬는 거로 들려. 내가 착하게 굴면 가식적이라 하고, 도움을 주면 꿍꿍이가 뭐냐고 물어."

"무슨 소리냐."

"온 귀인이 내게 있지도 않은 아이 얘기 한 건 배려고, 내가 있는 아이 잘 챙기라 한 건 말조심해야 할 일이야?"

"……."

"그러면 내가 뭐라 말했어야 하는데? 고맙다고? 내가 고맙다고 하면 사람들이 내 욕 안 했을 거 같아? 천만에. 천 귀인은 비꼬는 말도 못 알아먹는 바보라 했을 거야. 난 바보가 아니야! 공부를 안 했을 뿐이야!"

황제는 멍하니 나를 쳐다보더니, 곤혹스러워하며 중얼거렸다.

"짐은 널 바보라고 한 적 없는데."

"누가 뭐라든 신경 안 쓰면 되지 않냐고? 맞아, 신경 안 쓰면 돼. 근데 왜 나만 신경을 안 써야 하는데? 온 귀인도 신경 안 쓸 수 있고, 사람들도 신경 안 쓸 수 있고, 너도 내 말에 신경 안 쓸 수 있었잖아!"

내가 바락바락 외치는 말속에는 이번 일뿐만이 아니라, 지금까지 천년비로 지내면서 겪은 일들이 모조리 뭉쳐져 있었다. 말을 뱉으면서도 그 생각을 하긴 했지만, 그래도 열기가 가시지 않아 이마가 뜨끈해졌다.

더 화를 내지 않기 위해 씩씩거리며 분기를 조절하고 있는데, 황제는 한숨을 내쉬고서 내가 던진 이불을 도로 끌어와 무릎에 덮어주었다.

"너는 적이 많으니 조심해서 말하란 것뿐이다. 네가 고맙다고 하면 누군가는 널 비웃겠지만, 누군가는 '온 귀인이 가만히 있는 사람을 건드린다'고 할 테니까. 하지만 거기서 네가 온 귀인이 회임한 아이를 노리는 것처럼 말해버리면 전부 네 탓이 되어버리지 않느냐."

나는 그가 덮어준 이불을 도로 픽 걷어찼다.

"사방이 다 온 귀인 친구들뿐인데. 누가 그 상황에서 굳이 내 말을 좋게 해석하고 온 귀인을 나쁘게 생각한다고?"

"소여야."

황제는 날 달래려는 모양인지 부드럽게 이름을 불렀지만, 그건 내 이름이 아닌 고로 그리 효과가 없었다.

"내 편이라 생각한 폐하도 온 귀인 편인데. 그 상황에서 내가 있을지 없을지도 모를 잠재적 아군을 생각해서 온 귀인 말에 당하기만 해야 해?"

"……소여야."

"난 폐하를 위해서 주먹을 안 썼어! 이 주먹을 봉인했다고! 봉! 인!"

나는 진지하게 말하며 주먹 쥔 손을 내밀었는데. 황제는 심각한 표정으로 내 말을 듣다가, 갑자기 혼자 입술을 악물더니 턱에 힘을 주고 고개를 내렸다. 웃음이 터져 나오려는 걸 참는 표정이었다. 나름대로 심각한 척하지만 어깨가 후들후들 떨리고 있었다.

그걸 보자 분노가 더욱 머리끝까지 뻗쳤다. 이에 주먹을 내리고서 그를 가만히 쳐다보자, 황제는 웃은 적이 없던 척 진중한 표정을 짓더니 달래듯 말하는 게 아닌가.

"궁중에서 주먹다짐을 하지 말란 건 날 위한 게 아니라 널 위한 거다, 소여야. 법이 왜 있다 생각하는 게냐."

"그 말은 법의 혜택을 받는 사람 앞에서나 해."

"그게 너이잖느냐."

"나는…… 그렇지!"

천소여는 그렇겠지. 하지만 천년비는 아니다. 그렇다고 이 말을 할 수도 없는 상황이라, 나는 주먹을 쥐고 씨근거리며 그를 노려보기만 했다.

황제는 그제야 상황이 심상치 않단 걸 알겠는지, 한숨을 내쉬고 몸을 일으키더니, 내게 이불을 잘 덮어주고서 말했다.

"흥분했다. 머리 좀 식히거라."

말을 마친 그는 바람을 쐬겠다면서 밖으로 나갔다.

자기 방인데. 내 얼굴도 보기 싫단 건가? 화가 났지만 후궁의 몸인지라 멋대로 돌아가 버릴 수도 없었다.

나는 주먹을 쥐고 황급히 심호흡을 했다.

화 나. 화가 너무 많이 나. 아주 많이 나!

"폐하와 싸웠다고요?"

다음 날. 나는 이 분노를 풀기 위해 연얼군주가 찾아왔을 때 황제와 싸운 이야기를 하면서 씩씩거렸다.

물론 연얼군주는 황제의 이복동생이니, 싸웠단 얘기를 들어도 황제 편을 들 거란 건 알지만. 그래도 이 이야기를 누구에게라도 하지 않으면 견딜 수가 없었다.

그러나 의외로 연얼군주는 내 얘기를 듣자 활짝 웃으면서 좋아했다. 연얼군주가 대놓고 황제를 싫어한단 말을 하긴 했지만. 그래도 이복 남매이니 어느 정도는 그의 편을 들 거라 생각했는데.

'왜 저렇게 좋아하지?'

"되게 기뻐 보이네요."

그게 너무 의외여서 묻자, 연얼군주는 솔직하게 고개를 끄덕였다.

"솔직히 기뻐요."

"왜요?"

"내가 폐하를 싫어하니까요."

"그래도 전엔 내가 폐하랑 잘 지내는 건 싫어하지 않았잖아요?"

아니, 오히려 좀 밀어주는 티를 내지 않았던가? 황당해서 쳐다보자, 연얼군주는 묘한 미소를 지으면서 중얼거렸다.

"그대는 내 친구니까. 그대가 아파하지 않았으면 좋겠거든요."

무슨 소리야? 황제랑 싸워서 기분이 나쁘다는데 '아파하지 않으면 좋겠다'면서 좋아하다니? 말이 안 되잖아? 이해가 가지 않는다.

하지만 내가 아무리 멍하게 쳐다봐도, 연얼군주는 다른 설명을 더 하는 대신 밝게 화제를 돌렸다.

평소와 좀 다른 행동을 한 연열군주는 평소보다 돌아가는 시간도 빨랐다. 그 바람에 갑자기 내 시간만 붕 떠버렸다. 수련을 하러 가자니 얼마 안 가 해가 질 것 같고. 청적에 가자니 황제를 마주칠까 봐 화가 나서 싫고. 이런 기분으로는 서책도 읽기가 싫으니.

'그럼 개시시나 보러 갈까?'

하지만 개시시는 다른 후궁들 눈치를 보느라 내게 사적으로 말을 걸지도 못하잖아. 찾아갔는데 '돌아가 줬으면' 하는 눈치를 주면 어떡해?

결국 개시시에게 찾아갈 마음도 싹 사그라져서, 나는 밖으로 나가 평상에 드러누워 새파란 하늘만 쳐다보았다. 며칠 전만 해도 이 시간이면 아직 밝았는데. 이젠 해도 점점 짧아지고 있어서 파란 하늘 사이사이로 벌써 불그스름한 기운이 살짝 보였다.

그런데 하늘에 뜬 구름 개수를 아홉 개가량 셌을 때쯤.

"소주, 소주."

원웅이 사립문 안으로 들어오다가 나를 발견하고는 얼른 다가와서 곱게 접은 서신을 내밀었다.

"개 답웅께서 소주께 전하라 하신 서신이에요."

뭐? 개시시가? 아니, 얼마나 먼 데 산다고.

"남들 눈치 보느라 서신으로 안부를 묻나 봐."

내가 중얼거리자 원웅은 "그런가 봐요." 하고 퉁명스럽게 중얼거렸다. 별로 내용이 궁금하진 않았지만, 나는 마지못해 방 안에 들어가 서신을 펼쳤다. 내용이야 뻔했다. 후궁들 눈치를 보느라 내게 말을 걸지 못하는 게 미안하다, 그래도 늘 신경 쓰고 있다, 뭐 이런 거 아니겠어?

'아니네?'

"소주?"

내가 서신을 뚫어져라 보고만 있자, 같이 안으로 들어온 원웅이 어리둥절한 얼굴로 나를 불렀다. 나는 원웅에게 시원한 마실 걸 가져다 달라 부탁해 내보낸 다음, 얼른 상 앞으로 다가가 서신을 다시 살폈다.

이거 개원이. 개원이가 쓴 답서잖아?

보내주신 서신은 잘 받아 보았습니다, 귀인.
동생의 재능을 찾아주기 위해 연무장을 백 바퀴 돌리시겠다니.
마음이 참으로 넓으시군요.
이렇게 넓은 마음을 지닌 분과 제가 그날은 어떻게 싸운 건지.
새삼 후회가 됩니다.
제 동생을 잘 부탁드립니다.
그런데 귀인께선 글씨를 참 잘 쓰시는군요. 서체가 반듯합니다.
글은 마음의 거울이라고 하지요.
서체를 보니 귀인의 마음도 반듯할 것 같습니다.
혹시 글을 어디서 배우셨는지요?

뭐야…… 개원이 이거, 개시시랑 사이가 안 좋나? 복수를 하기 위해 연무장에서 기합을 줄 거라 했는데 마음이 넓다니? 심지어 잘 부탁해? 혹시 반어법인가?

"……."

어쩌면 황제 말이 맞을지도 몰라. 내가 시비를 걸었는데 개원이가 이렇게 순순히 대답하는 걸 보니까, 더 이상 개시시를 데리고 화풀이를 할 마음도 안 드네. 허탈해.

적당히 아무렇게나 답장해야겠다 싶어서, 나는 종이를 꺼내 '아 예' 하고 적었다. 하지만 막상 서신을 접고 있자니, 이건 아니다 싶어서 도로 펼쳐 서신을 찢어버렸다.

그래. 이러면 안 되지. 난 개시시랑 친하게 지내서 이놈을 한 번 더 만나야 한다고. 내 무공 실력을 쌓은 다음 개시시가 이놈을 불러내게 해서 복수해야 해.

하지만 사람 일은 어찌 될지 모르니까, 개원이 이놈과도 편지가 끊기지 않게 해야 한다. 개시시에게 사촌을 불러달라 청했는데, 개시시가 남들 눈치 보인다고 거절하면 어떡해? 개시시는 남들 눈치를 많이 보는 것 같던데. 게다가…… 어쩌면 그가 나를 홀린 다음 죽여버린 것처럼, 나도 그를 홀린 다음 죽이는 것이 좋을지도 몰라. 그러면 내가 받은 충격. 연인에게 배신당한 충격과 고통을 그대로 돌려줄 수 있으니 말이다.

생각해보니 괜찮겠어. 개원이 그놈이 '천소여'에게 빠지게 한 다음, 나한테 빠져서 흐느적거리고 있을 때 정체를 밝히고 복수하는 거야. 나다! 네가 죽인 천년비다! 이렇게. 아주 놀라 뒤집어지겠지. 흥.

그런데 유혹은 어떻게 하더라?

"……."

뭐. 별거 안 해도 되긴 할 거야. 개원이 그놈, 전에 나랑 싸우고 헤어졌는데도 지금 편지로 '서체가 예쁘네요' 이딴 말이나 하고 있잖아. 서체가 예쁘단 건 핑계고 사실은 내가 예쁘단 거지. 개원이 취향은 천소여 얼굴인 게 분명해.

그래. 대충 개원이에게 뭐라고 쓸지 생각났다. 개원이는 '천소여'한테 첫눈에 반한 눈치이니, 이 사실을 알고 있단 걸 보여주자. '천소여'는 후궁이니까 이쪽에서도 적당히 틈을 보여주지 않으면, 개원이는 바로 포기하고 마음을 접을 거다. 사실 이게 맞는 거지.

하지만…… 내가 원하는 건 그런 게 아니거든.

내 서체까지 예뻐 보이는 걸 보니 나한테 반하셨나 보네요.

곤란해요. 저는 후궁이거든요.

하지만 매몰차게 거절하면 소협의 마음에 빵구가 날 테니,

거절의 말은 하지 않겠어요.

소협은 금지된 사랑에 더 흥분하는 사람일 수도 있으니까요.

이런. 소협은 정파 영웅이라 들었는데, 그런 걸 좋아하시다니.

하긴. 사람이 다 장점만 있을 수는 없죠.

나도 단점이 있어요.

소협 같은 사람을 매몰차게 거절하지 못하는 단점이요.

내 어디가 그렇게 좋던가요?

"?"

개원은 천 귀인에게 받은 답서를 뚫어져라 쳐다보다가, 몸을 일으키고서 서랍장을 열었다. 자신이 천 귀인에게 뭐라고 편지를 보냈던가 찾기 위해서였다.

하지만 이미 보낸 서신이 여기에 있을 리는 없기에, 그는 결국 서랍장 문을 닫고 다시 제자리로 돌아와 앉았다.

개원의 미간 사이가 구겨졌다. 그는 천 귀인을 자신의 편으로 끌어들인 다음, 그녀를 통해 어느 후궁의 몸 안에 천년비의 영혼이 들어 있나 살피려 했다.

물론 그 전에, 천년비와 서체가 비슷한 천 귀인을 가장 먼저 떠보려 했다. 천 귀인 몸 안에 천년비의 영혼이 들어 있을 수도 있으니까. 그래서 서체 얘길 한 건 기억이 나는데…….

'내가 혹시 졸다가 이상한 말을 썼나?'

개원은 잠시 고민에 잠겼다. 오해를 풀어야 하나? 당신이 무언가 잘못

이해한 것 같다고, 절대로 그런 마음이 없다고?

개원은 벼루에 물을 붓고 먹을 갈며 상대가 민망하지 않도록 진실을 밝히는 방법에 관해 생각했다.

'안 된다.'

그러나 먹물 농도가 짙어지기 전. 개원은 먹을 내려놓고 흘러내리는 머리카락을 쓸어 올렸다.

'기분이 상하지 않을 리가.'

여기서 아니라고 해버리면 상대는 민망해할 거다. 그걸로 화를 내진 않겠지만, 오가는 서신은 끊어질지도 몰랐다.

개원은 천년비의 영혼이 누구의 몸 안에 있는지를 찾아야 했다. 절대로 서신이 끊어져선 안 되었다. 그 전까지는. 게다가…….

'천 귀인은 천년비와 서체가 비슷하다.'

천년비가 천 귀인일 가능성도 꽤 컸다. 만약 첫 만남 때 천 귀인이 천년비를 욕하지 않았다면, 그는 서체가 비슷하단 사실을 깨닫자마자 천 귀인이 천년비일 거라 확신했을지도 몰랐다.

하지만 천 귀인은 분명 천년비에 대해 나쁘게 말했다. 절대로 자신에 대해 나쁘게 말할 사람이 아닌데.

그가 기억하기로 천년비가 자기 자신의 단점을 인정한 건 오로지 단 하나. 학식이 짧다는 것인데, 그녀는 학식이 짧다는 걸 마지못해 인정할 때도 '난 머리가 나쁜 건 아니야'라고 늘 덧붙였다.

'조심해서 접근해야 한다.'

후궁의 몸에 들어간 무림 악적의 영혼을 찾아내는 건 단순히 "실례합니다. 그쪽 영혼이 최근에 바뀌었습니까?"라고 물어보아서 될 일이 아니었다. 두세 번의 기회가 없을지도 모르는 추적. 신중해야 한다.

개원은 입술을 꾹 다문 채 빈 종이를 펼치고 심호흡을 했다.

'미안하다, 천년비. 하지만 널 찾기 위해서라면……'

귀인께

귀인은 예리하시군요. 눈썰미가 참으로 좋으십니다.

감히 이 마음이 귀인께 닿으리란 기대는 하지도 않습니다.

그건 너무 염치없는 짓이니까요.

그저 귀인의 먹물 향이나마 맡을 수 있어 감사할 뿐입니다.

오늘 길을 걸어가는데 당과를 팔고 있었습니다.

일반적인 당과와 달리 안에 숙수가 직접 제조한 약제를 발라

더욱 맛있다는군요.

먹어보진 않았고, 주인 말에 따르자면 그랬습니다.

제가 귀인께 이 당과를 사 드릴 날이 올까요?

귀인을 그리워하는 개 아무개 올림

개 소협에게

아 당과 사서 보내세요.

개 답응한테 주는 거라 하고서 보내면 되잖아요.

입에 발린 말을 믿지 않는 사람이

"이 새끼가 뭐가 어째?"

내가 붓을 내려놓고서 씩씩거리고 있자니 원웅이 과일을 담은 그릇을
들고 오다가 의아한 얼굴로 물었다.

"왜 그러세요, 소주?"

왜 그러냐고? 내 전 애인이란 작자가 딱 한 번 본 여자한테 반해가지고 서는 먹물이 어쩌고저쩌고하니 그러지! 뭐? 먹물 향만 맡아도 좋아? 내가 편지를 보내면 편지에 코라도 박고 킁킁댄단 거냐? 빌어먹을 자식. 나한 텐 독을 먹여 놓고서는 천 귀인이 보낸 편지엔 코 박고 죽어도 좋냐? 에라 이 못된 놈. 당과로 이마를 딱 때려버리고 싶네.

"소주?"

하지만 이런 이야기는 원웅에게 할 수 없지. 나는 한숨을 내쉬고서 서신을 잘 접으며 고개를 저었다.

"아니야. 그냥. 세상엔 처진 눈썹을 좋아하는 사람이 많은 거 같아서."

"네?"

대답 대신 나는 원웅이 가져온 과일을 집어 입 안에 넣고 와드득와드득 씹었다.

"?"

원웅은 고개를 갸웃했지만 내가 더 묻고 싶어 하지 않는 눈치라 생각했는지 굳이 캐묻진 않았다. 대신 그릇을 상 위에 내려놓고 물러서더니 갑자기 심각한 표정이 되어서는 목소리를 낮추어 물었다.

"소주. 제가 이거 가지러 갔다가 사람들이 얘기하는 걸 들었는데요."

"뭔데? 또 내 흉이야?"

"아니에요. 아닌데…… 이게 맞는 말인진 모르겠어요, 소주. 사람들이 너무 작게 얘기하고 있었거든요. 절 보자마자 소곤거리던 걸 멈췄고요."

"역시 내 흉 같은데."

원웅은 고개를 젓더니 허리를 숙여서 내 귀에 대고 들릴 듯 말 듯 아주 작게 속삭였다.

"여기서 아주 먼 곳에 지내는 종친이 자결했단 소문이었어요."

"어떤 인재는 생전에 고생하다가 죽고 나서 빛을 보지. 청렴한 이름을 남기고, 행적이 재평가되면서 사람들이 칭송할 거다."

"……."

"반면 어떤 사람은 사람들의 추종을 받으며 잘 먹고 잘살다가, 죽은 뒤에 좋지 않게 재평가가 이루어져 명성이 져버리기도 한단다."

등룡 운월은 아버지가 무슨 말을 하고 싶은 건지 알 수 없어 찻잔을 두 손에 움켜쥔 채 예의 바르게 상대의 입만 쳐다보았다. 곧 그 입에서 한숨이 새어 나오더니, 아버지의 목소리가 날카로워졌다.

"아비가 볼 땐 월아. 너는 전자로구나."

아버지의 목소리가 다정하거나 쓸쓸했더라면 운월은 부친이 자신을 칭찬하는 거라고 생각했을 것이다. 그러나 "너는 전자로구나" 하고 말하는 아버지의 목소리에는 좀 갑갑해하는 기색이 보였다.

"아버님? 소자는 아버님의 뜻을 알기 어렵습니다."

결국 운월이 솔직하게 털어놓자 운월의 부친은 담뱃대로 탁자를 탕 두드렸다.

"천 귀인과 손잡기를 거부했다고. 폐하가 직접 황명을 내리셨는데도?"

"……소자는 간신이 되고 싶지 않았습니다."

운월의 부친이 담뱃대로 탁자를 한 번 더 두드렸다. 노한 기색이었으나 운월은 단호하게 자신의 뜻을 밝혔다.

"잘 먹고 잘사는 간신이 되느니, 당장 빛을 못 보더라도 청렴하게 살겠습니다."

꿈 많은 학자들이 본다면 칭송할 태도였으나 운월의 부친은 이번에도 담뱃대만 검처럼 휘둘렀다.

"청렴하다는 명성으로 빛을 보고 싶다고? 그것도 어느 정도 이름이 난 상태여야 가능하지. 너 같은 말단 관직은 아무리 청렴하게 살아봐야 남들이 청렴하게 산 줄도 모를 거다."

"!"

"지금이야 신입이니 청렴하다, 대단하다 높여 세워주지. 시간이 지나면 네 직급은 높은 직급이 아니다. 하지만 넌 폐하께 단단히 거슬렸으니 이제 승진하지도 못하겠지."

"!"

"간신이 되고 싶지 않다고? 간신은커녕 대신도 못 될 거다, 이놈아."

아버지의 단호한 말에 운월은 미간을 찌푸렸다.

"아버님은 소자가 궁궐 안에서 사고만 치는 멍청한 후궁의 뒷배를 타고 승진하길 바라시는 겁니까."

"누가 그런다더냐?"

"그렇게 들립니다."

융통성이라고는 조금도 없는 딱딱한 대답에 운월의 부친은 한숨을 내쉬었다.

"천 귀인은 아직 나라에 해를 끼친 적도 없는데, 천 귀인을 따르는 게 왜 간신이 되는 거라고 지레짐작을 하는 게냐."

"그건……."

"게다가 네 말을 들어보니, 너는 천 귀인과 온 귀인이 싸우는 걸 듣고 돌아왔을 뿐이다. 천 귀인은 후궁들과 사이가 나쁘니, 그들에게 날카로운 말밖에 할 수 없어. 싸울 땐 누구나 험한 소리를 뱉는 법이고."

"!"

"네 어미도 나와 싸우면 '나가라 등신아, 꼴도 보기 싫다'고 말한다. 너는 고작 말 한마디를 가지고서 사람을 판단할 수 있다고 보느냐?"

부친의 짜증스러운 호통에 운월은 입을 다물었다. 아버지의 말이 마음에 들진 않지만 반박할 말도 없었다.

비밀 장소에 도착해서 막 수련을 하려 할 때였다.

이곳에 오면 평소보다 집중해서 주위에 기척을 살피는데, 오늘도 그랬다. 수련을 하기 전에 사람이 없는지부터 확인한다. 옷을 갈아입기 전에도 확인하고, 갈아입은 후에도 확인하고. 그런데 뭐야. 옷을 다 갈아입고 나니 누군가 다가오는 소리가 나지 않는가.

나는 수련용으로 감춰둔 의복을 숨기고, 다시 입고 온 옷으로 갈아입은 다음 풀밭에 털썩 앉았다. 여기에 올 사람이야 뻔하지.

"계란아."

그래, 저 인간. 떡돌이.

나는 풀밭에 앉은 채 떡돌이가 내 곁으로 다가오는 걸 지켜보았다. 떡돌이는 주위를 둘러보더니 내 옆에 앉으면서 물었다.

"화는. 좀 풀렸느냐."

며칠 전에 싸우고 헤어진 게 자기도 마음에 걸리긴 한 모양이지. 하지만 어쩌나? 나는 대범하지만 화는 쉽게 풀지 않는다. 대범한 사람이 화를 쉽게 풀 거라는 건 사람들의 착각이다. 내 생각엔 화를 쉽게 푸는 건 대범한 사람이 아니라 잘 잊어버리는 사람이다.

"내 분노를 풀기 위해선 공물이 필요해. 난 막 함부로 화 풀고 그러는 사람 아냐."

"언제부터 산신령으로 취직했느냐?"

내가 홍 코웃음을 치며 고개를 돌리자 떡돌이는 주섬주섬 챙겨온 뭔가를 내밀었다. 보나 마나 떡이겠지, 하고 째려봤는데 떡이 아니었다.

"그게 뭐야."

"무림인이 좋아하는 영약이라던데."

"!"

떡돌이가 그 말을 하는 순간 나는 너무 놀라서 그만 벌떡 일어날 뻔했다. 하지만 나는 벌떡 일어나는 대신 떡돌이의 허벅지를 찰싹 내리쳤다.

"?"

내가 갑자기 자기 허벅지를 치자 떡돌이는 어리둥절한 눈으로 나를 쳐다보았다.

나는 숨을 고르기 위해 다시 그의 허벅지를 찰싹찰싹 내리쳤다.

"산신령님. 이거 혹시…… 공물이 마음에 든다는 신호입니까?"

떡돌이는 조심스럽게 물었으나 나는 대답할 정신도 없어서 잠시 그의 머리를 잡고 방향을 옆으로 돌렸다.

아니, 정말 놀랐어. 떡돌이가 왜 나한테 영약을 공물, 아니, 선물로 주는 거지? 내가 무림인이란 걸 모르잖아? 영약. 받고 싶다. 받으면 좋지. 받으면 내공이 쑥 늘어날 테니까. 내 무공은 내공을 운용하는 효율성이 아주 높은 편이지만, 그래도 내공이란 많을수록 좋은 거 아니겠는가.

하지만 떡돌이의 의도를 알 수 없다 보니 좋은 마음보다는 의심스러운 마음이 더욱 컸다. 뭐야. 떡돌이…… 혹시 뭘 알고서 이러나?

놀란 마음이 화난 마음을 앞서서 나는 그의 머리통을 놓아주고 면사를 벗겼다. 그러고서 얼굴을 구석구석 뜯어 보았지만 잘났단 생각만 들 뿐. 그가 무슨 생각을 하는지 알 길이 없었다.

"네가 좋아서 이러는 건지 싫어서 이러는 건지 모르겠는데."

떡돌이가 이 말을 하는 것도 나를 떠보려 하는 건지, 아니면 진짜 묻는 건지조차 모르겠어! 젠장. 혹시 기봉 장군이 떡돌이한테 무슨 말을 했나? 내가 입궁하기 전에 천년비라는 무림인인 것 같다던 그 어처구니 없는 추측 말이다. 그래. 했을 수도 있겠네. 기봉 장군은 나한테야 끈질 긴 사냥개지만, 떡돌이한테는 좋은 부하일 테니. 하지만…….

"난 무림인이 아니니까 영약엔 관심 없어."

여기선 이렇게 대답해야겠지. 달리 할 말이 없어. 여기서 내가 영약을 받고 좋아해 봐야 '나는 무림인'이란 신호밖에 더 되겠는가.

나는 선택권 없이 단호하게 말하고서 떡돌이가 들고 있는 영약을 애써 무시했다.

"공물은 다른 거로 가져와."

"계란아. 너 목소리가 떨리고 있는데."

"폐하가 내 분노를 고작 영약만으로 풀려 하니까 그래. 나는 정성을 중요하게 생각하거든."

"어떤 정성 말이냐?"

"……당과 사 줘."

"당과?"

"안에 뭐 이상한 거 넣어가지고 맛이 유별난 당과를 판대. 그거 사 줘."

"이상한 걸 넣고 파는 걸 왜 굳이 먹으려 하는 건지…….."

떡돌이는 내 말에 당혹스러운 듯했으나, 내가 영약 쪽을 쳐다도 보지 않자 결국 주섬주섬 챙겨온 영약을 도로 집어넣었다.

아 아까워. 아 내 영약! 그걸 보자 속으로 비명이 흘러나왔으나, 나는 침착한 태도를 유지하고 있었다.

"그래. 그러면 짐이 당과를 사 주마."

말을 마친 떡돌이는 곧 웃음을 터트리며 중얼거렸다.

"하지만 참. 고작 당과에 화가 풀리다니. 귀엽구나."

그럴 리가. 내가 당과 먹고 화가 풀릴 리가 없잖아.

하지만 여기서 스스로 화를 푼다 해놓고서는 화를 더 낼 수도 없는지라, 나는 식식거리면서 요구했다.

"이제 화 풀렸으니 가."

"안 풀린 거 같은데."

"다 풀렸어."

"안 풀린 거 같아."

"풀렸다니까?"

"주먹에서 힘이나 빼고 거짓말하지. 그리고 전에 짐이 소개해주려던 그 청렴한 관리 말이다."

"때릴 거야. 난 봉인을 해제했어. 폐하랑 싸웠으니까. 내가 보자마자 이마를 딱 때릴 거야."

"……너와 제대로 대화를 나눠보고 싶다던데. 그렇게 나오니 짐이 중간에서 주선해주기 곤란하군."

"어? 대화를 나눠보고 싶다고? 자신 없다고 갔다며."

내가 떨떠름하게 되묻자, 떡돌이는 별것 아니란 투로 대답했다.

"가문에서 설득했겠지."

"왜 그렇게 생각해?"

"운월 그자는 부모 말을 잘 듣거든."

운월?

"아. 나한테 소개해주려는 관리 이름이 운월?"

그날 식사 자리엔 내 눈엔 관리로 보이는 이가 없었는데. 이름까지 있는 걸 보니, 떡돌이가 만들어낸 가상의 인물은 확실히 아니었나 보다.

"등룡직에 있는 신입이지. 하지만 높게 올라갈 거다. 이번처럼 짐의 말에 거스르지만 않는다면."

떡돌이는 내 말에 입꼬리를 교활하게 올리며 웃었다.

"굉장해. 떡돌이 너 좀 폭군 같아."

그 모습이 참 못되어 보여서 감탄하자, 떡돌이는 기분 나쁜 내색도 없이 어깨를 으쓱하고서 물었다.

"만나볼 건가?"

"만나서 뭐 하라고."

"그자의 안목이 잘못됐단 걸 보여주고 와."

아니, 내 세력이 안 되면 안 되는 거지. 뭘 안목이 잘못됐단 걸 보여주기까지 해야 하나. 그냥 평생 그러고 살라 하면 되지. 이해가 가지 않지만, 일단 황제가 미리 준비해준 의자로 가 앉기는 했다. 오가는 사람이 없는 정자에 딸린 긴 의자인데, 주위에 꽃들이 흐드러지게 피어서 정말로 아름답고 평화로웠다. 왜 굳이 이런 장소를 골랐는지는 모르겠지만. 혹시 이 사이에 있으면 나도 평화로워 보일 것 같았나?

"……."

하지만 약속을 잡았다는 떡돌이의 확언과 달리, 아무리 기다려도 운월인지 뭔지 하는 관리는 오지 않았다. 결국 기다림에 지쳐서 손을 뻗어 대롱대롱 내려온 꽃잎을 툭툭 건드려보기를 잠시.

그냥 돌아갈까, 생각하고 있자니 단정하면서도 빠른 발소리가 들려왔다. 돌아보자 낯익은 사람이 체통을 잃지 않으려 애쓰면서도 최대한 속력을 내어 이곳으로 오고 있었다. 이미 체통은 사라져 없었지만, 본인은 모르는 듯했다.

하여간 그런 방식으로 다가온 남자는 내게서 다섯 걸음 정도 떨어진 곳에 도착하자, 그제야 멈추어 서서 딱딱하게 인사를 올렸다.

"신 등룡 운월, 천 귀인께 인사 올립니다. 회의가 늦어져 귀인을 기다리게 하였습니다. 송구하옵니다."

그런데 웬걸. 인사를 올리는 남자는 어딘가 낯이 익었다.

"그대를 본 적이 있소."

"저를요?"

"며칠 전엔 악공 아니었소?"

내가 자기를 못 알아볼 줄 알았나.

운월은 흠칫하더니 순순히 수긍했다.

"알아보시는군요."

몰라볼 리가.

"혼자 음이 다 틀리기에. 저 악공은 뭔 수로 궁중 악사가 된 거지? 막 이런 생각을 했거든."

"!"

"악공이 아니라 그랬나 보군. 이제 이해가 가."

그보다 참 대단한데? 악공으로 변장한 관리를 한눈에 알아봤다니. 역시 내 안목은 참으로 빼어나다. 역시 무림 고수라면 나 정도 안목은 되어 줘야지.

"……일전엔 결례하였습니다."

"괜찮소. 난 먹느라 음악엔 열중하지 않았거든."

"……."

내가 무림 고수다운 넓은 아량까지 베풀어주자, 운월은 놀라서 움찔하더니 곧 한숨을 내쉬고서 말을 돌렸다.

"폐하께서 제게 천 귀인을 지켜달라 하셨습니다. 하지만 전 제 힘이 나쁜 데 쓰이지 않길 바랍니다. 그래서 결례를 무릅쓰고 악공들 사이에 몸을 숨겼습니다. 그게 죄송하다 청하는 겁니다. 제 연주가 아니라요."

쑥스러운지 자기 연주 실력을 두둔하는 말을 붙이긴 했지만. 나는 상대가 원하지 않는 화제를 꺼내지 않는 배려심을 갖추고 있기에, 군이 연주 이야기를 다시 하는 대신 되물었다.

"폐하께 들었소. 그대는 나와 한배를 타고 싶어 하지 않는다고. 지금은 마음을 바꾸었소?"

"바꿔야 할지 다시 생각하기 위해 왔습니다. 사람은 화가 나면 험한 소리를 누구나 다 하는 법인데. 제가 귀인을 너무 함부로 판단한 건 아닐까 싶어서요."

"그걸 이제서야 알다니 좀 늦되군."

"……."

"어쨌든 지금이라도 마음을 바꾸었다니 환영이오. 내가 말싸움엔 좀 약하거든. 공 같은 인재가 필요하오."

"왜요. 잘하시는 거 같던데요."

"내가 없는 데서 하는 것까진 알 수 없잖소."

그런데 뭐야. 방긋방긋 웃으면서 내 아군이 될 운월을 미소로 환영해 주고 있는데, 날 보는 이놈의 표정이 그리 탐탁지 않았다.

"지금 속으로 내 욕했소?"

이상해서 묻자, 운월의 눈동자가 금세 흔들린다. 욕한 거 맞나 보다.

"욕했구나. 나 이런 거 잘 아오."

웃으면서 재차 자랑하자, 운월은 잠시 당황하는 듯했으나 빠르게 진지한 표정을 지으며 다시 화제를 돌렸다.

"몇 가지만 확인하겠습니다."

"확인이라니?"

"귀인께선 장차 목표가 무엇이십니까?"

"아들 둘 딸 둘?"

진짜 목표는 복수이지만, 복수가 목표란 말을 하면 안 되니까, 야욕 없는 후궁처럼 대답한 건데…… 뭐야, 저 표정은. 운월 저자는 왜 자꾸 주기적으로 눈으로 날 욕하지?

내가 덩달아 빤히 쳐다보자, 운월은 또 한숨을 내쉬며 중얼거렸다.

"그걸 여쭌 건 아닙니다만…… 참고하겠습니다."

"그럼 뭘 묻는 건가?"

"어떤 품계까지 올라가고 싶으신지, 높은 품계에 올라가시면 뭘 하실 건지 등입니다."

떡돌이 이놈은 내 측근이 될 사람을 보낸 거야, 면접관을 보낸 거야?

"녹봉이 많은 품계가 좋네. 사람들이 내게 시비를 안 걸면 좋겠어. 높은 품계가 되면 시비를 덜 걸겠지. 난 잘 먹고 잘사는 게 목표라네. 평화롭게 지내고 싶어."

이왕 약속을 잡고 만나기까지 한지라 다시 한번 인내심을 가지고 말해 주자, 이번에는 운월이 좀 멍청해 보이는 표정을 지었다.

관리라면 아주 머리가 좋을 텐데. 겉으로 보기에는 나와 비슷해 보일 정도로 멍한 표정이었다. 눈으로 욕하고 있지도 않아.

그러나 무슨 생각을 하는지 통 알 수가 없는 표정이라, 나는 운월의 얼굴 앞에 손을 휘저으며 물었다.

"덜 됐나? 더 해야 해?"

"도와드리겠습니다."

"더 하라고?"

"폐하의 명을 받들어, 제가 잠시 귀인의 도움이 되어드리겠습니다."

어? 조금 전까지 엄청 튕겼잖아?

갑자기 왜?

"아버지 말씀이 맞았습니다. 실제로 본 천 귀인. 생각보단 괜찮은 사람 같았습니다. 폐하께 외부에서 천 귀인을 도우리란 말씀을 올렸습니다."

운월이 차를 내려놓으면서 말하자, 그의 부친은 맞은편에서 과일을 깎다가 과도를 내려놓으며 되물었다.

"그러냐?"

질문하는 부친의 표정에는 '네가 정말로 천 귀인을 도우려 할 줄은 몰랐다'는 기색이 확연했다. 그걸 눈치챈 운월이 황당해 부친을 보자 부친은 큼큼 헛기침을 하며 물었다.

"어떠시더냐? 실제로 보니 의외로 영리하시든? 하긴. 그러니 네가 마음을 바꾼 거겠지. 넌 영민한 사람을 좋아하지 않느냐."

"아뇨. 소문보다 좀 더 맹하십니다."

애써 아들을 이해해보려던 부친은 한 번 더 당황해서 재차 물었다.

"그런데 왜 갑자기 마음을 바꾸었느냐? 내가 권하긴 했지마는……."

"맹하셔서요."

"?"

"그래서 오히려 나쁜 생각을 안 하시는 거 같아서요."

"본인이 나쁜 생각을 안 하더라도, 나쁜 생각을 하는 타인에게 이용당할 수도 있을 텐데."

"그래서요."

"?"

"천 귀인은 맹한데 총애를 가장 많이 받으시지요. 사람들이 못된 생각을 품고 달라붙어 이용하는 걸 보느니, 제가 미리 옆에 붙어서 간신들을 잘 차단하는 게 낫겠단 생각이 들었습니다."

아들의 덤덤한 대답에, 부친은 잠시 놀란 표정으로 있었으나 곧 푸핫 웃음을 터트렸다.

"애매한 동기구나. 하지만 그게 네 마음을 움직였다면 그것도 좋지."

운월은 자기가 내린 결정이면서도 자기 자신의 선택이 못마땅하단 얼굴로 한숨을 내쉬었다. 부친은 그 모습을 재밌다는 듯 바라보다 물었다.

"폐하께선 뭐라 하시든?"

"짐의 손을 거쳐 붙인 이이니, 천 귀인을 나쁜 쪽으로 이끌진 않겠지."

월요 황제가 상소문을 덮으면서 중얼거리는 말에 오원요는 곁에서 고개를 주억거렸다.

"그럼요."

하지만 불안한 표정이었다. 월요는 뒷덜미를 스스로 주무르다가 측근 태감의 그 염려하는 표정을 눈치채고서 물었다.

"왜 그렇게 걱정스러운 얼굴이냐."

"송구합니다, 폐하. 신은 자꾸 염려가 됩니다."

"염려라니?"

"운 등룡은 좋은 신하이긴 하나, 천 귀인과 한배를 타려는 사람은 융통성이 필요하지 않을지요? 천 귀인이 어디로 튈지 모르는데, 융통성 없고 고지식한 운 등룡이 과연 따라갈 수 있을지……."

"그래서 운 등룡을 붙인 거다."

"예?"

"고지식하니 천 귀인에게 휘말리지 않겠지."

황제는 덤덤하게 말하고서 붓으로 빈 종이에 사각형의 테를 그렸다. 오원요는 저게 뭔가 싶어서 황제의 붓끝을 빤히 보았다. 평범한 사각형이었다. 빈방처럼 보이는 사각형의 공간. 황제는 붓을 벼루에 내려놓고서 그 방을 마음에 든단 얼굴로 보며 웃었다.

오원요는 황제가 그린 사각형이 무엇을 의미하는 건가 궁금해서, 그 모습을 뚫어져라 쳐다보며 귀를 열고 집중했다. 하지만 황제는 사각형을 보며 웃기만 할 뿐 이게 무엇이란 설명을 해주지 않았다. 대신 충분히 사각형을 만족스럽게 바라보다가, 무언가 떠오른 듯 붓을 내려놓으며 물었다.

"그래. 현우군왕에 대한 건? 알아보았고?"

현우군왕은 국경 부근에서 지내는 월요 황제의 이복형제 중 하나였다. 최근에는 자결했단 소식이 전해져 궁인들을 충격에 빠뜨린 인물이기도 했다. 오원요는 그 말에 황제의 지척까지 다가오더니 목소리를 낮추어 보고했다.

"예. 폐하의 말씀처럼 살펴보니 자결이라 하기엔 수상한 구석이 있습니다. 살해된 걸지도 모릅니다."

"그자들과 관련이 있는 거 같으냐."

황제가 말하는 '그자'들은 수오부군왕이 손을 잡았으리라 여겨지는 무림 세력이었다. 오원요는 고개를 저었다.

"아직 그 부분은 모르겠습니다."

대답을 하자마자 오원요는 황제의 눈치를 보았다. 그럴 수밖에. 군왕과 손을 잡은 무림 세력을 조사하면서 나온 이름이 '사하비단'인데, 그 세력과 연루되었으리라 추정되는 인물은 또 '천년비'란 무림 악적이었다.

문제는 기몽 장군이 '천년비가 천 귀인의 입궁 전 가명일지도 모른다'고 보고한 일이 있단 점이었고, 최근까지도 황제가 그 일을 조사했단 것이다. 그런데 또다시 이런 일이 터졌으니, 아무래도 황제의 눈치를 볼 수밖에 없었다. 황제의 측근 태감이 그가 볼 때도 천 귀인은 명실상부 이 궁궐 내에서 황제에게 가장 총애받는 후궁이었으니까. 하지만 월요 황제는 별다른 표정 변화 없이 태연히 상소문을 펼쳐 앞에 내려놓기만 했다.

"그렇군. 관련해서는 좀 더 생각해보자."

이어 흘러나온 목소리도 태평해서, 오원요는 안심해서 곁을 물러났다.

"예, 폐하."

나 스스로 만든 세력은 아니지만, 어쨌든 대신들이 내 욕을 할 때 뒤에서 날 감싸줄 세력을 얻게 되었다. 뒤에서 벌어지는 일이니 제대로 활동을 할지 말지는 나는 알 수 없겠지만.

어쨌든 이 정도면 됐겠지, 싶어서 비밀 장소로 가 훈련을 한 다음 땀을 식힐 겸 잠시 산책을 하고 처소로 돌아왔을 때였다. 처소 지붕에 무언가 반짝이는 것 같아서 주위를 둘러보니, 멀지 않은 곳에 수상한 인물이 손짓하는 게 아닌가.

'나한테 오란 건가?'

너무 대놓고 오란 표시를 하니 적은 아닌 것 같고……. 누구지? 궁금해서 그쪽으로 가보자, 담벼락 뒤에 숨어 있던 인물이 작은 목소리로 나를 불렀다.

"귀인. 여깁니다."

비원이었다.

"네가 여긴 왜 왔어?"

비록 서로의 정체를 알게 되었다지만, 황후를 지지해야 하니까 나랑 가깝게 지내진 못하겠다더니? 이상해서 쳐다보자, 비원이 주위를 두리번거리더니 목소리를 낮추어 물었다.

"귀인. 혹시 무공을 어느 정도로 회복하셨습니까?"

"그건 왜?"

"급해서 그런데, 황제 그림자를 몇 명 상대할 수 있으실까요?"

그림자? 승언이 같은?

"왜? 몇 명을?"

"한 열 명 정도……."

뭐?

아니, 이 인간이 미쳤나. 난데없이 찾아와서 그림자 열 명을 처리할 수 있냐니? 전에 승언이와 잠시 싸운 적이 있긴 했다. 승언이는 그게 나인 줄 모르겠지만. 하여간 그때, 우리는 둘 다 전력을 다하진 않았지만, 나는 확실하게 알았다. '황제의 그림자가 제일 말 잘 듣는 무인에게 주는 자리가 아니란 걸. 그런데 뭐? 무공을 익힌 지 얼마 되지도 않은 이 연약한 몸을 가진 나한테 뭐? 그림자 열 명을 처리할 수 있냐고?

"니가 해봐라 니가."

"약한 소리를 쉽게 하시는군요."

"이 몸은 무공을 익힌 지 일 년도 안 된 새싹이야. 무리한 요구하지 마. 모가지 뚝 따버리는 수가 있어."

"……말이 앞뒤가 안 맞단 생각은 안 하십니까."

"뭐가."

그림자를 상대하는 건 무리고 제 모가지 따는 건 쉽습니까?"

무슨 소리야.

"그림자는 목이 열 개고 너는 하나잖아."

공부는 잘하는데 숫자에 약하구나? 내가 혀를 차자, 비원은 무거운 한숨을 내쉬더니 다리가 아픈지 근처 풀밭에 쪼그리고 앉았다. 좀 무거운 분위기. 아주 심각하진 않지만. 딱 보아하니 무언가 고민이 있는 얼굴이었다. 일단 장난삼아서 그림자 상대해달란 부탁을 한 건 아닌 거 같고. 나는 맞은편에 쪼그리고 앉았다.

"무슨 일 있어?"

사실 하나도 궁금하지 않지만, 그래도 여기까지 왔는데 묻기는 해줘야겠지. 내 질문에 비원은 고개를 끄덕이더니 바로 대답했다.

"전에 촉비가 수상한 짓 하던 거요. 기억나십니까?"

기억나지. 나랑 비원이 싸워대는 곳에 뜬금없이 촉비가 태감을 끌고 와서 막 때렸지.

"어."

"귀인께서 절 떠미는 바람에 촉비가 제 얼굴을 본 것도 기억나십니까?"

"하하. 그럼! 너 놀란 얼굴, 진짜 웃겼어."

"……."

"기억나. 그게 왜?"

"그런 장면을 들켰으니 분명 제게 공격을 해올 거 아닙니까. 촉비를 처리해달란 의뢰도 받았겠다, 제가 먼저 촉비를 공격하려 합니다."

"그래? 근데 그거랑 그림자가 무슨 상관이야?"

그냥 듣기엔 별 상관없어 보이는데.

"얼핏 보면 없죠. 저도 없는 줄 알았죠. 그런데 촉비를 쳐내기 위해 뒷조사를 해보니 그림자가 나왔습니다."

"무슨 소리야?"

"촉비가 황제의 그림자 중 누군가와 결탁했단 거죠."

뭐?

"그래도 돼?"

그러면 나도 승언이! 승언이랑 손잡을 수 있나? 비원은 나를 개똥처럼 쳐다보며 혀를 찼다.

"될 거 같습니까? 당연히 안 되는 겁니다. 안 되는 걸 했으니 자기들 관계를 더욱 깊게 감추는 걸 테고요."

허어. 이렇게 놀라울 수가 있나. 입이 쩍 벌어진다.

"저도 그림자들이 어떤 식으로 운영되는진 모르지만……."

비원은 나뭇가지 하나를 집더니 흙바닥에 그걸로 동그라미 하나를 그렸다.

"촉비와 손을 잡은, 어쩌면 사적으로 친분이 있는지도 모를 그림자가 있습니다."

이어서 그는 옆에 다른 동그라미 하나를 더 그려 넣었다.

"그런데 그림자들도 패거리가 있는 것 같더군요. 여기. 이쪽을 촉비 패거리라 하면, 이쪽에. 반대 패거리도 있습니다."

"잘 이해가 안 가."

"촉비와 가까운 그림자는 촉비를 위해 이것저것 도와주지만, 그 그림자와 사이가 나쁜 그림자들은 촉비를 방해한단 거죠."

"어떤 식으로?"

"촉비가 황제의 그림자와 연루되었단 증거를 잡아내려 노력하는 것 같았습니다. 확실한 정보는 아니지만요."

승언이는 어느 쪽이려나. 그 생각이 제일 먼저 든다. 떡돌이는 이걸 알고 있나? 똑똑한 척하더니…… 우리 떡돌이, 뇌가 부실하구나.

"근데 왜 나한테 열 명을 상대할 수 있냐고 물은 거야?"

"촉비와 손잡은 자가 누군지 확인하러 갔다가 열 명에게 쫓겼거든요."

아하. 구체적인 숫자가 거기에서 나왔구나.

고개를 주억거리고 있자니, 비원이 재차 물었다.

"정말로 상대 안 됩니까?"

"원래 몸이라면 가능한데. 지금은 안 돼."

지금도 무공을 열심히 익히고는 있지만 그래도 원래 몸 상태에 비한다면 숭어와 송사리알만큼이나 차이가 나는걸. 내 한 몸이라면 어찌어찌 잘 건사하겠지만, 일 대 십으로 싸우는 건 곤란하다.

"안타깝네요. 귀인께서 도와주신다면 일이 수월했을 텐데."

"촉비랑 손잡은 그림자를 알아내서 어떻게 하려고?"

"당연히 끊어낼 겁니다. 측근 세력이 잘려 나가면 촉비는 자기 한 몸 건사하기도 힘드니 제게 해코지하진 못하겠죠."

"아하."

순한 맛이네.

"이 과정에서 촉비가 폐비 되거나 냉궁에 가면 더 좋겠지만요."

싱거운 맛이야. 비원이는 꿈이 참 소박하구나?

"하지만 그림자들에 대해선 꽁꽁 감춰져 있지 않습니까. 게다가 폐하의 최측근 몇몇을 제외하곤 거의 얼굴을 가리고 다니지요. 이런 상황이다 보니, 개중 촉비 측근 한 명만 구분해내는 게 어렵습니다."

말을 마친 비원이 다시 한번 나를 애처롭게 쳐다보았다. 내가 이쯤에서 말을 바꿔서 '까짓 열 명! 내가 상대해주마!'라고 기대하는 모양이다. 하지만 안 되는 건 안 되는 것이기에, 나는 같이 눈만 쳐다볼 뿐 말을 바꾸지 않았다.

비원의 표정이 점점 실망감으로 물들어가는 찰나. 예전에 내가 촉비와 얽힌 일이 떠올랐다. 그래. 그걸 얘기해주면 되겠다. 비원 이놈은 좀 짜증 나지만…… 그래도 타천천이 날 구해주긴 했으니까. 어설프게 구하는 바람에 난데없이 후궁이 되긴 했지만, 후궁 생활도 뭐. 나쁘진 않으니.

"열 명을 상대하진 못해. 대신 정보 하나 줄게."

"정보라니요?"

"전에 어떤 태감이 촉비한테서 보따리를 훔쳐서 달아나는 걸 봤어."

"태감이요?"

"어. 내가 내공 실은 돌을 차서 태감 발에 맞췄지. 그때 태감이 그 보따리에서 필첩을 하나 떨어뜨렸는데, 안에 태감이랑 궁녀들이 죽은 위치가 쓰여 있었어."

내가 주는 정보가 못 미더운지 마땅찮은 표정으로 듣고 있던 비원의 눈이 맞부딪친 쇠붙이처럼 빛났다.

"필첩……."

"그게 진짜 태감인지, 아니면 태감으로 위장한 그림자였는진 모르겠어. 당시엔 태감이라 생각했는데. 네 말 들어보니, 촉비 반대파 그림자가 태감으로 위장한 걸 수도 있는 거 같아서."

이 정도면 정보가 됐을까? 내가 또랑또랑하고 영민한 눈으로 쳐다보자, 비원은 혼자 "필첩. 필첩" 하고 중얼거리더니 웃으면서 고개를 끄덕였다.

"좋은 정보를 받았습니다. 다리 다친 태감을 찾아보면 되겠군요."

"그 사람이 그림자이더라도 촉비의 적이 아닐 텐데. 그래도 괜찮아?"

"촉비의 아군을 찾기 어렵다면 촉비의 적을 찾아내야죠."

확신에 찬 목소리로 중얼거린 비원은 몸을 일으키고서 옷자락 끝에 묻은 풀잎을 탁탁 털더니, 내게 웃으면서 인사를 올렸다.

"큰 도움이 되었습니다, 귀인."

'어…… 그런데 생각해보니 좀 이상하네. 전에 촉비 필첩 얘기. 내가 떡돌이한테 하지 않았던가?'

비원과 헤어진 후. 내 처소로 돌아오고 있자니 문득 이 생각이 났다. 당시에 내가 태감 발에 상처 입었단 이야기는 까먹어서 떡돌이에게 들려주지 못했다. 이후에 생각이 났지만, 내공을 넣어서 부상 입혔단 말을 할 수도 없어서 그냥 넘어갔지.

하지만 필첩 얘긴 확실하게 했는데. 왜 떡돌이는 아무 얘기가 없을까?

'걔도 까먹었나?'

이틀 전이었더라면 떡돌이는 이런 거 안 까먹을 거라 생각하겠지만…… 떡돌이 밑의 그림자가 촉비와 결탁했을지도 모른단 이야기를 듣고 나니 영 믿음이 안 가네. 까먹은 건지도 모르겠어. 어휴, 덜렁이 같으니라고.

"떡돌이는 칠칠찮구나. 앞으론 떡돌이 말고 덜렁이라 부를래."

저녁 식사를 하면서 떡돌이가 '오늘 뭐 하고 지냈냐'고 묻기에, 오늘 하루의 내 소감을 들려주었더니 그가 고개를 갸웃했다.

"오늘 하루 그 생각을 하면서 보냈다고?"

"응."

고개를 끄덕여 수긍하자 떡돌이는 잠시 자기 턱을 쓰다듬더니, 옆에서 시중을 들어주는 오원요를 쳐다보았다. 오원요는 내 눈치를 보더니 아주 작게 중얼거렸다.

"그리 보셔도 저도 해석이 안 됩니다, 폐하."

뭐야. 내가 한 말을 해석하라고 오원요를 본 거야? 오원요는 또 떡돌이 그 눈빛을 바로 해석한 거고?

"이야. 둘이 사이좋네?"

"난 네 의식이 어떻게 흘러가는지 도무지 못 따라가겠는데."

"눈빛으로 둘이 대화했잖아."

떡돌이는 입을 다물고 다시 고개를 기울이더니, 갑자기 웃으면서 턱을 괴고 나를 물끄러미 바라보았다.

안 그래도 떡돌이는 눈동자가 예쁜데. 그런 자세를 취하자, 눈동자에

155

촛불 일렁이는 게 반사되어서 더욱 예뻐 보였다. 그 모습에 감탄하며 눈동자를 들여다보고 있자니, 떡돌이는 턱을 괴었던 팔을 내리면서 나를 질책했다.

"그렇군. 우리는 눈으로 대화가 안 되는군. 하지만 이건 계란이 네 탓이다. 네가 신호를 못 받아서 그래."

"네가 눈이 예뻐서 그래."

"!"

"눈동자가 반짝반짝해서 그거 본다고 그런 거야."

그러니 내가 네 눈빛을 못 읽은 건 네 탓이다, 라고 말하려고 보니 떡돌이 쟤는 왜 저렇게 흐뭇한 얼굴인지 모르겠다. 눈살을 찌푸리고서 맞은편에 앉자 그는 다시 턱을 괴더니, 나를 빤히 쳐다보면서 재차 물었다.

"짐의 눈이 좋으냐."

맞다. 그는 눈이 예쁘다. 나는 떡돌이의 눈이 마음에 든다. 그는 덜렁이인 데다 이기적이고 뭔 생각을 하는지 알기 힘들지만, 눈동자는 아주 반짝거리는 보석처럼 고왔다.

"응. 눈만."

하지만 순순히 예쁘다고 해주자니 어쩐지 기분이 상해서 나는 단호하게 조건을 걸었다.

"눈만 예뻐. 다른 덴 안 예뻐."

사실은 입도 예쁘고 코도 예뻤지만, 이 이야기는 하지 않았다.

"눈 예쁘면 됐지."

안타깝게도 떡돌이는 이 정도 말만으로도 만족스러운 듯했지만. 그 좋아하는 꼴을 보자 다시 배알이 뒤틀렸으나, 나는 소인배가 아니기에 '눈 예쁘다'는 진실까지 철회하진 않았다.

그런데 다시 식사를 하려고 숟가락을 들고 있자니, 떡돌이가 자기 밥그릇을 들고 일어나 내 옆으로 와 앉는 게 아닌가. 왜 저러나 싶어 쳐다보자, 그가 탁자에 팔을 괴고 날 보더니 놀리는 투로 물었다.

"만져보겠느냐?"

"눈알을?"

"눈가까지만."

갑자기 왜? 왜 이렇게 예쁜 짓을 하는 거지? 수상하다. 떡돌이 얘가 이럴 애가 아닌데.

"무슨 꿍꿍이야?"

"꿍꿍이는 무슨. 우리 계란이가 늘 짐과 내외하려 드니 다가가는 거지."

"전에 내가 화내서 이래? 화 풀라고? 그런 거라면 난 고작 이런 거로 화 안 풀려. 폐하 눈은 예쁘지만 난 예쁜 거 본다고 화 풀고 안 그러거든."

나는 진지하게 말한 건데. 떡돌이는 내 말에 눈웃음을 짓더니 놀리는 투로 물었다.

"그래서야 딸 둘, 아들 둘 낳겠느냐?"

"!"

운월이…… 이 입 가벼운 놈! 황제한테 죄다 고자질했구나! 나는 내 세력이 되겠단 놈이 처음으로 보인 행실에 충격을 받아 씩씩거리는데. 떡돌이는 딸 둘 아들 둘 이야기가 마음에 드는지 흐뭇해하는 얼굴이다. 그 좋아하는 얼굴을 보자 더욱 기분이 상해서, 나는 소원대로 그의 눈을 콕 찔러주었다.

"악!"

눈을 만져보라기에 안구가 금강불괴인 줄 알았더니. 떡돌이는 자기 눈을 감싸 쥐고서 괴로워서 몸을 떨었다.

"귀인! 눈을 찌르면 어떡합니까!"

오 공공은 내가 떡돌이 눈알을 빼서 콕 찌른 다음 도로 집어넣기라도 한 양 호통을 치고서, 떡돌이 앞으로 다가가 '후 후' 눈을 불어주기까지 했다. 그 모습을 멍하니 보고 있자니, 떡돌이는 한참 만에야 자기 눈을 감싸 쥐고 이를 갈며 물었다.

"할 말 없느냐."

"네가 아파하는 모습을 보니까 화가 좀 풀렸어."

"다른 말!"

"눈이 약한가 봐?"

"다른 말."

"운월이가 어디부터 어디까지 고자질했어?"

승언이 대야에 물을 받고 거기에 수건 몇 장을 겹쳐 넣은 다음 곁으로 다가왔다. 따뜻한 물인지 차가운 물인진 모르겠으나, 승언은 수건을 물에 담근 다음 물기를 꼭 짜고서 떡돌이의 눈에 얹어주었다. 황제는 눈 위에 물수건을 얹은 채로도 이를 갈았다.

"이럴 땐 아프냐고 묻고 미안하다고 해라."

"아파?"

"안 아프겠느냐?"

"유감인걸."

떡돌이가 다시 이 가는 소리가 들려온다. 승언이는 떡돌이 눈에 얹은 수건을 조심스레 누르면서, 내게 입 모양으로 '송구하다고 하세요'라고 말을 전해주었다.

"송구해 떡돌아. 진심으로 송구해."

사과를 원하는 모양이기에 결국 사과를 해주자, 떡돌이는 한숨을 내쉬고서 눈에 올렸던 수건을 내렸다.

"와. 눈이 빨개졌어, 떡돌아."

내가 손거울을 가져와 얼굴을 비춰주자 죽는소리를 내며 다시 수건을 올렸지만. 어쨌든 저 모습을 보고 있자니, 그가 운월과 짝짜꿍을 한 데 대한 화난 기분이 좀 풀렸다.

온 귀인과 내가 말다툼을 했는데 나한테 조심해서 말하라고 한 데 대해서도 화가 조금 풀렸다. 나는 아무 때나 화를 푸는 소인배는 아니지만, 너그러운 마음을 가진 대인이니까.

다음 날. 『양의억액의효과정』이라는 길고 괴상한 이름의 후궁 전용 서책을 건성으로 읽고 있을 때였다. 아직도 삼분의 일이나 더 읽어야 하는구나…… 갑갑해하고 있는데, 뜻밖에도 흑합 장군이 찾아와 전에 내가 맡긴 물건을 건네주었다.

"귀인께서 부탁하신 자수입니다."

와. 맡겨놓고 잊고 있었는데. 정말로 완성했구나.

"고마워요."

나는 감탄해서 그가 맡긴 물건을 건네받았다.

맡기긴 해도 잘 해낼 거란 기대를 하고 준 건 아닌데. 의외로 그의 자수 실력은 뛰어난 편인지, 글씨가 한 자 한 자 모두 반듯했다.

"하기 귀찮고 짜증 나고 막 그랬죠?"

장군이 자수를 잘 놓는 게 신기해 물었지만, 그는 태연히 웃으면서 대답했다.

"귀인께 도움이 되었다면 그걸로 됐습니다."

떡돌이랑은 역시 배포부터 다르구나. 그 다정한 목소리와 마음 씀씀이에 저절로 감탄사가 나와서, 나는 그를 향해 엄지를 치켜세워주었다.

"장군은 손가락이 참 야무지네요. 최고."

"?"

이제 안비에게 이걸 돌려주고 와야지.

"마마께서 안 계신다고?"

안비가 있었더라면 또 뭘 시비를 걸었을지 모르겠으나, 이번에는 안비가 없었다.

"네. 마마께서는 규빈마마와 산책하러 가셨습니다."

"그래."

잘됐다 싶어서 나는 얼른 흑합 장군이 대신 해준 자수를 안비의 상궁인 강문에게 대신 주었다.

"이거. 마마께서 해달라 애원하셨던 자수. 전해라."

"마마께서 명령하신 물건이니 직접 전달하셔야지요. 제게 맡기고 가버리시면 안 됩니다, 귀인."

강문이 내게 시비를 걸려 하긴 했으나.

"자네는 손이 없나?"

논리적으로 물어주자 강문도 입을 다물어서, 나는 얼른 그 자리를 벗어났다.

이후 며칠 동안은 평화롭게 지나갔다. 안비도 이번에는 내 자수에 대해 더 시비를 걸지 않고 지나갔다. 여름이 다 지나갔기 때문인지, 내게 자꾸 자수를 해 오라 요구하는 게 귀찮아서인지, 아니면 다 같이 나를 모른 척 무시하면서 지내는 중이라 불러서 자수를 가져오라 하기 싫어서 인지는 모르겠지만.

나는 평소처럼 후궁 서책을 읽고, 무공 수련을 하고, 여기저기 산책을 다니면서 하루하루를 보냈다.

"평생 이렇게 살면 좋을 텐데. 건드리는 사람 없이."

"높은 곳까지 올라가셔야죠, 소주. 소주라면 빈이나 비 자리에는 충분히 오르실 수 있어요."

"높은 곳에 오르는 건 좋지. 하지만 공격받고 싶진 않아."

가장 특이한 일이라고는 개원이 개시시 편으로 당과를 보내온 일 정도라니. 얼마나 평화롭고 좋아? 하지만 채 일주일을 그렇게 지내기 전에 비원이 다시 날 찾아왔다.

이번에도 같은 방식으로 날 불러낸 그는, 인적 드문 곳에 둘만 있게 되자 그동안 자기가 한 일에 대해 설명해주었다.

"귀인의 조언을 받아 발에 부상 입은 태감을 찾아다녔습니다만……."

"뭐가 잘 안 됐구나?"

"네. 다리 다친 태감 숫자가 생각보다 적지 않아서요. 태감 숫자가 너무 많다 보니, 크고 작은 부상 입은 태감의 수가 많았습니다."

그는 내가 평화롭게 지내는 동안 열심히 뛰어다닌 모양이었다.

"그렇구나."

하지만 굳이 왜 나한테 이런 걸 다 보고하지? 내가 도움을 주긴 했어도 그냥 타천천에게 고마운 마음에서 도왔을 뿐. 촉비와 비원의 싸움에 끼어들 마음은 없는데. 뭐라고 반응해야 좋을지 알 수 없어 멍하니 보고 있자니, 비원이 한층 더 심각한 표정을 지으며 부탁했다.

"태감 숫자가 너무 많으니 그림자들을 조사해야겠습니다. 혹시 최근에 다리 다친 그림자가 있는지, 폐하께 여쭈어주실 수 있으시겠습니까?"

"물어보는 거야 어렵지 않지만……."

"그럼 잘됐네요!"

"떡, 아니 폐하가 이상하게 여기지 않을까?"

떡돌이는 의심이 많은 사람이라 분명 이상하게 생각할 거 같은데.

내가 떨떠름하게 묻자, 비원은 곰곰이 생각해보다가 입을 열었다.

"그러면 이렇게 하지요."

"승언이는 거의 매일 네 옆에 붙어 있잖아."

같이 저녁 식사를 할 때. 나는 비원이 부탁한 대로 슬며시 운을 띄워보았다. 떡돌이는 조기 살을 발라 내 밥그릇 위에 얹어주다가 무슨 소리냐는 듯 나를 쳐다보았다. 그러게. 이게 무슨 일인지 모르겠다. 난 그냥 정보 하나만 던지고 이 일에서 손 떼려 했는데, 내가 왜 돕고 있는 거래? 어쨌든 이번만 도와준다.

"그럼 승언이는 언제 쉬어?"

떡돌이는 의아해하는 눈치였으나 순순히 대답해주었다.

"교대로 쉬지. 그림자가 승언이 하나겠느냐."

"승언이가 일하다가 다치면 어떻게 되는 거야?"

"나을 때까지 쉬겠지. 떡돌이 역할은 교대로 다른 그림자가 할 테고."

"그림자 숫자가 많아?"

황제의 의심이 또다시 발동했다. 내가 재차 캐묻자 떡돌이는 대답을 해주다 말고서 나를 유심히 쳐다보았다. 그래도 내가 눈을 피하지 않고 같이 쳐다보자, 떡돌이는 의심스럽게 쳐다보길 멈추고서 내 밥그릇에 얹은 조기 살을 도로 회수해갔다.

“그건 또 왜 가져가!”

“먹는 데 관심이 없어 보이기에.”

“아니야. 도로 줘. 먹을 거야.”

다음 날. 나는 비원에게 이 이야기를 전해주며 단호하게 선을 그었다.

“도와주는 건 여기까지야. 나는 네가 촉비한테 복수하는 데 관심이 없어. 그러니 나한테 도와달라 하지 마.”

“매정하시군요. 우리는 한편이라 생각했는데요.”

“내가 널 도운 건 타천천이 날 구했기 때문이야. 너는 네 상사가 날 도우라 했으니 날 도와야 하지만, 나는 널 도울 이유가 없어.”

비원은 내 말에 입을 떡 벌리고서 쳐다보았으나, 내가 ‘무슨 문제라도?’ 하고 되묻자 고개를 설레설레 저으며 감탄했다.

“아닙니다. 아주 논리적으로 이기적이란 생각을 하고 있었습니다.”

“어떤 점이?”

“난 도울 생각 없지만 너는 도와, 이거요. 이런 생각을 하는 사람은 많겠지만 대놓고 말하는 사람은 처음 봤습니다.”

떡돌이가 오 공공을 보내서 오늘은 일이 있으니 시침을 들지 않아도 좋다고, 먼저 편히 자란 말을 전해왔다. ‘이렇게 말해놓고서 또 밤중에 밥 먹자고 찾아오는 거 아니냐고 물었더니, 오 공공은 절대로 아니라며 손을 내젓고는 안심하라며 돌아갔다.

덕분에 나는 밤 산책도 하고 야식도 먹으면서 혼자 즐겁게 놀다가, 배가 부르고 눈꺼풀이 감길 즈음 침상 안으로 들어갔다.

아직 날씨는 더웠지만, 밤이 되면 가을 냄새가 실린 바람이 불어오기에, 창문을 열고 따뜻한 이불을 덮고 있으려니 그야말로 현실에 펼쳐진 낙원 같았다. 좋구먼. 좋아. 후궁들이랑 대신들이 나한테 시비만 안 걸면 참 지내기 좋은 환경인데 말이야.

"?"

그런데 낙원에 웬 발소리가 이리 많아? 누가 내 낙원을 짓밟고 있는 거야? 나는 인상을 찡그리고서 상체만 일으켰다. 누워 있자니 멀리서 발소리가 들려오고 있어서. 지나가는 발소리라면 그래도 무시하고 그냥 잤을 거다. 그런데 발소리들이 내 쪽으로 가까워지니 문제였다. 특히 개중 하나는 유달리 속도가 빨랐는데—

"귀인."

비원이네. 갑자기 창문 뒤에서 쑥 나타난 머리통에 놀란 척 이마를 딱 때리자, 그가 허둥지둥 창문을 넘어 들어오며 부탁했다.

"숨겨주십시오."

"무슨 일이야?"

"부상 입은 그림자가 교대한다 하니, 분명 교대하는 장소나 그림자들이 따로 치료받는 곳이 있으리라 생각했습니다. 그래서 그림자들을 추적해서 그 위치를 알아내려다가—"

갑자기 입을 다문 비원은 혹시 근처에 누가 있진 않은지 유심히 살피고는, 창문의 휘장을 내리며 목소리를 한층 더 낮추어 말을 이었다.

"들킬 것 같기에 미리 준비해 간 촉비의 물건을 하나 떨어뜨렸습니다."

저놈 저거 촉비를 쳐내는 데 아주 진심이구나.

"그런데 왜 갑자기 여길 와?"

"돌아오다가 병사들에게 걸려서요. 따돌리면서 뛰다 보니 숨을 장소가 필요했습니다."

"병사들한테 걸렸는데 여길 왔다고?"

해명을 듣자 더욱 어이가 없다.

내가 되물으면서 언성을 조금 높이자, 비원은 '쉿. 쉿. 쉿.' 하고 황급히 자기 입가에 손을 대더니, 주위를 두리번거렸다.

"숨을 장소 없습니까? 잠깐만 숨겨주시면 바로 나가겠습니다."

하지만 갑자기 그렇게 말해도…… 내 방에는 딱히 숨을 구석이 없었다. 황후나 연비의 방 정도쯤 되면 몰라. 내 방은 작진 않지만, 몸을 숨기기 애매하다고!

"귀인. 숨을 장소 없나요?"

비원이 더욱 초조하게 묻는데, 문밖에서 "천 귀인 계십니까?" 하는 우렁찬 목소리가 들려오자 이젠 나까지 덩달아 조급해지고 말았다.

"누구세요?"

원웅이 밖으로 달려 나가는 소리를 들으며 나는 황급히 제안했다.

"머리랑 몸을 분리해서 숨겨뒀다가 나중에 붙이자."

몸 전체를 숨기긴 어렵지만, 머리를 분리하면 어떻게든 숨길 수 있을 거야. 하지만 내가 그의 머리통을 잡자마자 비원은 기겁해서 항의했다.

"그럼 제가 죽습니다!"

"타천천이 잘 살려낸다며?"

"불완전하다니까요! 그래서 귀인도 이 꼴이 되지 않았습니까!"

그 순간.

"안 돼요, 소주께선 주무신다니까요!"

원웅이 짜증 반 공포 반 섞인 목소리로 외치는가 싶더니, 그 우렁찬 목소리가 이젠 문 바로 앞에서 들려왔다.

"천 귀인 계십니까? 수상한 자를 찾아왔습니다. 괜찮으십니까?"

안 되겠어.

"역시 나누자."

"안 돼요!"

비원은 자기 머리를 부여잡고서 황급히 몸을 뒤로 뺐다. 안 그러면 내가 정말로 자기 머리통을 똑 뗄까 봐 염려된단 듯이.

"이것도 싫다 저것도 싫다. 대체 어쩌잔 거야?"

"이것도 싫고 저것도 싫기는요! 선택지라고 준 건 머리통 떼잔 것밖에 없잖아요!"

다른 건 생각이 안 난다고, 너도 생각이 안 나서 이러는 거 아니냐고 항의하려는데 다시 한번 밖에서 "천 귀인!" 하고 부르는 소리가 났다. 비원의 안색이 창백해졌고 나도 좀 곤란해졌다. 한밤중에 한림원 학사를 침실에 들였단 게 알려지면, 다들 '천 귀인이 무식해서 똑똑한 사람을 가까이한다'고 수군거릴 텐데. 별로 듣고 싶은 소리가 아닌걸!

"귀인, 들어가겠습니다!"

밖에서 쩌렁쩌렁한 목소리가 들리는 것과 거의 동시에 비원이 평소보다 훨씬 빠르게 말했다.

"잠깐만 시선을 끌어줘요. 그러면 제가 창문으로 도망가겠습니다."

그가 말을 마치자마자 문이 벌컥 열리는 소리가 났고, 나는 대답할 틈도 없이 황급히 경공을 펼쳐 그 앞으로 뛰어가 문을 쾅 닫았다.

"내 손!"

너무 빠르게 닫는 바람에 문을 열던 사람의 손이 끼인 것 같았지만, 내 손이 아니기에 괜찮았다. 힐긋 뒤를 돌아보니 비원은 창문을 열고 약간 떨어진 곳의 병풍 뒤에 쪼그려 바깥 상황을 살피고 있었다. 밖에 사람들이 있는 터라 바로 나가진 못하고, 내가 시선을 끌어주길 기다리는 눈치.

"귀인!"

하지만 다시 밖에서 버럭 호통 소리가 들려오며 누군가 힘을 주어 문을 밀었기에, 나는 비원을 보길 멈추고 고개를 정면으로 돌렸다. 고개를 돌리자마자 문이 열리며 우락부락하게 생긴 무관이 모습을 드러냈다.

"안을 좀 살피겠습니다!"

게다가 이 무관. 아무래도 아까 "내 손!" 하고 고함 지른 무관인가 보다. 얼굴이 시뻘게진 그는 몹시 화가 난 눈치였는데, 온몸으로 '네가 수상한 자를 숨기고 있지?'라고 외치는 것 같았다. 안타깝게도 맞는 말이어서 당당하게 내부를 보여주기 힘들다. 나는 "마음대로 봐라!"라고 하는 대신 손을 뻗어 그의 앞을 가로막았다.

아무리 화가 나도 감히 황제가 총애하는 후궁을 밀치긴 어려운지, 무관은 얼굴이 익은 당근처럼 변했으나 그 자리에 멈추어 서서 항의했다.

"비켜주십시오, 귀인. 떳떳하다면 말이지요."

"뭐가 말인가."

"이쪽으로 수상한 자가 숨어들어오는 걸 제 눈으로 보았습니다."

"아닌데."

"제 눈으로 보았다니까요!"

"난 못 봤네."

"제가 보았다고요!"

"자네는 내가 아니잖은가."

"귀인!"

"응. 듣고 있어."

안으로 못 들어가게 했더니 무관의 얼굴이 이젠 썩은 당근처럼 변했다. 하지만 아직 비원이 이 안에 있어. 느껴진다. 병풍 뒤에 오들오들 떨고 있는 토끼 한 마리가. 젠장. 어째야 할지 모르겠다. 저 무관이 여기에

167

못 들어오게 하는 건 힘든 일이 아니야. 그냥 막고 서서 아무 말이나 하면 되니까. 저 무관은 어쨌든 날 밀치고 들어오진 못하잖아?

하지만 여기서 계속 막아서고 있으면 누가 봐도 수상하다고. '난 수상해요. 나부터 수사해요.'랑 다른 말이 뭐야? 그러면 저 무관은 나중엔 자기보다 직급 높은 사람을 데려오겠지. 그때쯤 되면 나는 진위를 떠나 진짜 수상한 사람이 되어 있을 테고.

게다가 저 무관만 가로막는다고 해서 비원이 탈출할 수 있는 것도 아니다. 비원은 '시간을 끌어줘요'가 아니라 '시선을 끌어줘요.'라고 했다. 이 문 앞에 선 무관뿐만 아니라 밖에 있는 사람들의 시선까지 여기로 잡아야 하는 거다. 그래야 비원이 달아날 수 있으니.

하지만 어떻게? 어떻게 해야 하지?

'전에 안비가 차에 뭘 타서 준 적이 있지. 그때처럼 피를 쏟으면?'

아니야. 안 된다. 그땐 안비에게 뭘 건네받고서 피를 뽑았으니 다들 안비 탓을 했지. 심지어 안비 스스로도 내가 일부러 피를 쏟은 건 모르잖아. 이 상황에서 내가 피를 또 쏟으면 마음먹은 대로 토혈할 수 있단 게 알려질지도 몰라. 그걸 알진 못하더라도 스스로 이상한 걸 마셨다고 여기겠지. 지금은 내가 너무 궁지에 몰린 상황이니까. 그렇다면……!

"이건 내가 떳떳하고 말고의 문제가 아닐세. 난데없이 자는데 찾아와서 방 안에 들여보내달라니. 누구라도 싫을 문제 아닌가. 내가 자네 자는데 갑자기 찾아오면 무슨 기분이겠는가? 물론 뒤에는 폐하를 대동하고."

나는 일부러 떡돌이 이름까지 꺼내면서 말을 쏘아붙이는 동시에, 넓은 소맷자락 안쪽에 숨겨둔 아주 작은 비수를 일부러 바닥에 떨어뜨렸다.

그리고 비수가 땅에 부딪혀 '탕' 하는 소리를 내기 전. 그걸 무관의 다리 사이로 내공을 실어 빠르게 걷어찼다. 목표물은…….

"악!"

누군지 모르겠지만 하여튼 무관과 함께 온 병사 하나. 뒤에 선 병사가 갑자기 고함을 지르며 발을 부여잡자, 무관은 나를 험악하게 노려보길 멈추고 휙 몸을 돌렸다.

"무슨 일이냐!"

다른 사람들도 다들 그 병사에게 달려가는 게 보였다. 그사이, 병풍 뒤에 숨은 토끼는 창문을 향해 빠르게 뛰어들었다.

"누군가 비수를 던졌습니다!"

무관은 도끼눈을 뜨고 부하에게 달려가며 화를 냈다.

"감히 누가!"

"상처 난 방향으로 치면 문장님 계신 방향에서……."

"뭐야?"

"교묘하게 휘어서 던진 게 분명합니다. 문장님을 놀리기 위해서요!"

비수가 발목에 꽂힌 병사가 끙끙대는 사이. 무관은 다시 내게로 다가와서는 한 대 칠 기세로 씩씩거렸다. 여기서 시간을 더 끌면 정말로 상사까지 죄다 불러와 일을 키울 기세라, 이제 걸리는 게 없어진 나는 몸을 옆으로 돌려 섰다.

"안 보여주려 했는데 어쩔 수 없군. 이렇게 됐으니 다리 다친 병사를 봐서라도 방을 보게 해주지."

무관은 고맙단 말을 생략하고서 내 침실을 멋대로 돌아다녔다. 침상 아래를 보고, 두세 살 아기 정도가 가까스로 들어갈 만한 공간을 살피고, 옷장 문을 열었다.

"거기 옷 건드리지 마세요! 다 정리한 거예요!"

"탕 탕 소리 내면서 닫지 마세요, 폐하께서 주신 거예요!"

원웅과 부성은 그 뒤에서 발을 동동 구르면서 화를 냈지만, 공무를 수행하러 온 화난 관리를 돌려보내긴 어려운 일이었다. 귀자는…… 떡돌이한테 가는 건가. 슬쩍 뒤로 빠져서 다른 곳에 가네.

어쨌든 비원이 사라진 방 안을 아무리 뒤져 봐야 무기가 나올 일은 없었다. 결국, 무관은 서랍장 뒤지기를 멈추고서 나를 노려보다 마지막이란 얼굴로 입을 열었다.

"이불 안을 확인하고 싶습니다."

"연극을 너무 많이 봤나 봐. 이 와중에 이불 안을 보고 싶다니."

"그게 무슨……."

"저 이불을 들치면 안에 벌거벗은 수상한 남자가 있을 거란 기대라도 하는가?"

"!"

내가 짜증 난다는 표정을 짓고서 노골적으로 쏘아보자 무관도 이건 조금 눈치가 보이는 듯했다.

"뒤져. 뒤져."

그러다 내가 손을 휘휘 저으며 빈정거리는 말투로 허락하자, 무관은 고개를 꾸벅하고서 이불을 확 들쳤다. 당연하겠지만 안에 있는 건 내가 끌어안고 뒹구는 베개뿐이었다.

"……."

나름대로 확신을 가지고 온 건지, 무관은 이불을 내려놓고 내게 다시 꾸벅 인사했다.

"결례를 저질렀습니다, 귀인."

"폐하껜 다 말할 거라네."

내가 단호하게 말하자 그는 표정을 움찔했지만 무서워하지 않고 되레 당당하게 나왔다.

"저는 해야 할 일을 했을 뿐입니다. 폐하께선 해야 할 일을 한 관리에게 벌을 줄 군주가 아니시고요."

"그럼 부담 가지지 않고 말하겠네."

"폐하께서 제가 할 일을 했단 이유만으로 절 벌하신다면, 누가 폐하의 총기를 어둡게 하고 있는지 모든 궁인이 알게 되겠지요."

이게 무관이야 너구리야? 황제가 내 말을 듣고 자기를 벌한다면 내가 황제를 손에 넣고 휘두르는 후궁이 되는 거라 말하는 거 맞지, 지금?

그 순간.

"짐의 후궁이 짐의 총기를 어지럽히는진 모르겠으나, 네가 짐의 후궁의 입을 막으려 드는 건 알겠구나."

옆쪽에서 황제의 목소리가 들려왔다. 나도 무관도 놀라서 창문 쪽을 보았다. 창문 뒤에 면사를 단 고급스러운 백립으로 얼굴을 가린 누군가 서 있었다. 시선을 받자 백립을 벗는데, 드러난 사람은 한 겹 더 얼굴을 가린 황제였다. 무관은 눈이 커다래졌고 나도 좀 놀랐다.

아니, 쟤는 언제 온 거야? 게다가 우리야 방 안에 있는 데다 주위에 원체 사람이 많아서 몰랐다 쳐도. 황제 주위에 선 사람들은 왜 같이 놀라고 있어? 옆에 있으면서 자기들도 몰랐던 거야?

놀라 서 있자니, 창밖 사람들 틈에 귀자가 보인다. 아까 무관이 내 방에 들어올 때 슬그머니 뒤로 빠지더니. 떡돌이 불러오려 그랬구나!

그토록 서러워하던 원웅과 부성은 황제가 나타나자 사막에서 물줄기를 발견한 여행자들처럼 기뻐했다. 무관은 뒤늦게 무릎을 꿇었다.

"폐하. 오해이십니다."

"짐의 후궁이 하는 말을 듣고 어떤 판단을 내릴지는 짐의 일이다. 짐의 신하인 네가, 내 아내가 남편인 짐에게 하려는 말을 막는 건 월권이다."

"폐하, 신은……."

"천 귀인의 입을 막으려 하지 않았다면 짐이 귀인을 달랬을 터인데. 귀인의 입을 막으려 들다니 그게 괘씸하다."

171

무관의 어깨가 떨렸으나 그 모습을 내려다보는 떡돌이는 눈 하나 깜짝하지 않았다. 그 모습엔 채신머리없이 굴다가 내게 허벅지를 찰싹찰싹 맞는 떡돌이는 없었다. 우리 떡돌이가 다른 사람들 앞에서는 이러는구나.

신기하기도 하고 새롭기도 해서 가만히 보고 있자니, 황제가 내게 눈짓을 한다. 무슨 뜻인진 모르겠지만. 그래서 '못 알아듣겠어'란 신호로 고개를 젓자, 그가 이번에는 아주 빠르게 머리를 움직였다. 어, 근데 진짜 못 알아듣겠어.

결국 덩달아 고개를 젓다가 보니, 뭐야. 다들 입을 벌리고 나와 떡돌이가 무언의 신호를 주고받는 걸 멍하니 구경하고 있었다. 부부는 일심동체라던데, 부부면서 말도 안 통한다고 여기나, 생각하는 순간.

"어쩔 수 없지."

황제가 차갑게 말하더니 무관을 향해 지시했다.

"짐의 후궁이 자네를 탓하지 말라고 자꾸 고개를 젓는군. 이번에만 그 무례함을 눈감아줄 테니, 천 귀인에게 사죄와 감사를 하고 앞으론 이런 일이 없도록 하라."

어? 아니, 아닌데? 난 용서하라고 고개 저은 거 아닌데, 아니, 떡돌이 쟤는 왜 남의 고갯짓을 멋대로 해석해서 판단하는 거야?

나는 황당해서 무어라 말하려 했으나, 그보다 한발 먼저 무관이 벌떡 일어서다가 '쾅' 소리가 나도록 날 향해 무릎을 꿇고 절을 했다.

"감사합니다, 귀인! 미신이 귀인의 넓은 마음을 헤아리지 못하고 무례를 저질렀으니 참으로 부끄럽습니다!"

얼얼하고 쩌렁쩌렁한 목소리로 외치는 무관에게는 이 상황을 탐탁지 않게 여기는 기색도 없었다. 정말로 내가 황제를 설득해 자기를 용서했다고 여기는 듯 오히려 감동받은 목소리.

게다가 주위 병사들, 심지어 내 궁녀들까지도 나를 감탄하며 보고 있느데, 표정들이 세상에 둘도 없는 대인을 보는 듯하다. '난 자네 용서하라 한 적 없어'라고 말하면 소인배가 될 상황.

이렇게 되고 보니 실제로 비원이 내 방에 왔던 게 떠올라 조금 양심이 뜨끔거린다. 결국 나는 근엄한 척 뒷짐을 지고 장군의 머리를 짚으며 용서해주었다.

"네 죄를 사하노라."

"네가 판관이냐? 그 상황에서 말을 그렇게 하면 어찌하느냐!"

"다들 감동받아서 고개를 숙였잖아."

"말은 바로 해야지. 웃음을 참으려 고개를 숙인 거다."

"아니야."

"평판을 바꿀 밥상을 차려줬는데 떠먹지도 못하다니. 넌 이제 계란이가 아니다. 반숙이다 반숙이."

장군과 병사 무리가 돌아가고 둘만 남게 되자마자, 아내를 챙기던 남편은 사라지고 잔소리 떡귀신이 나타났다.

천년비가 황제의 잔소리가 듣기 싫어 방 안을 도망 다니는 사이. 천 귀인의 처소에서 물러난 병사들은 같은 동영궁을 쓰는 규빈의 처소로 찾아갔고, 달아난 비원은 그림자로 추정되는 다리 다친 태감을 찾아내는 데 성공했다. 발에 돌로 얻어맞은 상처가 있는 것부터, 정확히 천 귀인이 말한 범인과 행색이 일치했다.

그러나 태감은 비원이 촉비 이야기를 꺼내자마자 치를 떨면서 예상외의 반응을 보였다.

"촉비마마의 물건이라면 이미 마마께 다 돌려드렸소!"

"돌려줬다고?"

"그러니 난 이 일과 관련 없소. 이 일에선 손을 뗀 거요. 날 귀찮게 하지 마시오."

딱 잘라 말하는 태감은 무언가를 두려워하는 기색이었다.

"그래서 결론이 뭐야?"

"제가 몰래 떨어뜨리고 왔던 촉비의 물건도 사라졌고, 물건을 훔쳐 갔던 태감은 갑자기 촉비에게서 손을 떼겠다며 무서워하는 모양이고, 귀인께서는 폐하께 촉비의 필첩에 대해 말을 올렸는데, 폐하가 그 일을 물었다 했지요?"

"어."

"그럼 제 생각엔 이렇습니다."

"?"

"촉비가 그림자와 결탁한 거요. 어쩌면 황제가 알면서 눈감아준 걸지도 모릅니다."

아침 댓바람부터 찾아와서는 하는 말이 이게 뭐래?

내가 젓가락을 물고서 쳐다보자, 비원은 계속 먹으라고 손을 휘휘 저으면서 말을 이었다.

"어쩌며 모든 게 황제의 계산 아래에서 이루어진 일일 수도 있겠지요."

비원은 나더러 다시 음식을 먹으라 했지만, 저런 이야기를 들으면서 밥

알이 목구멍에 넘어갈 리가 없다. 아니, 넘어가긴 하는데 맛이 느껴질 리가 없다.

뭐야. 그러면 떡돌이…… 나한테 운월을 주선했듯 촉비에게도 그림자를 주선해준 건가? 이미 전적이 있으니 가능하긴 한데.

"그러면 어떻게 되는 거야?"

"뭐 어쩌겠습니까. 촉비가 그림자와 손잡은 게 폐하가 눈감아준 일이라면 이걸로 촉비를 무너뜨릴 순 없는 거지요."

"촉비가 안 무너지면 큰일 나는 거 아냐? 그 사람이 널 공격할 거라며."

"그렇지요."

비원은 하나도 걱정이 안 된단 얼굴로 몹시 걱정되는 척 한숨을 내쉬었다. 걱정을 하는 거야 마는 거야? 이해가 가지 않아서, 나는 일단 먹던 걸 마저 먹고 젓가락을 내려놓은 다음 곰곰이 생각하다가 물었다.

"왜 이렇게 어렵게 가? 촉비가 널 공격할까 봐 무서우면 너 잘하는 저주 해. 너 그거 특기잖아."

하지만 비원은 자기 특기가 마음에 안 드나. 내 생각엔 나름대로 희소성 있는 특기 같은데, 그 말을 듣자마자 질색했다.

"그게 왜 내 특깁니까? 난 저주 같은 거 할 줄 모릅니다."

"잘하던데."

"아니라니까요?"

"……뭐 그러면 그렇다 치고. 그럼 협박해."

"협박이라니요?"

"촉비 방에 길쭉한 병이 하나는 있을 거 아냐. 그거 목을 부러뜨린 다음 옆에 쪽지를 남겨봐. 나를 노린다면 다음엔 병 모가지가 아니라 네 모가지가 부러진다. 이러면 돼."

하지만 비원은 내 말을 듣자마자 펄쩍 뛰면서 손을 휘저었다.

"오히려 자기가 협박받는단 증거로 사용해 다른 사람을 공격하면요?"

그럴 수도 있겠지. 아닐 수도 있고. 어쨌든…….

"넌 생각만 하다 아무것도 못 하겠다."

"생각 없이 살다 아무것도 못 하게 된 분이 제 앞에 있는 분 아닙니까."

"날 동경한다며?"

"제 환상이요? 박살 난 지 오랩니다. 조각이나마 끌어안고 있어 보려 노력은 하고 있지만요."

치를 떤 비원은 다시 손을 마구 허공에 대고 털었다.

"귀인 말을 듣고 있다 보면 휩쓸리게 됩니다. 휩쓸려서 정말 뒷일을 생각하지 못하고 일을 벌일까 무서워요."

"그러면 되잖아?"

"예, 근데 보통 사람들은 후환이란 걸 생각하거든요."

이쯤 되니 조언해주기 싫어졌다. 그래도 나는 나름 머리를 굴린다고 굴린 건데. 타천천은 내가 후궁이 되면 삶의 의욕이 없어질 걸 염려하기라도 했나? 왜 도와줄 사람이 아니라 도와야 할 사람을 보냈대?

그런데 뭐야. 딱따구리처럼 말하고서 돌아서던 비원이 막상 떠나진 않고서 괜히 머뭇거렸다. 뭐 하나 싶어서 쳐다보자, 그는 주저하다가 괜히 헛기침을 하면서 시선을 내리깔고 중얼거렸다.

"흠흠. 중간중간 열받는 소리를 섞긴 했지만. 그래도 이야기도 들어주고 의견도 모아줘서 고맙습니다."

"병 모가지 하기로 한 거야?"

"아뇨, 의견을 받아들인단 뜻은 아닙니다. 그냥…… 귀인은 제가 생각한 고독한 늑대는 아니지만요. 그래도 나름대로 괜찮은 분 같다고요."

날 이상하게 보다가 왜 갑자기 마음을 바꾼 건진 모르겠다.

하지만 저렇게 순순히 고맙다고 하자 괜히 갈비뼈가 간지러운 기분이 들어서, 나는 당당하게 허리를 펴고 앉아 옛 성인 같은 표정으로 비원을 바라보았다.

"……."

비원은 그런 나를 보며 감동받았는지 한 손으로 입을 틀어막았고.

"어때?"

"왜가리 같네요. 자세가요."

"!"

"어쨌든 이번에 도움받은 건 나중에 꼭 갚을 테니 염려 마시지요."

비원이 사라진 후, 혼자서 밥을 먹고 있으려니 원웅이 "소주!" 하고 밝게 부르면서 들어와 물었다.

"식사는 다 하셨어요?"

나는 대답 대신 아까 비원에게 보여준 자세를 한 다음 왜가리 같냐고 물어보았다. 원웅은 한 손으로 자기 입을 틀어막고서 감탄했다.

"소주는 재주가 많으시네요! 정말 닮았어요!"

"……."

그러고도 모자라 엄지를 치켜세워주기에 나는 자세를 푼 다음 입맛이 사라졌다고 젓가락을 내려놓았다. 말을 하고 보니 이미 밥 한 공기를 다 비운 상태였지만, 점잖게 시선을 돌려 그 사실은 모른 척했다.

이후 원웅이 상을 치우자 나는 다시 방 안에 혼자 남아 가부좌를 틀었다. 아까는 비원과 티격태격하느라 황제에 대해서는 깊게 생각하지 못했는데. 이렇게 홀로 남게 되니 황제 생각이 나서…….

촉비에게 그림자를 이어준 게 황제라면, 그는 참 계산적인 사람이야. 계산적인 게 나쁘다고 생각하진 않는다. 머리가 똑똑한 거지. 하지만 계산적인 사람은 무림 악적인 나를 곁에 두지도 않겠지? 똑똑하니까.

그렇게 생각하니 그게 좀 서글펐다.

"……."

하긴. 생각해보니 뭐 어때. 떡돌이는 내가 무림 악적이었단 걸 모르잖아. 한번 교묘하게 나를 떠보려 했지만 나는 그 함정을 바로 눈치채고 피했으니까. 그러면 됐지. 암! 떡돌이는 내가 무림에서 악명을 떨쳤단 사실을 영원히 알 수 없을 거다. 아무리 계산적인 떡돌이라도 모르는 일을 가지고 판단을 내릴 순 없지.

'좋아. 서글픈 마음이 좀 가신다!'

좋은 생각을 하자 기분이 한결 나아져서, 나는 얼른 가부좌를 풀고 책상 앞으로 다가갔다. 개원이가 개시시를 통해서 당과를 보내주었지. 내 복수를 위해서는 아니꼬워도 이놈과 절대 연락이 끊어지면 안 되니, 얼른 고맙다고 답서를 써야겠다.

'보자. 뭐라고 쓴다…….'

소협께.

당과를 보내줘서 고마워요. 맛있게 잘 먹었어요.

소협은 후궁 생활을 해본 적이 없어서 모르겠지만요,

후궁 생활을 하고 있으면 당과가 당길 때가 있거든요.

후궁이란 건 참 격식이 중요한 자리여서요,

당과가 먹고 싶다고 아무 때나 가져다 먹을 수가 없답니다.

그래서 소협이 보내준 당과는요,

내가 방 안에서 궁녀들이랑만 살짝 나눠 먹었어요.

사실 혼자 먹고 싶었지만 체통을 위해서는 그럴 수 없었어요.

윗사람이 혼자 쪽쪽 당과를 빨아먹고 있으면 위엄이 없잖아요.

- 추가 -

다음에도 또 당과 보내주길 바랍니다.

당과를 보내준다면 나는 소협에게 미소를 보내주겠어요.

소협은 못 보겠지만 나는 방금 허공을 향해 미소를 쐈답니다.

꿈에서 보세요.

당과를 먹고 기분이 좋아진 아무개가

귀인께

귀인께서 보내주신 미소는 안타깝게도 수신하지 못하였습니다.

너무 화사해 햇살에 스며들었나 봅니다.

그 미소는 다음에 직접 절 보고 보내주시길 바랍니다.

당과를 궁녀들과 함께 나누어 드셨다니,

귀인께서는 참으로 너그러우시군요.

당과는 인편으로 이 서신과 함께 보내도록 하겠습니다.

이번에는 양을 넉넉히 하였으니 또 마음껏 드시길 바랍니다.

당과를 먹고 기분이 좋아진 아무개를 떠올리며
행복한 소협이

소협.

당과 몇 개 넣으셨는지? 개수가 줄었소?

당과를 받고 놀란 이무기가

귀인.

화나면 이무기고, 안 날 땐 아무개인 겁니까?

한꺼번에 많이 보내면 상할까 봐 마음만큼 보내진 못하였지만,

그래도 넉넉히 보냈습니다. 열 개를 보냈는데……

개수가 줄었을 리 없는데, 몇 개를 받으셨습니까?

이무기에게 겁이 난 소협이

소협.

인편을 바꾸도록 하시오. 중간에 당과를 빼어 먹는 이가 있네.

내가 받은 건 두 개였습니다.

궁녀들 하나씩 주고 나는 냄새만 맡았어요.

아직 이무기

귀인.

배가 고프실 텐데도 당과를 모두 궁녀들에게 주시다니.

귀인의 마음 씀씀이에 제 마음까지 달아집니다.

인편은 바꾸도록 하겠습니다. 하지만 어쩌면……

시시가 먹었을 수도 있습니다. 시시도 당과를 좋아하거든요.

함부로 사람을 의심할 수 없으니 시시에게 물어보겠습니다.

시시는 제가 자기에게 보내는 거라 생각해 먹을지 모르니까요.

그리고 귀인. 제가 후궁 생활에 대해 아는 바가 없어서 그런데,

괜찮으시다면 서신을 보내주실 적에

후궁들 이야기를 들려주실 수 있으신지요?

혹시 그곳에는 귀인만큼 특별한 후궁들이 많은지요?

궁중 생활이 궁금한 무림인이

개원이가 수도에 와 있나 보네. 처음 서신을 보냈을 땐 답장 오는 속도가 느리더니, 점점 빨라지는 걸 보면 확실하다. 게다가 답서를 주고받는 빈도가 늘어나서인가. 개시시의 궁녀가 부성에게 이번 답서를 주면서, 앞으로는 서신을 전해주는 속도를 조금 느리게 하겠다고 했다.

개시시의 가문은 후궁들 중에선 한미한 편이고 개원이도 관직에 오르지 않았다 보니 다른 사람들만큼 눈치를 보진 않지만, 그래도 너무 자주 연락을 주고받다 보니 누군가에게 쓴소리를 들은 눈치였다고.

그 말을 하면서 부성은 내 눈치를 이상하게 살폈는데, 내가 아무렇지 않게 "그러지 뭐."라고 말하자 안심해서 한숨을 내쉬었다. 왜 그러나 싶어 쳐다보자, 부성은 웃으면서 중얼거렸다.

"당과를 자주 먹진 못하게 됐네요."

당과를 생각하는 얼굴이 아닌데?

'혹시 너무 자주 연락을 주고받아서, 개원이 날 연모한단 걸 부성도 알게 된 건가?'

음. 그렇게 생각하고 보니 확실히. 연락하는 횟수를 줄이는 게 나을지도 모르겠다. 복수를 위해서 연락을 계속 주고받아야 하지만, 복수하기 전에 오해부터 사면 안 되니 말이다.

그런데 적당히 대화를 마치고서 하품을 하고 침상에 엎어져 누워 있으려니, 갑자기 밖에서 소란스럽게 달리는 소리가 났다. 뭔 일인가 싶어서 고개를 들고 쳐다보자, 얼마 가지 않아 원웅이 한 팔에 빈 바구니를 끼고 헐레벌떡 들어와 외쳤다.

"소주, 소주, 지금 난리 났어요. 온 귀인이요!"

"온 귀인이 왜?"

"온 귀인의 머리 장식 반쪽이요! 누가 그걸 피에 젖은 머리카락에 꽂아서 가져다 뒀대요!"

원웅의 말에 부성이 작게 비명을 질렀다.

"왜 그랬대?"

나도 원웅이 하는 말이 이상하게 들려서 좀 더 캐물었다. 원웅은 뒤늦게 빈 바구니를 발견하고 내려놓다, 내 질문에 황망한 얼굴로 대답했다.

"왜 그런지는 범인만 알겠지요. 확실한 건 좋은 의도는 아닐 거예요."

"아, 소름 끼쳐."

부성은 자신의 팔을 손으로 싹싹 쓸면서 치를 떨었다. 듣는 것만으로도 무섭다는 듯이. 원웅은 '그렇지?' 하는 표정으로 부성을 쳐다보며 한번 눈을 커다랗게 뜨고는, 곧 한숨을 섞어 중얼거렸다.

"누구 머리카락인진 모르겠지만 온 귀인이 그걸 보고 혼절했다니 문제가 커질 것 같아요."

"혼절해서?"

천소여가 죽었다 깨어났을 땐 병문안 온 사람 한 명 없었는데. 혼절 정도가 큰 문제인가?

"네. 온 귀인은 회임했잖아요, 소주. 궁의가 달려와서 진맥해보고는, 태아가 많이 놀랐다며 무조건 안정을 취해야 한댔어요."

나는 고개를 끄덕이고 벼루에 걸쳐놓은 붓을 쥐었다.

원웅도 펄쩍 뛰면서 들어온 것치고는 빠르게 안정을 찾아 도로 바구니를 들고 나갔다.

부성이 다시 이불을 털고 방 정리를 하는 사이. 나는 턱을 괴고 온 귀인의 장신구를 건드린 사람이 누구일까, 생각해보았다.

"괜찮아요?"

우 귀인이 머리맡에 의자를 가져다 앉고서 걱정스레 묻자, 온 귀인은 힘없이 물었다.

"폐하랑 태후마마는요?"

"진맥하는 동안 돌아가셨어요."

우 귀인은 한숨을 내쉬고서 온 귀인의 궁녀가 가져다준 따뜻한 수건을 대신 받아 온 귀인의 이마에 얹어주었다.

"두 분 다 몹시 진노하셨어요. 아마 범인은 큰 벌을 받을 거예요."

온 귀인은 이불을 꼭 감싸 쥐고서 눈동자를 파르르 떨었다. 단순히 연기를 하는 게 아니라 이번 일로 크게 놀란 눈치였다.

우 귀인은 그런 온 귀인의 모습을 물끄러미 보다가, 자신의 궁녀와 온 귀인의 궁녀에게 슬쩍 '자리를 비키라'고 눈짓을 보냈다.

두 궁녀가 인사를 올리고 나가자 온 귀인이 의아한 눈으로 우 귀인을 쳐다보았다.

"왜 그래요?"

우 귀인은 재차 문이 잘 닫혔는지를 뒤돌아 확인까지 하고는, 아무도 없단 확신이 들자 목소리를 낮추어 물었다.

"범인이 누구인지 짐작은 가요?"

"모르겠어요."

온 귀인이 고개를 젓자 우 귀인이 다시 목소리를 낮추었다.

"그럼 우리 천 귀인에게 덮어씌우면 어떨까요?"

"뭐? 내가 한 거 아니냐고요? 그럼 조사해봐요."

'나는 온 귀인과 친하지 않으니 병문안을 가지 않겠다'고 주장했으나, 그러면 절대로 안 된다며 두 측근 궁녀가 풀쩍 뛰는 바람에 어쩔 수 없이 온 귀인의 처소로 찾아와야 했다.

그곳에는 나 말고도 다른 후궁들은 물론 태후마마까지 모여 있었는데, 우 귀인은 내가 태후마마에게 인사를 다 끝내자마자 바로 시비부터 걸었다. '천 귀인이 한 짓 아닌가요?'라고. 우 귀인이 저렇게 나오는 건 전혀 놀랍지 않은 일이어서, 나는 태연히 말을 이어갔다.

"나 아니에요. 근데 난 조사받아도 상관없어요. 수사청에 한두 번 다닌 것도 아니고. 기몽 장군 얼굴도 오래간만에 보고. 좋네."

"!"

"근데 아마 진범은 그동안 멀쩡히 온 귀인을 계속 공격할 거예요."

온 귀인이 눈을 동그랗게 뜨고 날 쳐다보았다. 나는 그녀와 눈을 맞추고 내가 거짓 범인이 되면 일어날 상황을 구체적으로 묘사해주었다.

"아마 다음번엔 남 머리가 아니라 온 귀인 머리가 뽑힐지도 모르겠네요. 남 머리카락만 두 번 보낼 리가 없잖아요."

온 귀인은 자기가 공격 목표가 된 상황이라 그런가. 그래도 평소와 달리 날 붙잡고 시비를 거는 대신, 우 귀인을 차갑게 노려보았다. 우 귀인은 새로운 친구에게 미움을 받고 싶지 않은지 바로 입을 다물었다.

반면 태후마마는 이런 모습을 가만히 지켜보다가 한숨을 내쉬고서 평소보다 한층 무뚝뚝하게 경고했다.

"누가 이런 짓을 한 것이든 상관없다. 회임한 온 귀인을 공격한 건 귀하디귀한 첫 번째 황손을 해치려 한 거나 다름없으니. 누가 범인이든, 잡히면 품계를 내리고 냉궁에 보낼 것이니 그리들 알라."

오늘은 개원이한테서도 편지가 안 오고 떡돌이도 시침에 안 부르네. 물론 그렇다고 해서 내가 개원이 그놈의 편지를 기다렸다거나, 떡돌이가 시침 들라고 불러놓고서는 맛있는 거 주길 기다렸단 건 아니다. 하지만 아무 할 일도 없이 평상에 오도카니 앉아 있으려니 좀 심심하긴 해.

결국 혼자 방 안에서 가부좌를 틀고 심법을 따라 호흡하다가, 집중이 잘되지 않아 밖으로 나가 평상 위에 올라갔다. 거기에 쪼그려 앉아 무릎을 끌어안고 하늘을 보고 있자니, 원웅이 지붕에 달린 등롱 안에 불을 피우다가 깜짝 놀라 불렀다.

"소주? 거기서 뭐 하세요?"

"생각 중이야."

원웅은 등롱에 불을 붙인 다음 성냥을 휘휘 저어 불을 끄고서 내 곁으로 다가왔다.

"온 귀인 때문에 그러세요?"

"아니, 온 귀인이 왜?"

"오늘 그 피 묻은 머리카락……."

"아. 아니. 온 귀인 일은 나랑 상관없으니 관심 없어."

내가 고개를 젓자 원웅은 "그럼요, 그럼요." 하고 맞장구를 치다가, 다시 내 눈치를 살피며 물었다.

"그런데 왜 이렇게 표정이 어두우세요?"

"폐하가 오늘은 시침에 안 부르길래. 이상해서."

절대로 쓸쓸하다거나 한 건 아니다. 하지만 최근에는 내내 불렀고, 안 부르면 '오늘은 먼저 자라'거나 '먼저 먹어라'라고 꼭 사람을 보내서 알려 주었으니까. 갑자기 연락이 없으니 좀 궁금할 수도 있지.

원웅은 "아. 폐하." 하고 중얼거리면서 고개를 끄덕이다가 재차 내 눈치를 살피며 밝게 말했다.

"온 귀인이 폐하의 첫 아이를 가졌잖아요. 그 아이가 오늘 위태로웠다니까 소주를 부르기 곤란하실 거예요. 오늘은 온 귀인 처소에 가셨대요."

"폐하는 온 귀인의 아이를 좋아할까?"

"어…… 좋아하시지 않을까요? 보통 자기 자식은 다 예뻐하니까요. 게다가 온 귀인이 회임한 아이는 귀한 황손이기도 하시고요."

문득 떡돌이가 아기를 안고 있는 장면이 떠올랐다. 그 아기는 아마 화려한 옷을 입고 있겠지. 황녀든 황자든, 나라에서 제일 귀한 아기니까. 아기도 아냐. 그 애는 아기님일 거야. 떡돌이를 닮았을까? 떡돌이를 닮으면 아기는 수묵화처럼 귀엽겠지. 아기 수묵화가 뭔지 모르겠지만, 하여튼 그럴 거야. 아기가 온 귀인을 닮으면 어떨까. 떡돌이가 온 귀인 닮은 아기를 안고서 '아이구 내 새끼, 아이구 내 새끼' 하고 노래를 부르면? 온 귀인은 그 옆에서 딸랑이를 들고 춤을 출 것이다. 아이가 크면 셋이서 추겠지. 셋이서 박자를 딱딱 맞춰서 춤을 추면 사람들은 금실이 좋은 부부이고 화목한 가정이라면서 찬양할 거야.

"그럼 나는 박수만 치게 될까?"

"예?"

"원웅아. 온 귀인이 아기를 낳으면 나는 박수를 쳐야 해?"

"예? 박수……는 안 쳐도 되지 않을까요?"

"하지만 폐하가 춤을 출 건데, 가만히 있을 순 없잖아?"

"예? 폐하는 왜 춤을 추시는데요?"

"온 귀인이 춤을 출 거니까."

"예?"

"넌 몰라. 아무것도 모른다, 원웅아."

"?"

전에 온 귀임이 회임했을 때는 떡돌이가 그냥 내게 사기를 쳤다고만 생각했다. 아무와도 시침하지 않았다더니. 온 귀인하고 아기는 잘만 만들었네! 하고. 이후 황제가 회임한 온 귀인의 편의를 봐준단 이야기를 들을 때도 그러려니 넘어갔다. 회임을 했으면 당연히 챙겨줘야 하니까.

그런데 온 귀인이 자기 머리카락도 아니고, 남의 머리카락을 보고 놀라 혼절했을 뿐인데 떡돌이가 놀라 시름시름 앓고 있다니 조금 충격이었다.

떡돌이는 온 귀인이 회임해도 나만 총애한다고 했지. 이 말도 혹시 시간이 지나면 상하는 말이었나? 음식처럼? 떡돌이가 좋아하는 다른 여자가 있을 거라고, 가끔씩 의심이 들었다가 사그라들긴 반복하고 있는데.

이러면 나는 몇 번째로 밀려나는 거지? 황후, 좋아하는 다른 여자, 그다음이 나라 생각했는데. 이젠 황후, 좋아하는 여자, 온 귀인, 그다음 내가 되는 건가.

"소주?"

"무슨 상관이야. 나한테도 두 번째는 다른 사람이다 뭐."

두 번째는 흑합이라고! 떡돌이는 세 번째야! 하지만 내가 네 번째가 되면 떡돌이도 나한테 네 번째가 될 거다. 아직 그 사이에 한 명은 없지만 조만간 만들 거야!

"춤도 나 혼자 추겠어! 원웅아, 무대를 만들어다오."

"몸은 좀 괜찮으냐."

황제의 위로에 온 귀인이 얼굴을 붉히고서 고개를 끄덕이자, 면사 아래로 드러난 입술이 호를 그리며 올라갔다.

"다행이다. 앞으론 그런 걸 보고 혼절하고 그러지 말아라."

"그게 제 마음대로 되는가요."

"그건 그렇지."

황제가 순순히 수긍하자 온 귀인은 다시 미소를 지으면서 이불을 끌어안았다.

황제는 그녀의 머리카락을 한 번 쓸어 주고서 몸을 돌렸다.

"폐하? 아…… 가시나요?"

황제가 오늘은 밤새 곁에 있어 줄 것이라 여겼던 온 귀인이 놀라 부르자, 황제는 몸을 돌려 그녀를 보더니 다시 머리를 쓸어 주며 달래었다.

"짐은 일이 있어 가야 한다. 그리고 이럴 때일수록 침상에서 편하게 자는 게 좋을 거다."

"곁에 누군가 있어 주는 게 안심이 될 거예요, 폐하."

온 귀인이 눈썹을 처연히 내리며 붙잡고 있으려니, 저 밖에서 태감들이 시간을 알리는 패를 치며 걸어가는 소리가 들려왔다.

황제는 잠시 고개를 돌렸다가 온 귀인의 손을 한 번 꼭 잡은 다음 내려놓으며 온 귀인의 궁녀들에게 지시했다.

"오늘은 교대로 불침번을 서지 않고 모두 온 귀인의 곁에 있어 주어라."

온 귀인은 시무룩해서 황제를 서글프게 보았으나, 황제는 이미 밖으로 나가고 있었다.

밖으로 나간 황제가 가마에 올라 이동하는 사이. 오원요는 말없이 곁을 따르다가, 주위에 황제의 측근들만 남고 지나다니는 이들이 없자 조심스럽게 물어보았다.

"폐하. 천 귀인께 사람을 보내지 않아도 괜찮을까요?"

사람을 보내다니? 그게 무슨 소리냐는 듯 황제가 돌아보자, 오원요는 황제의 측근 태감인 자신이 이런 일에 나서도 되는지 모르겠다는 듯 과할 정도로 송구스러워하는 표정을 만들며 대답했다.

"늘 일이 있을 땐 태감을 보내어 먼저 잠들라 전하셨지 않습니까. 오늘도 기다리고 계시지 않을까요?"

그 말에 황제는 잠시 고개를 돌려 동영궁이 있는 방향을 보았고, 황제의 태감들은 눈치껏 가마를 멈추었다.

"……."

황제가 말없이 그 방향을 뚫어져라 쳐다보자, 오원요가 다시 황제의 눈치를 살폈다.

면사로 가린 얼굴에서 드러난 곳이라곤 입뿐이었으나, 오원요는 그 상태로도 황제의 분위기를 읽는 데 익숙했다. 그러나 어두운 듯하던 황제의 입에서 튀어나온 말은 어딘가 맺힌 게 있는 목소리였다.

"반숙이가 날 기다릴 리가 있겠느냐. 보나 마나 베개 끌어안고 침상이 넓다고 신나서 자려 들겠지."

"물론…… 그러실 수도 있지만 기다리실 수도 있지 않을까요?"

그런데 천 귀인은 언제 계란이에서 반숙이가 되신 건지. 오원요가 승언을 쳐다보았고 승언은 자기도 모른다고 고개를 저었다. 두 측근은 다시 황제를 살폈다.

잠시 생각에 잠긴 듯하던 황제가 손가락으로 동영궁을 가리켰다.

"가보자."

"춤을 춰요 춤을 춰요 천 씨가 춤을 춰요, 아, 제대로 추고 있어요."

내가 신이 나서 어깨를 털면서 덩실덩실 박자를 타는 동안, 원웅과 부성, 귀자는 평상을 둘러싸고 서서 잘한다 잘한다 박수를 쳐주었다. 처음에는 셋 다 어리둥절한 얼굴이었지만 나중에는 활짝 웃으면서 자기들도 폴짝거리고 즐거워하고 있었다. 원래 즐거운 기분은 전염되기 쉬우니까.

나는 그런 그들의 모습에 더욱 흥에 겨워서 허공에 손가락을 찌르면서 현란하게 발을 놀렸다.

하지만 원웅과 부성이 입으로 만들어주는 박자는 근처에서 들려오는 '툭' 하는 소리에 멈추었다. 무언가 떨어지는 소리. 나는 춤추던 걸 멈추고 고개를 돌렸다.

사립문 너머에서 오 공공이 황급히 떨어뜨린 등롱을 들어 올리고 있었다. 떡돌이는 그 옆에서 턱을 떨어뜨리고 있는데, 오 공공과 달리 주울 생각이 없어 보이고.

"어라? 폐하네요."

그 모습을 보자 순간 반가워서 함박웃음이 나올 뻔했으나, 나는 얼른 표정을 관리하고서 연비처럼 차갑게 웃었다. 떡돌이를 보자 반갑기도 했지만, 그가 날 두고 온 귀인에게 가버린 일이 똑똑히 기억나서. 잊어버리기엔 시간이 얼마 안 지났잖아.

"짐이 안 오면 네가 좋아할 거란 생각은 했지. 베개를 안고 신이 나서."

하지만 떡돌이는 자기가 먼저 온 귀인에게 갔으면서. 뭐가 그리 당당하다고 기막힌 표정으로 이런 말이나 했다.

"한데 넌 생각보다 더 좋아하는구나. 춤까지 추고. 짐이 안 오니 그리 좋으냐?"

심지어 조금 빈정거리는 투이기까지 해서, 저절로 인상이 구겨진다. 원웅과 부성도 황제의 좋지 않은 기분을 느꼈는지, 박수 치던 걸 멈추고 나와 떡돌이 눈치를 살폈다. 하지만 나는 떡돌의 그런 태도에 오히려 더 발끈해서 평상에서 내려와 항의했다.

"폐하가 춤을 추는데 저라고 박수만 쳐야 하나요?"

"?"

떡돌이는 내가 미안하다고 바로 사과할 줄 알았나. 인상을 구겼다.

"짐은 춤을 추지 않았는데."

지금 춘 건 아니지. 하지만 온 귀인의 아기가 태어나면 출 거잖아. 나는 단호하게 턱을 들어 올리고서 '나는 당당하다'란 얼굴로 떡돌이를 보았다. 실제로도 나는 몹시 당당했다. 그저 혼자 춤을 추었을 뿐인데. 그걸로 떡돌이의 눈치를 봐야 하는 게 이해가 가지 않았으니까.

떡돌이는 그런 나를 물끄러미 보더니, 내게 기선 제압이 된 건지 한숨을 내쉬고는 다가와서 머리를 눌러 턱을 원위치시켜주었다. 그러고는 뒷짐을 지며 내 침실을 눈으로 가리켰다.

"짐이 안 온다고 네가 그리 좋아할 걸 생각하니, 분이 나 못 가겠다. 들어가자."

그 뒷모습을 보며 나는 차갑게 흥 코웃음을 쳤다. 하지만 막상 튀어나오고 보니 코웃음 소리가 너무 컸다. 게다가 쓸데없이 기뻐하는 것처럼 들렸다. 게다가 어째서인지 입꼬리 끝이 실쭉 올라가고 말아서, 나는 놀라서 입을 가리고 주위를 보았다. 다행히 아무도 본 것 같지 않아. 승언이만 제외하고.

"……."

못 볼 걸 봐버렸단 승언에게, 나는 '입을 다물어야 한다'는 신호를 보낸 다음 얼른 떡돌이를 따라 들어갔다.

창문 한쪽을 연 탓에 바람이 불자 벽에 건 등롱이 흔들렸고, 등롱이 흔들릴 때마다 방 안에 까맣게 진 그림자도 같이 움직였다. 어찌 보면 밝고 어찌 보면 음침한 그런 분위기 속에서, 황후는 긴 다리를 뻗고서 말없이 긴 의자에 앉아 생각에 잠겨 있었다. 궁녀는 그 곁에서 꾸벅꾸벅 졸고 있었는데, 그러다 창문이 바람에 활짝 열리면서 탕 소리를 내자 퍼뜩 정신을 차리더니, 괜히 민망해서 황후에게 슬며시 말을 걸었다.

　"마마. 온 귀인에게 그런 짓을 한 사람이 누굴까요?"

　말을 뱉자마자 생각에 잠긴 황후를 방해한 듯해 후회했으나, 황후는 턱을 괴고 있다가 팔을 내리며 바로 대답해주었다.

　"그럴 사람은 많지. 온 귀인은 처음으로 회임했으니까. 온 귀인이 무사히 아이를 낳길 바라는 사람은 우리 가문 사람들과 태후마마뿐일 거다."

　"네? 폐하는요? 폐하도 첫 아이를 빨리 얻고 싶지 않으실까요?"

　"그럴 수도. 아닐 수도."

　묘하게 중얼거린 황후가 희미하게 웃자 궁녀는 고개를 기웃했다. 그러다 누군가 창밖을 빠르게 지나가는 소리가 나자 궁녀는 얼결에 그쪽을 쳐다보다가 "아." 하고 방금 막 떠오른 듯 화제를 바꾸었다.

　"그렇지. 마마. 내무부 태감에게 들었는데요, 개 답응의 궁녀와 천 귀인의 궁녀가 매번 은밀히 뭔가를 주고받는답니다."

　"개 답응? 가문에 무림인이 있다던?"

　"네. 어쩌면 둘이 합쳐서 온 귀인을 공격한 건 아닐까요?"

　"개 답응은 왜?"

　"천 귀인을 위해서요. 온 귀인이 회임하는 바람에 천 귀인이 따돌림받지 않습니까. 개 답응은 천 귀인과 좀 친한 눈치랍니다."

"글쎄."

자신이 말해놓고는 자신이 확신이 드는 듯, 궁녀가 밝은 얼굴로 눈을 빛냈다.

그러나 황후는 시원스레 대답하는 대신 탁자를 툭툭 두드리며 눈을 가늘게 떴다.

"두 사람이 꼭 온 귀인 일에 관련이 있진 않겠지. 하지만 남몰래 무언가를 주고받는 건 신경 쓰이는군."

잘 자고 있자니 옆에서 "아야." 하는 소리가 들려왔다. 낮고 부드러운 신음에 가까운 목소리. 나는 눈을 번쩍 떴다. 눈을 뜨자마자 떡돌이의 잠든 얼굴이 눈에 확 들어왔다.

아야. 그래. 떡돌이가 날 혼자 두는 게 기분 나쁘다면서 방에 들어와 놓고서는, 내 비좁은 침상에 같이 자자고 비집고 들어왔지. 서로 자리를 넓게 차지하려고 투닥투닥하다가 결국 떡돌이가 내게 팔베개를 해주는 거로 합의를 보고 내가 그의 품 안에 들어가서 잤는데. 어느새 떡돌이는 자기 팔을 회수해 있고, 나는 그와 얼굴을 정면으로 맞대고 자고 있다.

범인이 떡돌이인가. 이 약은 너구리, 혹시 팔 저리다고 팔 회수한 거 아냐? 내가 춤추는 거나 방해하고 말이야. 자기는 온 귀인이랑 춤출 거면서. 생각하니 골나 머리카락을 살짝 잡아당겨 보려 했는데.

달이 구름 사이에서 벗어나면서 창문 너머로 하얗게 달빛이 들어와 떡돌이의 얼굴을 비추었다. 그 빛을 받은 떡돌이의 얼굴이 너무나 곱고 피부는 너무나 깨끗해서, 나는 머리카락을 잡아당기는 대신 그의 얼굴을 숨죽이고 구경했다.

'사람이 어떻게 이렇게 생겼을까?'

　피부는 관리를 하는 걸까? 원웅과 부성은 내 피부에 늘 공을 들여준다. 열심히 미용수를 만들고, 피부에 뭘 퍼 발랐다가 지워주기도 하면서. 덕택에 천소여 얼굴은 눈썹은 처졌지만 피부에서는 윤이 난다. 그런데 떡돌이는 그런 나보다 더 피부가 좋았다. 떡돌이도 관리를 할 거야. 아니면 이런 피부가 나올 수가 없어. 손을 들어 매만져보니 어찌나 보송보송한지. 다른 피부도 이리 보송하나? 손을 올려 지나치게 풍성하지도, 빈약하지도 않은 눈썹을 손끝으로 더듬더듬 매만져보았다. 그런 것도 아닌데 이렇게 반듯한 것도 신기해.

　이윽고 눈썹을 따라서 그의 얼굴 중 가장 입체적인 콧날을 따라 손을 미끄러뜨렸다. 손은 자연스럽게 그의 불그스름한 입술에 안착했다. 닫아도 예쁘지만 웃으면 더 예쁜 입술. 그 입술을 매만져보고 있자니, 손에 닿는 말랑한 감촉이 너무나 좋았다.

　이런 얼굴로 온 귀인과 아기를 만들었단 생각을 하면 기분이 좀 이상하지만. 온 귀인도 떡돌이 얼굴을 이렇게 조물조물 만졌을까? 온 귀인이 보기에도 떡돌이는 잘났겠지?

　그때. 감겨 있던 눈꺼풀이 위로 올라가더니, 보물처럼 꼭 감추고 있던 옥구슬 같은 눈동자를 드러냈다. 평소보다 어두워 보이는 눈동자와 마주치자마자 순간 가슴이 아니라 배에서 심장 박동이 느껴졌다. 내 심장이 언제 거기로 이동했나.

　"야하긴. 자는 사람 얼굴을 가지고."

　하지만 자기가 내 심장을 뚝 떨어뜨린 것도 모르고서, 떡돌이는 눈이 마주치자 눈웃음을 지으면서 날 놀려댔다. 그러다 내가 손을 올려 그의 입을 막자, 그는 어리둥절해하면서도 입을 닫았다. 내가 손을 내리자마자 바로 입을 열었지만.

"방금 그게 뭐지?"

나는 대답 대신 다시 손으로 그의 입을 막고서 "쉿." 하고 조용히 하란 신호를 보냈다. 떡돌이가 그 신호를 받고서 입술을 닫자, 그 순순한 모습에 저절로 웃음이 흘러나왔다. 떡돌이는 대체 내가 왜 웃는지 모르겠단 얼굴이었지만, 나도 사실 내가 왜 웃는지 알 수 없기에 나는 설명하는 대신 그냥 손만 내리고 설명했다.

"폐하는 조용히 있으면 더 사랑스러워."

"그래서 닥치고 있으라 한 거냐. 칭찬 같지 않은데."

"폐하가 말을 야무지게 못 해서 그래."

"야무진 말은 어찌하지? 너처럼 하나?"

"모르겠어."

사람들은 날 좋아하지 않아. 그러니 나는 야무진 말을 못 하는 건지도 모르거든. 나는 야무진 말에 대해 알려주는 대신 떡돌이의 입술을 다시 더듬어보았다. 그러고 있자니 떡돌이도 자기 손을 천천히 들어 올렸다.

떡돌이도 내 입술을 만지고 싶은가? 내가 눈을 동그랗게 뜨고 그 손을 바라보아도 손은 멈추지 않고 위로 올라왔다. 정말 내 입술을 만지고 싶나? 그래서 그러나? 그의 손이 우리의 얼굴 사이까지 올라오는 걸 보고서 나는 그가 만지기 쉽도록 입술을 살짝 벌려주었다.

하지만 떡돌이는 내 입술을 만지지 않았다. 기껏 손을 올려놓고서는 제 눈을 가릴 뿐.

"폐하는 취향이 음흉해. 눈을 왜 가려?"

그 분위기 없는 태도에 황당해 물어도 떡돌이는 절대로 손을 치우지 않고 단호하게 대답했다.

"방어하는 거다. 네가 또 눈을 찌를까 봐."

아.

"그땐 네 눈이 너무 예뻐서 찔렀어."

"그걸 말이라고 하느냐. 그럼 다른 데가 예쁘면 다른 데도 찌를 거냐."

"응."

말을 마치자마자 나는 얼굴을 내밀어 아까 손으로 만져보았던 그의 입술에 내 입술을 슬쩍 포개보았다.

"!"

표정을 보지 않았는데도, 여전히 입술이 말랑한데도 그가 딱딱하게 굳는 게 느껴졌다. 나는 그의 입술에 내 입술을 가만히 대기만 한 채, 내 손을 들어올려 우리의 입술 사이에 대고 속삭였다.

"폐하는 입술이 예뻐."

맞닿은 입술이 어쩐지 기분 좋아서. 깊은 입맞춤은 하고 싶지 않지만, 그냥 이렇게 입술을 포개는 건 괜찮을 것 같아. 떡돌이가 언제 오나, 이제 오나, 왜 안 오나 생각하면서 혼자 춤을 추는 것보단.

어쩌면 달빛 아래에 그의 얼굴이 너무 환하게 빛나서, 순간 내가 거기에 홀린 걸지도 모르겠다.

"이러고 자자."

기분이 좋아서 나는 그렇게 속삭이고서, 팔을 뻗어 그의 허리를 끌어안고 꽉 내게로 당겼다. 그러고 있자니 떡돌이 굳건하게 가리고 있던 자기 눈가에서 천천히 손을 내렸다.

손으로 가리는 사이 열이 올랐나. 아까는 어둡기만 하던 그의 눈동자에 은은하게 열기가 서려 있었다.

그 모습을 물끄러미 보고 있는데, 떡돌이가 약간 잠긴 듯한 목소리로 물었다.

"이러고서…… 자자고?"

17장

봉호를 정했다

"오늘은 당과를 가져오지 못했어요, 소주."

원웅이 타준 홍차를 후 후 불면서 마시고 있을 때였다. 내무부에 갔던 부성이 금색 테를 둘러 장식한 초 두 개를 가지고 들어오며 툴툴거렸다.

"뭐? 왜?"

내심 당과를 기대하고 있던 터라 홍차를 도로 내려놓으며 묻자, 부성은 초를 원웅에게 건네며 설명했다.

"개 답응의 궁녀에게서 당과를 받고 있는데, 갑자기 우 귀인이 황후마마를 대동하고 오는 거예요."

"갑자기 우 귀인? 황후마마? 왜?"

"그러니까요. 오셔서 물으시더라고요. 그게 뭐냐고. 그래서 당과라고 했거든요. 근데 안 믿으시는 거예요."

"왜 그랬지?"

당과를 당과라고 하는데 안 믿을 이유가 있나?

"모르겠어요. 소주 물건이라는 데도 막 수상한 거 아니냐 외치더니 결국 제가 들고 있던 당과 주머니를 낚아채 버렸는데……. 그때 당과가 우르르 다 쏟아졌어요."

"아이구."

아까워. 그 당과 진짜 맛있는 당과인데.

"그래서 우리 소주 당과 다 망가졌다고 어쩔 거냐고 하니까, 황후마마가 우 귀인한테 화를 내시더라고요. 앞으로 우 귀인이 하는 말은 전부 거짓말로 여길 거라고요."

어라. 이건 또 무슨 소리래. 여기서 황후마마는 왜 우 귀인한테 화를 낸 거지?

"무슨 말일까?"

내가 이해가 가지 않아 묻자, 원웅이 초를 들고 여기저기 등롱을 살피고 다니면서 대신 대답했다.

"우 귀인이 소주가 개 답응한테 이상한 물건을 받는다고 수군수군했겠지요, 뭐."

"그렇구나."

일리가 있다.

"그럼 잘됐네."

게다가 우 귀인이 그런 짓을 하다가 황후에게 찍힌 거라면 아주 잘된 일이었다. 손 안 대고 코 풀기 아닌가. 어차피 우 귀인은 날 싫어하니까.

"그죠? 저…… 그런데 소주."

"응?"

"어제 폐하와는 잘 화해하신 건가요?"

"화해?"

"분위기가 좋지 않아서…… 좀 걱정했어요."

"난 화 안 났는데."

"아. 폐하는 화가 나신 거 같아서요."

떡돌이가? 아아. 내가 춤추는 걸 보고 아주 잠시 오해를 하긴 했지. 자기가 안 오는 게 춤출 만큼 신나냐고. 하지만…….

"안 났을 거야 아마. 다른 데 더 신경 쓴다고 바빴거든."

"어떻게 신경을 안 쓰겠어! 사람들 죄다 날 비웃고 있는데!"

우 귀인이 외치는 소리가 너무 크자, 옆에서 쩔쩔매며 그녀를 달래던 궁녀는 초조하게 입가에 손을 대고 말렸다.

"소주. 소주. 제발 고정하세요, 소주. 누가 들을까 겁나요."

"누가 들으면 뭐!"

그러나 평소에는 침착한 편이던 우 귀인은 지금 너무 화가 나 있었다. 궁녀가 달래는 말을 듣고 순순히 언성을 낮출 상황이 아니었다.

"어차피 다 내 얘길 하고 있는데 뭐!"

우 귀인은 버럭 고함을 지르고서 아직 뜨거운 물이 담겨 있는 찻잔을 바닥으로 집어 던졌다. 찻잔이 깨어지며 뜨거운 물방울이 튀자 궁녀는 얼른 옆으로 몸을 피했다.

"내가 천 귀인을 질투해 온갖 누명을 씌우려 한다고 다들 수군거려. 그게 내 귀에까지 들려!"

"소주…… 다들 뭘 몰라서 그래요."

"황후마마는 이제 날 미워할 거야. 천 귀인이 찍혀 나가기 전에 내가 미움받게 생겼다고!"

"아니에요, 소주. 그럴 분이 아니신걸요."

"그럴 분이야. 황후마마는 차가운 분이라고!"

황후의 서늘한 시선을 떠올린 우 귀인은 흐느끼다가 이번에는 뜬금없이 화살을 비원에게로 돌렸다.

"비원 그놈, 쓸모라곤 하나도 없잖아? 내가 없애달라 의뢰한 촉비도 천 귀인도 멀쩡해. 잘만 살아! 그런데 왜 나만 이 고생이지?"

궁녀는 분에 차 숨조차 제대로 쉬지 못하는 제 소주를 걱정스레 바라보며, 조심스럽게 다가가 등을 다독거려주었다.

"소주. 소주께서 너무 정직하셔서 그래요. 그 사람들처럼 술수를 부리지 못하시니까요. 정직한 건 좋은 일이니, 소주가 화내시지 않아도 돼요."

당연히 이런 다독임도 우 귀인에겐 통하지 않았다.

"비원 그자, 천 귀인과 촉비를 없애고 나비 모양 비녀를 놔두겠다 하더니. 나비 장신구는 엉뚱하게 온 귀인한테서…… 음?"

그러나 재차 언성을 높이려던 우 귀인은 뜻밖에도 혼자 조용해졌다.

말을 쉬지 않고 퍼붓던 그녀가 눈살을 찌푸리고서 입을 다물자, 궁녀는 어리둥절해 물었다.

"소주? 왜 그러세요?"

"말하다 보니 이상해서."

"?"

"전에 내가 비원에게 '그쪽이 천 귀인과 촉비를 공격한 건지 아니면 다른 일로 둘이 무너지는지, 어떻게 구분할 수 있냐'고 물었지."

"네."

"그러니 그자가 그랬어. 자기가 한 일이면 나비 모양 비녀를 현장에 놔두겠다고."

"저도 기억이 나요."

궁녀는 고개를 끄덕이면서 우 귀인의 말에 동의하다가, 우 귀인이 무슨 말을 하는지 이제 알아듣고서 "아!" 하고 탄식했다.

"온 귀인에게 온 피 묻은 머리카락이요! 거기에 꽂힌 게 나비 모양 장신구였어요, 소주!"

"그러니까! 세상에. 비원 그자. 다른 사람 의뢰를 받아서 온 귀인을 공격했나 보다!"

우 귀인이 손으로 입을 가리고 놀라 외치자, 궁녀는 이번에는 겁이 나는지 황급히 목소리를 낮추어 물었다.

"어쩌죠? 황후마마께 이 일을 알려야 하지 않을까요?"

다행히 우 귀인도 서서히 이성을 찾았는지 목소리를 함께 낮추었다.

"그래, 황후마마. 아니, 아니다. 황후마마는 안 돼. 이젠 내 말은 안 들으실 거라 하셨잖아."

그러나 궁녀의 제안을 받아들이진 않았다.

"하지만 진짜라면 온 귀인이 위험해요, 소주."

궁녀는 재차 걱정이 되어서 우 귀인에게 약간 조르는 목소리를 냈다. 온 귀인은 현재 우 귀인과 가장 절친한 사이였다. 궁궐에서는 자기 자신의 행실만큼 아군들의 행실도 중요했다. 자신이 아무리 잘 처신하더라도 손잡은 이가 잘못 행동하면, 덩달아 휩쓸려 평판이 나빠지는 일은 드물지도 않았다.

우 귀인은 회임한 온 귀인 덕에 그간 어깨를 꽤 펴고 지냈다. 그러니 온 귀인이 위험에 빠지면 우 귀인도 이후 뒷일이 좋지 못할 터. 온 귀인의 위협을 알게 되었으니 그들도 나서주어야 했다.

"그래. 두 번이나 친구를 잃을 수는 없지. ……이번엔 폐하께 말씀드려야겠다. 직접."

"네!"

"그리고 먼저 온 귀인에게도 알려줘야겠어. 본인 일이니까."

인정해야겠다. 나는 떡돌이의 얼굴을 조금 좋아한다. 아니, 사실은 조금보다 많이 좋아한다. 그가 미운 말을 하면 입을 찰싹 치고 싶지만, 그가 입을 다물고 나를 물끄러미 바라보면 금세 만족감이 차오른다.

그래서 걱정이었다. 떡돌이의 얼굴만 좋은데도 그가 온 귀인과 그 얼굴을 맞댈 생각을 하면 좀 기분이 이상해지는데.

내가 떡돌이의 얼굴 외에도 좋아하게 되면 어쩌지? 그러니까…….

"앞으론 내 앞에서도 얼굴 가리고 있어 줘."

내 단호한 말과 위엄에 압도된 떡돌이가 교자를 집어 입가에 대주다 말고 눈살을 찡그렸다.

"갑자기 무슨 말이지? 당황스러운데."

무슨 말이겠어? 말 그대로지.

"난 폐하를 네 번, 아니, 세 번째로 좋아하잖아."

"네 번째?"

"세 번째."

"처음에 분명 네 번째라 했는데. 중간에 말을 바꾸던데."

"세 번째야. 지금은. 하지만 나중엔 네 번째가 될지도 몰라. 하여튼 이건 중요한 게 아니야."

떡돌이가 세 번째인지 네 번째인지 하는 건 내가 말하고자 하는 본론에 전혀 중요하지 않은데.

"아니, 짐에겐 중요한 문제 같다, 반숙아."

떡돌이는 이상한 데 집요했다.

"반숙이라 하지 마."

"너도 짐에게 멋대로 덕춘이니 떡돌이니 불러놓고선 왜."

"알았어. 그럼 반숙이라 불러."

게다가 말하다 말고서 혼자 좋아서 웃기까지. 갑자기 왜 저렇게 좋아하는진 모르겠으나, 어쨌든 반숙이 얘기는 정리가 된 눈치이기에 나는 다시 본론을 이어갔다.

"앞으론 얼굴을 가리고 웃어줘. 난 폐하를 세 번째로만 좋아할 거고 이 이상 올릴 생각이 없거든. 근데 폐하 얼굴을 보면 그게 잘 안 돼."

"좋아해야 하는 건지 서운해해야 하는 건지."

"어느 쪽이든 상관없지만, 얼굴은 가려줘."

그게 결론이거든. 하지만 내가 알기 쉽게 설명해주었는데도 떡돌이는 미간을 찡그리며 되물었다.

"왜? 짐은 네가 짐을 좋아하면 좋은데, 왜 그래야 하지?"

"그래야 내 마음이 편하잖아."

"짐을 지금보다 더 좋아하면 마음이 불편해지느냐?"

"응. 폐하는 나 말고도 후궁들이 많으니까."

숫자가 총 몇 명인지 모르겠으나 자주 보는 얼굴만 해도 수두룩한걸.

하지만 떡돌이는 내가 이렇게까지 풀어서 설명해주었는데도 여전히 내 말을 이해하지 못하는 눈치였다. 그는 입을 다물고서 말없이 교자를 내 입에 넣어주기만 하다가, 갑자기 성질이 났는지 마지막 교자는 입에 물었는데도 도로 빼내 가고서 항의했다.

"짐이 원해서 들인 후궁들이 아니다. 그리고 말했잖아. 짐이 동침하길 원하는 건 너뿐이라고. 네가 원한다면."

이놈아 내 교자 내놔라. 그리고 뭐? 동침하길 원하는 게 나뿐이야?

"그 말 믿었는데. 거짓말이었잖아. 온 귀인이 회임했잖아."

"!"

"아이를 가졌어. 아이가 태어나면 이쁠 거잖아."

그리고 아이가 이쁘면 떡돌이는 이제 온 귀인을 좋아하게 되겠지.

"······신경 안 쓰는 거 같더니."

안 쓰려 했지.

"근데 얼굴 보니까 신경이 좀 쓰여서. 그러니까 계속 신경 안 쓰게 앞으론 면사를 착용해줘."

그럼 될 것 같다. 떡돌이의 저 고운 얼굴을 한 달, 아니, 보름 정도만 안 봐도 이런 기분이 사그라들지 않을까?

"좀 당황스러운데. 어제는 분위기가 좋았잖아."

"분위기가 좋아서 위기감이 생겼어."

그런데 내가 떡돌이를 다 설득하기 전, 난데없이 오 공공이 떡돌이의 책상 가까이 다가오더니 허리를 굽히며 보고했다.

"폐하. 우 귀인과 온 귀인께서 폐하를 뵙고 싶어 하십니다."

우 귀인 이야기를 듣자 나도 반사적으로 고개가 밖으로 향했다. 내가 선 곳에서는 우 귀인이 잘 보이지도 않지만.

"바쁘다 하라."

어쨌든 떡돌이는 거짓말로 대답했다. 사실은 교자나 먹고 있으면서.

그러나 평소라면 황제의 말에 바로바로 수긍할 오 공공은, 오늘은 나가는 대신 한 걸음 더 황제에게 가까이 다가가 소곤거렸다. "무척이나 급하고 중요한 일이라고 하셔서요."

"중한 일?"

"예."

오 공공은 그 중한 일이 무엇인지는 구체적으로 이야기하지 않았다. 아는 눈치였는데도. 하지만 떡돌이는 그게 무엇이냐고 캐묻는 대신, 잠시 생각에 잠기는가 싶더니 뜬금없이 나를 쳐다보았다.

"왜 날 봐? 마음대로 해."

대답을 기다리는 건가 싶어서 내 의견을 알려주자, 떡돌이는 고개를 끄덕이고서 오원요에게 지시했다.

"들어오라 하라."

"예, 폐하."

그러고는 오 공공이 나가자 손가락으로 나를 딱 가리키면서 당부했다.

"우리 얘긴 이어서 하지. 얼굴 가리기. 여기까지 했다. 기억해두어라."

말을 마치자마자 우 귀인과 온 귀인이 아까 오 공공이 나간 곳에서 모습을 드러냈다.

"!"

나를 본 우 귀인은 인상을 찡그렸지만, 떡돌이가 옆에 있어서인지 안타깝게도 오늘은 시비를 거는 대신 순순히 인사만 올렸다.

"폐하를 뵙습니다."

이어서 그녀는 내 쪽을 향해서도 "천 귀인도 여기 있네요."라고 웃으면서 인사를 건네긴 했다. 내가 화답을 하자마자 바로 고개를 돌려버렸지만. 하지만 인사를 교묘히 무시하는 거야 그렇다 쳐도. 이다음에 그녀가 한 말은 전혀 예상치 못한 이야기였다.

의뢰를 받아 궁궐 사람들을 공격해주는 '비원'이란 남자, '비원'을 만날 수 있게 주선해주는 그와 한패인 후궁 혜비, 온 귀인이 그들의 목표가 되었을 거란 추측 등등.

다행히 비원을 진짜 이름이 아니라 '소원을 돕는다'는 뜻에서 만든 가명이라 여기는 눈치지만…… 그걸 제외하면 전부 다 그럴듯한 이야기였다.

'신기하네. 자기도 얽혀 있으니 이 일은 절대 떡돌이한테 얘기하지 않을 거라 여겼는데.'

보통 이야기는 아닌지라, 이야기를 들은 황제는 눈썹을 찌푸렸다.

"그 말이 참이냐."

"예, 폐하."

당당하게 말하는 우 귀인은 정말로 자신이 가져온 정보에 확신이 있어 보였다. 떡돌이도 심각한 얼굴이고.

"한데 우 귀인."

"예, 폐하."

"너는 그런 정보를 어떻게 알았느냐?"

우 귀인이 비원에 대해 고자질하는 건 '너 죽고 나 죽자' 밖에 되지 않는다. 그래서 나는 비원이 우 귀인의 의뢰를 제대로 처리하지 못해도, 우 귀인이 비원에 관해 쉬이 이야기를 꺼내진 못할 거라 여겼다.

그런데 황제에게 찾아와 저렇게 대놓고 말할 줄이야. 뭔가 적당한 변명거리를 준비해서 왔나? 아니면 진짜로 아무 생각도 없이 찾아온 건가?

황제가 물었는데도 우 귀인은 쉬이 대답하지 못하고 우물거렸다. 우 귀인은 도움을 간청하는 눈으로 함께 온 온 귀인만 쳐다보았다. 다행히 온 귀인은 그 눈빛을 받자마자 조금도 지체하지 않고 말을 꺼냈다.

"염 귀인이 말해주었다고 합니다, 폐하."

"염 귀인?"

염 귀인 이야기가 나오자 우 귀인이 순간적으로 온 귀인을 노려보았다. 하지만 아주 찰나였고 그녀는 곧 입술을 깨물었다가 다시 표정을 가다듬고서 시선을 떨구고 대답했다.

"네, 폐하."

염 귀인 이야기까지 하는 건 합의된 얘기가 아니었나 보다. 떡돌이 반응은 어떨까? 나는 힐긋 황제를 보았다. 하지만 그새 면사를 쓰고 있어서 표정을 알아보기 힘들었다.

떡돌이도 죽은 염 귀인 이야기를 꺼내는 게 불쾌한 걸까? 일단 아무런 말도 안 하고 있긴 한데…… 떡돌이가 조용히 있자 눈치가 보이는지 온 귀인과 우 귀인도 말을 멈추고 그의 눈치를 살폈다.

권력이란 건 좋구나. 입만 다물어도 주위에서 눈치를 봐준다니.

"우 귀인."

한참 만에야 떡돌이가 입을 열자 우 귀인과 온 귀인이 동시에 자세를 바로 했다.

"네, 폐하."

"네가 말한 비원이란 자는 네가 짐에게 이 이야기를 했단 걸 아느냐?"

우 귀인은 재빨리 대답했다.

"모를 겁니다."

맞다. 걔 모르고 있어. 하지만 내가 가서 말해주면 알게 되겠지!

"온 귀인과 황손을 위해 나선 것이니까요."

"그자와 만날 약속을 '다시' 잡거라."

우 귀인은 "예." 하고 대답하다가 표정이 얼어붙어서 눈을 커다랗게 뜨고 황제를 보았다.

"폐, 폐하?"

우 귀인은 더듬더듬 황제를 불렀다. 갑자기 왜 저래?

"왜, 제게 약속을 잡으라 하시는지……."

아아. 저래서 당황했구나. 그래. 우 귀인은 자기가 비원과 계약했단 말은 꺼내지 않았지. 그런데 떡돌이는 우 귀인이 전에 비원과 계약한 걸 아는 것처럼 말했으니.

하지만 황제는 자기가 그렇게 말한 이유를 설명하지 않았다. 그저 우 귀인을 바라만 볼 뿐.

"……."

그뿐인데도 우 귀인은 결국 "네." 하고 아주 작게 기어들어 가는 소리를 내며 허리를 숙였다.

"명하신 대로 하겠습니다."

"약속 장소와 시간을 잡거든 짐에게 알리라. 함께 가겠다."

"네, 폐하."

"염 귀인이 아니라 우 귀인이 비원과 계약한 거란 건 어떻게 알았어?"

우 귀인이 나가고 발소리가 충분히 멀어진 걸 확인하자마자, 나는 떡돌이에게 물었다. 그는 태연히 붓에 먹물을 묻히면서 대답했다.

"염 귀인도 얽혀 있긴 할 거다. 어느 정도로 얽혀 있는진 모르겠지만."

맞아. 염 귀인도 계약했을 거야. 염 귀인도 내 이름 파묻다 걸렸으니까. 하지만…… 와. 나야 이것저것 목격한 게 있어서 알지만, 떡돌이 쟤는 어떻게 아는 거야?

"하지만 우 귀인은 분명히 계약을 했지. 혜비가 얽혀 있는지는 확실히 모르겠지만."

그래서 우 귀인이 계약자란 건 어떻게 알았단 건데? 왜 들어도 이해가 안 가냐. 별개로 혜비가 비원과 관계가 있는 건 맞다. 정확히 무슨 관계인지는 나도 모르지만, 우 귀인이 비원 관련해서 혜비를 만나는 건 봤지.

그때 종이에 무언가를 휘적휘적 쓴 떡돌이가 붓을 벼루에 내려놓더니 나를 보며 물었다.

"왜 그러느냐? 하고 싶은 말이 있거든 하거라."

나는 고개를 저었다.

"별로. 난 이런 건 들어도 잘 모르겠어."

황제는 무식하다고 타박하는 대신 그저 웃더니, 다시 붓을 쥐었다. 그는 고요하게 손을 움직였지만, 아마 머릿속을 엄청나게 굴리고 있는 게 분명하다. 우 귀인이 오기 전에 나랑 나눈 대화를 다 까먹은 눈치니까.

나 역시 걱정된다. 나는 비원과 한패는 아니지만, 이래저래 밀접한 관계는 맞으니까. 비원이 잡히면 수사 도중 내 비밀이 까발려질 수도 있을까? 내가 '천소여'가 아니란 비밀이?

결국 떡돌이와 헤어지자마자 나는 비원을 찾아가서 이 이야기를 전했다. 내가 두 팔을 걷어붙이고 그를 이 상황에서 구해줄 수는 없지만, 말해두면 자구책이라도 찾겠지 싶어서.

비원은 심각한 표정으로 내 이야기를 듣더니 진지하게 인사했다.

"귀인께 또 신세를 지는군요. 감사합니다."

"방법이 있어?"

"알아봐야지요."

"무력으로 해결해…… 라고 하면 또 안 된다고 할 거지?"

"무력은 제일 마지막 수입니다. 제가 무림 세력이란 건 절대로 들키면 안 되니까요. 무력을 쓴다고 바로 들통나진 않겠지만 그래도 흔적을 아예 남기지 않는 게 좋지요."

"왜? 왜 들키면 안 되는데?"

"……그런 일이 있습니다."

"그럼 어떻게 하려고?"

"생각을 좀 해봐야겠습니다. 우 귀인이 혜비 이야기도 꺼냈다니, 그쪽의 도움을 받아도 될 것 같고요."

비원은 팔짱을 끼더니, 정말로 깊은 생각에 잠긴 것처럼 눈살을 찌푸렸다. 여기서 생각하려고?

어쨌든 이 이상은 내가 나설 일이 아닌 듯해서, 나는 그에게 손을 흔든 다음 돌아섰다.

"열심히 생각해봐. 난 갈게."

그런데 몇 걸음 가기도 전에 그가 곁으로 재빨리 다가오더니 내게 이상한 요구를 했다.

"귀인. 밤부터 아침 사이에 올라온 음식 말입니다. 귀인은 절대로 드시지 마세요."

"왜?"

"하여튼 드시지 마세요."

저런 말을 한단 건 음식에 해코지를 할 거란 뜻이지. 음식에 독을 섞든 이물질을 섞든, 하여튼 안 좋은 걸 섞을 거다. 그게 뭔지는 구체적으로 알려주지 않았지만, 저런 말은 안 따르면 찜찜하기에 나는 처소로 돌아가자마자 배가 아프다고 방에 틀어박혔다.

"소주, 괜찮으세요?"

"궁의를 불러올까요, 소주?"

그 때문에 내 측근 궁녀들은 괜한 걱정을 하느라 발을 동동 굴러야 했다. 그런데 웬걸. 저녁 식사를 할 때가 되니, 밖에서 아주 희미하게 음식 냄새가 풍겨 오지 않는가. 내가 안 먹더라도 다른 사람들까지 굶을 수는 없으니, 다들 밖에서 식사를 하는 눈치였다. 하지만······.

"음식 냄새를 맡으니까 속이 안 좋아. 근처에서 음식을 아예 안 만들었으면 좋겠어."

비원이 다른 사람들까지 굶기란 말은 안 했지. 그렇지만 내 음식 재료에 이상한 게 들어갔는데, 다른 사람들 재료만 무사할 리는 없다.

비원과 우 귀인이 싸우는데 내 궁녀나 태감들이 불똥을 받게 하고 싶진 않기에, 그들에게 미안하긴 하지만 나는 같이 굶자고 우겼다.

"그럼요. 그렇게 전할게요."

"저도 속이 안 좋아 굶고 싶었는데, 소주랑 같이 아파서 다행이에요."

원웅과 부성은 둘 다 내 말도 안 되는 억지에 동참해주었다. 심지어 부성은 배에서 꼬르륵 소리가 나는데도. 미안해. 그렇다고 음식에 뭐가 섞였는지 모르는데 너희만 먹게 할 순 없잖아.

"응. 같이 굶자. 혼자 안 굶으니 마음이 편하네."

"……."

"……."

어쨌든 고생이 효과가 있긴 했다. 평소보다 일찍 잠자리에 들었는데, 갑자기 밖이 어수선한가 싶더니 떡돌이가 다급히 찾아와서 물은 것이다.

"소여야. 괜찮으냐?"

"뭐가?"

"보자. 얼굴 좀 보자."

떡돌이는 다짜고짜 두 손으로 내 얼굴을 감싸더니, 자기를 보도록 얼굴을 들게 하고서 이리저리 내 얼굴을 좌우로 움직였다. 나중에는 이마에 손도 대어보고 자기 이마도 대어보고, 귀도 조물조물해보더니 안심해서 중얼거렸다.

"평소처럼 맹하구나. 다행이다. 멀쩡해 보여."

"왜 그래?"

"뭐 먹은 게 있느냐? 배가 아프진 않아?"

아아. 내 처소 음식에 뭐가 들어갔단 걸 떡돌이가 알게 됐나 보다.

"아파. 근데 먹어서 아픈 게 아니라, 아파서 안 먹었어."

"무슨 소리냐?"

"속이 안 좋길래 아무것도 안 먹었어. 음식 냄새도 맡기 싫어서 내 궁인들에게도 먹지 말라 했고."

나는 아무것도 모른 척 "왜 그래?" 하고 새침하게 물었다. 떡돌이는 "잠시." 하고 말하더니 방 밖으로 나가서 오 공공에게 지시했다.

"음식을 모두 가져가 살피라!"

명령이 떨어지자마자 태감들은 곧장 부엌으로 달려갔고, 내 처소 궁인들은 무슨 일인가 싶어 달달 떨었다. 떡돌이는 직접 문을 닫고 방 안으로 들어가더니, 내 손을 잡고 긴 의자에 나란히 앉게 하고는 설명해주었다.

"우 귀인이 비원이란 자와 약속을 생각보다 빠르게 잡았다. 우 귀인은 그자를 만나러 가고, 짐은 그림자들을 함께 보낸 다음 뒤에서 따라갔지."

"응."

"한데 가보니 비원이란 자는 약속 장소에 없고, 대신 작은 서찰만 남아 있더라. 거기에 내용이……."

떡돌이는 말을 하다 말고서 미간을 찡그리더니 다시 내 손을 꽉 잡아주었다.

"우 귀인께서 말씀하신 대로 천 귀인의 음식 안에 독을 섞어두었습니다. 이렇게 쓰여 있었어."

"그래서 바로 달려온 거야?"

고개를 끄덕인 떡돌이는 손을 뻗어 나를 자기 가슴에 넣고 꼭 안았다.

"놀랐다. 갑자기 네 이름이 튀어나와서."

나도 놀랐다. 갑자기 떡돌이 가슴에 얼굴이 밀착하게 되어서. 물론 떡돌이는 옷을 입고 있었지만, 그래도 이렇게 딱 달라붙게 되면 그의 냄새까지도 맡을 수 있으니까. 그에게서 먹물 냄새와 대나무 냄새, 난초 냄새가 마구 뒤섞여 나자 기분이 이상해졌다.

어쩌면 떡돌이가 내가 독을 먹었을지도 모른단 말에 이렇게 헐레벌떡 달려와서 그럴 수도 있고. 떡돌이가 나를 첫 번째로 좋아하진 않아도 나름 좋아하긴 하나 봐.

"내가 독을 먹었을까 봐 걱정했어?"

"걱정이고 뭐고 아무 생각도 안 들었다."

다시 머리를 들려 했지만, 떡돌이는 나를 안고서 내보내 주질 않았다.

214

"이거 참. 곤란하군."

"짐이 널 걱정한 게 곤란할 일인가?"

앞으로 너랑 거리를 좀 두려고 했거든. 그런데 이렇게 딱 달라붙으니 원. 별개로 흐뭇하긴 하다. 싫은 사람을 걱정해주진 않을 테니까.

그러나 내가 떡돌이에게 내 이 심리에 대해 설명하기 전. 한발 먼저 오공공이 들어와서는 내 처소에 있는 소금에서 독이 발견되었단 말을 전했다. 날 죽이는 게 목표가 아니니, 적당히 들여보내기 쉬운 데다가 독을 넣은 모양이네. 하지만 그 정도만으로도 떡돌이는 화가 나는지 나를 품에서 놓아주고서 벌떡 일어섰다.

그 순간. 언제 온 건지 마당에서 서성거리며 발을 구르던 우 귀인이 오공공의 옆으로 뛰어 들어오더니 무릎을 꿇고 외쳤다.

"억울합니다, 폐하. 이건 전부 천 귀인이 꾸민 일입니다!"

우 귀인은 고개를 들어 나를 매섭게 노려보더니 이까지 갈았다.

"이상하지 않습니까, 폐하? 음식에 독이 있는데 우연히 천 귀인과 천 귀인의 궁인들 모두 음식을 먹지 않았다니요!"

처음부터 다 듣고 있었구나. 황제가 올 때 같이 뛰어왔나 보네.

"비원이란 자가 굳이 제 이름을 언급한 쪽지를 놔둔 것도 이상하고, 천 귀인이 하필 음식을 안 먹은 것도 이상합니다. 천 귀인은 그날 저와 폐하의 대화를 모두 들었지 않습니까!"

심지어 주장하는 게 꽤 그럴듯하게 들린다. 장본인인 내 귀에도 우 귀인의 말이 제법 논리적이기에, 나는 전에 안비 앞에서 한 것처럼 기혈을 뒤틀어 피를 토해버렸다.

"까악! 소주!"

"소주, 피! 피가!"

"소여야!"

내가 배를 잡고서 피를 뚝뚝 흘리고 있자, 떡돌이는 황급히 나를 안아들었다.

"소여야. 왜 이러느냐? 소여야!"

떡돌이는 급하면 이름을 부르는구나. 하긴. 흐느끼면서 "계란아! 반숙아!" 하고 외치면 놀리는 것 같겠지. 어쨌든 이왕 피를 뽑은 김에 아픈 척도 해야겠다 싶어, 나는 입가에 손을 올리고서 콜록콜록 기침까지 했다.

"소여가 왜 이러는 게냐?"

"모르겠습니다. 분명 아무것도 안 드셨는데."

원웅이 너무 솔직하게 말하는 바람에 꾀병을 들킬 뻔하긴 했으나, 순간 낸 기지 덕에 꾀병도 들키지 않았다.

"폐, 폐하. 소금. 소금이요. 실은 제가 아예 굶으려니 배가 너무 고파서 소금을 좀 집어 먹었습니다."

"소금을? 아니 왜 굳이 소금을."

황제는 당황한 눈치였으나, 내가 계속 피를 줄줄 흘리자 이럴 때가 아니다 싶은지 오 공공에게 외쳤다.

"어의! 궁의를 데려와라! 빨리!"

갓 건져낸 오징어가 된 기분으로 축 늘어져 있자니, 떡돌이는 나를 방 안으로 데려가 침상에 눕혀주었다.

"괜찮으냐. 응? 많이 아파?"

"독 먹어봤어요, 폐하?"

"아니, 짐은 안 먹어봤지."

"안 먹어봤음 말을 말아요. 아야. 많이 아파요."

떡돌이가 나를 물끄러미 쳐다보는 걸 보니, 내 통증을 조금 의심하는 기색이다.

그냥 조용히 있는 게 낫겠어. 조용히 있으면 중간은 간다 하지 않던가.

"아야아……."

꺼져가듯이 마지막 통증을 호소하고서 나는 급격히 시들어버린 낙엽처럼 입을 다물고 눈을 꼭 감았다. 속아 넘어간 건가? 다행히 떡돌이는 더 말을 걸지 않았다.

"귀인께선 괜찮으십니까, 폐하?"

황제가 밖으로 나오자 그림자인 승언이 안개처럼 스르륵 그의 곁으로 다가가 물었다.

"괜찮아 보였다."

좀 꾀병을 부리는 것도 같았고. 황제는 솔직한 대답은 감추고서 눈을 매섭게 한 채 승언을 보지도 않고 물었다.

"어의는?"

"달려오고 있을 겁니다."

"우 귀인은?"

"억울하다 주장하고 있습니다. 우선 처소에 가두어두라 했습니다."

고개를 끄덕인 월요 황제는 날카로운 눈으로 천 귀인의 처소에 있는 부엌을 노려보았다. 천 귀인이 진짜로 독을 먹었든 먹지 않았든, 저 안에서 독이 나온 건 분명한 일.

이미 한차례 독을 먹고 사경을 헤맨 적이 있는 천 귀인의 부엌에서 또 다시 독이 나온 건 그만큼 보안이 취약하단 뜻이었다.

"폐하! 저는 억울합니다!"

우 귀인은 흐느끼면서 무릎을 꿇고 사립문을 향해 외쳤다.

"폐하! 제가 천 귀인을 죽여달라 했다면, 왜 폐하께 그런 이야기를 꺼냈겠습니까! 저는 억울합니다, 폐하!"

우 귀인은 흙을 쥐었다가 팽개치면서 얼굴이 눈물로 흠뻑 젖을 정도로 울었다. 그 비통한 외침에 곁에 선 궁녀들까지 함께 훌쩍거릴 정도였으나, 이 자리에 있지도 않은 황제에게 목소리가 들릴 리가 없었다.

태감들을 시켜 우 귀인을 그녀의 처소에 억지로 가둔 오원요는 물론 이 목소리를 다 들었다. 그러나 황제의 측근 태감으로 살아가다 보면 온갖 일을 보고 듣게 되는데. 우 귀인이 이번에 받게 된 벌은 사실 그가 본 벌 중 비교적 약한 축에 속했다. 품계를 낮추고, 허락이 있을 때까지는 처소 마당까지만 나갈 수 있게 연금.

냉궁에 보내는 것도 아니다 보니, 오원요의 동정심은 이 상황에서는 드러나지 않았다. 게다가 우 귀인이 회임한 온 귀인 곁에서 호가호위하며 천 귀인을 따돌린 일은 이미 궁중에서 모르는 사람이 없지 않던가.

"그만하십시오, 우 귀인. 여기서 이러서도 폐하께는 들리지 않습니다."

그래도 목청이 찢어져라 외쳐대고 있으니 두고 볼 수가 없어서 오원요는 달래듯 말해보았다. 그러나 우 귀인은 멈추지 않은 채 어깨를 곧 쓰러질 사람처럼 떨었다.

"난 정말로 천 귀인에게 독을 먹인 적이 없소. 천 귀인을 죽이라 한 적도 없고. 이건 다 천 귀인이 판 함정이란 말이야! 그런데 내가 어떻게 진정하라고!"

"천 귀인이 판 함정이라니요. 그러면 천 귀인께서 스스로 독을 먹고 피를 토하기라도 하셨단 말씀이십니까?"

"그랬겠지!"

"세상에 누가 다른 사람을 해치려고 스스로 독을 먹습니까…… 게다가 비원 그자 이야기를 꺼낸 건 귀인이십니다."

"천 귀인도 그 자리에 있었지 않소! 내 얘기를 듣고서 함정을 팠겠지!"

218

"비원과 거래를 한 건 소주이신데, 어떻게 천 귀인이 그 자리에서 비원과 함정을 판단 말입니까."

"그건…… 무슨 수가 있었겠지!"

오원요가 '말이 되는 소리를 하시지요'라는 얼굴로 한숨을 내쉬자, 우 귀인은 얼굴이 벌게졌다.

나름 명문가의 적녀로 태어나 귀하게 자라온 몸이다 보니, 태감 주제에 나를 무시하는 거냐고 버럭 고함을 지르고 싶었다.

하지만 우 귀인은 가까스로 인내심을 발휘해 그 말을 꾹 눌렀다. 황제에게 미움을 산 상황에서 그의 최측근인 오원요에게까지 밉보일 필요는 없으니까.

대신 그녀는 연신 눈물을 쥐어짜면서 "하지만 난 정말 억울하단 말이오." 하고 중얼거렸고, 오원요는 끌끌 혀를 차다가 위로의 말을 건넸다.

"귀인이 하신 일에 비하면 그래도 큰 벌을 받지 않은 겁니다. 조용히 반성하며 지내시면 감금은 풀어주실 겁니다. 폐하께서는 독한 분이 아니시니까요."

탕 궁의는 내 맥이 많이 상했으니 잘 보양해야 한다 했고, 아주아주 쓴 맛이 나는 탕약을 처방해주고 돌아갔다. 덕택에 나는 하루 종일 침상에 누워 쓴 탕약과 단 설탕 과자만 번갈아 먹어댔다.

이번 사건 때문에 많이 바빠졌는지 떡돌이는 오 공공을 보내 안부를 물었을 때를 제외하곤 아직 찾아오지 않았고, 아직 안 찾아왔다고 한들 이삼일 정도지만.

하여튼 얼마나 그러고 있었을까? 오늘도 떡돌이는 안 올 테고 나는 탕

약을 먹어야겠지, 생각하면서 자리에서 일어나자마자 원웅이 기뻐하는
건지 두려워하는 건지 알 수 없는 표정으로 알려주었다.

"소주, 폐하께서 삼각째 기다리고 계세요."

"정말이야?"

"네. 방에 들어가면 소주를 깨운다고, 일부러 밖에서 기다리세요."

낮잠 자는 사이에 온 건가? 평소처럼 안 들어오고 밖에서 뭐 한대?

"들어오시라 해."

이상하긴 해도 나는 얼른 허락한 다음 침상에서 상체를 일으켰다. 그
러고서 일어나려 했으나, 그사이에 밖에서 알아서 소리를 듣고 들어온
떡돌이가 손을 저어 말렸다.

"되었다. 몸도 안 좋은데 그대로 있거라."

이윽고 원웅과 부성이 나가자, 떡돌이는 내게 수사 결과와 뒷이야기를
알려주었다.

"우 귀인이 우 답웅이 됐다고? 그리고 자택에 감금되었어?"

"정확히는 마당 밖으로 못 나오게 된 거지."

"품계가 내려갔단 거지?"

"그래. 이젠 네가 더 품계가 높다."

"그렇구나."

"계속 억울해한다더군."

"그래?"

사실 이미 내 궁녀들에게 들은 이야기지만 나는 처음 듣는 척 고개를
끄덕거렸다.

근데 우 귀인은 대체 뭘 억울해하는 거야? 비원이 사실은 날 존경하고
있었단 점과 그가 약속 장소에 몸소 안 나가고 쪽지를 남겨두었단 걸 빼
면 거짓은 없잖아? 우 귀인은 실제로 비원에게 나와 촉비를 없애달라고

했다며. 없애달라 했든가 몰락시켜달라 했든가, 하여튼. 비원은 그걸 쪽지로 표현한 거고, 약속한 대로 내 처소 음식에 독을 넣은 건데. 대체 뭐가 그리 억울하단 건지.

어쨌든 떡돌이가 날 위해서 일을 빨리빨리 진행해주었기에, 나는 그에게 고맙다고 인사하기 위해 이불에서 슬그머니 손을 꺼냈다. 위엄있게 손을 쥔 다음에 고맙다고 말할 생각이었다. 그런데 손을 딱 꺼내자마자 떡돌이가 무거운 목소리로 입을 열었다.

"네 말대로 하자."

"어?"

나는 손을 도로 내리고서 그의 눈을 쳐다보았다.

"나 아무 말도 안 했는데?"

갑자기 내 말대로 하자니, 뭘?

"네 말대로 앞으론 거리를 두자. 짐은 네 앞에서도 면사를 쓰겠다."

"!"

전혀 예상하지 못한 말에 나는 너무 놀라서 눈을 부릅떴다. 면사 이야기는 까먹고 있다가 방금 생각났다. 그래, 내가 앞으론 거리를 두자고, 내 앞에서도 얼굴을 보이지 말아 달라고 했지. 했는데…… 아니, 그 이야기가 왜 갑자기 지금 나와? 너무 뜬금없는 시기 아냐?

황당해서 쳐다보았으나 떡돌이는 그 말을 끝으로 내 손을 두어 번 두드리더니 지체 없이 나가버렸다. 그 뒷모습이 참으로 가볍고 가뿐해, 나는 이불을 붙잡은 채 멍청하게 입만 벌리고 있었다.

"우 귀인은 비원과 만날 수 있다 했는데, 비원은 우 귀인에게 도움이 되지 않는 말을 남겼지. 그 자리엔 천 귀인이 있었고."

"예, 폐하."

"독이 탄 음식이 있는데, 천 귀인은 물론 아랫사람들 그 누구도 음식에 손을 대지 않았다."

"그렇지요."

"이를 우 귀인이 지적하자마자 천 귀인이 입에서 피를 토하고 쓰러졌어."

황제의 말에 연신 "그렇지요 그렇지요."라고 대답하던 오원요는 걱정스레 물었다.

"폐하께서도 천 귀인이 일부러 독을 먹었다 생각하시는 건지요?"

"천 귀인은 전에도 이상한 걸 마시고 피를 토한 적이 있다. 당시 천 귀인의 차에 수상한 걸 섞은 궁녀는, 그게 그런 종류의 독이 아니었다고 했어. 아이를 회임하기 어렵게 만드는 약이지, 먹고 피를 토하는 약이 아니었다고."

당시에는 그 궁녀가 입이 무겁다 생각하고 넘어갔다. 그런데 천 귀인은 또다시 '필요한' 상황이 되자 피를 토했다. 실제로도 맥이 약해지고 기혈이 얽히는 등 몸도 안 좋아지긴 했지만, 너무 교묘한 때에 피를 토하지 않았나. 피만 토했더라면 그러려니 했겠으나, 세 가지 우연이 나란히 겹치자 월요 황제는 이 사실들에 의구심이 들었다.

"천 귀인이 비원이란 자와 관련이 있단 건 맞을 거다."

"폐하……."

"우 귀인이 스스로 무덤을 판 거라 일단 넘어가 주긴 하겠지만."

눈을 감은 월요는 자신의 관자놀이를 눌렀다.

"천 귀인에게도 비밀이 있단 걸 아는데. 그녀의 비밀에 대해선 자꾸 넘어가려 하니, 이는 객관적이지 못하다."

오원요는 덩달아 눈을 내리깔고 어깨를 떨구었다.

"천 귀인과 거리를 두고…… 냉정하게 사태를 파악할 필요가 있겠어."

"예, 폐하."

"혜비도 주시하도록 해라."

"예."

"천 귀인에겐 미안하지만 짐은 당분간 그녀에게 관심을 두지 않겠다. 선을 긋고 잠시 마음을 다스려야겠어."

이제 몸도 다 나아서 마음껏 돌아다닐 수 있게 되었는데. 오히려 떡돌이 얼굴은 보기가 더 힘들어졌다. 면사 쓰고 만나자 했더니, 아예 사라져 버렸어. 청적에 가도 보이지 않고 비밀 장소에 가도 보이지 않고, 시침 들라 부르지도 않는다.

희한한 건…… 청적에 가면 떡이 놓여 있고, 비밀 장소에 갔다가 돌아오는 길에는 꼭 '지나가던' 오 공공이나 승언이 다가와 떡을 주고 가고, 밤에 산책하고 있으면 조금 멀리 떨어진 나무 뒤에서 떡돌이가 나를 쳐다보고 있다는 데 있었다.

바람이 좋아 창문을 열고 자면 또 '지나가던' 오 공공이나 승언이 와서는 문을 열고 자면 위험하다고 창문을 닫으라 하고 간다.

창문을 닫으면서 보면 먼발치에서 또 떡돌이가 날 보고 있다. 본인은 내가 자기를 눈치챈 걸 전혀 모르는 눈치지만.

'날 피하는 거야 마는 거야? 왜 저렇게 주위에서 어슬렁거려?'

결국 늦은 밤. 나는 떡돌이가 왜 저러는지 이유를 밝혀보기로 했다. 물론 내가 먼저 거리를 두자고 하긴 했지.

하지만 너무 쉽게 받아들이니까 이상하잖아. 게다가 난 면사 쓰고 만나자고 했지 이렇게 피해 다니라곤 안 했는걸. 피하면 피했지 숨어서 쳐다보는 건 또 뭐야? 황궁이 아니라 무림이었고, 내가 천소여의 몸이 아니라 본래 천년비 몸으로 있었다면 암살자로 여기고 바로 해치웠을 거다.

"소주? 지금 나가시려고요?"

침상에 누워 잘 자던 내가 갑자기 슬그머니 몸을 일으키고 옷을 입자, 당직인 원웅이 놀라서 물었다.

"응. 잠이 오지 않아서."

"그러면 같이 가요, 소주. 귀자도⋯⋯."

"혼자 갈 거다."

절대로 안 된다는 원웅에게 괜찮으니 여기 있으라 명령을 내리고서, 나는 슬그머니 처소 밖으로 빠져나간 다음 아까 떡돌이가 있던 곳에 가 보았다.

그가 사라지는 걸 보고 왔기에, 떡돌이가 서 있던 자리에는 흙만 발자국 모양으로 깊게 눌려 있을 뿐. 아무도 없었다.

'발자국이 파일 정도면 여기에 오래 서 있던 건가.'

여기 서서 날 바라볼 정도면 그냥 오면 되지, 대체 왜 이래?

"⋯⋯."

하지만 깊게 팬 발자국을 보고 나니, 똑같이 나도 그를 쫓아간 다음 '왜 따라다녀?' 하고 묻고 싶은 마음이 사라졌다. 이렇게 오랫동안 날 바라보고 있으면서도 가까이 오지 않는 거라면, 뭔가 자기만의 생각이 있으니 그러겠지 싶어서.

그래. 이대로 떡돌이가 나한테서 거리를 두다 차츰 멀어진다고 해도⋯⋯ 어쩌면 친구 사이보다 더 멀어진다고 해도. 어쩌겠어. 그게 그가 원하는 거라면.

"회임한 온 귀인을 습격한 사람은 멀쩡한데. 천 귀인에게 독을 먹이고 누명을 씌우려 한 우 귀인은 바로 처벌받다니. 대우가 차이 나는군요."

"온 귀인을 습격한 범인은 모르니까 그런 거고. 천 귀인을 습격한 범인은 누군지 바로 알게 됐으니 그런 거지요."

"어쨌든 궁의 실세는 천 귀인입니다. 천 귀인을 내내 적대하던 우 귀인이 순식간에 연금된 걸 봐요."

"우 귀인이 아니라 우 답응이죠, 이제."

"그래도 요즘은 폐하께서 천 귀인을 덜 찾는다던데."

"독을 먹어 아프니 그러시겠지요. 그래도 꼬박꼬박 탕약을 보내고 잘 관리되나 신경 쓰신답니다."

사방에서 수군거리는 소리에 운월과 친한 관리가 한숨을 내쉬며 그의 옆구리를 팔꿈치로 가볍게 찔렀다.

"자네는 이제 날아갈 일만 남았구먼. 천 귀인이 이토록 총애를 독차지하다니."

다른 동료도 옆에서 고개를 끄덕이며 맞장구쳤다.

"그래. 천 귀인과 결탁한 관리는 자네밖에 없지 않나."

"자네가 권력을 보고 멍청한 후궁과 손을 잡았느니 어쩌느니 한 놈들, 다들 배 아파서 데굴데굴 구르고 있겠구먼."

친한 관리들은 천 귀인과 결탁한 일로 운월이 비웃음을 샀던 게 덩달아 분이 난 모양들이었다. 하지만 동료들의 부러움 반 뿌듯한 반 섞인 말에도 운월은 쉬이 웃을 수 없었다.

"그렇지 않아도 요 며칠간 계속 천 귀인과 줄을 연결해달라며 찾아오는 이들이 많아 골치라네."

그러나 하소연을 하는 입꼬리는 분명 희미하게 올라가 있어서, 동료 관리들은 계속해 그를 놀려댔다.

"천 귀인, 오랜만이에요!"

"몸은 좀 어때요?"

"세상에. 얼굴 수척해진 거 좀 봐."

"내가 진짜, 우 귀인이 언젠가 사고 칠 줄 알았다니까?"

오늘 무슨 날인가. 기혈이 안정되었으니 이젠 문안에 가도 된단 궁의의 허락이 있었던 다음 날. 원웅의 의견에 따라 연한 녹색 옷을 입고 수수한 차림으로 황후 문안을 왔더니, 후궁들이 죄다 내게 모여들어서 말을 건다. 아니, 웬일들이래? 평소에는 나를 못 본 척하더니?

"천 귀인, 독을 먹었다면서요? 괜찮아요?"

심지어 온 귀인까지도 다가와서 걱정스레 묻자, 나중에는 오히려 경계심이 들 정도였다.

저기요. 당신들 눈에 나 안 보이는 거 아니었나? 단체로 나 무시하기로 한 거 아냐? 혹시 단체로 날 속여 먹나…… 싶어서 개시시를 보니, 그녀가 잘됐다는 듯 생긋 웃는다. 짜고 치는 속임수는 아니란 얘기. 그런데 왜 이렇게들 행동이 바뀌었을까.

고민하는 와중에도 후궁들은 나를 둘러싸고 우르르 방 안으로 데려가, 의자에 앉게 한 다음 온갖 이야기를 다 걸어댔다.

"왜들 그런 거 같아?"

돌아가는 길. 부성은 내가 이런 이야기를 하고서 묻자, 어렵지도 않다면서 쉽게 대답했다.

"우 귀인이 소주를 따돌리는 주동자였는데 이제 연금당했잖아요. 품계도 내려갔고요."

"우 귀인이 주동자긴 했지만 다들 신이 나서 어울려댔잖아."

"폐하께서 우리 소주를 제일 총애하는 걸 다들 공개적으로 알게 됐잖아요. 알음알음 짐작은 했지만 이번엔 대놓고 소주를 위하셨으니까요."

"그런가?"

"회임한 온 귀인보다 더 총애하시니, 소주와 척지고 싶지 않겠지요."

부성은 사람들이 내 눈치를 보게 된 상황이 마음에 드는지 흐뭇하게 웃었다.

"온 귀인이 황자를 낳더라도 지금 같은 상황에선 안심하지 못할 걸요?"

개원이는 몇 번씩이나 빠르게 답장하더니 요즘은 통 편지를 보내지 않고 있다. 사실 안 보내는 건지 개시시 쪽에서 '서신을 주고받는 횟수'를 조절하고자 안 전해주고 있는지는 모르겠지만.

어쨌든 개원이에게서 오는 건 당과뿐이고, 황제는 황제대로 일이 바쁘다며 나뿐만 아니라 모든 후궁들을 찾아가지 않는다고 들었다. 그 때문일까. 하루가 멀다고 나를 찾던 떡돌이가 이젠 날 찾지 않는데도, 사람들은 여전히 내가 가장 총애받는 후궁이라고들 했다.

'먹을 걸 계속 보내오는 걸 보면 신경은 쓰는 거 같은데.'

게다가 부엌에 호위도 늘어서, 식재료가 오면 그게 어떤 것이든 그들이 꼭 확인하고서 들여보내 주게 됐지.

그렇게 시간은 빠르게 흘러갔고 어느새 모든 나무에서 가을 향기가 물씬 풍기가 되었다. 하지만 떡돌이의 수려한 얼굴을 멀리해서 너무 그에게 끌리지 않도록 하려던 내 계획은 그리 효과가 없었다.

이유는 뻔하고 간단했다. 떡돌이가 사람을 놀리는 것도 아니고, 내내 내 주위를 맴도니까. 차라리 평범하게 면사로 얼굴을 가리고 이전처럼 지냈다거나, 아예 사라진 것처럼 내 곁에서 흔적도 보이지 않는다면 나았을까. 이도 저도 아니게 내내 주위를 맴도니, 신경을 쓰지 않으려고 해도 그럴 수가 없었다.

아니, 오히려 매일매일 얼굴을 볼 때마다 더 신경이 쓰였다. 사건은 그렇게 평화로우면서도 거슬리는 일상 가운데에서 일어났다.

개시시와 점심을 함께 먹은 다음 이런저런 이야기를 하면서 놀고 있을 때였다.

"어제 『양의억액의효과정』을 다 읽었어요."

"드디어 다 읽었군요!"

"너무 지루했어요. 미치는 줄 알았다니까."

"사실…… 갈 때마다 보고 있어서, 저는 귀인이 그냥 책을 펼쳐만 놓고 있는 줄 알았어요."

시간이 지나면서 내가 많이 편해졌는지, 농담을 던진 개시시가 까르르 웃는 동안. 나는 개원과 꼭 닮은 그 얼굴을 보지 않기 위해 찻잔을 얼굴을 가릴 정도로 높게 들어 마셨다. 그런데 갑자기 헐레벌떡 개시시의 궁녀가 들어오더니, 나와 개시시를 번갈아 보다가 말하는 게 아닌가.

"소주, 천 귀인. 큰일 났습니다."

개시시는 의아해서 물었다.

"큰일이라니?"

궁녀는 얼굴이 창백해져서 내 눈치를 보았으나, 나와 관련된 이야기는 아닌지 결국 털어놓았다.

"장공주님의 무덤이요. 누가 무덤을 파헤쳤답니다!"

장공주라면…….

"화연 장공주?"

"네."

전에 원옹이었나 부성한테 장공주에 대해 들은 적이 있다. 떡돌이의 누나인데, 떡돌이가 무척 따랐다고 했지. 장공주와 서로 사랑하는 사이였던 '고궐'이란 자 때문에 자결했고, 이 때문에 떡돌이가 자신을 감추는 사람을 싫어하게 되었다고. 떡돌이가 장공주의 기일에 착잡해하던 것도 떠오른다. 그런데 그 공주의 시신이 사라졌다고?

"어쩌다가?"

내 질문에 궁녀는 당황해서 고개를 저었다.

"그건 저도 모르겠습니다, 천 귀인. 하지만 발견 당시부터 이미 흙이 다 파헤쳐져 있었대요."

그래. 어쩌다가 그랬는지가 지금 중요한 게 아니지.

"폐하는? 폐하는 괜찮아?"

개시시의 궁녀는 자기가 듣기로 황제는 화가 나긴 했지만, 그뿐이라고 했다. 방금 죽은 누이도 아니고, 죽은 지 몇 해가 지난 누이이니 갑자기 이성을 잃을 정도로 분노하진 않을 거라고.

하지만 그 이야기를 듣는 순간부터 나는 내내 떡돌이가 신경이 쓰였다. 떡돌이는 황제라서인가, 사람들 앞에서 대놓고 엉엉 울지는 않지만 몇 해나 지났는데도 누이를 그리워하며 슬퍼했으니까. 고궐을 찾아서 죽어버릴 거란 각오도 중얼거렸고. 기일이 되어도 그 정도로 슬퍼했는데…… 아예 무덤이 파헤쳐진 지금은 기분이 괜찮을지 모르겠어.

하루가 지나자 나는 떡돌이의 상태가 더 걱정스러워졌다. 이전에는 내 앞에 모습을 드러내진 않아도 주위를 빙빙 맴돈 떡돌이가, 장공주의 무덤이 파헤쳐지자 아예 나타나지 않게 되어서였다. 이틀 정도를 지켜보아도 그가 나타나지 않자, 결국 이번에는 내가 직접 그를 찾아가 상태를 보고 오기로 결심했다.

'너무 안 아파하고 있는지만이라도 봐야겠어.'

떡돌이가 날 피할 거라는 걱정은 하지 않는다. 그가 나를 슬쩍 먼발치서 보고 갔듯, 나도 그를 슬쩍 먼발치서 보고 갈 테니.

마음을 먹은 뒤. 나는 산책을 하는 척 이리저리 돌아다니다가, 떡돌이가 회의가 끝나자마자 황제만 출입할 수 있는 후원에 틀어박혔단 걸 알아냈다. 소식을 듣자마자 나는 그 후원으로 간 다음, 높고 높은 후원의 담벼락 너머로 떡돌이가 있을지를 찾아보았다.

'있다.'

가만히 주의를 집중하고 있으려니 그의 인기척이 느껴졌다. 위치를 확인하고 주위에 아무도 없단 걸 확인하자, 나는 그에게서 조금 떨어진 정원으로 돌아 이동한 다음 재빨리 담을 타고 넘었다.

'경공 실력이 늘어서 다행이야.'

담을 빠르게 넘은 다음에는 최대한 발소리를 죽여서 떡돌이가 어디 즈음에 있는지를 찾아냈다.

'저기 있다!'

후원 안에는 긴 의자가 있었는데, 떡돌이는 그 위에 앉아 있었다. 우수에 젖은 얼굴……. 역시 장공주 무덤이 파헤쳐져서 놀랐구나. 이틀이 지났는데, 그래도 놀라 있어. 그 표정을 보고 있자니 마음이 더 어두워진다. 당장이라도 달려가서 등을 텅텅 두드리고 걱정하지 말라 위로하고 싶을 만큼. 하지만 그랬다간 내가 몰래 담을 넘어 들어온 티가 나겠지.

그렇게 황제의 상태를 면발치서 살피기를 한참. 아무리 지켜봐도 떡돌이가 아예 미동도 하지 않기에, 나는 떡돌이에게서 몸을 돌렸다. 이렇게 봐봤자 내가 위로되지 않으니, 그냥 돌아갈 셈이었다. 그러나 다시 후원 담벼락을 넘어가기 전.

"반숙아."

떡돌이가 무거운 목소리로 나를 불렀다. 나는 담 넘어갈 준비를 하다가 황급히 자세를 바로 하고서 몸을 돌렸다.

'언제 왔지?'

내내 시무룩하게 의자에 앉아 있던 황제가 어느새 뒤에서 날 지켜보고 있었다.

'인기척이 없었는데?'

인기척을 살폈는데도 그가 온 줄도 몰랐던지라, 나는 놀라서 나오는 말을 아무것이나 뱉었다.

"폐하. 폐하가 왜 여기 있어?"

"짐이 묻고 싶은 거다. 여긴 짐의 후원이니까."

떡돌이의 눈이 나와 그의 키를 합한 것보다도 두 배는 높은 담벼락으로 향했다.

"아. 여기 폐하 후원이구나."

"……."

231

"나는 폐하 보러 왔어."

눈치를 보다가 슬그머니 "내 떡돌이." 하고 덧붙이자, 그의 눈동자에 변화가 찾아왔다. 나는 천천히 손을 뻗어 떡돌이의 면사를 벗겨냈다. 그가 희미하긴 하지만 미소를 띠고 있었다.

"내가 와서 싫어?"

이미 안 싫어하는 티가 나긴 하지만. 그래도 혹시나 해 물어보자, 떡돌이는 차갑게 코웃음을 치면서 뒷짐을 지었다.

"말 돌리는 솜씨는 선수로군."

"저기, 누나의 무덤에 관한 소식 들었어."

조심스럽게 말을 꺼내자마자 웃고 있던 떡돌이가 표정을 굳혔다.

"괜찮아?"

조심스럽게 묻자 떡돌이는 나를 물끄러미 내려다보다가 한숨을 내쉬고서 허리를 감쌌다. 그 바람에 그가 걸어가는 방향으로 같이 걸어가게 되었는데, 떡돌이기 날 데려간 곳은 그기 멍히게 앉아 있던 의자였다.

"그런 이야기를 대놓고 물어보는 사람은 너뿐인 거 아느냐."

"다른 사람들은 안 물어?"

"어떻게 말을 꺼내야 할지 고민하지."

"고민하다가 안 물어?"

"못 묻는 게 아닐까."

떡돌이는 맞은편에 앉더니, 내 허리를 한쪽 팔로 감싸고서 내 어깨에 자기 머리를 대었다. 앉은키가 훨씬 커서 불편할 텐데도.

솔직히 말해서 좀 무거웠으나, 나는 어깨를 치우는 대신 그의 허벅지를 토닥토닥 두드려주었다. 떡돌이는 가만히 앉은 채 내 토닥임을 받다가 한참 만에야 입을 열었다.

"아무도 날 방해하지 않기를 바랐는데."

"나 갈까?"

"네가 오니 좋다."

"나 있어?"

고개를 끄덕인 떡돌이가 내 어깨에서 머리를 들더니, 자기 허벅지 위에 올라온 내 손을 꽉 쥐었다.

"폐하. 황후마마께서 오셨습니다."

하지만 우리가 더 대화를 나누기 전. 안쪽에서 오 공공의 목소리가 들려왔다. 지금 우리가 있는 곳은 집채를 중심으로 담이 두르고 있어 외부로부터 완전히 가려져 있다. 즉, 이 후원에 오려면 꼭 집채를 통과해야 한다. 이런 상황이다 보니, 오 공공은 누군가 정문을 통하지 않고 여기에 와 있으리란 생각을 하지 못하는 듯했다.

"나 갈까?"

내가 어마어마하게 높은 담벼락을 어떻게 넘어온 건지, 떡돌이가 묻지 않고 있긴 하지만 다른 사람들까지 그러리라는 보장은 없기에 나는 "갈까?" 하고 물으면서도 일단 몸부터 일으켰다.

"갈게."

떡돌이가 황후를 돌려보내진 않을 테니 내가 떠나야지.

"같이 있자."

그러나 떡돌이는 내 손을 꽉 잡아서 다시 자리에 앉게 하고는, 오히려 문 안을 향해 소리쳤다.

"머리가 아프니 고맙지만 돌아가라 해라."

"예, 폐하."

발소리가 멀어지자 떡돌이가 손을 쥔 채 나를 물끄러미 바라보았다.

"같이 있자, 소여야."

"폐하께서 몸이 많이 안 좋은 모양이십니다, 마마."

전각 앞에서 기다리던 황후에게 오원요가 다가와 죄송스러워하며 말하자, 그녀는 눈살을 찌푸렸다.

"많이 편찮으신가. 하면 어의를 불러야지."

"몸의 문제가 아니시니까요."

"이런 일은 혼자 곯으면 더욱 힘드실 터인데."

"시간이 약인 일도 있으니까요."

"……."

"하늘이 무섭지도 않은지. 대체 누가 그런 짓을 했나 모르겠습니다."

오원요가 한숨을 푹푹 섞어가며 중얼거리자 황후는 고개를 끄덕이고서 돌아섰다.

"폐하께 본궁이 다녀갔다고 전해주시게."

"예, 마마."

이후 대문을 빠져나온 황후는 가마에 오르는 대신 그들을 뒤로 물리고서 측근 궁녀만을 데리고 잠시 길을 걸어갔다.

얼마나 그렇게 걸어갔을까. 담을 따라 쭉 걸어가던 그녀는 멈추어 서서 고개를 위로 들어 높다란 담에 기대듯 자라난 커다란 나무를 바라보았다. 이윽고 그 나무 앞에 환상처럼 한 사내가 일렁였다. 용포를 입었으나 황제는 아닌 사내. 그를 떠올린 황후의 눈동자가 잠시 흔들리자, 궁녀가 이를 눈치채고 작게 "마마." 하고 두려워하며 불렀다. 황후는 스스로에게도 들릴 듯 말 듯 아주 작게 물었다.

"온은연이 회임한 그 아이…… 그의 아이일까."

"마마."

234

겁이 난 상궁이 다시 작게 부르자, 황후는 쓸쓸히 웃고서 돌아섰다.

"무슨 소용일까. 가자. 내가 미련하였다."

혹시 이곳에 오면 그를 만날 수 있지 않으려나, 생각한 게 후회되었다.

만나서 할 말도 없으면서. 그때 돌아서는 그녀의 눈에, 무언가 작은 것이 햇빛을 받아 땅에서 반짝였다.

'저게 무엇이지?'

황후가 눈짓하자, 곁에 선 상궁이 얼른 그곳으로 달려가 땅에서 반짝거리는 물건을 집었다.

"여기 있습니다, 마마. 보시지요."

상궁은 물건을 바로 황후에게 다가가 바쳤다. 상궁의 손바닥 위에서는 위에 금색 테를 둘러 새 모양으로 세공한 보석이 있었다. 딱 보기에도 값비싸 보이는 물건. 황후는 그 금색 새를 집어 모양새를 샅샅이 살폈다.

"장신구에서 떨어진 것 같군."

"다른 후궁이 여길 지나간 걸까요?"

"……후궁이 여길 지나갈 일은 없을 텐데."

황제의 별채 후원과 맞닿은 담. 이곳은 오가는 이가 거의 없다. 연금이 이곳을 자주 오가는 이유 역시 마주칠 사람이 거의 없어서라고 들었다. '자주'라고 해도 정말로 매일 있는 건 아니라지만. 그런데 여기에 후궁의 장신구 일부가 떨어져 있다고?

장신구를 집은 황후의 눈길이 담벼락을 따라 올라갔다.

"저기서 떨어지진 않았을 거예요, 황후마마. 누가 이런 장신구를 달고 저길 올라가겠어요."

상궁은 황후가 무슨 생각을 하는지 눈치채고서, 웃으면서 추측을 부정했다. 하지만 황후는 표정을 푸는 대신 그 장신구를 손바닥 안에서 굴리다 지시했다.

"아주 값비싸 보이니 이것의 주인은 분명 수선을 하려 들 거다. 내무부에 장신구를 수선해달라 부탁하는 이가 누구인지, 며칠간 계속 지켜보도록 해라."

황후의 명령을 착실하게 따른 상궁은 내무부에 사람을 보내어 누가 그런 부탁을 하는지 샅샅이 살폈다. 그리고 이틀 뒤. 답을 찾아내서 황후에게 그 일을 보고했다.

"황후마마. 내무부에 장신구를 수선해달라 청한 사람이 누구인지 알아냈습니다."

황후는 책을 읽다 말고서 고개를 들었다.

"누구였지?"

그런데 상궁이 바로 대답하지 못하고 우물쭈물하는 게 아닌가. 시원시원한 상궁이 대답을 제대로 하지 못하자, 황후는 재촉했다.

"왜 말을 하지 않느냐."

그 재촉에 상궁은 더욱 우물거리다가 가까스로 입을 열었다.

"저…… 수선해 간 분은 폐하라고 하십니다, 마마."

"?"

"자."

수련을 하기 위해 나가려는데, 뜻밖에도 황제가 다가오더니 무언가를 내밀었다.

"웬일로 이 시간에 오셨어요?"

주위에 사람이 많기에, 나는 평소와 달리 예의를 갖추어 떡돌이에게 물었다. 실제로 이 시간은 평소 떡돌이가 오는 시간이 아니었다. 이런 애매한 시간에 우연히 청적에서 만난 적은 있지만, 그가 처소로 오는 일은 드무니까.

떡돌이는 대답 대신 품에서 얇은 보석을 꺼내서 내게 내밀었다.

"자. 네 것이다."

내 거라고? 갑자기 찾아와서? 떡돌이가 눈짓하자 근처에 있던 사람들이 모두 다 거리를 두고 물러났다. 순식간에 마당 안에는 우리 두 사람만 남게 되었다.

나는 그가 건넨 보석을 유심히 살피며 편하게 물었다.

"내 거라니? 이게 왜 내 거야?"

의아해서 보니, 떡돌이가 "네 것"이라면서 내민 건 그냥 보석이 아니라 새 무늬 보석이었다.

"예쁘다. 근데 내 거 아닌데."

내가 감탄하자 떡돌이는 재차 한 번 더 말했다.

"네 거다."

"내 거라니?"

나도 되물었다. 그가 내 거라고 하지만…… 나한테 이런 게 있었던가?

"전에 네가 짐을 보러 왔을 때. 이걸 하고 있었잖아."

이틀 전?

"아 그래? 이거 내 머리에 있던 장신구야? 근데 왜 네가 가지고 있어?"

"네가 떨어뜨리고 갔으니까. 그것도 부서진 걸."

떡돌이는 '그것도 모르다니' 하는 표정이긴 했으나, 타박하는 대신 그 장신구를 내 머리카락 사이에 달아주었다. 그러고는 흐뭇하게 웃는데, 마치 우리가 싸우기 전의 모습처럼 보여서 나도 좀 심장이 들썩거렸다. 떡돌이는 내 머리에서 움직이던 손을 내리고는 아프지 않을 정도로만 내 뺨을 가볍게 꼬집었다가 놓았다.

"네 머리 위에 무슨 장식이 있는지도 모르느냐."

"장신구가 눈에 들어왔겠어? 난 그땐 너밖에 안 보고 있었는데?"

"!"

머리 위에 그가 달아둔 장신구에서 작은 방울들이 부딪치며 '차르르' 하는 소리를 냈다. 그게 신기해서 머리를 만지작거리고 있자니, 웬일일까. 떡돌이가 돌아가지 않고 우두커니 서서 나를 가만히 바라보기만 했다. 왜 그러나 싶어 마주 보고 있었더니 그가 뜻밖에도 작게 중얼거렸다.

"이젠 짐을 피하지 않는구나."

"내가 폐하를 피한 게 아니라 폐하가 날 피한 거야."

"그래. 짐이 피하려고 시도해보았지. 네가 피해달라 했으니까."

"난 면사만 쓰라 한 거지."

"노력은 해보았는데 자꾸 발길이 여기로 닿더라."

떡돌이가 자꾸 내가 그를 밀어낸 것처럼 말하기에, 나는 사실관계를 계속해서 정정하고 짚어주다가, 그가 한 말을 듣고 말을 멈추었다. 눈이 마주치자 그는 씁쓸하게 웃으면서 털어놓았다.

"이삼일에 한 번꼴로 이 부근까지 와서 널 보다 갔다."

거짓말하기는. 매일 세 번 이상 왔으면서. 눈도 깜빡이지 않고 거짓말하는 모습에 코웃음이 났으나, 나는 그의 거짓말을 지적하는 대신 그가 머리에 꽂아준 장신구를 만지작거렸다. 그러고 있자니 보석끼리 부딪히는 장신구 소리와 떡돌이의 목소리가 위와 앞에서 동시에 들려왔다.

"아직도 짐이 면사를 썼으면 좋겠느냐?"

그 말을 듣는데 괜히 손바닥이 가려워졌다. 그가 머리에 달아준 장신

238

구에서 방울 소리가 나는 것 같았다.

나는 주저하다가 솔직하게 대답했다.

"아니. 안 보느니 그냥 보는 게 낫겠어."

진심이었다. 아예 안 보면 모를까, 그가 얼굴을 보이지도 않으면서 근처만 맴도는 건 별로였으니까.

내 말에 떡돌이는 그럴 줄 알았단 것처럼 고개를 끄덕이더니, 내 귀에 대고 작게 속삭여주었다.

"폐하가 나더러 봉호를 직접 정하래."

늦은 밤. 잠들 준비를 하다가 내가 중얼거리자, 잠자리를 봐주던 두 궁녀가 동시에 "네?" 하고 외쳤다. 원웅은 이부자리를 빳빳하게 하다가, 부성은 따뜻한 물을 받아서 공기가 건조하지 않게 하다 말고서 황급히 내 앞으로 달려왔다.

"그게 무슨 소리예요?"

"봉호를 직접 정하라 하시다니요?"

뭐지. 이게 이렇게 호들갑을 떨 일인가?

"말 그대로. 내가 원하는 글자를 골라서 알려주면, 적당한 때 폐하가 직접 주는 걸로 발표해주겠대."

그냥 천 귀인이 다른 귀인으로 바뀔 뿐인데. 두 사람은 그게 어마어마한 일이라도 된 것처럼 입을 쩍 벌렸다.

"그래서 '용'자를 달라고 하려고."

이러면 멋지겠지. 내가 말을 꺼내자마자 그 입들은 더욱 크게 벌어졌고, 이윽고 동시에 고함이 터졌다.

"안 돼요, 소주!"

"다른 거로 하세요!"

"왜?"

"그러면 정면으로 황후마마께 선언하는 것 같잖아요. 그 자리를 노리고 있다고요."

"용은 황족을 나타내는 거니까 쉽게 사용하면 안 돼요, 소주."

"그래? 그럼 다른 거로 골라보지 뭐."

두 사람은 불안한 얼굴로 나를 보았으나, 내가 순순히 수긍하자 안도하더니 다시 서로 손을 맞잡고 좋아하기 시작했다. 황제가 나를 굉장히 총애한다, 후궁에게 봉호를 직접 정하게 해주는 황제는 없었다. 봉호를 주셨으니 곧 품계도 올려줄 거다, 이젠 고생할 일이 없다 등등 좋은 말로 가득했다.

들기 좋은 말들이라 나도 뿌듯하게 그 이야기를 듣고 있었더니, 원웅은 야식을 준비해 오겠다며 밖으로 나갔고 나는 부성과 둘이 남게 되었다.

부성은 눈을 빛내면서 반쯤 타들어 간 초를 갈았고, 나는 침상에 앉아 베개를 끌어안았다.

그러고 있자니 전에 몹시 궁금했던 일. 하지만 때가 아니란 원웅의 말에 잠시 뒤로 미루었던 일. 그러고서 잊어버렸던 일이 떠올랐다. 전에 부성이 내가 아니라 우리 가문을 위하는 사람이란 걸 알았을 때. 원웅이 부성을 용서해달라 청하면서 한 말이 있지. 천소여가 '일이 잘못되면 너와 나 모두 죽으니 조심해라'라고 당부하면서 부성에게 은밀히 지시한 일이 있다고. 원웅은 시간이 좀 지난 다음에 그 일을 자연스럽게 물으라 했다. 지금이라면 물어도 되지 않을까?

"부성아."

"네, 소주. 창문은 닫을까요, 열까요?"

240

"닫자. 그리고 말이야, 내가 요즘 기억이 돌아올 듯 말 듯 하고 있어."

"정말요? 잘됐어요, 소주!"

"다 돌아온 건 아냐. 근데 희미하게 기억나는 것 중에 좀 신경 쓰이는 게 있는데. 물어봐도 될까?"

"네? 당연하지요. 무엇이든 물어보세요, 소주."

"내가 너한테 은밀하고 중요한 일을 시킨 거 같은데. 그게 뭐였어?"

부성은 당황해서 눈을 이리저리 굴렸다. 마치 도주로를 찾는 다람쥐처럼. 하지만 내가 눈길을 떼지 않고 쳐다보자 결국 기어들어 가는 목소리로 대답했다.

"소주께서 자시에 동쪽 보서고에 가서 꽃을 들고 있는 사람이 주는 보따리를 받아 오라고 하셨어요."

"무슨 보따리?"

"보따리 안에 무엇이 들어 있었는지는 저도 모르겠어요, 소주. 그저 들키면 저와 소주 둘 다 죽으니 조심하라고만……."

이렇게 들어서야 전혀 짐작이 가질 않는데.

'아!'

"혹시 그러고 나서 내가 용고를 먹었던 거야?"

"소주께서 받아 오라 지시하신 게 용고라 생각하시는 거예요? 하지만 소주께서 용고를 드시고 문제가 생긴 건 그로부터 두 달 뒤인걸요."

두 달이라. 두 달 묵혔다 사용할 수도 있지. 오히려 바로 사용하는 편이 더 수상해 보이고. 문제는 그걸 왜 본인이 먹었느냔 거지만.

"내가 그걸 어디에 쓸 거란 말은 없었어?"

자결하기 위해 용고를 구한 건 아닐 거야. 그렇다면 이렇게 구체적으로 계획을 짜진 않았겠지.

"그 이야기를 하실 때 소주가 누군가에게 화가 많이 나 계시긴 했어요."

"누구한테?"

"저도 그걸 잘……."

아는 게 없잖아. 아니, 아니야. 그래도 몇 가지는 알았어. 천소여가 누군가를 노렸단 것. 부성은 잘 모르겠다지만, 어쩌면 일부러 모르는 척하는지도 모르지만, 분명 부성이 받아 온 그건 용고야.

아니면 궁궐에 틀어박혀 사는 천소여가 그걸 무슨 수로 구했겠어? 그럼 천소여가 누구를 죽이려고 용고를 구했는데, 역으로 당해서 자기가 먹은 걸까? 그 상대가 누구지? 죽이려던 자와 역습한 자가 동일인은 맞나? 용고를 구해준 사람은 또 누구고?

그때 원웅이 신나 안으로 들어오며 "소주! 소주!" 하고 외쳤다.

"봉호는 뭐로 하실 거예요? 정하셨어요?"

"폐하께서 천 귀인에게 봉호를 직접 고르라 하셨다고?"

황후는 새로 진상된 알이 굵은 대추를 먹다가 상궁이 전해준 이야기에 눈살을 찌푸렸다.

"예."

"확실한 일이냐?"

"예, 마마. 지금 그쪽 처소 궁녀와 태감들은 난리가 났답니다. 이런 일은 처음이라면서요. 쉬쉬하지만 알 사람은 다 안대요. 폐하께서도 비밀로 할 생각은 없으신 듯하니 다들 말을 전하고 있고요."

궁녀는 몹시 불만스러운 듯 보고를 하다 말고 연신 인상을 찡그렸다.

"처음이긴 처음이지."

차갑게 중얼거린 황후는 대추를 마저 입에 넣고 시선을 아래로 내렸다.

"걱정이구나. 천 귀인에 대한 폐하의 총애가 도를 넘었어."

상궁은 대추 찌꺼기를 치우며 조심스럽게 물었다.

"그래도 후궁들 중엔 천 귀인이 그나마 괜찮지 않을까요? 천 귀인은 큰 야심이 없고 멍청하잖아요, 마마."

"천 귀인은 모두가 다 아는 맹한 후궁이지. 하지만 그 자매들은?"

황후는 한숨을 내쉬었다.

"연비는 독수리 같은 사람이다. 영빈은 연비 앞에서만 양처럼 구는 늑대지. 천씨 가문 사람들은 또 어떻고? 천 귀인이 맹하든 욕심에 없든 그들과 한배를 타고 있단 사실은 변하지 않아."

"아아. 하긴. 그건 그래요."

상궁은 고개를 끄덕였다. 한참을 그렇게 생각하던 황후는 곧 아예 몸을 일으키며 지시했다.

"직접 봉호를 고르라 했으니 좋은 뜻을 가진 글자를 골랐겠지. 거기에 꼬투리를 잡아서 살짝 경고해야겠다. 미리 선을 그어두는 것도 좋겠지."

황제를 보러 갈 때면 내 궁녀들은 온 정성을 다해서 꾸며준다. 머리카락을 땋아도 한 가닥 한 가닥 튀어나오는 부분이 없도록 눈을 부릅뜨고 땋고, 진주 같은 장신구를 꽂아줄 때도 장거리와 근거리에서 내 모습을 유심히 살펴본 다음 신중하게 꽂는다. 하지만 오늘은 그 정도가 더했다.

"폐하께서 소주께 봉호를 주는 날이잖아요."

"내가 정한 건데."

"소주께서 정해도 내려주시는 건 폐하니까요. 폐하께서 보시고 깜짝 놀랄 만큼 잘 차려입어야 해요, 소주."

원웅과 부성은 시침 첫날 경사방 태감이 놀랐던 기술을 한 번 더 발휘해서, 나를 봄비 내리는 날 슬프게 헤어진 아련한 첫사랑 같은 인상으로 만들어주었다. 황제에게 그런 첫사랑이 있는진 모르겠지만.

"완벽해요!"

"책봉례 때 꾸밀 모습도 미리미리 생각해두어야겠어요, 소주."

자신들의 작품이 마음에 드는지 한껏 즐거워하는 두 궁녀를 데리고 나는 심궁 어실로 향했다. 그런데 어실 앞에 도착해보니 이미 화려한 가마 한 대가 세워져 있고 주위에 낯선 태감들이 서 있었다. 누군가 싶어 힐긋거리자니, 오 공공이 빠른 걸음으로 다가와 알려주었다.

"천 귀인. 지금 안에 황후마마께서 와 계십니다."

황후가 왔구나. 어쩐지. 가마가 엄청나게 화려하다 했어.

"그러면 난 좀 있다 올까?"

"아닙니다. 먼저 폐하께 보고를 드리겠습니다. 잠시만 기다려주시지요."

나중에 와도 상관없는데. 오원요는 내 머리 위에서 찰랑찰랑 소리를 내는 장신구를 보더니, 얼른 몸을 돌려 어실 안으로 들어갔다. 내가 황제를 보기 위해 이렇게 잘 치장하고 왔는데, 그냥 돌려보내는 건 너무 미안한 일이라고, 나름 신경 써주는 기색이었다. 어쨌든 바로 허락을 들었는지 얼마 가지 않아 그는 다시 나와서 황제가 들어오라 했다고 대답했고, 날 안내하기 위해 앞서 걸어갔다.

'그럼 황후랑 나랑 떡돌이랑 셋이 보는 건가?'

봉호 얘기를 하러 왔는데. 황후 앞에서 하긴 좀 그렇겠지? 아주 편하진 않은 상태로 방 안에 들어가자, 오원요는 "폐하. 황후마마. 천 귀인이 왔습니다."라고 알려주고는 꾸벅 인사를 한 다음 먼저 나갔다.

"황제 폐하를 뵙습니다. 황후마마를 뵙습니다."

나는 오원요가 완전히 나가기 전에 떡돌이와 황후에게 차례로 인사를 올렸다. 그러고서 고개를 드니 떡돌이와 황후는 긴 의자에 나란히 앉아 있었고, 나는 앉을 자리가 없었다.

'어디 앉지?'

눈을 굴리니 다행히 의자 하나가 보이긴 하는데. 저걸 마음대로 가져와서 앉아도 되는지는 알 수 없어서, 나는 멀뚱히 선 채 떡돌이를 보았다. 하지만 내게 먼저 말을 걸어준 건 떡돌이가 아니라 황후였다.

"오늘따라 천 귀인의 안색이 참으로 맑군. 날이 가면 갈수록 이렇게 어여뻐지는 걸 보니, 폐하께서 총애할 수밖에 없지."

황후의 목소리는 평소처럼 서늘했지만 나온 말은 제법 다정했다. 어리둥절하지만 감사하다고 인사를 하고 나자, 떡돌이는 황후에게 고개를 한번 끄덕이고서 "오원요!" 하고 외쳤다. 그러자 나갔던 오원요가 들어오더니 방 안 상황을 눈치 빠르게 알아채고서 얼른 의자를 가져다가 내 뒤에 놓아주고 나갔다.

"앉거라."

오원요가 나가자 떡돌이는 그제야 앉으라 말했고, 나는 어정쩡하게 의자에 엉덩이를 붙였다. 하지만 속으로는 좀 당황스러웠다. 왜 이렇게 비효율적으로……? 그냥 나더러 '너도 의자 가져다가 앉아라'라고 하면 내가 알아서 가져다 앉을 텐데. 왜 굳이 나갔던 오 공공을 불러다가 의자를 옮기라 한 거지? 심지어 의자가 놓인 거리는 멀지도 않고 의자 무게가 무겁지도 않은데? 평소의 떡돌이라면 하지 않을 행동이 이해가 가지 않는다. 하지만 황후와 황제 둘 다 아무 말을 하지 않고 있으니 이 이야기를 묻기도 좀 뭐해.

그러고 있자니 이번에는 황제가 내게 말을 걸어주었다.

"봉호는? 생각해보았느냐?"

다행히 그렇게 물어보는 황제의 목소리는 평소와 다를 바가 없어서, 약간 그가 어색하게 여겨졌던 마음은 금세 사그라들었다.

"네. 저와 어울리는 아주 멋진 단어를 생각했어요."

떡돌이한테 안 쓰던 존대를 하려니 혀가 안 굴러가는구먼. 그런데 황후는 내가 봉호 고르는 걸 알고 있나? 황후 앞에서 이 이야기를 해도 돼?

"천 귀인이 어떤 봉호를 골랐을지 본궁도 궁금해지는군. 이런 기회를 가질 수 있는 후궁은 한 명도 없었지. 좋은 봉호를 골랐길 바라겠다."

되나 보다. 황후도 이미 알고 있네. 두 사람이 어디 이야기해보라는 듯 동시에 나를 바라본다. 황후는 입가에 희미한 미소를 띠고 있었고, 떡돌이는 면사 때문에 얼굴이 보이진 않지만 역시나 기대하는 듯했다. 나는 그들을 번갈아 보다가, 내가 열심히 골라서 써온 글자를 꺼내 내밀었다.

"'천'자로 하겠습니다."

'용'자는 안 된다고 해서, 여러 가지 다른 글자들을 생각해보았지. 원웅과 부성이 봉호는 뜻이 중요하다고 하기에 내가 좋아하는 '금'자를 넣어서도 해보았고, 강하단 뜻을 넣어서도 해보았다. 용맹하다든가 호랑이 같다든가 행운을 받으라든가, 그야말로 온갖 글자를 다 넣어보았다.

하지만 아예 다른 이름을 하려니, 뭐랄까. '천년비'의 이름이 너무 흔적도 없이 사라지는 느낌이어서. 그래서 내 이름에서 글자를 고르려 했는데, '년'을 봉호로 하려니 '년귀인'은 발음이 너무 어렵고. '비'를 봉호로 하려니 '비귀인'은 괜찮지만, 나중에 품계가 올라갔을 때 '비빈, 비비'가 될 거 아닌가. 결국, 돌고 돌아 다시 '천'으로 온 거였다.

황제는 내가 내민 종이를 유심히 보더니, 면사 아래로 드러난 입술을 올리며 중얼거렸다.

"발음은 같지만 뜻이 다른 '천'자로군."

황후도 궁금한지 몸을 조금 숙여서 내가 내민 종이를 쳐다보다가, 글자를 발견하고는 눈살을 찌푸렸다. 하지만 그건 아주 잠시였다.

"'멋대로 하다'는 뜻을 봉호로 정하다니. 천 귀인은 과연 늘 독특해."

그녀는 곧 재밌다는 듯이 웃으면서 다시 몸을 원래대로 했다.

"잘 어울리는구나."

이렇게 덧붙이고서. 나는 떡돌이를 보았다.

떡돌이는 아직까지도 내가 쓴 글자를 보고 있었는데, 내가 쳐다보자 시선을 느꼈는지 종이를 내리며 물었다.

"이 글자로 해도 괜찮겠느냐? 다른 좋은 뜻을 가진 글자도 많을 텐데."

"네. 그게 좋아요."

봉호가 생겼는지 생기지 않았는지 티가 나지 않는 천 귀인이 물러나자, 월요 황제는 오원요가 가져다 놓은 차를 마시면서 황후에게 물었다.

"꼬투리를 잡으러 왔는데. 못 잡고 가서 안타깝겠소?"

빈정거리기보다는 놀리는 투였다. 게다가 꽤 친근한 목소리. 하지만 황후는 월요 황제가 자신이 왜 여기에 찾아온 건지 모를 거라 여기고 있었기에, 같이 웃을 수 없었다. 정곡을 찔린 그녀의 손이 잠시 움찔했다. 하지만 곧 황후는 침착함을 되찾고서 평소처럼 차갑게 웃으며 수긍했다.

"그렇군요. 너무 거창한 단어를 봉호로 가져가려 하면 한소리를 하려 했는데 말입니다."

월요 황제는 한쪽 입꼬리를 올리면서 빈 의자를 쳐다보았다.

"천 귀인은 가문도 좋고 사랑스럽지. 하지만 고작 귀인일 뿐인데. 왜 그렇게까지 경계하는지 모르겠군."

"왜 그런지는 폐하께서 더 잘 아시겠지요. 천 귀인이 지금은 귀인이지만 계속 귀인일 수 없다는 것도요."

"……"

"신첩은 폐하께서 천 귀인을 총애하는 걸 무어라 하는 게 아닙니다. 하지만 천 귀인에게는 승냥이 같은 두 자매와 독사 같은 아비가 버티고 있단 걸 늘 기억하세요, 폐하."

떡돌이에게 봉호를 '천'으로 하겠단 말을 전한 후. 이왕 심궁까지 온 김에 나는 비원을 찾아보기로 했다. 그에게 '혹시 천소여에게 용고를 구해다 준 게 너야?'라고 묻고 싶어서였다.

다행히 비원은 그리 어렵지 않게 만날 수 있었다. 아니, 어려운 수준이 아니라 쉬웠다. 비원도 내가 여기에 들렀단 이야기를 알고 있던지, 그쪽에서 오히려 먼저 접근을 해왔으니까.

그리고 장소를 바꿔서 인적 없는 곳으로 가게 되자마자 비원은 내가 질문을 하기도 전에 먼저 작은 병을 내밀었다.

"절 구해준 보답입니다, 귀인."

"이게 뭔데?"

"영약입니다. '천액귀의 피'라고 하는 것이죠. 많이 아깝지만…… 드리겠습니다."

만나자마자 다짜고짜 영약부터 주다니 이게 무슨 일이야? 심지어 '천액귀의 피'는 보통 영약도 아니다. 이건 정말로 유명한 영약이었다. 먹으면 내공을 증진시켜주는 건 물론 정순하게 만들어준다지. 천신괴의가 삼 년에 한 번씩 딱 세 병만 파는데, 이게 진짜 피인지 아닌지부터 어떻게 구한 건지, 혹시 만든 건지, 아무도 그 정체를 몰랐다. 그저 효능이 대단하단 소문만 돌 뿐.

"진짜 영약이야? 사기 아니고?"

"이런 거로 사기를 왜 치겠습니까?"

"그렇긴 해."

뚜껑을 열어서 냄새를 맡아보니, 작은 병 안에 담겼는데도 지독하게 맑은 향이 난다. 이걸 뭐라고 해야 해?

"고마워."

어쨌든 몸이 바뀐 후 가장 부족한 게 내공인지라, 나는 순순히 영약을 받았다. 내 무공이 내공을 많이 사용하는 무공이 아니라지만, 그래도 내공은 많을수록 좋지. 좀 걸리는 게 있긴 하지만.

"다 드시고 꼭 옛 힘을 되찾길 바랍니다. 그래야 제 환상도 조금이나마 남아 있을 테니까요."

비원은 영약을 주면서 얄미운 소리를 퍼붓고는, 까딱 고개를 숙여 인사를 하고 돌아섰다.

"잠시. 나도 물어볼 거 있어."

하지만 애초에 내 쪽에서도 비원에게 볼일이 있어서 찾은 건지라, 나는 비원의 옷자락을 잡고 그를 말렸다.

"무슨 일입니까?"

비원은 옷이 구겨지는 게 싫은지, 뒷짐을 지고 돌아서다 말고 도로 몸을 돌렸다. 슬그머니 자기 옷을 당겨 내 손에서 빼내는 것도 잊지 않고.

"너, 혹시 천소여랑 친했어?"

"귀인……이 그 몸에 들어오기 전의 귀인 말씀이신지?"

"어. 친했어?"

"아니요."

비원의 표정이 꼭 '난 그쪽이랑도 안 친한데요'라고 말하는 듯하다.

"그럼 혹시 천소여랑 거래 같은 거 했어?"

"왜 그러시는지."

"했구나."

"한 적이 없습니다. 한 건도요. 왜 그러십니까?"

"천소여가 용고를 먹고 죽었었잖아. 누군가한테 그걸 받았다는데. 은밀히 받았대. 그래서 넌 줄 알았어. 네가 그런 거 잘하잖아. 몰래 나쁜 짓 하고 꿍꿍이 굴리는 거."

"욕이죠?"

"자신에게 자신을 가져."

"욕을 꼭 위로처럼 하시네요. 어쨌든 천소여와 거래한 적은 없습니다."

"확실해?"

"네. 독을 쓰면 썼지 구해서 남 주진 않거든요. 흔적이 쉽게 남으니까."

비원의 표정을 보니 아주 뻔뻔하고 단단하다. 진실 같아. 물론 저런 얼굴로 거짓말하는 사람이 없진 않겠지만.

"젠장. 그러면 대체 누가 천소여에게 용고를 가져다줬지?"

쉽게 구할 수 있는 게 아니니 보통 사람은 아닐 텐데.

"난 어떻게 천소여가 죽을 때에 맞춰 이 몸에 들어온 거고? 희한해."

"천소여가 죽을 시기에 맞춰서 들어온 게 아니라, 귀인이 죽은 시기에 천소여가 죽은 거지요. 다른 사람이 있었으면 다른 사람 몸에 들어갔을 겁니다."

"그 시간에 죽은 게 천소여 하나뿐이겠어?"

"그 시간에 용고로 죽은 게 천소여 하나뿐이었나 보죠."

"?"

"같은 통증을 느끼면서 죽었으니, 영혼이 착각한 거 아닐까요?"

"!"

뭘 알고 하는 말은 아닌지, 비원은 고개를 기웃거리고는 바쁘다면서 가버렸다. 그가 완전히 떠난 뒤. 나는 홀로 벽에 기대어 쪼그리고 앉아 손에 쥔 영약 병을 멍하게 바라보았다.

뜻하지도 않게 영약을 손에 넣었지만, 이후 내 처소로 돌아와 밤이 될 때까지도 나는 영약을 먹지 않고 서랍에 보관만 해두었다. 마음 같아서야 그냥 당장 먹어 치우고 싶지만…… 막상 먹으려고 보니 이래저래 걸리는 게 많아서 그렇다.

기몽은 내가 천년비인가 의심한 적이 있지. 당시엔 내공이 적으니 잘 갈무리해서 들키지 않을 수 있었다. 하지만 영약을 먹으면 내공이 눈에 띄게 많아질 텐데. 괜찮을까? 황제도 나한테 영약을 선물로 줄지 물어보면서 떠본 적이 있잖아. 분명 기몽한테 무슨 말을 들어서 그런 걸 텐데.

떡돌이 움직임…… 보통이 아닌 걸 몇 번이나 봤다. 내색은 안 하지만 분명 무공을 익혔겠지. 심지어 솜씨도 꽤 좋아 보이던데. 내 내공이 늘어난다면 알아볼 수 있지 않을까? 옆에 자주 붙어서 자기도 하니까?

"소주. 무슨 고민 있으세요?"

"원웅아."

"네. 뭐 드시고 싶은 거 있으세요?"

"난 가끔 생각해."

"뭘요?"

"깊게 생각하지 않고 사는 사람들은 얼마나 편할까. 이런 생각."

"아, 누가 소주한테 그렇게 말한 거예요? 신경 쓰지 마세요, 소주. 부러워서 그래요."

"?"

원웅은 날 보면서 활짝 웃더니, 조심해서 팔을 끌었다.

"그보다 얼른 머리카락 빗고 예쁘게 땋아요. 오늘은 폐하께서 오실 것 같아요. 느낌이!"

원웅에게 왜 그런 느낌이 들었는진 모르겠지만, 머리를 다 땋기도 전에 정말로 황제가 왔다. 게다가 떡돌이는 덜 땋은 내 머리카락을 보더니, 호기심이 동하는지 가까이 와서는 소매를 걷어붙이면서 나섰다.

"짐이 마저 땋아주마."

원웅은 좋다고 얼른 빗을 넘기더니 야식을 챙겨오겠다며 나갔다. 반면 떡돌이는 본격적으로 머리카락을 땋을 생각인지 내 뒤에 딱 붙어 서서는 소매를 좀 더 걷어 올리고서 내 머리카락을 가볍게 잡았다.

"머리 땋는 방법은 알아?"

"그럼. 짐이 가끔 누이 머리카락을 땋아주었거든."

"진짜?"

내가 아는 남매는 사이가 아주 나쁘던데. 떡돌이는 장공주랑 정말 사이가 좋았구나. 그런 반면 연얼군주랑은 사이가 데면데면한 것 같지만.

떡돌이는 빙그레 웃더니, 내가 똑바로 거울을 보게 하고는 조심조심 손을 움직이기 시작했다. 그의 손이 두피를 스치고 갈 때나 머리카락을 휘저을 때마다 간지러우면서도 나른한 기분이 전해져서, 나는 곧 멍하니 앉아 입을 벌리고 있었다. 얼마나 그러고 있었을까.

"천 귀인. 봉호를 내려도 그대로 천 귀인인 내 반숙 계란아."

떡돌이가 나를 아주 희한한 이름으로 불렀다. 길기도 하네.

"왜."

"넌 머리카락이 왜 이리 꼬불거리는 게냐."

몰라. 내 머리카락 아닌걸. 그리고 자기 몸이라지만 천소여도 모를걸.

터무니없는 화제에 입을 다물어버리자, 떡돌이는 내 머리카락을 장난스럽게 살짝살짝 잡아당기더니 뒤통수에 가볍게 입을 맞췄다. 그 모든 행동이 너무나도 자연스럽고 빠르게 일어나서, 나는 찰나에 다녀간 입맞춤을 바로 깨닫지 못했다.

"뭐 한 거야?"

뒤늦게 놀라서 묻자, 그는 어깨를 으쓱하더니 다 땋은 머리카락을 목 옆으로 늘어뜨리고서 침상으로 가 앉으며 물었다.

"봉호를 '천'으로 하겠다는 거. 혹시 황후 때문이냐."

"어?"

"혹시 황후가 네게 꼬투리를 잡을까 봐 일부러 그런 글자로 고른 게 아닌가 묻는 거다."

"황후마마가 나한테 왜 그걸로 꼬투리를 잡는데?"

"지나치게 좋은 글자를 고르면 꼬투리를 잡기 쉬우니까?"

그런가? 아아. 그래서 황후가 그때 떡돌이랑 같이 있던 거구나. 평소에는 떡돌이에게 가도 없던 황후가 왜 오늘은 옆에 같이 있던 건지, 이제야 이유를 알았다. 하지만······.

"아니. 그래서는 아니야."

그냥 고르다 보니까 그런 거지. 하지만 이거 참.

"내가 하고 싶은 봉호를 못 골랐을까 봐 온 거야? 신경 쓰여서?"

떡돌이가 안 어울리게 이쁜 짓을 하네. 내가 코웃음을 짓고서 묻자, 그는 고개를 끄덕이더니 힐긋 내 눈치를 살피다 제안했다.

"그런 거라면 지금이라도 원하는 봉호를 말하거라. 처음에 네가 고른 글자는 뜻이 너무 이상해서 짐이 새로 바꾸었다고, 이번에는 짐이 고른 거라고 발표하면 되니까."

"오······ 웬일이야?"

떡돌이 얘가 그렇게까지 배려해주고, 막 그러는 얘가 아닌데? 슬그머니 손을 올려 그의 귀에 걸린 면사를 벗기자, 내게서 시선을 떼지 않는 곧은 눈동자가 나타났다. 그 모습을 물끄러미 보고 있다가 재차 손을 올리자 떡돌이는 자기 눈앞을 휙 가리더니 뒤로 물러나며 경고했다.

"눈 찌르지 마라. 눈 찌르면 진짜 화낼 거다."

"안 찔러."

그 꼴이 황당해서 말하자 떡돌이는 그제야 주춤주춤 손을 내리더니 무릎 위에 얌전히 올라간 내 손을 보고 안도해서 한숨을 내쉬었다. 그러는 사이 원웅이 밤에 먹을 간식을 가져와 탁자에 내려두고서 문을 닫고 나갔다.

완전히 두 사람만 남자, 나는 좌경 앞에서 일어나 탁자 앞에 앉았다. 하지만 떡돌이는 배가 고프지 않은지 침상에 앉은 채 이쪽으로 오지 않고, 내가 젓가락 쥐는 모습을 바라보기만 했다.

"안 먹어?"

"짐은 배가 불러서."

"그래 그럼."

나 혼자 다 먹지 뭐. 그런데 막 쪄서 따끈한 교자를 집어 입에 넣고 씹고 있으려니, 배부르다던 떡돌이가 슬그머니 내 곁으로 다가와서 맞은편에 앉았다. 그러고는 팔을 괴고서 내가 교자 먹는 모습을 뚫어져라 쳐다보기 시작하는 게 아닌가. 왜 저러나 싶어서 같이 쳐다보자, 그는 내가 음식을 다 삼키기를 기다렸다가 물었다.

"짐이 물어보고 싶은 게 하나 있는데."

"뭔데?"

"전에 그러지 않았느냐. 너는 짐을 세 번째로 좋아한다고."

"응."

"잘도 대답하는구나."

"근데 그게 왜?"

교자 하나를 더 집고 우물우물 씹으면서 보자, 그는 헛기침을 하더니 허리를 쭉 펴면서 위엄 있는 척 근엄한 목소리를 냈다.

"마음을 바꾸고 싶지 않으냐? 그러면 지금 바꾸거라. 순서를 바꿀 기회를 주마."

거기에 대고서 "아직 없는데?"라고 대답하자, 떡돌이는 바로 허리에 힘을 풀더니 미간을 찌푸렸다.

"아직도 두 번째로 흑합 장군이 좋으냐?"

"응."

"요즘은 잘 어울리지도 않는다면서."

"못 보니까 오히려 그리움이 짙어졌어."

"……짐하고도 한동안 떨어져서 지냈는데."

"몸에서 멀어지니 마음에서도 멀어지더라."

"왜 흑합은 못 보니 더 그리워지고, 왜 짐은 못 보니 마음에서 멀어졌단 거지?"

"사람 마음이 미묘하더라고."

떡돌이 삐졌구나. 너무 대놓고 인상을 찡그리는데? 그래도 교자를 하나 집어서 입에 넣어주자, 오만상을 찌푸리고서도 받아먹긴 잘 받아먹는다. 그러다가 다 씹어 먹은 교자를 꿀꺽 삼키더니, 떡돌이가 아까보다 한결 심각해진 얼굴로 물었다.

"이번엔 진지하게 묻자, 소여야."

"반숙이라고 해줘."

"'소여야'라고 부르면 너무 내가 아닌 티가 나잖아.

"너…… 아닌 척하더니. 짐이 지어준 별명이 마음에 들었구나?"

"그럼, 폐하도 아닌 척하지만 내가 떡돌이라 부르는 걸 좋아하잖아."

"아니, 짐은 아닌데."

"그럼 덕춘이?"

"네 별명 짓는 솜씨는 최악이다. 짐은 둘 다 싫다."

"근데 뭘 진지하게 물어볼 건데?"

"그보다 짐이 네게 봉호를 주었으니, 너도 짐에게 비슷한 걸 줘야 하지 않을까?"

"비슷한 거?"

후궁이 황제에게 내리는 봉호 비슷한 게 있나? 그게 뭐지? 알아듣기 어려운 말에 내가 고개를 갸웃하자, 그가 내 입가를 자기 소맷자락으로 쓱쓱 닦아주면서 진지하게 요구했다.

"네 봉호는 네가 정했으니 짐의 별명은 짐이 고르겠다. 너도 짐이 새롭게 짓는 별명으로 불러다오."

떡돌이 쟤, 나한테 방금 진지하게 물어볼 게 있다고 하지 않았나? 지금 별명이 문제인가? 진지한 질문은 그새 까먹은 건가? 황당해서 보고 있자니, 떡돌이는 팔짱을 끼고 진중한 얼굴로 고민하다가 제안했다.

"낭군은 어떨까? 어감도 좋고 부드럽구나."

"기각."

제안하자마자 거절을 해버리자 떡돌이가 고운 이마를 구기고서는 불만스러운 눈으로 나를 쳐다보았다.

"짐은 네 봉호가 이상해도 그냥 받아들여 주었는데."

"돌떡이는 어때? 아님 춘덕이."

"……."

"떡돌이가 제일 마음에 들지?"

히죽 웃으며 그의 다리에 내 다리를 걸고 아프지 않게 죄자, 황제는 사로잡힌 자신의 다리를 입을 벌리고 쳐다보다가 이마를 짚으며 무어라 중얼거렸다. 얼마나 작게 중얼거리는지 내 귀에조차 들리지 않을 정도로.

"뭐라 그랬어?"

그러고는, 자기가 한 말이 뭔지 설명해주지도 않고 딱 잘라 거절했다.

"짐이 널 너무 사랑스럽게 불렀지. 이젠 짐도 널 떡순이라 부를 거다."

"그래 그럼. 상관없어."

"!"

책상 위에는 여러 개의 서신이 놓여 있었고, 그 책상을 사이에 두고 두 사람이 서 있었다. 한 사람은 눈을 부릅뜬 채 서신을 유심히 살피는 여자였고, 다른 한 사람은 화려한 차림으로 그 모습을 내려다보는 연얼군주였다.

"……."

한참 뒤. 여인은 서신에서 눈을 떼더니, 자신의 눈두덩이를 문지르며 입을 열었다.

"전부 다 같은 사람이 작성한 거로군요. 저기 위쪽 오른쪽 서신과 대각선에 있는 서신을 작성할 땐 손을 다쳤던가 했네요. 글씨체가 흔들리는 걸 보니. 하지만 다 같은 사람이 쓴 건 확실합니다, 전하."

그녀는 연얼군주가 오래 기다려 불러온 필적 전문가였다. 원래라면 전문가를 수배하고 사나흘 뒤면 만날 수 있어야 할 터이나, 중간에 일이 생겨 일정이 꼬이면서 생각보다 늦게 만나게 된 것이다.

"아닌가요?"

여자가 손을 내리고서 빙그레 웃자, 연얼군주는 비통한 기분을 감추기 위해 눈을 질끈 감았다. 맞았다. 일부러 연얼은 '수상한 사람'으로부터 받은 서신을 집에 보관한 오라버니의 서책이나 서신들과 뒤섞어두었다. 그러고서 저 전문가에게 이 중에서 단 하나만 다른 사람이 쓴 것인데, 자신은 잘 모르겠으니 그녀에게 대신 골라달라고 했다.

그런데 저 전문가는 모두 다 같은 사람이 쓴 글자라고 말한다. 게다가 군왕이 승마를 하다 손가락 하나를 다쳤을 시기의 서신까지 완벽하게 골라냈다. '수상한 사람'이 수오부군왕이 쓴 서신이라며 전한 서신은…… 진짜 오라버니의 서신이 맞았던 것이다.

"수고했다."

연얼군주의 칭찬에 전문가는 고개를 끄덕이고서, 그녀의 수행원이 건넨 돈을 챙겨 밖으로 나갔다. 수행원은 전문가가 사라지자 문을 굳게 닫은 다음 연얼군주를 살폈다.

"전하. 괜찮으십니까?"

연얼군주는 비틀거리며 걸어가 의자에 털썩 주저앉았다. 다리에 힘이 풀려서 제대로 서 있을 수가 없었다.

"괜찮지 않다. 전혀."

"전하……."

한참 동안 숨을 고르던 연얼군주가 눈을 번쩍 뜨자 안광이 파랗게 빛이 났다. 그녀의 두 눈은 복수심으로 흉흉해졌다.

"무슨 수를 써서라도…… 오라비를 죽인 황제에게 복수할 거다."

"전하."

"아무리 이복형제라지만 그래도 형제인데. 어떻게. 하. 진짜……. 정 없는 자인 건 알았지만 어떻게."

연얼군주의 눈가에 눈물이 고이기 시작하더니 결국 볼을 타고 흘러내렸다. 그녀는 황제의 이복 남매라지만 여러 가지로 사정이 다른 이복 남매들보다 더 복잡했다. 어릴 때는 황녀로 지냈으나, 친모가 폐비 되면서 동복오빠와 그녀는 황궁에서 나가 양부모에게 보내졌다. 다행히 양부모가 좋은 사람들이라 잘 성장할 수 있었고, 폐비 된 친모가 사후 복권되면서 두 사람도 황녀와 황자의 신분을 되찾았으나, 이번에는 몇 해 지나지 않아 양부모가 암살당해 둘 다 죽어버렸다.

이런 연유로 황제는 이복형제라고 해도 남보다 더 멀게 느껴졌고, 동복오빠인 수오부군왕은 무탈한 집안의 형제자매들보다 훨씬 각별하게 여겨졌다. 그런데…… 그런데 그 황제가. 고생 한 번 하지 않고 곱게 곱게 자라서 황좌를 차지한 그 황제가. 내내 고생만 하다가 가까스로 안정을 찾은 오라버니를…….

"단요야."

"예, 전하."

"난 반드시…… 반드시 황제를 죽일 거다. 내 손으로."

연얼군주의 서늘한 말에, 그녀의 최측근 심복인 단요는 황급히 주위를 둘러보았다. 제대로 문단속을 했다지만 저런 말은 입 밖으로 뱉는 것만으로도 죄가 될 말이니 조심, 또 조심해야 했다. 그때. 어디선가 웃음기 섞인 목소리가 들려왔다.

"좋은 마음가짐입니다."

연얼군주가 벌떡 일어섰고 단요는 그녀의 앞을 막아서며 소리가 들려온 쪽을 향해 검을 뽑았다. 이윽고 어둠 속에서 얼굴을 검은 천으로 칭칭 감아 알아보기 힘든 사람이 모습을 드러냈다.

"너는…… 내게 서신을 준 그자로군."

연얼군주는 목소리만으로 이 수상한 사람이 전에 만난 수상한 사람이란 걸 바로 알아차렸다.

"영명하십니다."

이죽거리며 칭찬한 수상한 사람은 연얼군주에게 부담을 주고 싶지 않다는 듯 더 앞으로 오는 대신 몸을 반쯤 숙이면서 고개만 드는 괴상한 자세로 물었다.

"자, 제 말이 진실인 걸 이제 아셨고. 황제를 죽이고 싶단 말씀도 하셨고. 그러면 우리가 좀 더 본격적인 대화를 할 수 있을까요?"

"본격적인 대화?"

"적의 적은 아군이라고 하지요."

수상한 자의 웃음 섞인 목소리에 연얼은 눈살을 찌푸렸다.

"너도 황제를 노리고 있단 건가."

"예. 그러니 그런 서신을 전해드린 거겠지요. 우리의 목표가 같으니, 전하를 돕고 싶어서요."

단요는 경계를 늦추지 않으며 연얼군주를 살폈다. 분노에 잠식된 연얼군주가 수상한 사람과 함부로 손을 잡을까 염려되어서. 그러나 화가 머리끝까지 치솟은 상태에서도 연얼은 침착했다. 그녀는 바로 제안을 받아들이는 대신 수상한 사람을 유심히 살피며 물었다.

"내가 너를 어떻게 믿으란 거지? 오라버니의 서신을 전해준 것 외에 네가 뭔 줄 알고서."

수상한 사람은 키득키득 웃으면서 손을 저었다.

"믿으실 필요 없습니다. 저도 전하를 믿지 않습니다."

"!"

"이용한단 마음만으로도 충분하지요. 이용당해드릴 마음이 넘치니까요, 이쪽은. 목표가 일치할 동안만 잠시 손을 잡을 뿐이랍니다. 언제든 그 손을 놓으셔도 우리는 괜찮습니다, 전하."

연얼은 수상한 사람이 말하는 '우리'란 부분을 귀담아들었다.

"글쎄. ……이용할 가치가 있을까?"

연얼이 쉽게 넘어오지 않자, 수상한 사람은 그럴 줄 알았단 얼굴로 고개를 끄덕이더니 허공으로 손가락을 튕기며 제안했다.

"그렇지요. 그러면 저희가 어떤 힘을 가졌는지 우선 알려드리지요. 내일…… 음. 그래요. 보라색 보석을 보시면 아실 수 있을 겁니다."

보라색 보석? 그게 뭐냐고 연얼이 물으려 했으나, 그 말을 끝으로 어느새 수상한 사람은 흔적도 없었다. 연얼군주는 숨을 고르면서 주먹을 꽉 쥐었다. 복수. 동맹. 수상한 자.

'보라색 보석.'

『양의억액의효과정』이란 이름도 괴상한 후궁 기본 서책을 다 익히고 왔더니, 부성이 그다음 기본 서책이라며 『축체화심』이란 책을 가져왔다.

"기본 서책이 대체 몇 개야?"

"열두 권밖에 되지 않아요, 소주."

대답은 이랬고, 나는 책에 머리를 박고서 기절하듯 잠들어버렸다. 그렇게 한숨 자다가 눈을 떠보니, 개시시가 웃으면서 나를 구경하고 있었다.

내가 고개를 들자 그녀는 신이 나서 말했다.

"깨어나길 기다렸어요. 더 잘 게 아니라면 얼른 준비해요, 천 귀인."

"왜요?"

"모두 다 함께 단풍 구경을 갈 거예요. 황후마마도 함께요!"

단풍 구경을 하는 데 다 같이 몰려갈 필요가 있을까, 싶었지만 다른 후궁들과 내가 잘 지내길 바라는 원웅과 부성이 간절히 쳐다보는 바람에 마지못해 몸을 일으켜야 했다.

이후 나는 옷을 갈아입었고, 이동하기 편한 신발로 갈아 신은 다음 개시시와 함께 다른 후궁들이 모여 있는 곳으로 갔다. 다른 후궁들도 오늘은 걷기 좋은 옷차림을 하고서 모여 있었는데, 다행히 우리가 가장 꼴찌로 모인 건 아니었다.

얼마 기다리자 품계가 높은 다른 후궁들이 하나둘 나타나서, 우리는 간식거리를 궁녀들에게 들린 채 천천히 야트막한 언덕길을 올라갔다. 언덕이라고 표현은 하지만, 사실 언덕이 아니라 그냥 아주 약간 볼록 솟은 산책로쯤 되는 길을 말이다.

"와, 저 단풍색 좀 보세요!"

"붉은색이 정말 고와요, 황후마마."

"단풍은 왜 색이 다 비슷비슷할까요?"

"파란 단풍은 이상하니까요."

"왜 이상하다고 생각해요? 있으면 나름대로 이쁠걸요?"

"천 귀인, 천 귀인은 붉은 단풍이 좋아요 노란 단풍이 좋아요?"

오르막길이라고 해도 매우 야트막해서, 후궁들은 지치지도 않고 재잘재잘 얘기하면서 걸어갔고 나 역시 우 귀인, 아니 이제 우 답응의 사건 덕에 무시당하지 않고 끼어서 갔다.

그렇게 얼마쯤 갔을까. 그리 다리가 아프지 않을 무렵, 경관이 유달리 예뻐지는 곳이 나타났다. 옆에는 작은 폭포가 흐르고 있고 아래로는 조그마한 개울이 흐르고 있고, 그 위로 그냥 조경에 가까운 다리가 있는 넓은 공간이었는데, 원래도 사람들이 자주 다니는 곳인지 돌로 된 탁자도 놓여 있었다.

"여기서 쉬어 가면 되겠군."

황후가 이렇게 말하자 궁녀들은 각기 가져온 음식을 풀어놓기 시작했고, 후궁들은 서로가 가져온 음식을 칭찬하면서 좋아했다.

"황후마마. 여기에 앉으시지요."

그러고 있자니, 족비가 황후에게 단풍잎이 유달리 곱게 쌓인 한 의자를 가리키며 권했다.

"아니. 본궁은 괜찮다."

하지만 황후는 그 자리에 앉는 대신, 웬일로 온 귀인에게 권했다.

"네가 앉거라. 회임한 몸이니 조심해야지."

그 말에 온 귀인은 좋아하면서 인사하고는 제 궁녀의 부축을 받아 그쪽으로 걸어가 조심히 의자에 앉았고, 나는 음식 냄새에 홀려 탁자 쪽으로 걸어갔다. 와. 영빈은 어마어마한 요리를 가져왔잖아. 이거 나도 먹어도 되는 건가?

"이거. 나도 먹어도 돼?"

"그럼요, 천 귀인. 전부 영빈마마께서 직접 요리하신 거예요. 얼른 드셔 보세요."

그런데 영빈이 직접 요리했다는 이름 모를 냄새 좋은 음식을 막 입에 넣는데, 갑자기 찢어지는 비명이 터져 나왔다.

"아아아아아아아악!"

그 때문에 음식이 목에 걸려 콜록거리며 쳐다보니, 온 귀인이 털썩 주저앉은 채 연달아 비명을 토해내고 있었다.

"아악! 아악! 아아아악! 치워! 치워! 치워줘! 아악!"

치우라고 말을 하면서도 그녀가 완전히 정신이 나가 손을 휘젓는 바람에, 온 귀인의 궁녀는 제 주인을 부축하려 시도할 때마다 얼굴을 맞고 팅겨 나가고 있었다. 이윽고 다른 곳에서도 비명이 터져 나왔다.

"세상에! 저게 뭐야!"

"까악!"

"어의! 궁의! 아니 병사!"

계속 기침이 터져 가슴을 콩콩 주먹으로 두드리며 가까이 가보니, 상황 파악이 됐다.

의자인 줄 알았던 건 의자가 아니었다. 아니, 의자는 맞는데 그 위에 시체가 있었다. 그리고 시체 위에 낙엽이 쌓여 있는데, 그 위에 온 귀인이 앉은 거였다. 연신 비명을 토해내던 온 귀인이 이번에는 갑자기 배를 움켜쥐면서 "아아아! 배가!" 하고 소리 지르는 순간.

피 냄새가 나기 시작했고, 나는 일단 달려가서 온 귀인을 두 손으로 안아 들고 황급히 의부를 향해 뛰기 시작했다.

한시가 급한 상황 같기에, 나는 온 귀인의 처소로 가는 대신 무작정 의부로 뛰었다. 온 귀인의 처소로 가봤자 어차피 궁의가 다시 그쪽으로 와야 하니까.

"아니, 이게 무슨 일이랍니까?"

이름 모를 궁의 하나가 마침 진료 상자를 들고나오다가 나와 온 귀인을 발견하고 당황해 물었다.

"천 귀인 아니십니까?"

궁의는 온 귀인의 얼굴을 모르는 눈치였으나 짐작으로나마 환자가 누군지는 바로 알아본 듯 곧 뒷걸음질 쳐들어가며 말했다.

"이쪽으로 오시지요."

"온 귀인이야. 많이 놀랐네. 배가 아프대."

나는 궁의를 따라 들어가며 간단하게 사정을 요약해주었다.

"탕 궁의도 불러오게. 계속 온 귀인을 진맥했을 테니."

"네, 네! 이쪽으로!"

궁의가 안내하는 방으로 들어가 그곳 침상에 온 귀인을 눕히는 사이에 어느새 다른 궁의가 달려왔다. 나는 옆으로 비켜서서 그 궁의가 온 귀인의 손목에 얇은 천을 깔고 진맥하는 모습을 바라보았다.

"괴로워, 아파 죽겠다. 아프다고!"

온 귀인이 통증이 심한지 울상을 지으며 외치는 바람에 천이 떨어졌으나, 궁의는 다시 천을 들어 온 귀인의 팔에 올려두며 빌었다.

"송구합니다, 귀인. 진맥을 해야 무슨 약을 처방할지 알 수 있습니다."

내가 여기에 계속 있지 않아도 되겠지? 그 광경을 지켜보다가, 나는 슬그머니 자리를 피해주었다. 그러고서 마당을 몇 바퀴 서성이고 있자, 궁의들이 온 귀인의 방으로 바쁘게 오가는 게 보였다. 개중에는 탕 궁의도 있었는데, 안색이 파랗게 질려 있었다.

탕 궁의는 나를 발견하자 평소보다 약식으로 바쁘게 고개만 끄덕이고는 얼른 온 귀인이 누운 방으로 들어갔다. 얼마 뒤에는 태후마마가 부축을 받아 도착했고, 얼마 뒤에는 황제가 도착했고, 얼마 뒤에는 황후와 후궁들이 도착했다.

이각 정도의 시간이 흐른 뒤. 안쪽에서 흐느끼는 소리가 들려왔다.

나는 슬그머니 안으로 들어갔다. 그곳에는 온 귀인이 침상에 누운 채 울고 있었다. 후궁들은 조금 뒤쪽에 서서 자기들끼리 시선을 주고받고, 황제는 온 귀인의 침상 곁에 서 있고, 태후마마도 그쪽에 있었다.

"천 귀인. 이쪽으로 와요."

개시시가 나를 보자 슬그머니 손을 내밀었다. 내가 그쪽으로 후다닥 다가가자, 개시시는 내 손을 잡고 옆으로 끌었다. 무슨 일이 있었는지는 묻지 않아도 알 수 있었다. 안쪽 상황을 본다면.

마침 태후마마가 탕 궁의에게 물었다.

"이미 늦은 게냐?"

그 목소리에는 비통한 기색이 가득했다. 탕 궁의는 차마 눈도 맞추기 어렵다는 듯 눈을 내리깔고 대답했다.

"송구하옵니다, 태후마마."

"어떻게 이럴 수가……."

"개월 수로 따지자면 임신 초기를 갓 벗어나긴 했지만, 아직 안정적인 시기는 아니었습니다. 더욱 조심해야 했는데, 최근에 연달아 크게 놀라셨으니까요."

탕 궁의가 말을 마치자마자 흐느끼던 온 귀인이 버럭 소리를 질렀다.

"내가 부주의했단 말이냐!"

탕 궁의는 황급히 무릎을 굽혔다.

"아닙니다. 절대로 그런 뜻이 아니었습니다. 두 사건 다 귀인의 잘못이 아닌데, 신이 어떻게 그런 말을 하겠습니까."

태후가 손을 젓자 탕 궁의는 온 귀인의 눈치를 보며 일어났다. 태후는 손수건을 꺼내 온 귀인의 이마에 고인 땀을 닦아주면서 애써 달래는 목소리를 냈다.

"몸조리를 잘해야지. 괴롭겠지만 이리 화를 내면 몸에 좋지 않아."

오랫동안 바라온 손주가 허망하게 사라졌지만 온 귀인을 챙기는 게 우선이라 여기는 듯했다.

"태후마마……."

그러나 온 귀인은 태후가 손을 꼭 잡아주자 더욱 속이 상한지 울상을 짓고 꺽꺽 흐느꼈다. 그러다가 태후가 그녀를 보듬고서 등을 다독이자 더욱 눈물을 펑펑 쏟았다. 황제 역시 마음이 편치 않은 듯 면사 위로 드러난 눈가가 굳어 있었다.

그때. 태후가 온 귀인을 보듬고서 뒤로 물러나려는 순간, 내내 흐느끼던 온 귀인이 갑자기 황후를 노려보며 외쳤다.

"태후마마, 이 일은 전부 황후마마 때문입니다. 황후마마가 제 아기와 태후마마의 손주를 죽인 겁니다!"

우두커니 서서 사태를 바라보던 황후가 그 뜬금없는 외침에 놀라서 눈을 커다랗게 떴다. 개시시가 내 손을 더욱 힘주어 잡았다.

"그게 무슨 소리냐?"

태후마마가 눈살을 찌푸리면서 물었다. 온 귀인은 태후마마의 손수건을 간절히 두 손으로 붙잡더니 더욱 눈물을 펑펑 쏟으며 설명했다.

"황후마마가 절 시체 위에 앉게 했어요. 한 번도 그런 적이 없던 사람이 갑자기 제게 그런 배려를 했을 때 이상하게 여겨야 했는데!"

황후는 자신에게 시선이 몰리자 당혹스러운 기색을 드러냈다.

"아닙니다, 어마마마."

황후가 바로 부인했지만 온 귀인은 계속해 주장했다.

"다들 보았습니다, 태후마마. 황후마마가 저더러 시체를 가리키면서! 저 위에 앉으라고 그랬습니다. 제가 그 위에 직접 앉지만 않았다면 이렇게 놀라진 않았을 테고…… 그러면 제 아기도……!"

입술을 깨문 온 귀인은 무시무시한 눈으로 황후를 노려보았다. 당장에라도 원한 서린 귀신이 나와 황후를 할퀼 분위기였다. 황후는 사태가 심상치 않다고 여겨지는지 태후와 황제를 번갈아 보며 거듭 부인했다.

"온 귀인은 후궁이기도 하지만, 저와 친척이기도 한데 제가 그럴 이유가 무엇이겠습니까. 제가 온 귀인에게 앉으라 권한 건 저 애가 회임했기 때문이지, 다른 이유는 없습니다."

황후와 친한 촉비도 얼른 앞으로 나서서 말을 보탰다.

"폐하. 태후마마. 황후마마의 말씀이 옳습니다. 온 귀인이 앉은 자리는 낙엽으로 뒤덮여 있어서, 안에 시체가 있으리란 생각은 누구도 할 수 없었습니다."

그러나 말이 나오자마자 온 귀인은 이번에는 촉비까지 같이 공격했다.

"촉비마마에게 화살이 같이 돌아갈까 봐 그렇게 말씀하십니까? 처음에 황후마마께 그 자리를 권한 게 촉비마마여서요?"

"온 귀인! 말을 조심해라!"

촉비가 서늘하게 외쳤으나 온 귀인은 오히려 더욱 맹렬하게 분노를 드러낼 뿐이었다.

"둘이 한패일지도 모르지요. 아니면 촉비마마가 황후마마를 공격하려 했는데, 일이 꼬여서 황후마마가 날 공격한 게 됐나요?"

여기에 황후가 무어라 말하려는 순간.

"그만."

내내 조용히 사태를 지켜보던 황제가 입을 열었다. 말이 나오자마자 동시에 모두가 조용해졌다.

황제는 떡돌이일 때와는 다른 분위기로 주위를 둘러보다가 온 귀인을 보았다. 황제와 눈이 마주치자 온 귀인은 서럽다는 듯 더욱 크게 울기 시작했다.

"폐하…… 저는…… 어떻게 저는……."

그 모습을 본 황제는 직접 몸을 굽혀 온 귀인의 손을 잡고 위로했다.

"누가 거기에 시체를 두었는지, 네게 피 묻은 나비를 보낸 이가 누구인지, 꼭 범인을 잡아줄 테니 진정하거라. 흥분하다 몸이 더 상하겠다."

그리고 있자니 탕 궁의가 주저하며 입을 열었다.

"저…… 폐하, 태후마마. 온 귀인께서는 약을 드시고 푹 주무셔야 합니다. 온 귀인께서는 이제부터 푹 쉬시며 몸조리를 잘하셔야 합니다."

그러자 태후는 모두 다 나가자 말하며 후궁들을 보냈고, 황후는 주저하다가 입술을 꾹 닫고서 밖으로 나갔다. 황제 역시 태후를 따라 나갔다.

그런데 나도 그 사이에서 개시시와 나가려 하고 있자니, 온 귀인이 갑자기 "천 귀인!" 하고 부르는 게 아닌가. 돌아보자 그녀가 우리가 헤어진 자매쯤 되는 듯 간절하게 날 불렀다.

"잠들 때까지 천 귀인이 나랑 같이 있어 줘요. 제발요."

황제와 태후마마는 물론 다른 후궁들까지 동시에 나를 쳐다보았고, 나도 당황했다.

"나요?"

황당해서 대놓고 묻자 그녀는 고개를 끄덕이더니 다시 눈물이 그렁해져서 부탁했다.

"내가 아파서 고통스러워할 때 날 안아준 건 천 귀인뿐이잖아요. 다른 사람들은 아무도 믿지 못하겠어요. 천 귀인이 나랑 있어 줘요."

아니, 난 안아준 게 아니라 안아서 운반한 건데. 거절하고 싶었지만, 그 전에 태후마마가 한숨을 내쉬면서 먼저 내 칭찬을 해버렸다.

"천 귀인은 참으로 착하기도 하지. 그래. 둘이 같이 있도록 하거라."

아니, 나 아직 있을 거란 말 안 했는데요.

그뿐만이 아니다. 개시시도 눈치를 보다가 슬그머니 말을 보탰다.

"천 귀인은 늘 사람들을 잘 챙기니까요."

나름대로는 내 평판을 높여주기 위해 말을 보탠 눈치인데…… 아니, 난 병간호 잘 못 한다고! 게다가 온 귀인이랑 방에 둘이 남아서 무슨 대화를 하겠어! 하지만 내 선택권은 없는 건가. 다들 나를 칭찬하면서 나가버렸다. 나만 남겨두고.

"그럼, 잘 부탁드리겠습니다 천 귀인."

심지어 탕 궁의까지도 '내가 널 오해했나 봐'란 시선으로 나를 지그시 바라보며 평소보다 깊게 허리 숙여 인사하고 나갔다. 얼결에 문이 닫히자 나와 온 귀인 둘만이 남게 되었다.

혹시…… 꿍꿍이가 있나 싶어 온 귀인을 돌아보니, 꿍꿍이는커녕 그녀
는 안 그래도 천소여를 닮아 처진 눈이 더욱 슬프게 변해서 나를 향해
손을 뻗었다.

"함께 있어 줘요, 천 귀인. 무서워요. 천 귀인이 옆에 있어야 잠들 수 있
을 거 같아요."

"?"

급하게 수사를 마친 기몽은 황제가 어전이 아니라 의부 근처에 있단
이야기를 듣고 그쪽으로 갔다. 그가 다가오자 황제는 기둥에 몸을 기대
고 있다가 곧장 물었다.

"시체가 누구인지 알아보았느냐."

그 질문을 듣자 '왜 여기에 서 계시나' 하는 의문은 사라지고 불편한 마
음이 치솟아 기몽은 입술을 꾹 다물고서 시선을 내리깔았다. 황제가 눈
동자만 돌려 그를 보자, 어쨌든 대답을 피할 수는 없는지라 기몽은 어렵
게 입을 열었다.

"목이 없는 시체여서 확실하진 않지만……."

"않지만?"

"강흠예군 같습니다."

강흠예군의 월요 황제의 사촌으로 명실상부한 종친이었다. 사이가 좋
지도 나쁘지도 않은.

"강흠예군?"

"예. 강흠예군이 선황제 폐하께 받은 후 보물처럼 간직하고 다니며 자랑
하시던 보라색 보옥에 대해 아십니까? 그게 시체에서 발견되었습니다."

온 귀인이 잠든 걸 확인한 다음 밖으로 나오려니 기분이 이상했다. 무림 악적 천년비가 곁에 있어야 안심이 된다는 사람이 다 있다니. 온 귀인은 심지어 지금까지 나와 친하지도 않았는데. 내가 자기를 안고 뛰어준 일이 그렇게 고마웠나?

그런데 밖으로 나와 원웅과 부성을 찾고 있자니, 한발 앞서 황제가 날 불렀다.

"소여야."

또 이름으로 부르네. 하지만 이런 상황에서 별명이나 불러대긴 좀 그렇지. 나는 고개를 끄덕이고 그쪽으로 다가갔다. 황제는 의부 근처의 담벼락에 서 있었는데, 황제 때문에 주위에 아무도 다니지 못하고 있었다.

"왜 여기에 있어요?"

하지만 혹시나 싶어서 둘만 있을 때와 달리 반말을 하지 않고 묻자, 그는 걸치고 있던 얇은 겉옷을 벗어 내 위에 덮으며 물었다.

"너는 좀 괜찮으냐?"

"내가 뭘요?"

"시체를 봤다며."

"아, 난 시체……."

많이 보기도 하고 많이 만들기도 해서 괜찮단 말은 하면 안 되겠지.

"안 봤어요. 온 귀인 본다고."

얼른 둘러대자 황제는 다행이라 중얼거리더니 나를 끌어안고서 몇 마디 위로하는 말을 던졌다. 세상에. 보통 사람들은 시체를 보고 나면 위로하는 말을 듣는구나……. 왜지? 위로를 들어야 하는 건 시체가 된 사람 아닌가? 어쨌든 위로를 하기에 듣고 있자니 한참 뒤. 황제가 내 등을 몇 번 쓸어주다가 물었다.

"어마마마께서 너를 몹시 칭찬하셨다. 상심한 온 귀인 앞에서 칭찬하기 어려워서 거기선 하지 않았지만."

"아. 정말요?"

"그래. 네가 나서준 덕에 그래도 온 귀인이라도 빨리 치료받았으니까."

"다행이네요."

고개를 끄덕이고 있자니, 황제는 내게 덮어준 자기 겉옷의 끈을 묶어주고서 물었다.

"그래서 말인데. 어마마마께서 네게 꼭 상을 주라 하시더군. 혹시 가지고 싶은 게 있느냐?"

"상이요?"

황제가 고개를 끄덕이더니 전에 내가 그에게 돈 얘기를 한 게 떠올랐는지 귓속말로 물었다.

"돈으로 줄까?"

당연하지! 상은 돈이지! 나는 바로 흔쾌히 대답하려 했으나 전에 비원이 준 영약이 떠올라 마음을 바꾸었다.

"그럼 폐하. 나, 무공을 익히고 싶어요. 스승을 붙여줘요."

이러면 자연스럽게 영약을 먹을 수 있겠지! 내가 무공을 익힌다는데 황제가 영약 하나 안 구해다 주겠어? 황제가 영약을 구해다 주면 비원이 준 영약과 섞어 먹는 거다. 그러면 자연스럽게 내공 상승. 이상하지도 않아. 젠장, 역시 나는 바보가 아냐.

"괜찮아요?"

눈을 빛내며 묻자. 황제는 생각지도 못한 대답이었는지 당황한 얼굴로 되물었다.

"무공?"

272

나는 고개를 끄덕였다.

"네. 무공이요."

근데 이거 참. 안 쓰다가 존대하려니 참으로 어색하구먼. 황제는 내가 재차 대답해주었는데도 여전히 당혹스럽단 눈치였다.

갑자기 무공을 익힌다고 해서 그러나? 그의 표정에서 혼란의 먹구름이 가시지 않기에, 나는 조금 더 부연 설명을 해주었다.

"최근에 습격도 많이 받았잖아요, 나도 그렇고 다른 후궁들도 그렇고."

"그렇지."

"이런 사건을 겪으면서 스스로 강해질 필요가 있단 걸 깨달았어요."

"그래서. 무공을 친히 익히겠다?"

"원래도 무공에 관심이 많았거든요. 게다가 난 보나 마나 재능도 많을 테니, 하나를 배우면 열을 알 거예요."

하나부터 열까지 헛소리를 뱉으며 배를 내밀자 황제가 고개를 갸우뚱했다. 내가 무림인 천년비가 아닌지 의심하고 있는데. 대놓고 무공을 배울 거라 나오면서 허풍 비슷한 걸 떨자, 오히려 더 헷갈리는 눈치.

나는 그가 내 의견을 받아들이도록 일부러 눈을 커다랗게 뜨고 빠르게 깜빡거렸다.

황제는 움찔하긴 했으나 내 눈을 피하진 않았다.

대신 곰곰이, 그리고 신중하게 생각해보더니 결국 고개를 끄덕였다.

"좋다. 누구를 스승으로 할지는…… 좀 생각해보자."

천 귀인이 자신의 궁녀들을 찾아 떠나가자 황제 역시 볼일이 끝났는지 돌아서서 심궁으로 걸어가기 시작했다. 평소라면 가마를 타고 다닐 것이나, 지금 그는 여러모로 마음이 복잡해 일부러 걷고 있었다. 그의 그림자들과 측근 태감들은 황제의 눈치를 살피며 덩달아 입을 다물고 있었다.

돌길을 지나 화원을 지나 심궁 부근에 거의 다다랐을 즈음. 내내 조용히 걸어가던 황제가 마침내 입을 열었다.

"승언아."

승언이 얼른 앞으로 나서자 황제가 미간을 찌푸리며 물었다.

"무공을 배운 사람이라면 자존심이 상해서라도 다른 사람, 자기보다 더 약한 사람에게 무공을 배우겠다 하진 않겠지?"

승언은 바로 고개를 끄덕였다.

"그럴 겁니다."

승언이 본 무림인들은 하나같이 자존심이 높았다. 멀리서 얼핏 소문으로 들은 이들부터, 가까이는 그림자들을 가리키는 스승들까지. 그 대답에 황제는 더욱 헷갈리는 얼굴이 되었다.

"역시 무림인 천년비와 짐의 반숙이는 연관이 없는 건가."

오원요도 눈치를 살피다가 슬그머니 말을 보탰다.

"찔리는 게 있다면 먼저 무공 이야기를 하시진 않을 겁니다, 폐하."

하지만 황제는 고개를 갸웃했다. 오원요는 저렇게 말할 수 있었다.

그러나 며칠 전, 장공주의 시신이 사라졌을 적. 천 귀인은 높은 담을 넘어 황제를 보러 왔다. 환상이 아니란 걸 알려주기라도 하듯 장신구까지 떨어뜨려 가면서. 무공을 아예 모른다면 그게 가능한가?

"조금 익히다 말았나?"

"예?"

"경공 위주로……?"

"?"

천 귀인의 무공에 대한 고민은 그리 오래가지 못했다. 집무실로 돌아와 업무를 보는 황제에게 마지막으로 전해진 기몽의 보고서 때문이었다.

월요 황제는 눈썹을 찌푸리고서 기몽이 건넨 종이를 날카로운 눈으로 흉흉하게 쏘아보았다. 그동안 기몽을 비롯해 다른 부하들은 모두 숨을 죽이고 황제의 말을 기다렸다. 한참 뒤. 월요는 보고서를 '쿵' 소리가 날 정도로 거세게 책상에 내려놓았다.

"범인은?"

황제의 질문에 기몽 장군이 송구스러워하며 대답했다.

"이제 막 수사에 들어갔습니다."

"증좌가 될 만한 건 있느냐."

"바로 눈에 띄는 건 없었으나, 차례대로 수사해갈 것입니다."

기몽의 말에는 딱히 정보랄 게 없었으나 황제는 그가 얼마나 사냥개 같은지 잘 알고 있기에 더 꾸짖지 않았다. 대신 고개를 끄덕이고서 그에게 나가보라 지시했다. 기몽이 인사를 올리고 나가자 곁에 선 오원요가 걱정스레 물었다.

"왜 그러시옵니까, 폐하?"

"강흠예군의 목이 발견되었다."

"아……."

오원요는 작게 탄식했다.

"결국 예군의 시신이 맞았군요."

"문제는 그게 아니다."

그러나 황제의 말은 거기서 끝이 아니었다. 이게 문제가 아니라고? 종친이 죽었는데?

"처음에 몸이 발견되었을 때. 기몽이 그랬지. 시신의 품에서 선황제께서 그에게 건넨 보라색 보옥이 나왔다고."

"네, 그랬지요."

"머리에서도 그게 발견되었다."

"!"

놀라운 이야기에 오원요가 눈을 커다랗게 떴다. 보옥이 두 개일리는 없다. 그렇다는 건……

"설마. 적이 시신을 뒤져 보옥을 가져간 걸까요?"

"그렇지. 게다가 감출 마음도 없는지, 아예 입에 물려두었다니."

더 충격적인 이야기가 나오자 오원요는 입을 쩍 벌렸다.

월요는 면사를 걸치고 있는 것조차 귀찮은지, 면사를 벗어 책상 위에 올리고는 의자에 깊게 몸을 묻고서 눈을 가느스름하게 떴다.

"현우군왕에 이어 강흠예군까지 죽었다."

현우군왕은 자결한 것으로 되어 있으나, 월요는 이 사건이 벌어지기 전부터 현우군왕이 자결한 사실에 의문을 품고 있었다. 그런데 강흠예군까지 죽자, 의심이 확신으로 변했다.

"둘 다 살해당한 거다."

깊이 생각에 잠긴 채 책상을 손가락으로 툭 툭 툭 일정하게 두드리던 황제가 마침내 생각을 정리했는지 나지막하게 입을 열었다.

"수오부군왕과 손을 잡은 무림 단체."

"예, 폐하."

"그 단체가 알아챈 모양이다. 짐이 군왕을 죽였단 걸."

오원요는 물론, 이런 쪽으로는 나설 마음이 없기에 조용히 대화를 듣기만 하던 승언이 놀라서 눈을 커다랗게 떴다.

"폐하, 그 말씀은……"

"종친들과 손을 잡고서 꿍꿍이를 벌이더니. 이번엔 종친들을 다 죽이고 있군."

"현우군왕과 강흠예군이 그들과 손을 잡았다고 생각하십니까?"

"범인들은 자신들과 손을 잡았던 종친들을 살해하고 있다. 그게 '증거를 인멸하고 손을 떼기' 위해서인지, '증거를 인멸하고 계획을 바꾸기' 위해서인지는 모르겠지만."

책상을 두드리는 황제의 손놀림이 더욱 빨라지자 승언과 오원요가 걱정스럽게 서로 눈짓을 주고받았다.

마침내 책상 위에서 정신없이 움직이던 황제의 손가락이 멈추자 승언과 오원요는 더욱 긴장되어 마른침을 삼키고 주군을 바라보았다.

뭘 생각하기에 저렇게 말없이 혼자 생각하고 있던 건지, 그들로서는 전혀 이해가 가지 않았다.

그러다 마침내 황제가 입을 열었다.

"손을 떼기 위해서라면 굳이 입에 보옥을 물려두진 않았겠지."

"아, 하면……!"

"자기들이 엮인 증거를 인멸하고 방향을 바꾸기 위해 이러는 걸 거다."

'투두둑 투두둑' 소리를 내며 다시 책상을 두드리던 황제가 마침내 생각이 마무리되었는지 붓을 쥐더니 빠른 속도로 무언가를 적었다.

마침내 붓을 내려놓은 황제는 아직 먹물이 다 마르지 않는 서신을 오원요에게 건네며 지시했다.

"종친들에게 보내라."

그 시각. 강흠예군의 입에서 보석이 발견된 일로 착잡한 건 황제만은 아니었다. 연얼군주 역시도 자신의 사가에서 뒷짐을 진 채 초조하게 마당을 서성이고 있었다.

"분명 입에서 보라색 보옥이 발견되었다 했지?"

"예, 전하."

그녀에게 접근해 수오부군왕이 남겼단 편지를 전한 그 수상한 이. 그 수상한 이가 자기들의 능력을 검증하겠다며 '보라색 보석'을 찾아보라고 했는데. 이걸 두고 말하는 게 분명했다.

연얼군주는 서너 바퀴를 더 돌다가 부하에게 물었다.

"자기들과 손을 잡지 않으면 나까지 죽이겠단 이야기 같으냐."

"고정하십시오, 전하."

연얼군주는 그래도 고정하지 못하고 빙글빙글 돌다가 평상에 털썩 주저앉으며 이마를 손으로 짚었다.

"복수를 위해서 위험한 이들과 손을 잡는 거. 그럴 수도 있지. 있는데."

그녀의 이마가 일그러졌다.

"천 귀인이…… 황제를 연모하고 있단 게 걸린다."

황제가 천 귀인에게 무공 스승을 붙여주는 문제를 다시 기억해낸 건 다음 날 옷을 입으면서였다. 종친들과 손잡은 무림인들을 파악하는 일로 바빠 다른 일은 잠시 잊고 있던 탓이었다. 오원요가 옷 입는 걸 돕는 동안 황제는 곰곰이 생각해보다가 물었다.

"오원요. 너는 천 귀인의 무공 스승으로 누가 적당한 거 같으냐."

"소신이 뭐 하는 게 있겠습니까."

황제는 잠시 '짐이 직접 가르쳐줄까' 하고 생각했다. 같이 수련을 하면 얼굴 보는 시간도 길어지고 좀 더 가까워질 테니까. 천 귀인은 이쪽에 마음이 없진 않은 듯한데, 미묘한 선을 그어놓고 그 이상 받아들일 마음이 없어 보였다. 같이 수련하다 보면 이 선을 지워줄 것도 같았다. 하지만…….

"짐이 직접 가르칠 수는 없겠지."

그의 무공 실력은 마지막까지 남겨두는 비장의 방패이자 무기였다.

"승언을 붙여줄까?"

자기 이름이 튀어나오자 승언이 움찔해서 빠르게 고개를 저었다. 황제는 승언이 고개 젓는 걸 보진 못했으나 다행히 그 의견도 접어두었다.

"하지만 승언의 무공은 너무 은신 위주라."

이후 점심 무렵에 만난 사자친왕은 황제의 고민을 듣더니 같이 고민하다가 제안했다.

"천 귀인은 후궁이지 않습니까. 무공을 쓸 일은 거의 없겠지요. 그러니 정순해서 익히기에 안전하고, 보기에도 화려한 검술이 좋을 듯합니다."

문안을 갔을 때 만난 태후는 천 귀인이 상으로 무공을 배우고 싶다 했단 말에 잠시 당황한 듯했으나, 곧 진지하게 고민하다가 자신도 의견을 내주었다.

"개 답응 가문에 유명한 무림인이 있다 하지 않았습니까, 아드님."

"그렇다고 듣긴 했지만…….."

"완전히 문외한인 무림인을 불러왔다가 괜히 소동이 벌어질 수도 있지요. 하지만 개 답응 가문 사람이라면 스스로도 조심할 테니, 그자를 불러오는 게 어떨까요?"

황제는 그럴듯하게 여겨 고개를 끄덕였으나 곧 눈살을 찌푸렸다. 개 답응 가문의 무림인이라면…… 그 '개원'이란 자 아닌가? 그리고 그 이름은 기몽 장군이 '천년비'란 이에 대해 보고할 때도 있던 이름이었다. 천년비를 잡기 위해 사귀는 시늉을 하다가 배신했다는 이.

황제는 표정이 더욱 굳었다. 만약 '천년비'와 '천 귀인'이 다른 사람이라면, 개원이란 자에게 그 일을 맡겨도 상관은 없겠지만…… 만에 하나라도 두 사람이 동일인이라면…….

"아드님?"

황제의 표정이 심상치 않자 태후가 걱정스레 불렀다. 황제는 곧 마음을 정리하고서 웃으면서 찻잔을 들었다.

"모후의 의견이 괜찮겠네요."

'개원이란 자는 천년비를 죽였단 소문이 났지. 하지만 그건 천 귀인이 입궁한 뒤에 있던 일이라 했으니, 반숙이와 관련 있는 일일 수 없다.'

원웅이가 이것저것 여러 찻잎을 섞어서 만들었다는 다소 실험적인 차를 마셔보고 있는데, 밖에서 떡돌이의 도착을 알리는 신호가 왔다.

"황제 폐하께서 오셨습니다."

나는 부성이가 먼저 차를 마실 때까지 찻잔에 입술만 대고 기다리다가 얼른 찻잔을 내려놓고 일어섰다. 부성이도 나와 비슷하게 찻잔에 입술만 대고 있다가 아예 밖으로 나가 문을 여는 시늉을 했다. 원웅이는 자기가 만든 차를 아무도 제대로 마시지 않자 입술을 비죽였지만, 어쩔 수 없는지 들어오는 황제에게 인사를 올렸다.

잠시 뒤 두 궁녀는 나갔고, 떡돌이는 내 맞은편 긴 의자에 앉았다. 나는 새 찻잔을 그의 앞에 놓은 다음 주전자에 아직 남아 있는 원웅이의 실험적인 차를 따라주며 권했다.

"마셔봐."

"?"

"어떤 맛이 나는지 마셔보고 알려줘."

떡돌이는 차를 마시다 갑자기 우뚝 멈추더니 나를 지그시 째려보았다.

"혹시 상한 거냐."

"아니야. 원웅이가 이거저거 타서 만들었다는데, 영 신뢰가 안 가서. 맛……있어?"

"괜찮은데."

떡돌이의 말에 슬그머니 용기를 얻어 나도 내 앞에 놓인 찻잔을 기울여 마셔보았다. 한 모금 마시는 순간 바로 욕이 나왔지만.

"와 XX."

떡돌이는 웃으면서 나를 보다가 표정이 굳었지만, 내가 시치미를 뚝 떼고 찻잔을 내려두자 자기 귀를 두드렸다.

"왜 그래?"

나는 새초롬하게 묻고서 그에게 눈을 깜빡이다가 아차 싶어서 물었다.

"그래, 내 스승은 구했어?"

"짐이 여러 사람에게 의견을 구해봤는데."

"응. 누군데? 누구든 상관없어."

누굴 데려오든 나보다 약할 테니. 딱 한 사람 빼고.

"개 답웅의 사촌은 어떠냐?"

그래, 저 사람 빼고. 근데 딱 그 사람을 골랐네.

"싫어."

나는 단호하게 거절했다. 거절할 수밖에. 사실 진짜 내가 뭔가를 배울 수 있는 상대는 개원이 정도가 다이긴 했다. 만약 개원이가 내 스승이 된다면, 뭐 도움이 되긴 하겠지. 강력한 적은 때론 스승이 되기도 하니.

문제는 개원이가 내 실력을 샅샅이 알고 있다는 데 있었다. 개원이에게 무술을 배우다 보면, 까딱 잘못할 시 정체를 발각당할 수도 있었다. 물론 웬만해서는 후궁의 몸에 내 영혼이 들어와 있을 거란 상상은 하지도 못하겠지만. 사실 기동도 '천년비' 이름을 물었을 때 내가 연달아 쓰러지지 않았다면 의심조차 못 했을 거고. 그걸 본 지금도 확신하지 못하고 내내 의심만 하고 있잖아? 어쨌든……

"싫어."

내가 재차 단호하게 거절하자 떡돌이는 의아한 얼굴로 설명했다.

"개 답응의 사촌은 무림에서 유명한 영웅이라던데. 이왕 배울 거 그런 자에게 배우는 게 좋지 않으냐?"

"난 잘난 놈은 싫어."

"?"

"얼마나 코가 높겠어. 난 본격적으로 배울 거 아니잖아. 거드름 안 피우고 적당히 가르쳐줄 스승으로 붙여줘."

그래도 떡돌이가 영 납득하는 얼굴이 아니어서 나는 개시시의 이름도 팔았다.

"개 답응 생일에 잠깐 봤는데 아주 재수 없는 새끼더라고."

좀 거친 표현까지 사용했으나, 떡돌이는 내가 거친 말을 해도 좋은지 오히려 흐뭇하게 웃었다.

"그래?"

게다가 대체 무슨 생각을 한 거지, 내가 재수 없다고 하는데도 오히려 더욱 살갑게 권했다.

"스승이라면 너무 제자의 눈치를 보아서도 안 되지. 조금 재수 없는 정도가 좋아. 역시 그자로 하자."

뭐야. 나한테 재수 없는 스승을 붙여주고 싶단 거야? 저건 또 무슨 심보야? 하지만 딱 잘라서 거절을 하려고 보니, 문득 불안한 생각이 연달아 떠올랐다.

기몽 장군…… 떡돌이한테 '천년비'에 대해 보고했잖아. 그럼 '천년비'와 개원에 관한 이야기도 했겠지. 안 나올 수가 없어. 그냥 사귄 것도 아니고, 막판에 개원이 그놈이 나를 죽였으니. 그러면 황제는 '천년비'가 개원에게 원한을 가지고 있단 걸 알 터. 이런 상황에서 내가 개원이 불러오는 일을 지나치게 반대하면…….

'찔려서 이런다고 생각할지도 몰라.'

보통은 개원이처럼 대단한 스승을 붙여준다 하면 두 팔 벌려 환영할 테니. 심지어 마교 자식들한테 물어도 백이면 백 스승으로 달라 할 거다.

'젠장. 왜 하필 떡돌이는 여기서 개원이 얘기를 꺼내서!'

속으로 씩씩거려보았지만 그렇다고 뭘 어떻게 할 수도 없었다. 결국 고민 끝에 나는 마지못해 대답했다.

"알았어. 근데 조금만 배울 거야. 큰 욕심은 없으니까. 미리 말해둬. 나는 아주 소극적인 제자라고."

아직 가을이지만 날씨는 급격히 추워져서 이게 겨울인지 가을인지 구별이 되지 않을 정도가 되었다. 태감들은 땔감을 들고 여기저기 돌아다녔고, 궁녀들은 두툼한 바느질거리를 살피기 시작했다. 온 귀인은 아픔을 이겨냈는지 이제는 조심 조심히 산책을 다니게 되었으나, 여전히 나를 보면 반가워한다.

그렇게 평화롭게 지낼 무렵. 요즘 좀 조용하다 싶었는지, 내명부에서 또 이상한 걸 하겠다고 통보가 왔다.

"활?"

궁술 시합을 하자고. 시합 이유로는 이런저런 명분을 가져다 붙였지

만, 그냥 심심해서 하는 것 같았다. 나는 다 읽은 서신을 옆에 내려두고
서 불만을 토로했다.

"이런 건 왜 하는지 모르겠어."

원웅은 서신을 잡아 들면서 웃었다.

"소주는 몸 움직이는 걸 좋아하지 않으셨어요?"

"좋아하지."

"그런데 왜 그러세요?"

"활은 내가 움직이지 않잖아. 화살이 움직이는 거지."

내가 질색하자 두 궁녀는 안됐다는 시선을 보냈지만, 그들이 황후가 고
른 궁술 일정을 무시할 수는 없는 법. 어쨌든 궁술 시합이 코앞으로 다가
오자, 나는 '중간은 가자'라는 마음가짐으로 연습하기 위해 활을 들고 청
적으로 향했다.

그런데 청적으로 가보니 바싹하게 말라가는 초록색 풀들 위에 앉아 있
는 건 떡돌이가 아니었다. 하얀 옷자락을 넓게 펼치고서 반쯤 찌그러진
눈사람처럼 엎어져 있는 이는 사자친왕이었다. '찌그러졌다'라는 표현을
하긴 했지만 그건 그냥 옷이 넓게 펼쳐졌단 거고. 사자친왕은 아주 아름
답게 있었다.

"응? 천 귀인 아니십니까?"

사자친왕도 나를 보자 의외인지 웃으면서 말을 걸었다. 하지만 더 누워
있긴 어려운 듯 그는 바닥에서 몸을 일으켰다.

"폐하는요?"

내 질문에 그는 눈썹을 치켜올리더니 아쉬운 척 툴툴거리기까지 했다.

"제가 여기 있는데 오자마자 폐하부터 찾으시다니. 참으로 무정한 분
이십니다."

그러다가 사자친왕은 내가 활을 꺼내서 쥐자 황급히 말을 바꾸었다.

"그렇다고 사람을 쏠 필요까지야."

내가 자기를 쏠 거라 생각했나 보다. 하지만 그는 화살을 자세히 보더니 더욱 당황해서 다가왔다.

"아니, 그렇다고 스스로를 쏠 필요도 없습니다."

"응? 뭐가요?"

"화살촉이 반대로 되어 있잖아요, 귀인!"

"아."

내가 고개를 끄덕이는데도 사자친왕은 쩔쩔매더니, 조심스럽게 활과 화살 사이에 손을 넣어 두 개 모두 가져가며 충고했다.

"잘 다루지 못하는 무기는 아예 손도 안 대는 게 낫습니다."

나는 한숨을 내쉬고 아까 그가 드러누워 있던 풀 위에 그대로 앉았다.

"나도 그러고 싶은데 어쩔 수 없어요. 황후마마가 또 궁술 시합인지 뭔지 한다고 우리를 불렀거든요."

사자친왕은 잠시 나를 묘한 눈으로 쳐다보다가, 내가 눈을 마주하고서 눈썹을 치켜뜨자 웃으면서 곁으로 다가와 앉았다.

"아니, 별건 아닙니다. 그냥 후궁이 바닥에 이렇게 철퍼덕 앉는 건 처음 봐서요."

"나도 친왕 전하가 철퍼덕 앉아 있던 건 처음 봤는데. 신기하네요."

사자친왕은 낡은 경첩에서 바람이 빠져나가는 소리를 내며 웃다가 흠흠 헛기침을 했다.

"그래요. 황후마마가 궁술 시합을 여신다고요?"

"네. 왜 하는지 모르겠어요."

원웅의 말에 따르자면, 온 귀인이 유산을 하고 그 범인으로 황후를 지목한 일 때문에 그녀의 평판이 흔들렸단다. 원래 황후는 침착하면서도 서늘하고 곧은 성정으로 관리들 사이에서 평판이 아주 좋았는데, 이 정도로 평판이 흔들리는 건 처음 있는 일이라고. 유산한 온 귀인을 동정하는 만큼 황후는 조용한 비난을 받고 있다고 했다.

"평판이 나빠지셨으니 행사 같은 걸 열어 분위기를 돌리셔야겠지요."

원웅은 이렇게 이죽거렸다. 들어도 잘 이해가 안 갔지만.

"뭐. 어쨌든 그렇게 되어서. 조금 연습하려고요."

그러고서 내가 활을 쥐려는데, 사자친왕이 얼결에 손을 뻗어서 활 쥐는 자세를 고쳐주며 물었다.

"무림 고수를 초빙해 무공을 배우실 거라더니. 그건 어찌 되셨습니까?"

떡돌이가 얘기했나 보네?

"아직 안 왔어요."

인편을 보냈는데 마침 개원이 어디에 가 있어서 못 만났다고 들었다.

개시시는 자기는 궁궐에 있어서 개원이 어디 갔는지는 모르겠지만, 원래도 개원은 여기저기 돌아다니길 좋아한다고 했고. 이 때문에 개원이와의 만남은 잠시 뒤로 밀려나 있었다.

"그렇군요."

그런데…… 왜 저러지? 활 연습을 하기 위해 화살에 시위를 재면서 움직이고 있자니, 사자친왕이 그 모습을 좀 불안하게 쳐다보지 않는가.

"이번엔 땅으로 화살을 겨누고 있는데요."

혹시 내가 화살촉을 이상한 방향으로 하는 게 걱정되어 저러나 싶어 빤히 보자, 그가 잠시 주저하더니 내게 물었다.

"귀인. 활 잘 쏘십니까?"

나는 고민하다가 솔직하게 대답해주었다.

"암요."

사자친왕은 잠시 자기 이마를 짚고서 내가 만지작거리는 화살을 재차 보더니, 다시 한번 물었다.

"혹시 궁술을 배운 적은……."

"없는데요."

"……."

"이번 시합에 목표가……?"

"한 중간 정도?"

대체 왜 저러는 거야? 사자친왕이 다시 자기 머리를 감싸고 내 손에 들린 활을 초조하게 쳐다보았다.

얼마나 그러고 있었을까. 그게 어색하게 웃으면서 제안했다.

"내가 가르쳐드리겠습니다, 귀인."

사자친왕은 거기에서 멈추지 않았다. 대체 날 어떻게 본 건지, 떡돌이에게 무슨 말을 한 게 틀림없었다. 다음 날 연습을 하고 있을 때는 떡돌이가 와서 활 쏘는 법을 가르쳐주겠다고 했으니까.

"사자친왕이 네게 활 쏘는 법을 꼭 알려주라던데."

"왜?"

"네가 구경하던 사람을 쏠지도 모른다고."

게다가 사자친왕이 내 실력을 얼마나 폄하해댔는지, 가르쳐주기 전에 떡돌이는 우선 내게 이렇게 말하기까지 했다.

"자세를 잡아봐."

그래서 자세를 잡았더니, 그는 "듣던 대로네." 하고 중얼거리고서 활 쥐는 법부터 쏘는 법을 차근차근 알려주기 시작했다.

"과녁을 잘 봐라. 흔들리지 말고. 목표를 주시해."

"하고 있어."

"목표가 보이느냐?"

"보여."

"쏴라."

"근데 왜 꼭 목표를 향해 쏴야 해?"

"안 쏴도 돼. 다른 사람들한테 아무 문제 없어. 네가 혼자 질 뿐이니."

그렇게 며칠 동안 황제에게 활 쏘는 법을 배웠더니, 원웅이와 부성은 몹시 즐거워서 이렇게 외쳐댔다.

"폐하께 배웠으니 반드시 우승할 수 있을 거예요, 소주."

"황후마마께서 우승한 사람에겐 호수에 띄워두는 작은 배를 한 척 주신대요. 그게 있으면 마음대로 배를 꾸며서 돌아다닐 수 있어요."

하지만 궁녀들과 달리 나는 전혀 의욕이 나지 않아서 그저 이 궁술 시합에 그냥 묻혀 가고 싶을 뿐이었다.

그럴 수밖에. 개원이가 언제 내 스승으로 돌아올지 모르다 보니, 영 기운이 나지 않는걸.

하지만 시간은 훌쩍훌쩍 빠르게도 지나갔고, 마침내 궁술 시합 날이 다가왔다.

"궁술 시합에 맞춰서…… 황후를 죽이라고?"

수도 내에서 대기 중이던 사하비단의 간부 후보 원노행은, 총관 상락으로부터 내려온 지시서를 보고서 마른침을 삼켰다. 그는 떨리는 눈으로 총관의 심부름을 온 인형평을 쳐다보았다.

총관의 심부름만을 맡아서 한다던 인형평은 소문대로 아무런 표정 변화가 없이 서 있기만 했다.

"무리 아닐까?"

원노행은 떨떠름하게 물었다.

"황후 주위에 사람이 몇인데."

그는 궁술의 고수였고, 세 개의 화살을 동시에 쏘아 다른 사람은 잘 보지도 못할 만큼 먼 곳에 있는 적들을 죽일 수도 있었다. 그 외 다른 비기도 있었다.

하지만 큰 규모의 행사에서 황후를 죽이는 일은 달랐다. 황후의 곁에는 목숨을 바쳐 그녀를 지키려 할 이들이 얼마나 많은가.

화살을 막아내진 못해도 몸 바쳐 지킬 이들이 많다면 그의 화살은 큰 효과를 발휘할 수 없었다.

"게다가 황후를 죽여서 뭘 어쩌려고."

"황후를 죽이는 게 가장 좋지만, 안 된다면 후궁도 괜찮습니다."

"아니, 왜 죄다 내명부 사람들인가?"

"그 시합에 참여하는 게 황후와 후궁들이니까요. 원하는 건 소동이 일어나는 겁니다."

"설마……!"

원노행은 눈을 커다랗게 떴다.

"사고로 위장하란 건가?"

인형평은 고개를 끄덕였다.

"네. 적당히만 위장해도 됩니다. 황후와 후궁들은 전부 고위 관료의 여식들. 그들 중 누군가 죽는다면, 황실에선 그 집안을 달래기 위해 가짜 범인이라도 알아서 만들어낼 테니까요."

"하지만……."

"못 할 것 같으면 안 하면 됩니다. 간부 후보에선 탈락하겠지만, 임무에 어중간하게 실패해 죽는 것보단 낫겠지요."

반박을 딱 잘라 끊어낸 인형평은 고개를 까딱해 보이고서 그 자리를 벗어났다.

인형평이 그림자처럼 사라지자 원노행은 걱정스럽게 뒷짐을 지었다. 그의 시선이 벽에 걸린 커다란 활들에 닿았다.

벽에는 온갖 종류의 활과 화살들이 종류별로 매달려 있었는데, 개중에는 황궁에서 사용하는 화살 역시도 구비되어 있긴 했다.

그는 그 앞으로 걸어가 화살촉 하나를 집어 들고서 인상을 찌푸렸다.

18장

내 활 솜씨는 전설이 된다

황후가 힘을 주어 준비한 덕에, 이번 궁술 시합 때는 내명부뿐만이 아니라 외명부 사람들까지 많이 참석했다. 덕택에 사방에는 귀부인들이 가득했고, 그들이 데려온 딸들도 제법 수가 많았다.

특히 후궁들은 간만에 제 어머니와 이모, 고모들이 찾아오자 다들 그쪽과 대화를 나누며 노느라 즐거워했고, 자연스럽게 이런 자리를 마련한 황후에 대한 평판도 올라갔다.

하지만 황후와 같은 가문이면서도 이런 행사에 넘어가지 않는 이들도 있었다.

"폐하께선 황후마마가 이 일에 범인일 수가 없고 증좌도 없다며 그냥 넘어가셨지만, 난 믿지 않아요."

온 귀인과 그녀의 모친 안화군부인이 그랬다. 분노로 가득 찬 딸의 말에 안화군부인은 고개를 끄덕이며 동조했다.

"맞습니다. 어릴 때부터 황후마마가 우리 소주를 동생이라고 한 번이라도 챙겨준 적이 있나요? 그런데 갑자기 앉을 자리를 권하고, 그리고 바로 유산하다니요. 누가 봐도 고의지요."

"자기는 몇 년이 지나도 회임하지 못하는데 내가 한 번에 회임하니 그런 거예요, 어머니."

"그럼요."

안화군부인은 부채를 펼쳐서 주위를 살피고는, 다들 자기들끼리 대화하느라 바쁘다는 걸 확인하자 작게 물었다.

"다시 회임할 수는 있나요?"

"돌아가신 분이 왕족이었잖아요. 그 일로 황궁 전체에 감시가 심해졌어요, 어머니. 게다가 요즘 폐하는 천 귀인만 찾고 있어서……."

회임할 수 없단 이야기였다. 안화군부인이 쯧쯧 혀를 차자, 온 귀인은 어머니의 팔을 잡고 살짝 흔들며 애원했다.

"어머니랑 아버지가 힘을 좀 써주세요. 가문 사람들을 움직여서 황후를 내처줘요."

"황후의 아비가 가주인데 그게 되나요."

"그럼 이대로 내 원수는…… 참아야 해요? 폐하도 안 나서주고 부모님도 안 나서주면 난 누구의 도움을 받아요?"

온 귀인이 눈가가 그렁해지자, 안화군부인은 얼른 손수건을 꺼내 눈물을 닦아주며 당부했다.

"울지 마세요. 약한 모습을 보이면 안 됩니다. 누가 볼지 모르는데, 여기서 울면 안 되지요."

"내가 안 울게 생겼어요, 어머니? 내가 얼마나 고생했는지, 얼마나 힘들었는지 어머니가 아신다면……."

"당연히 그냥 넘어가지 않을 겁니다. 지금은 참지만, 절대로 황후를 그대로 두지 않을 거예요."

단호하게 말한 안화군부인은 딸이 안쓰러운지 덩달아 눈시울이 촉촉해졌다. 하지만 곧 그녀는 눈을 빠르게 깜빡여 눈의 물기를 말라붙게 하고서, 아무렇지 않은 척 화제를 바꾸었다.

"듣자 하니 천 귀인이 소주를 구해주었다지요?"

딸에게 충고했듯 여기서 약한 모습을 보여봤자 남들이 수군거리거나 할 테니, 평소 같은 모습으로 위장하는 것이다.

"네."

온 귀인은 천 귀인의 이야기가 나오자 그제야 희미하게 웃으면서 고개를 끄덕였다.

"안 좋은 이야기를 많이 들어서 경계했는데. 제가 아파하고 있으니까 혼자 나서서 뛰어줬어요. 내 언니인 황후는 눈 하나 깜짝하지 않았는데."

"힘든 일이 생기면 누가 진짜 좋은 사람인지 알 수 있는 법이지요. 은혜를 잊지 말아요."

"그럴 거예요, 어머니."

"나도 좋은 선물을 챙겨 왔으니, 나중에 직접 천 귀인에게 가져다줘요."

몹시 부담스럽다. 아주 부담스러워. 온 귀인은 맞은편에서 자꾸 날 향해 손을 흔들고, 온 귀인 어머니로 추정되는 분도 날 향해 자꾸 따뜻한 미소를 날려주신다. 이 악적 천년비에게 따뜻한 미소라니! 심지어 저런 귀부인이!

이것도 당황스러워 죽겠는데. 연비와 천소여 엄마는 나와 연비 사이에 앉아서 아주 상냥하고 다정한, 그, 무슨 악기 같은. 무슨 악기인지는 모르겠지만 하여튼 무슨 악기 같은 목소리로 대해준다.

여기까진 좋아. 좋은데…….

문제는 그 옆쪽으로 앉은 영빈이었다. 서녀라는. 그녀는 표정이 눈에 띄게 우중충한 데다 평소와 달리 말도 거의 없었다. 영빈이 누구의 눈치를 보는지는 딱 보아도 뻔했다.

'영빈은 천소여 엄마를 무서워하는구나.'

왜 그러지? 뭔가 사정이 있나? 천소여 엄마가 영빈에게 무섭게 대했나? 그럴 가능성이 높긴 해. 본처 입장에서 첩 자식이 싫긴 할 테니.

하여튼 이렇게 양옆과 앞으로 죄다 불편한 그때. 다행히 황후가 나와서 몇 마디 인사말을 하자 모두가 조용해졌다. 영빈도 황후가 앞으로 나서자, 여기는 자기 집안이 아니라 외명부 내명부가 다 모인 궁중이란 걸 떠올렸는지 달달 떨던 걸 멈추고 평소 같은 모습으로 우아하게 앉았다.

그사이. 황후는 잘 왔다, 와서 좋네, 잘 놀다 가라 등등의 말을 건네는 걸로 적당히 인사를 마무리하고는, 자신의 옆에 선 태감에게 눈짓했다.

그러자 이번에는 태감이 앞으로 나서서 궁술 시합의 규칙을 설명하기 시작했다. 과녁을 쏴서 점수를 높게 맞히는 사람이 승리하는 규칙. 거기에 우승 상품은 내 궁녀들이 노리던 호숫가 배 한 척.

그때쯤 황제와 사자친왕, 연얼군주 등도 시합을 구경하기 위해 나타났고, 잠시 뒤 태감이 들어가자 시합이 시작되었다. 황후는 상을 주는 입장이자 주최자이기에, 같이 활을 쏘진 않았으나 황제와 있지 않고 경기장 안쪽에 마련된 의자에 편안하게 앉았다.

다른 후궁들은 모두 다 참여해야 하기에, 자기 가문 사람들과 떨어져서 그 근처에 따로 자리를 잡고 앉았다. 그러니까 황후의 주위가 일종의 대기실쯤인 거다. 궁녀들은 그사이를 바쁘게 오가면서 후궁들에게 음료수와 간식거리를 날랐고, 몇몇 후궁들에게는 부채질을 해주었다.

처음 순서는 승빈이었는데, 그녀는 꽤 솜씨가 좋은지 팔을 걷어붙이고 나가더니 대번에 정중앙을 쏘아 맞혔다. 하지만 이후에는 8점 칸을 연달아 맞추어서, 총 점수가 26점이었다.

첫 순서가 너무 빼어난 실력을 자랑하자 다른 후궁들은 두 번 만에 서로 안 나서려다가, 결국 황후의 눈치를 받고 온 귀인이 나섰다.

"실수예요. ……실수. ……실수."

하지만 온 귀인은 세 번 연달아 실수해 고작 5점을 받은 게 다였다. 그게 진짜 실수인진 모르겠지만.

그다음으로는 영빈이 나섰는데, 7점 칸을 연달아 세 번 맞추어서 21점을 받았다. 다음으로 나선 남빈은 3점을 받았고, 규빈은 8점을 받았다.

그렇게 차례차례 궁을 쏘고, 실수할 때마다 낄낄 웃으면서 즐거워하는 사이. 내내 우아하게 앉아 활 쏘는 걸 지켜보던 연비가 마치 가장 마지막 장에 등장하는 대장 적처럼 일어나더니 제일 앞으로 걸어가 태연히 한쪽 소매를 걷었다. 그러자 태감이 활을 내밀었고, 연비는 그림책에나 나올 법한 자세로 활에 시위를 메겼다.

"9점이요!"

"10점이요!"

"10점이요!"

그리고 멋들어지게 간 만큼 압도적인 점수를 내고는 다시 제자리로 돌아오는데…….

'멋있긴 하네.'

나한테 열렬히 활을 가르쳐준 걸 보니, 떡돌이는 활 잘 쏘는 사람을 좋아하는 눈치였어. 연비가 이렇게 멋지게 활을 쐈으니, 떡돌이가 반하려나? 나는 원웅의 부채질을 받고 있다가 슬그머니 떡돌이 쪽을 보았다.

떡돌이는…… 나를 보고 있었다. 연비가 아니라. 그렇다고 사랑을 담아서 보는 건 아니다. 아주 걱정스럽게 보고 있어. 뭐야. 이걸 좋아해야 해, 말아야 해? 오히려 연비에게 홀린 건 영빈이었는데, 그녀는 연비가 콩을 가리키며 "팥!"이라 외치면 "팥팥!"이라 따라 외칠 것 같은 표정이었다.

"천 귀인."

그때. 시합을 돕는 태감이 내게 다가오더니 조심스럽게 나를 불렀다.

"천 귀인 차례이십니다."

왜 내 차례야? 아직 사람 많이 남았잖아? 놀라서 보니, 내가 황제와 연비를 구경하는 사이 두 사람이 활을 쏜 모양이었다. 함성이 없던 걸 보니 둘 다 활을 못 쏘았나 보네. 알겠다고 대답하고서 나는 자리에서 일어나 앞으로 나갔다.

"소주, 잘하세요!"

뒤에서 응원하는 원웅에게 나만 믿으란 표시를 해 보이고서, 나는 중앙으로 가 서서 한쪽 소매를 걷었다. 왜 그러는진 모르겠지만 앞서 다른 후궁들도 다 이렇게 했으니까. 태감은 미리 준비해 두었던 활을 내게 건넸고, 곧 화살 세 개를 담은 쟁반도 가져왔다. 힐긋 보니 떡돌이는 이젠 아예 손으로 입가를 가리고서 불안하게 날 보고 있었다. 옆에서 사자친왕은 아예 "못 보겠어"라고 입 모양으로 중얼거리며 부채를 팔락이고. 아니, 대체 왜 저렇게들 불안해하는 거야?

"천 귀인 자세 좀 봐요."

"아 웃겨. 저게 활을 쏘는 거예요? 활을 집어 던지는 거지?"

"눈은 왜 저기 두는 거래요?"

……아. 자세가 안 좋아서 그랬나. 뒤에서 키득키득 웃으며 소곤거리는 걸 들으니, 왜 며칠 동안 사자친왕과 황제가 저렇게 걱정했는지 알겠다. 하지만 쓸데없는 걱정이지. 중간 정도만 하자.

나는 적당히 마음을 먹고서 활에 화살을 메겨 과녁을 향해 쏘았다.

"!"

그런데 이게 뭔 일이야? 내가 쏜 화살이 잘 날아가는가 싶더니, 전혀 엉뚱한 방향으로 확 휘어지는 게 아닌가. 그 위치가 딱 관람석 중앙 즈음이라, 구경하던 사람들이 일순간 조용해졌다.

'내가 한 게 아닌데?'

나 역시 당황해서 옆에 선 태감을 보자, 태감은 입을 빼끔거리다가 "잠시만요." 하고 웅얼거리더니 아까 다른 후궁이 사용한 화살을 가져와 내밀었다.

"활에 문제가 있나 봅니다, 귀인. 이걸로 하시지요."

나는 활에 다시 화살을 메기면서 아까 내가 쏜 화살이 날아간 방향을 보았다. 그곳에 있는 귀부인들은 다들 식겁해서, 화살로부터 붕 떨어져 앉아 있었다. 그러다가 내가 화살을 잡자, 기존 본인들의 자리로부터 다들 다섯 걸음 정도씩 한 번 더 물러났다. 떡돌이를 보니 그는 두 손을 모으고서 무어라 중얼중얼 기도하고 있었고. 후우…….

사실 드러내지 않으려 했는데. 나는 활을 잘 쏜다. 정말이다. 내가 중간만 하려 한 건, 지나치게 몸 쓰는 걸 다 잘하는 모습을 보이면 떡돌이가 날 의심할까 봐서였다. 이미 온 귀인을 안고 언덕에서 의부까지 엄청난 속도로 빠르게 내려와서 다들 '천 귀인은 달리기를 어마어마하게 잘하는 데다 폐활량도 좋구나!'라고 생각하고 있는데 여기에 활 솜씨까지 뛰어나면 너무 눈에 띄니까. 활 쥐는 자세가 나쁜 건…… 그냥 처음부터 그 자세로 익혀서 그런 거고.

하지만 이렇게 되니 내 솜씨를 보여주는 수밖에 없겠어. 나는 재차 자세를 잡은 다음 뒤에서 초조하게 쳐다보는 원웅에게 멋있게 알려주었다.

"원웅. 잘 봐라."

"네, 네 소주!"

"나는 지금부터 전설을 쏠 거다."

"예?"

"놀라지 마."

완벽하게 과녁을 조준한 뒤. 나는 시위를 당겼고……. 핑! 화살은 멀쩡히 날아가는가 싶더니 과녁 반도 못 가서 시들시들 떨어졌다.

"······."

그 모습을 멍하니 보고 있자니, 원웅이 울면서 외쳤다.

"소주, 처음 화살 쏘면서 이 정도면 전설이 맞아요!"

원웅은 그걸로도 모자라다 여기는지, 옆에 선 태감에게까지 나를 변호해주었다.

"우리 소주가요, 활을 처음 배워서 그래요. 활 며칠 배우고 이 정도면 우리 소주 천재인 거잖아요. 안 그래요?"

태감이 얼결에 고개를 끄덕이고 있자니, 내게 힘을 주기 위해서인지 온 귀인과 개시시가 뒤에서 외쳐주었다.

"며칠 배우고 그 정도면 진짜 잘하는 거예요, 천 귀인!"

"천 귀인, 자세가 족자에 나오는 사람 같아요! 며칠 배우고 그 정도면 정말 대단해요!"

며칠 배우고 잘한단 소리는 다들 꿋꿋하게 넣는구나. 아니, 근데 이상해. 나 진짜 활 잘 쏘는데. 왜 이러지?

한숨을 내쉬면서 세 번째 화살을 쥐자, 이번에는 거꾸로 활이 올 거라고 생각들이라도 드나. 뒤에서 응원하던 원웅과 옆에 선 태감들이 뒤로 다섯 걸음씩 물러난다. 좀 기분이 상해서 눈살을 찌푸리고 다시 활을 잡는 순간. 나는 내 화살이 왜 이따위로 굴었는지 범인을 알아차렸다.

'귀화살?'

예전에 타천천이 자랑하듯 말해준 적이 있다. 사하비단에는 특이한 재주를 지닌 이들이 많은데, 개중 자기 화살뿐 아니라 남의 화살까지 조절하는 귀화살도 있다고. 혹시 그자인가? 생각을 마치고 보니 과연 저기 홀로 수상한 행동을 보이는 병사 하나가 눈에 들어온다.

결론을 짓자마자 나는 적당히 화살을 내 발치에 쏘아버렸고, 태감은 어리둥절해서 "영점······이요."라고 대답했다. 다른 후궁 하나가 "합쳐서 빵점이라니."라고 비웃었지만, 지금은 그게 문제가 아니었다.

저자가 두 번 내 화살을 이상한 방향으로 꺾었다는 건, 누군가의 화살을 조절하기 위해 미리 연습했다는 것. 그자가 어디로 활을 쏘든, 내 근처에 있으면 내가 알아서 다 잡아챌 수 있지만…… 그러면 내 실력이 들통난다. 저자가 화살 방향을 완벽하게 통제하기 전에 미리 잡아야 했다.

"소주? 어디 가세요?"

당황해서 묻는 원웅에게 배가 아프다고 적당히 둘러대고서, 나는 아까 그 수상한 병사가 있던 방향으로 달려갔다.

월요 황제는 천 귀인이 황급히 어딘가로 달려가는 모습을 보다가 자신도 따라서 일어섰다. 그로도 모자라 아예 따라가려고 하자, 승언이 얼결에 함께 일어나며 물었다.

"폐하? 어디 가십니까?"

"반숙이는 자존심이 강하지 않으냐."

천 귀인이? 승언은 동의하진 않으나 황제의 말에 반박할 수도 없었다. 월요가 단상에 마련된 계단을 빠르게 내려가자 뒤로 태감과 궁녀들이 우르르 붙었다. 월요는 손을 저어서 따라오지 말란 신호를 보내고 승언만을 데리고 바쁘게 걸어갔다.

"그 자존심 강한 애가 시합을 망쳤으니 울 만도 하지."

"우셨습니까?"

"우는 모습을 보이고 싶지 않으니 뛰쳐나간 거 아니냐."

"그렇습니까?"

"그래. 천 귀인은 양파 깔 때만 우는 사람이라."

월요는 천 귀인이 달려간 방향으로 급히 이동했다.

"짐이 달래주어야겠다."

아무도 없는 곳으로 가 분기를 삭이는 천 귀인의 모습이 월요 황제의 눈에만 선했다. 승언은 고개를 갸웃했으나 일단 황제를 따라서 뛰었다.

다행히 낙엽이 가득 쌓여 있는 데다 천 귀인이 뛰쳐나가는 걸 보자마자 따라 나온지라, 누군가 어디로 달아났는지 금세 찾을 수 있었다. 그런데 천 귀인을 따라 쫓아가고 있자니, 그들로부터 조금 거리를 둔 곳에서 빠르게 화살이 날아가는 게 아닌가.

황제는 우뚝 멈추어 섰다. 승언도 뛰던 걸 멈추고 황제를 보호하듯 그의 앞으로 가 섰다.

"방금……."

화살이 날아간 것 같다고 승언이 입을 열기 전. 화살이 날아간 방향에서 비명 소리가 터져 나왔다.

"시합장 쪽입니다."

승언이 월요 황제에게 빠르게 알렸다.

"누군가 그쪽으로 화살을 쏜 것 같습니다."

하지만 말과 달리 승언의 눈동자는 아까 천 귀인이 달아난 쪽으로 향했다. 천 귀인이 그쪽으로 간 지 얼마 지나지 않아 화살이 나왔고, 후궁 중 하나가 부상을 입었다. 자연스럽게 천 귀인의 짓인가, 의심이 드는 모양이었다. 월요는 대답 대신 그쪽으로 다급하게 뛰었다.

그러나 월요가 천 귀인을 찾기 전. 근처를 돌아다니던 병사들이 먼저 모습을 드러냈다.

"폐하."

그들을 이끌고 온 기풍은 황제가 경기장에 있지 않자, 의아해하면서도 얼른 인사를 올렸다.

"폐하께서도 안비마마를 공격한 자를 찾아 이리로 오셨습니까?"

말을 하면서도 기몽은 얼른 범인을 쫓아야 한다는 생각이 드는지 연신 화살이 날아온 방향을 힐긋거렸다.

"폐하. 우선 범인을 쫓아야 하니 병사들을 저쪽으로 보내겠습니다."

이렇게 되자 월요도 어쩔 도리가 없었다.

"그래라."

월요의 허락이 떨어지자 기몽은 병사들을 끌고 황제가 가려던 방향으로 달려갔다. 월요는 작은 목소리로 승언에게 재빨리 지시했다.

"저들보다 먼저 가라. 가서 천 귀인이 그곳에 있거든 데리고 도망치라."

"예."

승언은 대답하자마자 눈 깜짝할 사이 모습을 감추었다.

대체 이게 무슨 일인지. 월요는 눈살을 찌푸리고서 빠른 걸음으로 문제가 된 방향으로 달려갔다. 기몽 장군의 말을 들어보니 화살에 맞은 사람은 안비 같은데…….

저절로 손가락에 힘이 들어가 주먹이 쥐어졌다. 월요는 만약 천 귀인이 정말로 안비를 쏜 거라면 어떻게 해야 하나 고민했다. 사실 어떻게 하고 말 것도 없이 정해진 절차란 게 있고 법도가 있지만……. 하필 안비와 천 귀인 사이에는 약간의 문제도 있지 않던가. 안비가 천 귀인에게 수상한 차를 먹인 사건. 사람들은 천 귀인이 그때의 원한을 잊지 않고 벼르다가 결국 안비에게 해코지를 한 거라 여길 것이다.

마침내 공터에 도착해 천 귀인을 찾은 월요는 그 자리에 멈추어 섰다.

그는 반사적으로 욕설을 뱉을 뻔했다.

'미치겠군.'

상황은 상상보다 좋지 않았다. 천 귀인은 활을 들고 있었고, 그 주위를 병사들이 둘러싸고 있었다.

'승언은 대체 어딜 간 거지?'

먼저 달려가서 천 귀인을 빼내라고 보낸 승언은 어디로 간 건지 아예 보이질 않는데, 기몽은 천 귀인에게 경고를 날리고 있었다.

"귀인. 활을 내려놓고 이쪽으로 오시지요."

그나마 천 귀인이 활을 바닥으로 겨누고 있어서 분위기가 아주 험악하진 않으나, 기몽이 경고를 하는데도 천 귀인은 활을 내려놓지 않았다. 월요가 다가가자 기몽은 인사를 올리고서 작게 속삭였다.

"와보니 천 귀인께서 활을 가지고 있었습니다, 폐하."

"다른 사람은?"

"다른 사람은 없습니다."

"……."

자신이 왔는데도 쳐다도 보지 않고 어딘가를 바라보고만 있는 천 귀인을 곁눈질하며, 월요는 자기도 모르게 대신 변명했다.

"천 귀인이 쏜 건 아닐 거다. 얼결에 활을 주웠는데 너희가 들이닥치니 굳은 거겠지."

기몽이 당황해서 쳐다보자 월요는 단호하게 덧붙였다.

"너도 보지 않았느냐. 천 귀인은 활을 후궁 중에서 제일 못 쏜다."

"……그건 그렇지요."

그 말은 기몽도 순순히 인정했다. 조금 전 천 귀인이 사람들 앞에서 보여준 그 궁술 실력은 기가 막힐 정도로 형편없었으니까.

하지만 좋은 쪽으로도 나쁜 쪽으로도 집요한 기몽은 절대로 말 몇 마디로 넘어가지 않았다.

"그래도 화살이 날아온 방향에 계시는 데다 화살까지 주우셨다면 범인을 보셨겠지요. 흔적이라도요."

어떻게 해서든 천 귀인을 수사청에 데려가겠단 의지가 드러나는 목소리에 월요는 그의 이름을 견몽으로 바꾸고 싶어졌다. 그때.

"기몽!"

허공을 멍하니 보는가 싶던 천 귀인이 갑자기 버럭 외치더니 끝이 바닥을 향하던 화살촉을 기몽을 향해 겨누었다.

"!"

기몽은 놀라고 병사들은 천 귀인에게 달려가려는 찰나.

"숙여!"

천 귀인이 버럭 외치고 기몽은 반사적으로 몸을 숙였다. 그가 허리를 숙이자마자 천 귀인이 쏜 화살이 '핑' 소리를 내며 빠르게 날아갔다. 천 귀인이 다시 화살을 내리자 병사들이 황급히 천 귀인 쪽으로 가 그녀를 둘러싸고 긴장해 몸을 굳혔다.

천 귀인이 무기를 손에 쥐고 있는 상황인데, 그녀를 가장 총애하는 황제는 뒤에서 눈을 부라리고 있는 상황. 황제가 천 귀인을 어떻게 하라고 말도 하지 않는 상황. 그러나 이대로 두었다가 천 귀인이 또 활을 쏠지 모르는 상황. 이렇다 보니 병사들은 난처해졌다.

그러나 월요는 병사들에게 천 귀인을 포박할 권한을 주는 대신, 그녀의 눈동자를 들여다보더니 뜬금없는 명령을 내렸다.

"기몽. 천 귀인이 활을 쏜 방향으로 가봐라."

"폐하께서 천 귀인에게 완전히 푹 빠지셨군요."

기몽이 황제의 지시대로 천 귀인의 화살이 날아간 방향으로 가는 동안. 그를 따라온 측근 부하가 작게 투덜거렸다.

"아무리 그래도 그렇지, 이렇게 수상쩍은 상황에서도 천 귀인을 두둔하려 하시다니요."

화살이 날아와 안비를 맞혔고, 안비는 일전에 천 귀인을 공격한 적이 있는 후궁이었다. 화살이 날아온 방향에는 활과 천 귀인뿐. 심지어 천 귀인은 병사들이 왔는데도 활을 버리지 않고 버티다가 갑자기 기몽을 향해 활을 쏘지 않았던가. 숙이라 말을 하긴 했지만, 어쨌든. 이 정도면 당장 수사청으로 끌고 가야 할 터인데. 황제는 천 귀인을 어찌하란 말을 하지 않고 오히려 기몽에게 천 귀인의 화살을 찾아오라 지시했다. 부하에겐 이게 너무 불합리하게 여겨졌다.

"영민하신 폐하께서 이렇게―"

"그만."

기몽은 딱 잘라 부하의 투덜거림을 막았다.

"함부로 말하는 게 아니다. 상대가 폐하라면 더욱."

"죄송합니다."

부하는 시무룩해서 중얼거렸다. 그러나 사과를 끝내자마자 부하는 갑자기 "장군!" 하고 외쳤다.

"저기!"

기몽도 동시에 부하가 본 것과 같은 걸 발견하고 그 자리에 멈추어 섰다. 그런 다음 한쪽 무릎을 굽히고서 축축해진 땅을 보았다. 그는 축축한 흙에 손가락을 가져다 댔다가 들어 올려 색을 확인했다.

"피다."

누군가 이곳에 피를 흘리며 지나갔다.

"화살은 없군."

기몽이 중얼거리자 부하는 주위를 둘러보다가 눈을 커다랗게 떴다.

"천 귀인께서 누군가를 쏘아 맞히신 겁니까? 진범을요?"

"잡아 오면 알겠지."

306

기몽은 굽혔던 무릎을 편 다음 부하에게 양옆으로 헤친 티가 나는 수풀을 가리켰다.

"핏자국을 따라가 봐라."

"예."

부하는 얼른 그쪽으로 달려갔다. 기몽은 황제에게 돌아가기 위해 몸을 돌렸다. 다른 때라면 같이 추적했을 것이나, 지금 천 귀인은 병사들에게 둘러싸여 있었다. 천 귀인을 총애하는 황제 탓에 더 이상의 행동은 하지 않고 있으나, 어쨌든 불쾌할 터. 더 오해가 깊어지기 전에 그가 얼른 가서 이 상황을 알려주어야 했다.

"잠시."

그러나 황제에게 돌아가려던 기몽은 혹시 적이 생각보다 강해 부하를 죽이고 달아날 가능성을 떠올리고, 마음을 바꾸어 다시 부하를 불렀다.

"예, 장군."

"네가 가라. 내가 추적하겠다."

날 둘러싼 사람들, 긴장한 표정, 숨 막히는 분위기. 모두 다 익숙한 것들이다. 물론 날 둘러싼 이들이 병사들이고 그들 사이에는 떡돌이가 내게 의문의 눈짓을 계속 보내고 있으며, 병사들이 함부로 날 공격하지 못하는 차이가 있지만.

어쨌든 나는 태연히 기몽이 진범을 데리고 돌아오길 기다렸다. 떡돌이의 혼란스러운 표정을 보니 얼른 상황을 설명해주고 싶지만, 이 와중에 내가 무어라 한들 사람들이 믿을 수 있을까? 그래서 입을 다물고 침착한 태도만 보여주고 있는 것이었다.

그때. 아까 내가 쏜 화살 방향으로 달려갔던 병사가 다가오더니, 황제의 앞에 무릎을 꿇었다.

"기몽 장군은?"

그러나 같이 간 기몽이 보이지 않아 황제가 묻자 그는 얼른 허리 숙여 인사한 다음 대답했다.

"누군가 활에 맞은 사람이 있었습니다."

병사는 그 말을 하고서는 나를 뒷산에서 호랑이를 타고 내려온 사람을 보듯 바라보았다.

"장군께서는 그 사람을 따라가시고, 절 먼저 보내 이 사실을 알리게 하셨습니다."

그 말이 끝나자 병사들이 자기들끼리 눈짓을 주고받으며 나와 황제를 번갈아 보았다.

"물러나라."

그러다 황제가 지시를 내리자 나를 에워싸고 있던 병사들은 기다렸단 듯이 뒤로 물러났다. 병사들이 좀 진정된 듯하자 떡돌이는 다시 내게 눈짓을 보냈지만, 이번에도 알아듣기 힘들었다.

그러고 있자니, 얼마 지나지 않아 기몽이 기절한 누군가를 끌고 왔다.

내가 쏜 화살은 그자의 가슴에 박혀 있었다.

"폐하."

기절한 이를 병사들 틈으로 던져놓은 기몽은 황제의 근처로 가 인사를 올리고 설명했다.

"말씀하신 방향으로 가보니 누군가 활을 맞고 달아난 흔적이 있었습니다. 쫓아가자 이자가 나왔고요."

말은 기몽이 하는데, 병사들의 시선은 내 쪽으로 향해 있었다.

"귀인, 말씀하신 방향으로 가보니……."

수풀 뒤쪽에서 승언이 역시 기절한 누군가를 들고 나타나자 병사들은 더욱 놀라서 나를 쳐다보았다. 황제 앞에서 무기를 든 사람을 보는 시선이 아니라 참으로 대단하다고 감탄하는 시선. 나는 어깨를 당당하게 쭉 펴고서 두 손을 펼치며 나의 자랑스러움을 드러냈다. 물론 아까 말을 했으면 턱도 먹히지 않았을 사정도 이제야 이야기했다.

"시합을 하다가 보니 수상한 자가 후궁들 쪽을 노리고 있었어요, 폐하. 급히 달려왔지만 수상한 자는 이미 활을 쏜 직후였죠."

나는 기절한 사람 둘을 눈으로 번갈아 가리켰다.

"마침 폐하의 그림자가 왔기에, 한 명은 잡아달라 부탁하고 한 명은 제가 활을 쏜 거예요."

사실 병사들이 이쪽으로 오는 기색이 없었다면 나도 직접 수상한 자를 쫓아가 잡았을 텐데. 병사들이 우르르 몰려오기에 좀 번거롭지만 놓아주고 일부러 활로 쏜 거지. 내가 때려눕힌 다음에 병사들에게 보여주는 것도 이상하고, 때려눕힌 다음 알아서 발견되게 방치하면 저자가 범인이란 게 묻힐 수도 있으니. 어때?

병사들은 내 설명에 다들 감탄해서 입을 벌렸다. 황제 역시 좀 얼떨떨해서 물었다.

"궁술 시합에서 중간만 할 거라더니. 활을 잘 쏘지 않느냐."

"제가 '중간만 할 것'이란 말은, 하향 지원할 거란 소리였어요, 폐하."

"!"

"단주. 원노행이 황제에게 잡힌 듯합니다."

수하로부터 연락이 오길 기다리던 인형평은 아무 연락이 오지 않자 곧장 타천천을 찾아가 보고했다.

"원노행뿐만 아니라 심부름꾼까지 연락이 끊어졌습니다."

타천천은 책상 앞에 서서 커다란 붓으로 글씨를 쓰다 말고서 인형평을 돌아보았다. 인형평은 여전히 무표정했으나, 평소보다 목소리가 좀 더 다급했다.

"고초를 받으면 분명 입을 열 텐데. 괜찮을지 모르겠습니다."

그러나 돌아온 대답은 태평했다.

"그 사람이 거기에 있으니 당연히 실패했겠지."

"그 사람이요?"

천년비가 후궁으로 있는 걸 모르는 인형평은 어리둥절해서 되물었다.

타천천은 설명해주는 대신 뒷짐을 지고 웃었다.

"애초에 실패하라 내린 명령이다."

퀴퀴한 나무 감옥 안에는 피 냄새인지 쇳내인지 구분하기 힘든 냄새가 가득 차 비위가 약한 사람을 헛구역질하게 만들었다. 사방에서 들려오는 묵직한 철을 끄는 소리와 힘겨운 신음 역시도 이곳을 지나가는 사람을 오싹하게 만들었다.

횃불이 가까스로 어둠을 밝혔지만 음산함까진 없애지 못한 이 감옥 깊숙한 곳에 원노행은 묶여 있었다. 두 팔이 각기 기둥 하나씩에 따로 묶인 상태였는데, 간수들이 높낮이를 건성으로 잡아 묶은 터라 묶여 있는 것만으로도 양어깨의 높이가 달라 뻐근했다.

그런 고통스러운 자세로, 원노행은 단정한 머리가 산발이 되어 기둥을 노려보았다.

그로부터 몇 시간 뒤. 문초를 끝낸 기몽은 감옥 밖으로 나와 부하가 건넨 수건으로 목덜미를 닦았다. 그러고서 곧장 수사청 밖으로 나가려 하자, 부하가 따라 걸어가며 걱정스레 물었다.

"장군. 바로 폐하께 가실 겁니까?"

긴 시간에 걸친 문초로 기몽의 안색이 초췌해진 걸 보고 물은 것이었으나, 기몽은 조금도 고민하지 않고 바로 고개를 끄덕였다.

"옷을 갈아입을 새가 없다. 급히 보고드려야 할 일이다."

수건을 부하에게 건넨 그는 그 길로 곧장 황제를 찾아갔다.

황제는 어전 책상에 앉아 있다가, 기몽이 들어오자 보던 책을 덮고 가까이 오라 손짓했다. 그러고는 기몽이 인사하려는 것까지 생략하라 손짓하고서 물었다.

"알아보았느냐."

"예. 범인은 황후마마를 노린 것이라 합니다."

"황후를?"

그러나 생각한 것보다도 기몽의 보고가 더욱 위험한 내용이자, 황제는 눈살을 찌푸렸다.

"한데 왜 안비를 쏘았지?"

"안비마마를 노린 건 아니었답니다. 황후마마를 노렸는데, 황후마마와 후궁들이 붙어 있는 데다 거리가 멀어 힘들었답니다. 그 와중에 천 귀인께서 바로 쫓아오자, 신중하게 목표를 가늠할 수 없어 일단 쏘았답니다."

"어디 사람이지? 왜 황후를 노렸다더냐?"

"자결해버려서 뒷이야기는 듣지 못했습니다."

"자결?"

설마 수사청 내에서 자결하게 두었단 건가.

황제가 언짢게 쳐다보자, 기몽은 황급히 고개를 숙였다.

"죄송합니다. 단전은 끌고 가자마자 폐했고, 독을 물고 있을까 봐 입안 수색까지 했는데……."

"그래도 독을 가지고 있었군."

"예. 보통 준비를 해온 게 아니었습니다."

황제는 끄덕였으나 여전히 표정이 좋지 않았다. 기몽은 황제의 눈치를 보다가 얼른 입을 열었다.

"그자의 얼굴을 그려 누구인지 찾아보겠습니다. 혹시 사건 전에 목격자가 더 있는지도요."

"그리하라."

그래도 황제의 표정은 여전히 좋지 않았다. 면사로 얼굴을 가리고 눈만 드러났는데도, 그 표정이 확연히 보일 만큼. 기몽은 그게 오로지 자신을 향한 것만이 아니란 걸 눈치채고서 조심스레 물었다.

"폐하? 달리 하명하실 게 있으신지요."

"……수오부군왕과 한패였던 이들이 차례로 암살당하고 있지."

"예?"

뜬금없이 수오부군왕에 대한 말이 나오자, 기몽은 어리둥절해 되묻다가 바로 황제의 말을 알아듣고 눈을 커다랗게 떴다.

"설마. 황후마마도 그런 이유로 목표가 된 게 아닐까, 생각하십니까?"

옆에 서 있던 오원요 역시 놀라서 황제를 휙 돌아보았다.

일어나면서 기지개를 켜는데, 곁에 선 원웅과 부성의 시선이 평소보다 배로 부담스러웠다. 두 사람 다 눈을 반짝거리면서 날 보고 있었다. 온몸으로 존경을 표현하고 싶단 것처럼.

"내 어떤 점에 감동한 거야?"

한숨을 쉬면서 묻자, 원웅과 부성은 기다렸다는 듯이 차례로 외쳤다.

"전 소주가 활을 못 쏘시는 줄 알았어요."

"잘 쏜다고 말씀은 하셨지만 평소처럼 허, 아니, 이렇게 잘 쏘시는 줄은 몰랐어요!"

아무래도 두 사람은 내가 활을 잘 쏜다고 한 말을 못 믿었나 보다. 그런데 활로 침입자를 잡아버리니 감동한 눈치. 어휴 참.

"말했잖아. 난 전설이라고 전설."

뭘 이런 걸 가지고.

"아무렴요! 그깟 과녁 아무리 잘 맞혀봐야 무슨 소용인가요?"

"그럼요! 나쁜 사람을 잡아야 좋은 화살이지요!"

"그럼. 사람을 잘 맞혀야지."

"네?"

아. 이건 아닌가. 어쨌든 저렇게 감탄들을 하고 있으니 뿌듯해서 흐뭇한 웃음이 절로 새어 나왔다. 나는 두 궁녀를 보며 같이 히히 웃은 다음 침대에서 바로 튀어 나가 허리에 손을 올리고 당당한 궁사의 자세도 취해 주었다.

"내가 활을 잘 쏘는 걸 알았으니, 앞으로 사람들이 내게 '명궁님'이라 부르겠네."

"그럼요!"

"좋은 날이니 맛있는 걸 먹어야겠다. 그치?"

"그럼요 그럼요!"

"오늘은 아주 아주 고소한 산자탕을 만들어 드릴게요!"

한참 궁녀들과 신이 나서 떠들고 있자니, 밖에서 인기척이 들렸다. 부성은 산자탕을 만들러 나가다가 도로 들어와서는 작게 알려주었다.

"소주, 오 공공이 오셨어요!"

오 공공? 오 공공이라면 떡돌이 뒤를 매일 따라다니는 측근 태감인데?

그 태감이 나한테 왜 왔나 싶어서 문을 보고 있자니, 오 공공은 안으로 들어와 내게 꾸벅 인사를 올렸다.

"천 귀인께 인사 올립니다."

"무슨 일인가?"

나는 좀 기대하는 마음이 들어서 얼른 그에게 물었다. 혹시 떡돌이가 내 궁술 실력에 감탄해서 오 공공을 보낸 게 아닐까? 어떻게 이렇게 활을 잘 쏘는지 비법을 알려달라고? 분명 그런 것 같았다.

"예. 폐하께서 이번에 귀인이 큰 공을 세우셨다고, 품계를 올리겠다 하셨습니다."

하지만 오 공공이 한 말은 내가 생각한 말과 전혀 달랐다.

"응? 품계?"

갑자기 웬 품계? 제대로 이해하기도 전에 원웅과 부성이 작게 탄성을 뱉는다. 그쪽을 보니, 두 사람은 서로를 쳐다보며 가까스로 발을 땅에 붙였다 떼길 반복하고 있었다. 오원요가 떠나면 당장 뛰어오를 기세로.

"갑자기 품계라니?"

다시 오 공공을 보며 묻자, 그는 인자하게 웃으면서 설명 아닌 설명을 해주었다.

"물론 이런 일로 품계가 올라간 후궁이 없긴 합니다, 소주. 그래도 공은 공이니까요. 게다가 아주 큰 공이지요."

"난 활을 잘 쏘지."

"그럼요. 게다가 알아보니, 범인은 황후마마를 노리려 했다는군요."

"그런가?"

"네. 소주께서, 아니, 이젠 천빈마마가 되시겠군요. 마마께서 황후마마를 구하신 겁니다. 대단하십니다. 당연히 품계가 올라가야지요."

오 공공은 간신배 같은 목소리를 잘 내는구나. 그가 평소보다 간드러지게 칭찬하자, 저절로 고개가 빳빳이 위로 올라간다.

천빈! 세상에, 천빈!

"그럼 나 지금부터 천빈인가?"

빈 같은 자세를 취하며 묻자, 오 공공은 하하 웃으면서 설명해주었다.

"그건 아닙니다. 제대로 옷을 갖춰서 책봉례를 해야지요. 내무부에서 이제 의상을 준비할 테니, 마마께서는 조금만 기다리시면 됩니다."

"그럼 난 그동안 얼마 남지 않은 귀인 시절을 즐기며 기다려야겠군."

"그럼 소신은 이만 물러가겠습니다. 마마."

오 공공이 '마마'를 강조해 불러준 다음 나가자마자, 예상했던 대로 원웅과 부성은 서로 손을 잡고 '꺅 꺅' 소리를 지르며 펄쩍펄쩍 뛰었다.

"아, 마마래요!"

"아, 마마예요!"

내가 손가락으로 나를 가리키고 "마마. 마마." 하고 말하자, 원웅과 부성은 물론 귀자까지 합세해 셋이서 날 둘러싸고 만세를 부르며 "마마! 마마!" 하고 외쳐주는데, 그 모습이 꼭 혈교 광신도들과 다를 바가 없어 흐뭇했다.

"앞으로 내가 누구?"

"마마!"

"날 부르는 말은?"

"마마!"

"나는 마마! 너희는 마마 궁녀! 너는 마마 내시!"

개시시가 들어오면서 우리 모습을 보고 까르르 웃기 전까지는, 어쨌든 우리끼리 즐겁긴 했다. 하지만 두 궁녀는 개시시가 웃는 소리를 듣자 바로 얼굴이 빨개져서 손을 내렸다. 왜. 뭐가 부끄러운 건데? 즐거웠잖아?

"귀인께선 궁녀들과 사이가 좋네요."

"사가에서부터 데려온 궁녀들이라 그래요."

"그래도 유독 사이가 좋아 보여요, 귀인."

원웅과 부성이 머쓱하게 그녀에게 인사를 올리고 달아나듯 나가자, 개시시는 우아한 걸음걸이로 내 쪽으로 다가오더니 꾸벅 인사를 올렸다.

"같이 대화나 하려고 왔는데. 덩달아 좋은 소식을 들었네요. 축하드립니다, 천빈마마."

들었구나…… 방음 약한 벽이 또다시 한 건 했어. 하긴. 방 안에서 '마마 마마' 외쳐대면 들릴 수밖에 없지.

그보다 개시시를 보니 생각났다. 개원이에게 내 무공 스승이 되어 달라 부탁한다던 일.

그 일은 어떻게 되어가나? 개시시에게 그 일을 물어볼 수는 없기에 나와 그녀는 그냥 궁술 시합에 관한 이야기나 나누었다.

개시시가 돌아간 뒤에는 온 귀인이 찾아왔는데, 그녀 역시 소식을 듣고 온 건지 날 보자마자 깔깔 웃으면서 외쳤다.

"들었어요! 이제 마마라면서요!"

귀자가 들어오다 말고 멍하니 쳐다보자, 급격히 얌전해져서 우수에 찬 척 창가로 시선을 올렸지만. 온 귀인은 원래 저런 성격이구나. 후궁 될 거라고 성격을 많이 관리하고 있나 보네.

하지만 귀자가 나가자마자 온 귀인은 다시 히히 웃으면서 자기 궁녀에게 손짓했다.

"그걸 가져와. 빨리."

그러자 온 귀인의 궁녀가 들고 온 쟁반을 내밀었고, 온 귀인은 손수 쟁반을 덮은 천을 들추었다. 놀랍게도 쟁반을 들추자마자 구름을 뚝 뗀 것처럼 하늘하늘한 옷감이 나왔다.

"이게 뭐예요?"

놀라서 묻자, 온 귀인은 뿌듯한 목소리로 설명해주었다.

"운문비단이에요. 구름 같은 촉감으로 유명한 비단이요. 언예국에서만 나는 데다 거기서도 몹시 귀한데, 이번에 우리 가문에서 힘들게 세 필을 구했거든요. 어머니께서 그중 한 필은 마마께 드리라고 가져다주셨어요."

뭔지 모르겠지만 일단 아주 보드라워 보이긴 해. 정말로 구름처럼 보여. 잠옷으로 쓰면 침상에서 절대로 안 일어나고 싶어질 것 같은데? 더듬더듬 그 비단을 만져보고 있자니, 세상에 이런 촉감도 있구나 싶어서 입이 다물어지지 않는다. 이게 궁전 안 세상이구나.

놀라서 온 귀인을 보자, 그녀는 운문비단보다 자기가 더 보드랍게 웃었다. 그 모습을 보자 심장 한구석이 뿌듯해져 왔다. 사람들은 이래서 다들 친구를 두는구나. 친구는 선물을 해주니까. 세상에. 나도 이제 사람들한테 선물을 받고 있어. 먹거나 건드리면 죽는 거 아니고, 쓸데없지만 좋은 것들로!

"고마워요, 온 귀인. 우리는 이제부터 사이좋은 친구예요!"

"정말요?"

천년비가 공도 세우고 품계도 올리고 친구도 생긴 일상에 한참 즐거워하는 그 시각. 볼일을 마치고 돌아온 개원은 심부름꾼이 전한 이야기에 긴장했다.

"도련님. 도련님께서 자리를 비운 사이에 폐하께서 보내신 사람이 다녀갔습니다."

"폐하? 폐하께서? 황제 말이냐?"

"예."

"무슨 일로?"

"그 이야기는 하지 않았습니다. 도련님을 뵈면 직접 할 거라고요."

개원은 혹시 황제가 후궁들 사이에 끼어 있는 천년비를 발견한 건지, 아니면 천 귀인과 자신이 너무 스스럼없이 서신을 주고받은 게 걸린 건지 알 수 없어 걱정했다.

그때 마침 개원이 돌아왔다는 소식을 들은 황제가 다시 사람을 보냈고, 개원에게 황제의 어명을 전달해주었다.

"폐하께서 천 귀인이 무공을 배우고 싶어 하니, 개 대인께서 일주일에 한두 번 정도 귀인께 무공을 가르쳐달라 청하셨소."

그의 짐작보다 더욱 당황스러운 어명을.

"천씨 가문 딸 셋이 모두 비빈입니다! 이게 말이 된다 생각하십니까?"

낮출 대로 낮추었는데도 잔뜩 힘이 들어간 목소리가 황후를 꾸짖었다.

"아버님. 목소리를 낮추세요."

황후는 마음을 다스려준다는 은애차를 한 모금 마시고서 안연자약하게 부친을 달랬다.

"충분히 낮춘 겁니다. 여기서 더 낮추면 제 속이 문드러질 겁니다."

그러나 황후의 달래는 말은 전혀 소용이 없었고, 좌칙승상은 이만 갔다. 그걸 본 황후의 측근 궁녀 영영은 눈치껏 모든 창문을 닫고, 다른 궁녀와 태감들에게 나가란 눈짓을 보냈다. 이미 믿을 만한 이들만 남아 있었는데도.

"신은 부귀영화만 누리라고 마마를 그 자리에 앉힌 게 아닙니다."

"압니다."

"모르시는 것 같으니 짚어드리는 겁니다."

"……."

"부귀영화요? 누리지 말라는 게 아닙니다. 아비로서 마마가 잘 지내면 좋지요. 하지만 가문을 위한 행동도 해주셔야 합니다."

"충분히 하고 있습니다. 이미."

"충분히 하셨다면 천씨 가문 세 딸이 다 비빈이 되는 사태를 막을 수 있었겠지요."

은애차도 효과가 없다. 황후는 차를 내려놓고 찻잔을 아예 옆으로 밀어버렸다. 그녀는 지끈거리는 관자놀이를 짚으며 반쯤 눈을 내리깔았다.

"더 어찌하란 겁니까. 온 귀인이 회임했을 때 편의를 봐주고, 잘 적응하게 도왔습니다. 내명부의 수장이면서도 천소여를 따돌릴 때도 못 본 척 눈 감고 있었습니다. 여기서 더 구질구질하게 굴어야 하는 겁니까."

"구질구질해질 필요 없습니다. 신도 그건 바라지 않습니다. 마마는 누구보다 고귀한 분이어야 하니까요."

딸이 자신의 말을 흘려듣는 기색이자 좌척승상은 몸을 일으키고서 구겨진 옷자락을 힘주어 털었다.

픽 소리가 나면서 먼지가 날리자, 황후는 내리떴던 눈을 뜨고 부친을 쳐다보았다.

"하지만 이건 명심하셔야 할 겁니다. 마마께서 고고하게 수면 위로 얼굴을 내미는 동안, 이 아비와 가문 사람은 물 아래에서 죽어라 마마를 떠받들고 있단 걸요."

"!"

"위치를 바꾸자곤 안 합니다. 우리 가문 사람이라도, 마마의 위치를 노린다면 이 아비가 가만두지 않을 겁니다. 하지만 마마. 우리가 가라앉으면 마마도 가라앉습니다."

좌칙승상이 황후를 찾아가 초조하게 닦달하는 반면, 천혜음은 자신의 저택에서 흐뭇하게 웃으며 부인과 담소하고 있었다.

　"딸 하나는 비이고 둘은 빈입니다. 이런 가문이 어디 있습니까?"

　"그럼요. 어려운 일이지요."

　"게다가 우리 소여를 향한 폐하의 총애는 유명할 정도 아닙니까. 모든 조건이 갖추어졌습니다. 이젠 황후 자리를 우리 가문이 가져와야 할 때입니다, 부인."

　천혜음의 자랑에 공오부인은 같이 웃음을 터트렸다. 자식에게 좋은 일이 생긴 걸 두고 이야기하는데, 서로 얼굴을 찌푸릴 리가 없었다. 그러나 공오부인은 곧 미소를 거두고 신중하게 충고했다.

　"일이 잘 풀리고 있지만 이럴 때일수록 조심해야 해요. 특히 소여는 폐하의 총애를 한몸에 받고 있으니 더더욱이요."

　천혜음은 고개를 끄덕였다.

　"맞습니다. 소여는 기억을 잃어서 말과 행동이 독특해졌지요. 덕택에 폐하의 총애를 받게 되었지만, 예법을 다 익히지 못했다니 흠 잡힐 구실도 줘선 안 됩니다."

　"그리고 이건 내 생각일 뿐이지만요, 여보. 총애받는 사람이 황후 자리에 오르면 오히려 반발을 사니, 소여와 대여 둘 중엔 대여를 황후로 밀어야 할 것 같아요."

　"일리가 있습니다. 대여는 진중한 데다 감정에 휘둘리지 않지요. 소여는 사랑스럽지만 큰 짐을 지기엔 너무 자유분방하고요."

　"우리 소여는 황귀비가 되어서, 어려운 일은 하지 않고 폐하의 사랑만 받으며 지내는 게 제일 좋겠네요."

천혜음이 고개를 끄덕이자 공오부인은 흐뭇하게 웃으면서 차를 한 모금 마셨다.

하지만 찻잔을 내릴 때 그녀의 표정은 서늘했고, 고개를 돌려 옆에 우두커니 선 여인을 보았을 때 그녀의 표정은 얼음장이나 다름없었다.

공오부인이 바라본 곳에 있는 여인은 영빈의 친모인 해운잠이었다. 해운잠은 공오부인의 적개심 가득한 표정을 보고서도 반발하지 않고 순순히 고개를 조아렸다.

"동생."

"네, 마님."

공오부인이 '동생'이라 불러도 같이 친근하게 부르지 않고 깍듯하게 자신을 숙였다.

"우여가 두 아가씨를 잘 모시게 해야 한다. 괜히 헛물을 켜고서 아가씨들 발목을 잡지 않게 해."

그러나 공오부인의 서늘한 충고에는 해운잠의 눈동자도 흔들렸다. 그녀는 자신의 표정이 흔들리는 걸 보이지 않기 위해 고개를 내리깔고 대답해야 했다.

"네."

그래야 속이 부글부글 끓고 있단 걸 감출 수 있으니까. 해운잠은 순종적인 가면 아래로 억울한 마음을 감추었다. 자신의 딸도 그 멍청이 천소여와 같은 빈인데. 아니, 오히려 먼저 빈이 되었는데. 머리도 훨씬 좋고 훨씬 아름다운데. 일국의 빈이 된 제 딸을 아직도 종처럼 취급하는 공오부인에게 화가 났다. 서출이라더라도 그녀의 딸은 황제의 빈이었고, 공오부인은 아무것도 아닌데!

하지만 고개를 숙여 자신의 표정을 감추면 남의 표정도 볼 수 없는 법이었다. 해운잠은 고개를 푹 숙여 화난 표정을 감출 수 있었으나, 그런

해운잠을 공오부인이 '네 속은 훤히 알지'란 얼굴로 보고 있단 건 알아차리지 못했다.

"이제 천 귀인 소리 들을 날도 얼마 안 남았군."

자려고 누웠을 때였다. 황제가 들어오면서 건네는 말에 나는 머리만 들고서 그를 쳐다보았다. 황제는 겉옷을 벗으며 침상으로 와서는 괜히 내게 시비를 걸었다.

"이젠 기다리지도 않고 먼저 자는 거냐."

하지만 난 저런 데 넘어가지 않지.

"마마는 피곤해서."

나는 이제 너그러운 마마니까! 떡돌이는 내 말에 혀를 찼으나, 면사를 벗은 입꼬리는 위로 올라가 있었다.

"이미 마마가 됐네. 책봉례 하기도 전에 벌써 됐어."

"미리미리 익숙해지자는 거지. 금방 익숙해질 것 같아. 타고났나 봐. 편하네."

떡돌이는 내 말에 뭐가 그리 즐거운지 혼자 웃고는, 나를 옆으로 굴려서 자기 자리를 만들어냈다. 그러고는 침상에 걸터앉아 옷을 주섬주섬 벗는데, 아주 망측하니 보기가 좋았다.

"천빈이 될 텐데. 소감은 어떻지?"

"어떻긴. 아주 좋지!"

"널 천빈으로 만들어준 사람에겐 어떤 마음이 들지?"

"내가 막 자랑스러워!"

"……아. 스스로가 자랑스러운 거냐."

하지만 떡돌이는 옷을 잘 갈아입어 놓고서는, 뭐가 그리 성질이 난 건지 괜히 내 뺨을 잡고 옆으로 늘리면서 또 시비를 걸어댔다.

"그 자랑스러움 사이에 짐이 구석에 조그맣게라도 박혀 있을까? 응?"

"끄트머리쯤에 희미하게 보이긴 해."

"있다니 다행이다."

그래도 내가 또다시 마마다운 품격을 보여주자, 떡돌이는 속 좁은 자신이 부끄러운지 내 뺨을 놓고는 이불 안으로 꾸물꾸물 들어왔다. 하지만 그것도 잠시.

"응?"

베개에 머리를 두자마자 그는 도로 상체를 일으키더니, 뜬금없이 이불을 휙 걷고서 내 몸을 내려보았다. 근육? 내 근육과 부딪쳤나?

"잠옷이 바뀌었구나?"

아, 잠옷을 본 거구나. 잠옷이라면 자랑할 만하지! 나는 그가 잠옷 이야기를 꺼내자마자, 이때다 싶어 얼른 자랑했다.

"온 귀인이 준 구름비단으로 만들었어! 어때?"

당장 오늘 밤부터 입고 싶다고 했더니 내 궁녀들이 다 달라붙어서 만들어주었지. 내 궁녀들은 아주 재빠르고 영리해. 똘똘해. 꼭 나처럼!

"운문비단을 말하는 건가?"

"어! 구름 비단이래. 입으니까 정말로 좋아. 입고 돌아다니고 싶어."

내가 연달아 자랑을 늘어놓자 황제는 슬며시 팔을 뻗더니, 내 목덜미에서부터 어깨를, 어깨에서 팔꿈치를, 팔꿈치에서부터 손까지 손을 느릿하게 내리면서 중얼거렸다.

"확실히. 좋군."

그러고는 이 옷이 탐이 나는지 이번엔 위로 손을 올리면서 나를 묘한 눈길로 바라보는데…… 분명 질시의 눈길이었다. 내가 구름 같은 잠옷을 입고 있는 게 탐이 나는 거지. 자기도 갖고 싶단 거야. 그렇게 생각하자 흐뭇해져서 나는 재차 자랑했다.

"온 귀인은 참 배려심이 있어. 재수 없는 줄 알았는데 생각보다 괜찮은 거 같아."

그걸로도 부족해 아예 황제를 타고 넘어가 침상 밖으로 나간 다음, 그 앞에서 한 바퀴 팽그르르 돌아도 주었다.

"어때? 잘 어울리지?"

생각보다 회전이 잘되기에 한 바퀴를 더 돌고 두 손을 치켜들며 "짠짠짠!" 하고 외친 다음, 나는 그가 더욱 부러워하길 바라며 눈을 빛냈다.

"……"

하지만 떡돌이는 날 보고 있지 않았다. 허망하게 자기 손을 바라보고 있을 뿐.

"왜? 뭐 해?"

나 봐줘! 나 보고 칭찬해줘! 내 옷 부럽다고 해줘! 안달이 나서 일부러 그 앞에 대고 소맷자락을 펄럭거렸지만, 떡돌이는 시무룩하게 제 손을 내리더니 아예 누워서 눈을 감아버렸다.

"떡돌아?"

"떡돌이는 잔다."

나중에는 돌아눕기까지…….

이런. 너무 부러워서 기운이 빠져버렸나 봐! 이를 어쩌지?

다음 날. 일이 있어 아침 식사를 함께하지 못하고 일찍 천 귀인의 처소에서 나간 월요 황제는 가마를 타고 잘 이동하다가 갑자기 중간에 멈추라 하고는 오원요를 불렀다.

"폐하, 왜 그러십니까?"

옆에서 걸어가던 오원요가 얼른 다가가 묻자, 월요는 관자놀이를 누르며 말했다.

"천 귀인 궁녀 둘을 데려와라. 늘 붙어 다니는 궁녀 둘."

"예? 예."

이상한 명령. 하지만 황명에 따라야 하기에 오원요는 바로 돌아섰다.

"아니. 오원요. 다시 와라."

그러나 세 걸음도 가기 전에 월요가 재차 그를 불렀다.

"네, 폐하."

그리고는 오원요가 오자마자 알아듣기 힘든 말을 중얼거렸다.

"이 얘긴 꼭 짐이 할 필요는 없겠지."

"예?"

"오원요. 네가 가서 천 귀인의 궁녀들에게 전해라. 품계 올라가는 게 얼마나 대단하고 좋은 일인지. 운문비단과는 비교도 안 되는 '더' 좋은 일인지. 확실하게 주인에게 알리라고."

"아……."

오원요는 자기도 모르게 탄식하다가, 황제와 눈이 마주치자 얼른 꾸벅 허리를 숙였다.

"그럼요. 폐하의 말씀이 옳습니다. 꼭 주지시키겠습니다."

"흠흠."

헛기침을 한 월요가 손짓하자 가마를 든 태감들이 앞으로 다시 걸어가기 시작했다. 오원요는 심부름을 가기 위해 돌아섰다.

"오원요."

그러나 황제는 또 세 걸음을 못 가서 그를 불렀고, 오원요는 조금 짜증이 났으나 표정을 잘 관리하고 다가갔다.

"예, 폐하."

"내무부 안에 운문비단이 있느냐?"

"세 필인가 두 필인가 있을 겁니다, 폐하."

"천 귀인에게 주어라. 짐이 주는 거라 꼭 말하고."

자기도 민망한지, 월요는 햇볕을 가리는 척 손바닥으로 얼굴을 가리고는 가마를 움직이라 손짓했다. 오원요는 황제가 또 부를지도 모른다고 여겨서 일부러 그 자리에서 계속 서성였으나, 이번에는 황제도 그를 부르지 않았다.

"소주, 소주. 폐하는 정말로 대단하세요. 봉호를 내리자마자 소주의 품계를 바로 올려주시다니."

"운문비단이 아무리 대단해도 폐하가 소주를 총애하는 것보단 덜하지요."

"그럼요! 품계 올라가는 게 최고예요."

"품계만 올라가면 그깟 운문비단, 나중에 백 필도 가질 수 있는걸요?"

왜 저래? 비밀 장소로 가서 무공 수련을 한 다음 저녁 즈음에 돌아와보니, 원웅과 부성은 뜬금없이 떡돌이를 칭송하느라 입이 바쁘다.

……돈 받았나? 떡돌이한테? 좀 수상쩍어서 가만히 쳐다보자, 두 사람은 내 시선을 피하면서도 계속해서 운문비단도 좋긴 하지만, 역시 황제의 총애가 최고라면서 계속 떡돌이 홍보를 해댔다.

"소주, 오 공공께서 오셨습니다."

밖에서 이 소리가 난 뒤에야 두 사람은 입을 다물었다. 두 사람의 과도 한 칭송이 여전히 의심스러웠지만, 일단 오 공공을 보는 게 먼저이기에 나는 밖으로 나갔다.

오 공공은 마당에 서 있었는데, 곁에는 쟁반을 불편한 자세로 든 다른 태감도 하나 있었다. 오 공공이 내게 인사를 올리고 그 태감에게 눈짓하자, 그 태감은 들고 있던 커다란 쟁반을 내게 내밀었다.

"귀인. 폐하께서 소주께 이걸 전하라 하셨습니다."

오 공공이 자랑하듯 곁에 덮어둔 천을 벗기자, 뜻밖에도 그 안에서 나타난 건 운문비단이었다. 더욱 이상한 건 그걸 본 원웅과 부성이 자기들끼리 이상한 눈짓을 주고받으면서 고개를 빠르게 가로저었단 거다. 얼핏 보니 '몰라'라는 입 모양을 하던데…… 무슨 뜻이지? 뭘 모른단 거지?

"그리고 귀인."

하지만 오 공공이 재차 말을 이어가서, 나는 다시 그를 보았다.

"더 전할 게 있는가?"

"예. 전에 말씀드린 그 무공 건 말입니다."

'개원이!'

"개 답웅의 사촌을 스승으로 부르기로 했지요. 그자가 자리를 비워 전에 말을 전하지 못했사온데, 이번에 만났답니다."

개원이 이름을 듣자마자 궁녀들의 수상한 행보는 싹 머리에서 날아갔다. 괜히 긴장이 되어서 치맛자락을 움켜잡을 뻔했으나, 가까스로 손을 뒤로하고 물었다.

"한다던가?"

"황명인데 안 할 수가 있겠습니까."

"그래."

아무리 개원이가 대단한 영웅이라도 황제의 명령은 어쩔 수 없지. 다른 나라에서 살 거 아니면. 젠장. 하지만 참 곤란하게 됐어. 개원이에게

무공을 배우다니. 앞으로 정신을 바짝 차리고 있어야겠는데? 내가 천년
비라는 것도 들키지 않아야 하지만, 복수하려면 그의 마음까지 홀려야
하잖아. 얼굴을 마주하고 무공을 보이면서 두 가지 다 할 수 있을까? 제
발 내 손이 그가 틈을 보인 새 살수를 펼치지 않길 바랄 뿐이다.

"내일 미시경에 입궐하기로 했으니, 그때 모시러 오겠습니다. 귀인."

"내일부터 배우는가?"

'이렇게 빨리? 바로?'

"아닙니다. 수업 전에 인사를 드리러 오는 거지요. 아마 내일은 어떤 식
으로 배울지, 일주일 중 언제 수업을 할지, 몇 시진 수업할지, 어디에서 수
업할지 등을 맞추지 않을까요?"

내가 뒷짐을 지고 초조하게 돌아다니고 있으려니, 원웅이 운문비단 한
필을 햇빛에 이리저리 비춰 보다가 물었다.

"소주. 오늘은 혼자 산책 가지 않으시네요?"

산책이 아니라 무공 수련하러 다닌 거야……. 하지만 오늘은 혼자 갈
마음이 없긴 하다.

"응."

당장 몇 시간 후에 개원을 봐야 하는데. 심란해서 수련이 될까? 무공
수련을 할 때 가장 중요한 건 집중이다. 특히 내공 수련을 할 때는 절대
로 다른 생각을 하면 안 된다. 그러니 이런 날엔 차라리 훈련을 안 하는
게 낫다. 내 생각엔.

"근데 넌 비단 들고 혼자 뭐 해?"

"온 귀인이 준 비단은 소주께서 꼭 잠옷으로 만들라 하셨잖아요. 하지

만 세 필이 더 생겼으니, 이것들도 어떻게 쓸지 고민해봐야지요."

"잠옷 하나 더 해줘. 돌아가면서 입게."

"그렇지 않아도 그러려 했어요. 소주께서 운문비단 잠옷을 많이 좋아하시니까요."

"응."

"그리고 저…… 소주, 이건 제가 나설 부분은 아니지만요……."

"응?"

"이걸로 폐하의 잠옷도 만들어서 소주가 드리면 어떨까요?"

뭐래.

"난 혼자 다 독차지하고 싶어."

솔직하게 말했더니 원웅이 몹시 당황한 표정을 지어서, 나는 아차 싶었다. 친구 있는 사람들은 이런 말 안 하나 봐.

"아니야. 계속 얘기해봐."

"부부나 연인끼리 일부러 문양이나 모양을 맞춰 옷을 입거나 손수건을 나눠 가지잖아요. 소주도 폐하와 그런 잠옷이 있으면 좋을 거 같아요."

"그런가?"

본 적이 있어야지. 협공이 특기인 연인이 날 죽이러 왔기에, 같은 사인으로 보내준 적은 있지만.

"네. 그리고 저…… 소주께서 수놓는 걸 안 좋아하시는 건 알지만, 직접 작게라도 수를 놓으면 더 기뻐하시지 않을까요?"

"혹합이 나 대신해주면—"

"의미가 없죠."

원웅…… 너무 딱 잘라 말하잖아.

"으음."

하지만 이런 건 나보다 원웅이 잘 알겠지. 내가 후궁이 된 뒤로 친구가 많이 생기긴 했지만, 그래도 친구 사귄 경력이 짧으니.

"알았어."

결국 마지못해 고개를 끄덕이자, 원웅은 활짝 웃더니 기뻐하며 외쳤다.

"그럼 소주와 폐하의 잠옷 모양을 한 쌍처럼 만들게요. 분명 기뻐하실 거예요!"

"알았어……."

"아, 그리고 소주. 제 생각엔요, 폐하께선 소주와 한 쌍으로 옷을 입고 싶어서 비단 세 필을 주신 거 같아요!"

"무슨 소리야. 그럼 한 필이 남잖아."

"한 필은 아껴뒀다가 아기님 쓰라고 하신 거 같아요!"

뭐? 떡돌이가 그런 꿍꿍이를 가지고 비단을 보냈다고? 황당해서 진짜냐고 물으려는데, 부성이 안으로 들어오더니 작은 목소리로 알려주었다.

"소주. 황후가 사람을 보냈어요."

덩달아 작은 목소리로 "왜?" 하고 묻자, 부성은 자기도 모르겠다며 고개를 저었다.

그사이. 황후의 상궁인 영영이 안으로 들어와 내게 인사를 올렸다.

"천 귀인께 인사 올립니다."

그러고는 지체 없이 볼일을 말했다.

"귀인, 황후마마께서 안비마마가 다쳤으니 후궁들이 모여 병문안을 가자 하십니다."

"따로 가면—"

원웅이 내 뒤에서 영영이 못 보도록 팔 뒤를 살짝 잡는 걸 보니 그냥 순순히 수긍하는 게 자연스러운가 보다.

"안 되겠지. 같이 가는 게 좋지. 알겠네."

내가 바로 알아듣고 말을 바꾸자, 영영은 생글 웃고서 바로 안비의 처소로 오라 말하고는 나갔다. 후우······.

"귀찮네. 친하지도 않은데 병문안이라니."

그래도 황후가 오라고 하면 가야 한다.

"병문안을 가는 거니까 수수하게 입는 게 좋을 거예요. 옷을 갈아입혀 드릴게요."

원웅의 제안에 따라 나는 약간 노란기가 도는 배꽃 색 옷으로 갈아입은 다음 안비의 처소로 갔다.

다행히 같은 동영궁에 머물기 때문에 그리 멀진 않았다. 좀 과장해서 말하자면 코앞. 그러나 가장 가까운 데 살면서도 나는 늦게 온 편인지, 안비의 처소 안에는 이미 다른 후궁들이 많이 모여 있었다.

"황후마마께 인사 올립니다."

황후에게 인사를 건네자 다른 후궁들이 갑자기 안비의 침상 곁에서 떨어져 서는 바람에, 나는 얼결에 그쪽으로 밀려갔다.

안비에게도 한마디를 해야 하는 건가 봐. 가까이에서 보니 안비는 침상에 누워 끙끙거리고 있었는데, 이마에 식은땀이 송골송골 맺혀 있었다.

'생각보다 많이 아픈가 보네.'

그 모습을 보자니 안됐다는 마음이 들기도 하고, 그렇다고 '다 죽어가네요'라고 말하기도 뭐해서, 나는 긍정적으로 위로해주었다.

"그래도 중요 장기는 비켜 맞아서 다행이에요, 안비마마."

하지만 안비는 내가 싫은지, 좋게 말해줬는데도 얼굴이 하얗게 질려서 따졌다.

"본궁을 놀리는 건가?"

"아프서서 그런지 말을 꼬아서 이해하시네요. 그런 뜻이 아니에요."

얼른 달래주었지만, 안비는 더욱 얼굴이 하얗게 변하더니 상체를 일으키려고까지 했다.

"윽."

아픈지 도로 누웠지만. 아이구야.

"흥분하면 안 좋아요, 안비마마."

"난…… 난 정말 자네가 입만 열면 화가 나. 폐하가 자네를 총애하는 이유를 모르겠군!"

"마마는 폐하랑 다른 사람이니까요."

안비는 떡돌이에게 공감이 가지 않는지 이마를 짚으며 화를 냈고, 안비의 궁녀는 황급히 그쪽으로 달려가며 "마마!" 하고 외쳤다. 궁녀는 내 헛바닥이 안비의 심장이라도 관통한 양 울면서 안비를 살피더니, 날 향해 울음이 섞인 목소리로 외쳤다.

"천 귀인, 안비마마께서는 지금 편찮으시니 약 올리지 마십시오. 그런 말씀을 하시려면 그만 돌아가 주세요!"

내가 뭘 어쨌단 건지 모르겠다. 게다가 황후가 불러서 온 건데 어떻게 마음대로 돌아가라고. 어쨌든 안비가 날 좋아하는 눈치는 아니기에, 나는 어깨를 으쓱하고 뒤로 물러나 후궁들 틈에 끼어서 섰다. 그래도 안비가 내 덕에 정신이 바짝 든 모양이니 도움은 된 거 같은데. 하지만 안비는 정신이 들다 못해 너무 들었는지, 진정하고 이마에서 손을 떼자마자 치를 떨며 나를 무섭게 노려봤다.

"참으로 어이가 없습니다, 황후마마. 황후마마를 대신해 활을 맞은 건 저인데. 애먼 천 귀인이 품계가 올라가다니요. 저 방자한 꼴을 보세요."

"천 귀인은 범인을 잡지 않았는가."

황후가 나름 달랜다고 달래도 소용없었다.

"범인을 잡은 건지 근처에 서 있다가 어부지리를 취한 건지 모르지요."

안비는 막말까지 내뱉고는 나중엔 싸늘하게 웃으며 후궁들에게 도움까지 구했다.

"과녁도 못 맞히는 천 귀인이 범인을 활로 잡다니. 말이 되나요? 안 그런가요?"

"……."

"모르지요. 범인을 잡은 게 천 귀인의 자작극이라면 가능하겠지만."

우 귀인이 연금된 뒤 후궁들 사이에서 내 대우는 꽤 좋은 편이지. 그 덕에 몇몇 후궁들은 안비의 말에 넘어가지 않았으나, 몇몇은 귀가 솔깃한지 내 쪽을 의심스럽단 듯 쳐다보았다. 안비 말마따나 다들 직접 본 게 아니다 보니, 안비의 말이 그럴듯하다고 여기는 눈치들이었다. 그들이 본 건 내가 활을 이상한 방향으로 쏜 것뿐이니까.

하지만 저들이 믿건 말건 상관없기에 그저 대꾸하지 않고 웃기만 하자, 안비는 자신을 비웃냐고 묻고 온 귀인은 자기가 발끈해서 앞으로 나섰다. 그러고서 "천 귀인은요!" 하고 뭐라 두둔해줄 분위기이던 찰나.

"천 귀인이 활 쏘는 걸 목격한 건 소신과 폐하입니다, 안비마마."

문가에서 누군가 말하는 소리가 들려왔다. 돌아보자 어느새 문가에 기몽 장군이 서 있었다.

"황후마마께 인사 올립니다. 귀한 분들이 이야기를 나누고 있어 기다리고 있었습니다."

기몽은 황후에게 절도 있게 인사하고는, 안비를 바라보며 픽 웃었다.

"소신의 말은 못 믿으셔도 폐하의 말씀은 믿으셔야지요, 안비마마."

황제의 사냥개인 기몽이 '네가 지금 폐하의 말을 못 믿겠다고 한 것이냐'라고 돌려 말하자, 안비는 얼굴이 이젠 하얗다 못해 파랗게 변해서 "나는……." 하고 중얼거렸다.

하지만 기몽은 안비의 변명을 듣는 대신, 그녀의 곁에 두 손을 모으고 불편하게 서 있는 궁의에게 물었다.

"마마의 치료가 언제 끝나는가?"

"아직 치료를 더 받으셔야 합니다, 장군님."

"마마께도 수사할 게 있으니 조금이라도 쾌차하시면 바로 알려주게."

그 말에 안비는 놀라서 물었다.

"나는 왜 수사를 받는단 건가?"

"수사엔 증인이란 것도 있으니까요."

기몽은 덤덤하게 대답하고는 내 쪽을 힐긋 보았는데, 무슨 의미인지 몰라 멍하게 같이 보고 있으려니 입꼬리를 씰룩이며 다시 고개를 돌렸다. 그러고는 황후에게 인사를 올리고 나가버렸다. 안비가 이불을 꽉 틀어쥐는 걸 보며 나는 괜히 찝찝해져서 미간을 구겼다.

병문안을 마치고 처소로 돌아갈 때까지도 그 기분은 풀리지 않았다.

기몽이 그 상황에서 날 도와준 게 고맙긴 한데…… 고마운 마음보다 의아한 마음이 더 들어서 이렇다. 그 사냥개는 내 정체를 의심하고 있잖아. 그런데 왜 날 도와줬을까, 영 신경이 쓰이네.

하지만 처소로 돌아오자마자 기몽에 대한 건 금세 날아가 버렸다.

"곧 미시네요, 소주."

부성이 한 말 때문에. 젠장. 개원이를 만날 시간이 코앞이잖아! 초조하다. 초조하지만 어쩔 수 없는 일도 있는 법이겠지.

"옷…… 갈아입으실 거예요, 소주?"

"아니. 그냥 가도 돼. 뭐 잘 보일 일 있다고."

조심스레 물어보는 원웅에게 아무렇지 않은 척 대답하고서, 나는 평상으로 가 철퍼덕 앉아버렸다. 옷을 갈아입을 시간은 있었지만 내가 개원이를 위해 옷을 갈아입고 싶지 않다는…… 이걸 뭐라 해야 하나. 하여튼 그런 마음 때문에. 하지만 오 공공은 내가 옷을 세 번은 갈아입고도 남았을 시간이 지난 뒤에야 나타났다.

"소주께 인사를 올립니다."

드디어 왔네. 다행이야. 차라리 빨리 보고 해치우는 게 낫지.

"개 답응 사촌이 왔는가?"

"네. 이쪽으로 오시지요."

나는 얼른 평상에서 내려와 오 공공을 따라갔다. 발치에서 들려오는 낙엽 부스러지는 소리가 마음을 더 심란하게 했지만, 걸어가는 내내 나는 스스로 세뇌하듯 말을 계속 걸었다. 개원이를 상대하는 건 노력이야. 내공을 중진하기 위한 노력. 영약을 자연스럽게 마실 수 있게 하기 위한 수단일 뿐이라고! 신경 쓸 거 없어.

애써 마음을 다잡는 사이 우리는 빠르게도 도착했고, 오 공공은 어느 전각 앞에서 멈추어 서서 안쪽으로 목소리를 높여 고했다.

"폐하. 천 귀인을 데려왔습니다."

오 공공이 '이제 들어와도 좋다'고 내게 눈짓했고, 나는 고개를 끄덕이고서 숨을 크게 들이마신 다음 안으로 들어갔다. 두 개 아치를 지나자 커다란 의자에 앉은 떡돌이와 그 앞에 선 개원이가 보였다. 그러다 인기척을 느낀 두 사람이 나를 동시에 돌아보는데…… 이상하게도 그 순간. 딱 그 순간만 시간이 느리게 느껴졌다. 이런 것조차 싫어서 나는 일부러 무표정을 지었다.

"귀인을 뵙습니다."

개원이가 공손하게 인사할 때도 말없이 고개만 까딱했다. 혹시 떡돌이가 평소 내 모습과 다른 태도를 이상하게 여길까 걱정도 됐지만, 떡돌이는 나와 눈이 마주치자 이리 가까이 오라며 팔을 뻗을 뿐이었다. 그리고는 내가 다가가자 자신의 품 안으로 나를 끌어당겨 감싸고는 개원이에게 이해하란 듯이 말했다.

"천 귀인이 낯을 많이 가리지. 스승이 될 터이니 미리 말해두어야 할 것 같군."

"그렇군요. 명심하겠습니다."

나는 일부러 떡돌이에게 더욱 가까이 붙었다.

개원이 '천소여'를 연모한단 걸 알지만, 그가 이 모습을 보고 마음이 아프건 말건 상관없었다. 하나도!

"이리 앉거라."

하지만 떡돌이가 자기 옆자리를 가리키며 내 허리에서 손을 떼는 바람에, 어쩔 수 없이 그를 놓고 앉아야 했다. 그러는 동안에도 개원이는 여전히 서 있었는데, 떡돌이는 그에게는 앉으란 말을 하지 않고서 물었다.

"그래, 무림인. 수업은 며칠에 한 번 할 생각이지?"

무림인이래. 이름도 안 부르네.

"생각하신 날짜가 있으신지요."

하지만 침착한 시늉을 누구보다 잘하는 개원이는 그래도 태연하고 공손하게 대답만 잘했다.

"너무 잦아서 천 귀인의 시간을 뺏어도 안 되고. 너무 멀어서 효율적이지 못해도 안 된다."

이런 터무니없는 요구를 했을 때도 그는 진지하게 고민하고 제안했다.

"소인은 사흘에 한 번을 권하고 싶습니다."

"글쎄."

하지만 일정 짜는 건 내 의견도 중요한지, 떡돌이는 이번엔 자기가 바로 대답하지 않고 날 돌아보았다.

"그렇게까진 시간을 못 내요, 폐하."

나는 옳다구나 싶어서 새침한 척 대답했다. 그래도 개원이는 기분 나쁜 내색을 하지 않고 다시 물었다.

"그러면 나흘에 한 번은 어떠십니까? 대신 제가 없는 날에도 혼자서 수련은 계속하셔야 합니다."

"그러지."

두 번째 질문에는 새침한 척도 관두고 무표정하게 대답했으나, 개원은 역시 덤덤했다.

"예."

그리고 나는 개원이가 왜 저렇게 태연할 수 있는지 알아차렸다. 황명 때문에 오긴 했지만 자기도 큰 의욕이 없어서 저러는 거였다. 분명해.

"수업은 한 번에 두 시진. 괜찮으시겠습니까? 이건 줄일 수 없습니다. 이미 최소 단위입니다."

하지만 개원이가 의욕을 안 갖는 편이 내겐 좋지.

"그러지."

"시간은……."

"오시에서 미시까지."

시간을 황제가 정하는 것으로 우리 사이의 볼일은 다 끝났다. 개원은 이번에도 별다른 반박 없이 "예." 하고 대답하며 나를 보았고, 나는 보란 듯이 황제의 어깨에 머리를 기대었다. 별로 소용은 없어 보였지만.

"나흘에 한 번. 오시에서 미시까지, 한 번에 두 시진씩. 이렇게 알고 이만 물러가겠습니다, 폐하."

떡돌이가 고개를 끄덕이자마자 개원이는 나와 황제에게 인사를 올리고 나갔고, 그러는 동안에도 나는 꿋꿋하게 떡돌이의 어깨에 머리를 대고 있었다. 비록 겉으로는 내색하지 않지만, 개원이는 '천소여'를 좋아하니까 그래도 조금이라도 상처받았을 거라고 생각하면서.

상처…… 받았을까?

"소여야."

악의적이고 통쾌한, 그러면서도 기분 나쁜 바람은 떡돌이가 내 허리를 감싸며 귀에 속삭이자 끈적한 자국을 남기며 사라졌다.

"네 스승은 어떤 것 같으냐."

개원이를 보고 남은 질척한 자국은 흔적이 덕지덕지 남긴 했으나 뻥뻥 걷어차 주자 결국엔 완전히 사라졌다. 나는 팔짱을 끼고서 곰곰이 고민하는 척하다가, 완전히 개운해지자 입을 열었다. X나 재수 없다고 말할 생각이었다. 하지만 말하려다 보니 주저하게 되었다.

사람들은 개원이를 좋아해. 그가 첫인상이 좋다고 해. 그런데 내가 개원이에 대해 나쁘게 말하면, 떡돌이가 날 의심하지 않을까? 떡돌이는 기몽에게 들어서 내가 천년비인가 의심한 적이 있는데, '천년비'와 개원이는 원수 사이인 게 유명하니까. 그러다 떡돌이가 내 정체를 다시 의심하면…… 안 되지 안 돼. 그렇다고 좋게 말하자니 마음이 싫다고 한다. 게다가 개원이에 대해 너무 좋게 말하면 떡돌이가 그건 싫어할 것 같다. 그는 속이 좁으니까.

"왜 대답이 없지? 설마. 잘생겨서 마음에 든다거나……."

거봐. 벌써부터 속 좁은 티를 내는 거.

"잘생기긴 했지만 폐하가 더 내 취향이야."

결국 나는 애매하게 대답하고 그를 향해 눈을 빠르게 깜빡여주었다.

"스승으로서 어떤지 물은 거였는데. ……듣기 싫은 말은 아니로군."

효과는 좋아서, 떡돌이는 좋다고 웃었다. 하지만 개원이 이야기는 여기서 그만하고 싶었기에, 나는 얼른 말을 돌려버렸다.

"근데 폐하. 나한테 비단을 세 필 보내줬잖아."

"마음에 드느냐?"

"어. 그걸로 폐하랑 나랑 한 쌍인 잠옷을 만들 거야."

"우리는 부부니까."

"내가 거기에 수도 작게 놓을 건데. 혹시 들어갔으면 하는 문양이 있어? 동물이라거나."

"원앙으로 할까? 우리는 부부니까?"

아 어려운 것으로도 고르네. 원앙은 알록달록하잖아?

천년비가 자기도 바쁜 몸이라면서 갑자기 가버린 뒤에도 월요는 그 자리에 남아 차를 한 잔 마시며 곧 자신이 입을 원앙 잠옷을 떠올리고 흐뭇해했다.

하지만 차를 반 정도 다 마셨을 즈음. 그의 표정은 갑자기 어두워졌다.

"폐하? 괜찮으신지요?"

이를 눈치챈 오원요가 얼른 묻자, 월요는 굳이 마음을 숨기지 않고 솔직하게 털어놓았다.

"생각보다 개 답응 사촌이 잘생겨서 좀. 그렇군."

오원요는 잠시 놀라긴 했으나, 황제의 이런 태도가 조금 재밌기도 해서 싱글벙글 웃으면서 맞장구쳤다.

"예. 개 답응이 참으로 곱다 했더니, 사촌 오라비가 똑 닮았더군요."

그러나 월요가 '역시 괜히 그자로 했나' 하고 더욱 후회하는 모습을 보이자, 오원요는 얼른 달래는 목소리로 바꾸어 황제를 위로했다.

"하지만 귀인께선 폐하가 더 좋다고 하지 않으십니까. 그럼 된 거지요."

오원요는 잘못 알고 있었다. 월요가 후회하는 건 그 부분이 아니었다.

"반숙이가 문제가 아니다."

"예? 하면……?"

"반숙이가 너무 아름다우니까."

"예?"

"개원 그 무림인은 반숙이 같은 미녀를 처음 봤겠지. 그자가 혹시 천 귀인에게 반하기라도 할까 영 신경이 쓰이는군."

오원요는 처음에는 황제가 농담을 하는 줄 알고 웃음을 터트렸다.

"하하. 자주 본 사촌 누이가 그리 아름다운데, 그럴 리는……."

하지만 말을 이으면서 보니 황제의 표정이 너무 진지했다. 황제가 정말로 천 귀인을 세상에 둘도 없을 미인이라 착각하고 있단 걸 깨닫자, 오원요는 황급히 입을 다물었다. 다행히 월요는 그를 탓하지 않고, 승언을 불러 명령만 내렸다.

"승언아."

"네."

"천 귀인이 수업을 받을 때 네가 따라가서 지켜보아라. 혹시라도 그자가 천 귀인에게 흑심을 품는 거 같으면 칼같이 차단해야 한다."

"예."

승언은 순순히 대답했으나 오원요는 옆에서 어색하게 웃었다. 그가 볼 때 개원 그자가 천 귀인 미모에 빠지는 게 아니라, 천 귀인이 그자 미모에 빠질 걸 염려해야 하던데.

'우리 폐하는 정말 편파적인 안목을 가지고 계시는구나.'

하지만 오원요는 이 말을 절대로 입 밖으로 내지 않았다. 바람 빠지는 소리가 반사적으로 잠시 나가긴 했으나, 황제가 그를 쳐다보자마자 오원요는 얼른 다른 일로 화제를 돌려버렸다.

"아차, 폐하. 태후마마께서 소희 태군의 생일이니 종친들이 모여 저녁에 식사하자 하십니다. 연회를 열 정도는 아니지만, 그래도 그냥 넘어가긴 가엾으시다고요. 폐하께서도 참석하실 건지요?"

그날 저녁. 일과를 마친 월요는 태후가 말한 생일 식사를 함께하기 위해 금룡궁으로 갔다. 그곳에는 이미 종친들이 여럿 모여 있었으나, 소소한 식사 자리라 태후의 말처럼 모든 종친이 다 모인 건 아니었다. 내명부에서 온 사람도 황후 하나였기에, 월요는 조금 아쉬운 마음으로 상석으로 가 앉았다.

생일의 주인공인 소희 태군이 태후의 옆에 있다가 그를 보자 얼굴이 벌게져서 벌떡 일어나 인사를 올렸지만, 친척이라도 몇 번 얼굴조차 본 적 없는 사이이기에 월요는 손을 저어 도로 앉으란 신호만 보냈다.

잠시 뒤 태감들은 준비한 음식을 날라왔고 식사가 시작되었다. 안 친한 친척들이 모인 것치고는 나름대로 좋은 분위기 속에서의 식사였다.

그런데 한참 식사하던 도중. 월요가 태후와 몇 마디를 주고받다가 잠시 대화를 멈춘 틈에, 내내 조용히 식사만 하던 연얼군주가 황제에게 말을 걸었다.

"폐하. 괜찮다면 신이 질문을 하나 해도 될는지요."

월요는 '연얼군주가 웬일이지?' 싶어서 그녀를 쳐다보았다. 연얼군주는 이전부터 그를 멀리했기에 먼저 말을 거는 일이 드물었기 때문이다.

하지만 친척들이 모여 식사하는 자리에서 '너는 입을 열지 마'라고 할 수도 없기에, 월요는 고개를 끄덕여 허락했다. 허락이 떨어지자마자 연얼군주는 쇳덩이보다도 더 딱딱하고 서늘한 표정으로 입을 열었다.

"제 오라버니를 살해한 비열하고 잔악무도하고 더럽고 끔찍한 범인은 언제쯤 잡을 수 있을까요?"

태후는 꼭 어린 태군의 생일에 이런 이야기를 꺼내야 하나 싶어 불쾌했으나, 제 오라비가 죽어서 저러는 연얼에게 무어라 하기도 꺼려져 조용히 인상만 찌푸렸다.

월요는 태후가 넘어가 주는 듯하자 덤덤하게 대답했다.

"수사 중이다. 힘들겠지만 기다려라. 기몽 장군은 유능하니 좋은 소식을 들을 수 있을 거다."

그로서는 정해진 거나 다름없는 대답이었으나, 애초에 연얼은 황제 앞에서 일부러 이 이야기를 꺼낸 것이었다. 그가 범인이란 걸 알기에 그의 반응을 떠보기 위해서.

하지만 황제가 너무 태연하게, 너무 아무렇지 않게 대답하자 그 모습에 연얼은 더욱 괴로워졌다.

"범인이 누구든…… 잡게 되면 제가 죽이게 해주십시오, 폐하."

저절로 목소리에 살기가 스며들어 갔으나, 연얼은 굳이 그 기운을 감추려 하지 않았다. 사람들은 이 살기가 누구를 향하고 있는지 모를 테니.

그러나 이 살벌한 말에 돌아온 건 월요의 짧은 웃음이었다. 웃어? 연얼이 움찔해서 쳐다보자, 월요는 찻잔을 들어 올리며 그녀를 칭찬했다.

"좋은 마음가짐이군."

"!"

"하지만 군왕을 죽인 이가 동생인 자네까지 노리면 어쩌려고 그러나."

연얼군주는 헷갈리기 시작했다. 저 황제…… 혹시 지금 날 협박하는 건가? 그 의심에 친히 서명이라도 해주듯, 월요는 평소보다 훨씬 다정한 목소리로, 너무 다정해서 꺼림칙한 목소리로 연얼에게 물었다.

"군주. 몸을 사리는 게 낫지 않겠느냐?"

떡돌이가 오늘은 종친들끼리 식사를 한다고 해서, 나는 침상에 일찍 누워 눈을 감았다. 온몸으로 이 구름 같은 잠옷의 포근함을 느끼면서.

잠옷 덕분에 잠은 빠르게 몰려왔고 나는 그걸 한 줌 쥐어 의식에 열심히 뿌려댔다. 자라. 자. 자!

"소주."

하지만 원웅의 속삭이는 목소리에 반쯤 가라앉았던 의식은 개구리알처럼 위로 솟아올랐다. 눈을 뜨고서 고개를 돌리자, 원웅이 침상 가까이 오더니 더욱 목소리를 낮추어 속삭였다.

"소주. 소주의 무공 스승이 아까 하지 못한 중요한 말이 있다고…… 서신을 보냈습니다. 개 답응의 궁녀가 답서를 받아 가려고 기다리고 있어요. 어쩌지요?"

"돌아가라 해. 나 깊게 자서 못 깨운다고."

나는 도로 눈을 감고 이불을 야무지게 끌어올려 덮었지만, 원웅이 움직이는 기척을 느끼자마자 도로 눈을 뜨고서 이불 밖으로 팔을 빼냈다.

"일단 주긴 해봐. 서신."

원웅은 황당해하는 눈치였으나 나가다 말고 돌아와 서신을 건네긴 했다. 나는 씩씩거리면서 봉투를 뜯었다.

"뭘 이런 걸 보내고 그래? 귀찮게?"

"자주 주고받으셨으니……."

오늘 제게 차갑게 대하시던데.

혹시 신이 미흡해 알지 못하는 새 귀인께 잘못을 저질렀을까요?

신경이 쓰여 발길이 떨어지지 않습니다.

개원이 서신을 보냈다는 데 상한 마음은, 서신을 읽자 한층 더 어두컴컴하고 흉악하게 변했다. 성질이 나서 나는 이불을 괜히 뻥 걷어찼다.

아니, 천소여를 얼마나 좋아하는 거야? 나흘 뒤에 만날 건데, 그걸 못 참고 그새 이런 걸 보내? 뭐, 내가 개원이한테 일부러 차갑게 대하긴 했어. 근데 몇 마디 나눌 동안 차갑게 대했을 뿐이잖아? 그런데 이렇게 바로 서신까지 보내 하소연해야 해? 천소여가 자기를 냉대하는 걸 조금도 못 견디겠단 거야?

"소주? 안에 나쁜 말이 쓰여 있나요?"

내가 콧김을 계속 내뿜어대자 원웅이 어리둥절해서 물었다.

늘 주고받던 서신인데, 왜 갑자기 이런 반응을 보이는지 영 모르겠단 눈치다.

"나쁜 말 있지. 기분 나쁜 말."

"감히 소주께요?"

"어."

나는 서신을 두 번 쪽쪽 찢은 다음 원웅에게 건네며 차갑고 위엄 있게 지시했다.

"개 답웅 궁녀한텐 내가 자서 서신은 못 전했다고 해."

"네."

원웅은 구구절절 묻는 대신 바로 밖으로 나갔다.

원웅이 문 닫는 소리가 나기도 전에 나는 이불을 덮고 도로 누웠으나 화는 가라앉지 않았다. 개원을 유혹한 다음 내가 겪은 고통을 그대로 돌려주리라 마음먹었는데.

마음먹은 대로 잘되어가고 있단 건 아는데. 개원이 이 팔랑귀 같은 자식이 너무 쉽게 넘어오는 모습을 보자 그것도 화가 났다.

그 시각. 사자친왕은 그를 찾아온 이복형제 초우왕과 함께 동그란 탁자에 마주 앉아 술을 주거니 받거니 하는 중이었다. 사자친왕은 초우왕의 앞에 놓인 동그란 잔에 따뜻하게 데운 술을 따라주면서 놀리는 투로 물었다.

"그래, 이 야심한 시각에 아우님이 웬일인가?"

실제로도 조금 놀리는 의도이긴 했다. 나이가 어려 함께 술을 마시지 못하던 어린 동생이 그새 술을 주고받을 정도로 훌쩍 커버렸으니. 초우왕은 쪼르르 제 앞에 잔이 채워지는 걸 보며 몇 번이나 손을 움찔하다가 물었다.

"실은 물어볼 게 있어 왔습니다, 형님."

"그 때문에 소희 생일이 끝나고서도 안 돌아갔나?"

"그런 건 아니고요. 절 어떻게 보시고. 여기 온 건 형님이 보고 싶어서 그런 거지요."

웃으면서 손사래를 친 초우왕은 슬그머니 사자친왕의 눈치를 한 번 보고는, 손을 내리면서 말을 이었다.

"실은 며칠 전에 폐하 형님께서 서신을 보내셨습니다."

"서신?"

사자친왕이 자기 잔에도 술을 따르자, 초우왕은 또 말을 멈추고서 손을 휘저었다.

"제가 따라드릴 텐데요."

사자친왕이 괜찮으니 계속 말하라 손짓하자, 초우왕은 손을 무릎 위에 멋쩍게 올리고서 설명을 계속했다.

"그게, 이상한 내용이었습니다. 수오부군왕과 현우군왕, 강흠예군을 암살한 이들이 이젠 우리를 노리고 있단 내용이었어요."

"암살?"

사자친왕은 주전자를 내려놓으면서 눈썹을 씰룩였다.

"네. 이상하지 않습니까? 수오부군왕이나 강흠예군은 그렇다 쳐도, 현우군왕은 자결한 거잖아요?"

"뭐. 폐하는 아니라 생각하시나 보지."

"이상한 게 그뿐만이 아닙니다. 이 서신을 받은 게 저뿐만이 아니었어요. 다른 종친 몇몇도 이걸 받았대요."

"그러한가."

"형님은 안 받았습니까?"

사자친왕은 이렇다 저렇다 제대로 대답하지 않고 묘하게 웃기만 했다.

그걸 본 초우왕은 좀 더 다급해진 목소리를 냈다.

"몇몇은 모른 척하지만 받은 내색이었지요. 몇몇은 형님처럼 속내를 잘 숨기니, 받았는지 아닌지 잘 모르겠습니다."

"아우가 날 질책하는군."

"그게…… 형님. 혹시 폐하 형님이 제게 뭔가 오해를 하신 걸까요?"

초우왕이 한숨을 내쉬고서 술잔을 두 손으로 꼭 감싸자, 사자친왕은 참지 못하고 웃음을 터트렸다.

"염려 마라. 널 의심해서 보내신 것이 아니라 아마 모든 이에게 보내셨을 테니."

"형님도 받으셨어요?"

"아니. 내겐 그냥 대놓고 물어보셨지. 난 가까이 사니까."

"아."

"그러니 찔리는 게 없다면 그냥 폐하께 솔직하게 말씀드리면 된다. 찔리는 게 있다면……."

사자친왕의 눈꼬리가 가늘게 휘어졌다.

"그들도 나름대로 대응이 있겠지. 폐하는 그걸 원하시는 걸 테고."

"아아. 그렇군요."

초우왕은 그렇게 대답했으나, 여전히 멍한 태도였다.

"사실 잘 이해가 안 갑니다."

솔직하게 털어놓자, 사자친왕은 웃으면서 이복동생의 어깨를 두드렸다.

"조금 멍청하지만 착한 내 동생."

"안 멍청합니다!"

초우왕은 발끈해서 반박했으나, 곧 사자친왕이 늘 저랬던 걸 떠올리고는 어깨에서 힘을 빼고 한숨을 내쉬며 중얼거렸다.

"그래도 오늘은 '왕실 사람 중 가장 멍청한'이란 말씀은 안 하시네요."

이걸 좋아해야 하는 건가 말아야 하는 건가 헷갈려하는 태도였다. 그러나 사자친왕이 그걸 보곤 더욱 커다랗게 웃는 바람에 초우왕은 또 발끈해서 물었다.

"왜요? 왜 자꾸 비웃으십니까?"

"아니. 아니다. 너보다 좀 더 멍, 아니, 맹한 왕실 사람이 생겼거든. 넌 이제 두 번째란다. 그 생각이 나서."

"첫 번째는 누군데요?"

첫 번째로 멍청하단 소리나 두 번째로 멍청하단 소리나 둘 다 듣기 별로였기에, 초우왕은 반은 화나기도 하고 반은 호기심도 들어서 물었다.

그러나 사자친왕은 사람을 궁금하게 해놓고서는 빙그레 웃기만 할 뿐 대답해주지 않았다.

"비밀이다. 친구로서 의리를 지켜야지."

그의 머릿속에 떠오른 건 황제가 내시라고 당당하게 말하던 천 귀인의 모습이었다.

개원은 자신의 서신이 무시당하자 서신을 더 보내지 않았고, 그렇게 애매한 상태로 나흘은 훌쩍 지나갔다. 어느새 개원에게 무공을 배울 시간이 된 것이다.

나는 시무룩해졌지만, 원웅과 부성은 신이 났다.

"오늘을 대비해서 멋진 옷을 세 벌이나 준비해뒀어요, 소주."

"여자 무림인들이 자주 입는단 옷 한 벌이랑요, 승마할 때 입는 의상을 변형한 옷 한 벌, 평범한 무복처럼 만든 게 한 벌 있어요, 소주."

두 측근 궁녀는 번갈아 가면서 준비한 옷에 관해 설명하더니, 나중에는 귀자까지 데리고 와 각자 한 벌씩 들고 일렬로 서서 옷을 보여주었다.

"뭐로 입으실래요, 소주?"

평소와 다른 식으로 치장해주는 게 괜히 신이 나는 모양이었다. 나는 침상에 앉아 세 사람이 들고 있는 옷들을 차례로 보았다. 팔 길이, 다리 길이, 천까지 완벽한 옷들. 편안해 보인다. 무공을 익히려는 사람이라면 누구라도 저 옷들을 입고 싶을 만큼. 하지만…….

"셋 다 별로."

내가 손을 젓자, 원웅은 충격을 받아서 옷 너머로 나를 쳐다보았다.

"다 마음에 안 드세요?"

자기들의 역작인데 손짓만으로 거절하자 속상한 눈치였다. 미안, 원웅아. 근데 난 개원이한테 제대로 무공을 배우러 가는 게 아니거든.

나는 대답 대신 옷장 문을 열고, 가진 옷 중에서 세 번째로 화려하고 가장 치렁치렁한 옷을 꺼냈다.

"이걸로 입겠어."

"예?"

원웅은 기겁해서 외쳤다. 그럴 만도 하지. 내가 고른 의상은 길이가 땅에 닿을 듯 말 듯 긴 데다 치마 쪽도 천이 여러 겹으로 덧대어 있어서, 무공을 익힐 사람이 입을 복장은 절대로 아니었으니. 무공을 모르는 원웅이 기겁할 정도이니, 무공을 익힌 귀자는 얼마나 황당해할까.

힐긋 귀자를 보니, 어디서부터 지적해야 할지도 모르겠단 얼굴이다. 그걸 보자 만족스러워져서 나는 내가 고른 의상을 팔랑팔랑 흔들었다.

"이거. 이거."

개원이도 귀자 같은 반응을 보이겠지. 아니, 직접 가르쳐야 하는 처지니 더욱 안 좋은 반응을 보일 거다. 내가 원하는 건 그거다.

"이게 좋아. 첫날이니까 화사하게 입고 배워야지!"

원웅은 '이건 아닌 거 같은데요'란 표정이었으나, 내가 신이 나서 어깨춤을 추자 어쩔 수 없이 옷 입는 걸 도와주었다.

"소주, 생각보다 옷이 음. 오늘 날씨랑 색이 어울리지 않아요."

"저희가 준비한 옷으로 입는 게 낫지 않을까요?"

"이 옷을 입고 연무장을 뛰어다니면 옷이 망가질 텐데…… 그러면 너무 아깝잖아요, 소주."

원웅과 부성은 치장을 해주면서도 계속해서 내가 생각을 바꾸길 설득했지만, 애초에 그런 걸 신경 쓰지 않고 고른 것이기에 나는 조금도 흔들리지 않았다. 나는 꿋꿋하게 괜찮단 소리만 해댔고, 결국 황제가 내 수업을 위해 특별히 빌려준 개인 연무장으로 그 복장을 하고 찾아갔다.

하지만 잔소리는 원웅과 부성 선에서 끝나지 않았다. 승언이는 연무장 입구 쪽에 서 있었는데, 내가 다가가자 인기척을 느끼고 돌아보다가 내 옷을 보더니 당황해서 항의했다.

"귀인. 설마 그걸 입고 무공을 익히시려고요? 제가 뭘 잘못 안 거라 해주십시오."

"제대로 안 게 맞아, 승언아."

"그걸 입고는…… 절대로 익힐 수 없습니다."

"아냐, 승언아. 중요한 건 마음가짐이거든. 가능해."

"그 옷을 고르는 순간 이미 마음가짐이 제일 글렀습니다, 귀인."

"하지만 이런 걸 입고 무공을 펼쳐야 옷자락이 펄럭거려서 멋지잖아?"

"그건…… 그런 건 무공 고수가 된 다음에나 하시고요."

하지만 원웅과 부성이도 말리지 못한 나를, 나보다 떡돌이랑 더 친한 승언이가 말릴 수 있을 리가 없었다.

"근데 넌 왜 여기 있어?"

승언이는 내 질문에 바로 설득을 멈추었고, 얼른 말을 바꿨다.

"그런데 하늘색이 정말 잘 어울리십니다, 귀인."

그 소리를 들었을까. 저 안쪽에서 목검을 들고 꾸물꾸물 뭘 하고 있던 개원이 힐끗 이쪽을 보더니 걸어오기 시작했다.

내 옷을 보고 잠시 주춤했으나, 개원이는 의외로 덤덤하게 웃고서 다가와 내게 인사를 올렸다.

"천 귀인께 인사드립니다."

내가 자기 서신을 무시한 걸 전혀 개의치 않는 태도. 서신 이야기를 꺼내 그를 약 올리고 싶었으나, 나는 그 이야기를 하는 대신 승언에게 개원을 턱으로 가리키며 말했다.

"봐봐. 사부는 뭐라 안 하잖아. 그럼 된 거야."

"무슨 말씀이신지……?"

"승언이가 이 옷 입고는 무공을 못 익힌다지 않소. 그래서 내가 괜찮다, 말하고 있었지."

물론 이 말 역시 개원이를 약 올리기 위해 한 것이다. 나는 속으로 '약 올라라! 열받아라!' 하고 외치며 개원에게 방긋 웃었다.

"그대도 내 편을 들어주시오. 내 스승이잖나."

개원이를 유혹해야 하니 놀리기보단 잘 대해주어야 한단 건 안다. 하지만 그가 '천소여'에게 밤중에 서신을 보낸 일이 아직 기억나니, 이럴 때 조금이라도 복수해야지.

그러나 개원이는 내가 이렇게까지 나서는데도 전혀 흔들리지 않았다. 아니, 오히려 승언이에게 진짜로 이렇게 말했다.

"잘 어울리는 옷을 입으셨으니 열심히 하실 겁니다. 작고 사소한 데서 동기부여가 되는 법이니까요. 천 귀인은 의욕을 잘 북돋우시는군요."

승언은 기가 막혀 입을 벌렸고, 나도 덩달아 입을 벌렸다.

'이걸 말이라고 하나?'

왜 또 열이 받지? '너한테 무공을 배우긴 하지만 널 존중하진 않는다'는 뜻으로 이런 옷을 입고 온 건데. 동기부여니 뭐니 하면서까지 '천소여'를 두둔하려 들 줄이야!

기가 막혀. 무공을 배운단 사람이 이딴 옷을 입고 와도 그저 좋다고 헤헤 웃을 만큼 '천소여'가 좋아?

'저 여자는…… 무공을 배울 생각이 있긴 한 건가.'

천년비가 개원의 온화한 미소를 보고 화나 있을 때. 개원도 사실 천 귀인이 입은 옷을 보고 언짢은 상태였다. 황명까지 동원해 무공을 배우겠다고 했으니, 재능이 있건 없건 그래도 의지라도 있을 줄 알았는데. 첫날부터 저런 옷을 입고 오자 너무 실망스러웠다.

'역시 천년비가 아닌 건가.'

천년비라면 절대로 저런 짓을 할 리가 없다. 개원은 쓸쓸하게 웃었다.

하긴. 천 귀인이 천년비라면 그를 봤을 때 반응이 있었을 것이다. 그를 두고 자결할 정도이니 천년비가 그를 모른 척할 수도 있겠지만, 그래도 저렇게까지 엉망으로 굴진 않을 거다.

기초 체력을 시험해보고, 어느 정도로 무공에 대해 아는지 몇 가지 질문을 던져 보고, 이런저런 이야기를 해본 결과. 개원은 나에 대해 완전히 '엉터리. 의욕 없음'이란 딱지를 없은 모양이었다. 옷까지는 봐줄 만했는데. 그가 사랑하는 무공을 건성으로 취급하는 건 못 참겠나 보지?

개원은 예전에도 이랬다. 그는 자기가 좋아하는 걸 할 때 뭐든 진지하게 굴었다. 그중 하나가 무공이었고, 그중 하나는…… 나라고 생각한 적도 있었지. 어쨌든 내가 설렁설렁 군 효과가 나타났나 보다.

"이렇게 하지요, 천 귀인."

의욕이 없어도 황명 때문인지 내게 공들여서 설명하던 개원은 마침내 특단의 수를 썼다.

"귀인께 목검을 드리겠습니다."

"난 목검보다 보검을 선호하는데."

"……이 목검으로 저를 한 대라도 맞춰보시지요."

"그건 좀 구미가 당기는군."

"다행이군요."

짧게 한숨을 내쉰 개원은, 내가 불시에 습격할지 모른단 생각이 드는지 뒤로 몇 걸음 물러나며 말을 이었다.

"일각 동안 저를 한 대라도 맞히신다면 앞으로도 그런 옷을 입고 수업을 들으셔도 됩니다. 하지만 저를 한 대도 못 맞히신다면, 옷 때문에 귀인이 능력을 모두 발휘하지 못하는 것일 테니, 앞으론 평범한 무복을 입고 오십시오."

말은 잘하는구나. 내가 자기를 못 건드리더라도 내 능력이 부족해서란 말은 최대한 안 해주려 하고 있어.

"어휴, 난 폭력적인 거 잘 못 하는데."

나는 툴툴거리면서 그가 준 목검을 받아 들었다. 받아 드는 순간 내 눈엔 휘둘러 때릴 수 있는 위치가 화살 과녁처럼 보였지만, 애써 그 부위로 눈길을 돌리진 않았다.

'그래도 한 대는 꼭 때리고 싶은데⋯⋯.'

하지만 무공을 익힌 적도 없는 '천소여'가 이름난 고수인 개원을 목검으로 한 대 때리는 게 가능할 리가 없다. 때리긴커녕 스치는 것도 안 될 거다. 무공을 웬만큼 익힌 이들도 내 옷자락 하나 건드리지 못한 걸 생각하면, 확실하지.

"오시지요, 귀인."

속으로 투덜거리는 사이. 개원은 뒷짐을 지고서 내게 말했다. 내가 어떤 각도로 어떻게 내려치더라도 다 피할 자신이 있는 태도로. 아니, 자신이 있는 걸 떠나서 그게 당연하다는 태도로. 그 모습을 보고 있자니, 정말 어떻게 해서든 한 대는 꼭 때리고 싶어지는걸?

"개 대인."

"예, 귀인."

"그러지 말고 이렇게 합시다."

"?"

"그러지 말고. 내가 그대를 한 대 때리게 해주게. 그러면 내, 다음부턴 무복을 제대로 입고 오겠네."

"!"

개원이 돌아가고 천 귀인도 처소로 가자, 승언은 심궁에 있는 황제의 어실로 찾아갔다. 황제는 책상 앞에 앉아 평소와 다름없이 붓을 쥔 채 고요히 글씨를 쓰고 있었는데, 그 평온함은 승언이 들어오자마자 조금 흔들리고 말았다.

　"다녀왔습니다, 폐하."

　승언이 인사를 올리자마자, 황제는 되었다 손짓하고서 물었다.

　"그래. 오늘 천 귀인 훈련이 어땠지? 잘하더냐?"

　황제는 다급히 물었다. 자신이 다급하단 기색을 감추려고도 들지 않았다. 아까 그가 들어오기 전 거대한 난초처럼 앉아 정무를 보던 게 신기할 정도로.

　"수련에는 팔랑…… 하늘색의…… 어여쁜 옷을 입고 오셨습니다."

　승언은 천 귀인이 아닌데도, 황제는 다가오라고 손짓했다. 가까이서 들어야 천 귀인에 대한 이야기가 좀 더 잘 들릴 거란 것처럼. 승언이 가까이 오자, 황제는 두 손을 깍지 껴 책상에 얹더니 신중하게 물었다.

　"반숙이가 그 무림인에게 잘 보이고 싶어 그랬느냐?"

　승언은 황제가 손을 초조하게 쥐었다 펴길 반복하자 좀 놀랐다. 그는 천 귀인이 하늘색의 예쁘고 하늘하늘한 옷을 입고 나타났을 때, 그녀가 맹하다 못해 맹맹한 인간이 되어버렸다고 생각했다. 심지어 무공을 모르는 천 귀인의 궁녀조차도 그녀의 옷차림이 상황에 맞지 않는다고 여기는 기색이었다.

　개원은 처음에는 천 귀인의 옷을 칭찬했지만, 가르치는 모습을 계속 보다 보니 알 수 있었다. '칭찬은 그냥 한 거고 저자도 짜증이 났구나.'라고.

　그런데 황제는 천 귀인이 무공을 배우러 예쁜 옷을 입고 간 걸 어떻게 저렇게 해석할 수 있을까?

"그런 눈치는 아니셨습니다."

"그런데 왜 그런 옷을 입고 나타났지?"

아무 생각도 없어 보이셨는데요. 승언은 솔직하게 대답해야 할지 말지 잠시 망설였다. 황제는 승언이 우물거리자 답답한지 다시 물었다.

"무공은? 잘 배우더냐?"

이번 질문에는 좀 긴장한 기색이 있었다. 천 귀인과 천년비의 연관성에 대해 몇 번이나 의혹을 가졌다 풀기를 반복하는 황제이니만큼, 아마 이 문제는 단순하게 여겨지지 않을 것이다. 승언 역시도 이번에는 좀 더 말을 조심해서 골랐다. 신중하고 신중하게. 하지만…… 할 수 있는 말은 하나뿐이었다.

"무공은 잘 모르겠고…… 거래는 잘하셨습니다."

"거래라니?"

생각보다 나흘에 한 번 수업은 길구나.

첫 번째 수업에서 개원이가 든 목검을 힘차게 내려치는 성과를 거둔 후. 나는 처소로 돌아와 후회했다. 좀 더 세게 칠걸! 사실 치고 싶던 건 그가 든 목검이 아니라 그놈의 머리통이었다. 하지만 그랬다간 개원이가 '천소여'를 싫어하게 될까 봐 하지 못했다. 그가 천소여에게 빠지는 게 화가 나긴 하지만, 그가 천소여를 좋아하게 만들어야 복수할 수 있으니까.

그렇다고 머리 외 다른 부위를 치자니 좀 난감했다. 목은 위험하고. 가슴도 위험하고. 옆구리는 너무 아플 테고. 다리는 위태롭지. 사실 제일 좋은 건 엉덩이였으나, 개원이가 '천 귀인은 내 엉덩이를 좋아하는구나.'라고 오해라고 할까 봐 그 말은 하지 못했다. 그냥 개원이에게 검을 들라고 한 다음 그 검을 세게 내려치기만 했지. 하지만 이 근력으로 그가 든 검을 세게 내려쳐 봐야 얼마나 아팠겠어? 비무림인이라면 몰라도 무림인인 개원이에겐 간에 기별도 안 갔을 텐데.

어쨌든 그 수업이 끝난 후. 다음 수업이 오기 전에 내 책봉례 때 입을 의상이 먼저 완성되었다.

"소주, 세상에서 가장 멋지게 해드릴게요!"

"오늘은 누구보다 돋보여야 하는 날이에요. 소주가 주인공이시니까요."

"이젠 마마잖아."

"맞아, 이젠 마마니까요!"

원웅과 부성은 신이 나서 내가 책봉례 의상 입는 걸 도왔고, 나는 평소보다 경건한 태도로 마마가 될 준비를 갖추었다. 하지만 속으로는 꽤 뿌듯했다. 세상에. 마마라니. 무림 악적 천년비가 마마가 된다니. 내가 무림에서 별호로 불리지 못한 건, 별호보다 봉호가 어울리기 때문이었나? 다 이 순간을 위해서?

"다 됐어요, 소주!"

"우와……."

책봉례 의상은 금색이 조금 들어가고, 그 외는 붉은색과 흰색이 여기저기 뒤섞인 색상이었다. 한마디로 어마어마하게 화려했다. 게다가 형태 역시도 평소 입는 화려한 의상보다 배로 화려해서, 옷을 입고 있으면 옷을 입은 게 아니라 옷에 묻힌 느낌이 들 정도였다. 게다가 머리에 쓴 커다란 관 역시도 아주 멋졌다. 후. 좋구먼! 내가 거울을 보며 흐뭇하게 웃자, 원웅도 덩달아 좋은지 귀에 대고 작게 속삭여준다.

"마마, 이대로 쭉쭉 올라가서 황귀비까지 가야 해요."

"맞아요. 황귀비 마마가 되어서 큰소리 뻥뻥 치면서 사셔야 해요."

"황후 자리는—"

노리면 안 되나 보다.

원웅과 부성이 동시에 내 입을 틀어막는 걸 보니.

어쨌든 그렇게 옷을 다 갖추어 입은 다음 처소 밖으로 나가자, 마당에 커다란 가마가 있고 그 주위에 가마를 나를 태감들이 앉아 있었다. 가마는 붉은빛이 도는 날렵한 갈색인 데다 광택이 났고, 내가 앉는 부분에는 아주 푹신해 보이는 방석을 도톰하게 깔았다. 얼른 그 위로 다가가 앉고서 손을 휘젓자 원웅이 따라오면서 "출발하자."라고 제법 위엄 있게 날 대신해 명령했다.

태감들이 몸을 일으켰고 나는 원웅, 부성, 귀자와 함께 책봉례를 치를 태후마마의 금룡궁으로 갔다. 그곳으로 가는 길에 마주치는 모든 사람들이 내게 인사를 올리는 것조차 기분이 좋아서, 나는 흔들면 머리만 전후좌우로 대롱거리는 인형처럼 가마에서 고개를 까딱거렸다. 남들 눈에 안 띄고 평화롭게 사는 것도 좋지만, 모두가 아는 척해주면서 평화롭게 사는 것도 꽤 괜찮구나.

'어쨌든 평화롭기만 하면 되지!'

마침내 금룡궁에 도착하자 태감들은 걸음을 멈추고 내가 내릴 수 있도록 가마를 내려주었다. 평소보다 더욱 깔끔하고 화사하게 입은 원웅과 부성은 내가 무겁고 화려한 옷에 짓눌리지 않고 가마에서 내리도록 손을 뻗어 부축해주었다.

가마에서 내린 다음에는, 마당에서 기다리던 오원요를 따라 금룡궁 안으로 들어갔다. 안에는 태후마마와 떡돌이, 황후 세 사람이 상석에 서 있었다. 태후마마는 웃는 얼굴로, 황후는 평소와 같은 얼굴로, 떡돌이는 면사 쓴 얼굴로. 옆쪽으로는 연얼군주와 사자친왕도 와 있구나. 연얼군주야 그렇다 쳐도 사자친왕이 왜 온 건지는 모르겠지만. 그래도 빈손으로 온 것 같지 않으니 환영이다.

"천빈마마, 태후마마 앞으로 가시면 됩니다."

내가 잠시 멈춰 서서 먼저 온 사람들을 둘러보고 있으려니, 오원요가 곁에서 작게 알려주었다.

"고맙네."

나는 덩달아 작게 인사한 다음, 태후마마를 향해 허리를 꼿꼿하게 펴고 걸어갔다.

까다로운 절차에 따른 책봉례가 끝난 뒤. 이젠 편하게 해도 된단 말에 나는 태후마마에게 관을 벗어도 되냐고 묻고, 허락을 받자마자 무거운 관을 벗어 원웅에게 건넸다.

와. 저게 보기엔 예쁜데 엄청 무겁네. 아니, 물론 무거운 거야 보기에도 엄청 무거워 보이지만. 부성은 기껏 곱게 치장한 머리카락이 망가질까 봐 걱정되는지, 원웅이 관을 받자마자 부채를 꺼내 내게 부쳐주었다.

그러고 있자니 태후마마는 어느새 상석에 앉아서 웃음을 터트렸다.

"이젠 천 귀인이 아니라 천빈이로군."

왜 웃으시는지는 모르겠지만 따라서 웃자 태후마마는 좀 더 편하게 앉으면서 떡돌이를 한 번 나를 한 번 번갈아 본 다음, 다시 흐뭇한 표정으로 말했다.

"폐하께서 이 정도로 연모하는 후궁은 네가 처음이란다."

그 말에 떡돌이가 차를 마시다가 흠칫해서 자기 어머니를 바라보았으나, 태후마마는 모른 척 빙그레 웃으면서 말을 이었다.

"나도 천빈, 네가 좋구나."

이걸 세상 사람들이 봐야 하는데! 날 욕하던 사람들이 이걸 봐야 한다고! 우두머리 마마가 내가 좋다잖아! 우두머리 마마가! 나는 왕족들이 더 좋아하는 사람이었던 거야. 확실해! 무림인들이 날 싫어한 건 그들이 날 이해하기엔 내가 너무 왕족다웠던 게 틀림없다.

그때.

"천빈."

유일하게 방 안에서 평소와 조금도 다를 바 없이 행동하던 황후가 자애로운 목소리로 나를 불렀다.

"네, 황후마마."

왜 부른 건진 모르겠지만 덕담을 해주려니 싶어서 얼른 대답하자, 황후는 부드럽게 웃고서 충고했다.

"이젠 빈이 되었으니 앞으론 자네도 책임감을 가지고 행동해야 하네."

"그럼요! 당연하지요."

"그래서 내 내명부 일을 하나 맡겨볼까 하는데."

"그럼요."

말을 맞췄던 일이 아닌지 떡돌이가 의아한 얼굴로 황후를 보았다. 황후는 그 시선을 받자 희미하게 웃었다.

"이상한 게 아니니 그리 염려하지 않아도 됩니다, 폐하."

떡돌이가 같이 웃고서 찻잔을 다시 들자, 황후가 아까보다 더욱 부드러운 목소리로 지시했다.

"겨울이 되면 폐하께서는 삼 주 정도 따뜻한 천도의 행궁으로 가 계시지. 그때 후궁들도 몇 데려가시는데, 아무래도 일 년 만에 쓰려면 정비가 필요하거든. 자네가 본궁을 대신해 그곳에 먼저 가서 행궁 관리를 맡아주지 않겠나?"

나는 날짜를 빠르게 계산한 다음 조심스럽게 황후에게 그녀의 오류를 짚어주었다.

"지금은 가을인데요, 황후마마."

하지만 황후는 뭘 잘못 말한 게 아니었다.

"가을이니 지금부터 준비해야지."

왜? 나는 이해가 가지 않아서 눈만 끔뻑거렸다. 행궁이 어떤 곳이길래 몇 개월 전부터 준비해야 한단 건지, 잘 이해가 가지 않았다. 한 일주일 정도 열심히 준비하면 안 되는 건가? 내가 얼떨떨해하는 티가 났는지 떡돌이도 나서서 슬쩍 내 편을 들어주었다

"황후. 천빈은 경험이 없어 그런 걸 못 한다. 경험이 있는 후궁에게 시키는 게 나을 텐데."

의외로 황후는 바로 수긍했다.

"그렇군요. 폐하 말씀이 옳습니다."

나는 안심했고, 떡돌이도 고개를 끄덕이고서 찻잔을 집어 들었다.

"그럼 이 일은 연비에게 맡기고, 천빈은 경험을 쌓을 겸 함께 가는 걸로 하지요."

황후의 다음 말에 차를 안 마시고 도로 내려놨지만. 떡돌이가 황당해하는 눈으로 보았으나, 황후는 모른 척 부드럽게 미소 지으며 잘됐다는 투로 말했다.

"연비와 천빈은 자매이니, 여행하는 기분도 나고 좋겠지요. 오랜만에 둘이서 좋은 시간을 보내면 즐거울 겁니다."

하지만 그 말을 전혀 믿지 않는지 떡돌이는 찻잔을 손에 든 채 황후를 물끄러미 바라보기만 했다.

나 역시 황후의 태연하고 상냥한 미소를 보면서, 그녀가 좋은 뜻으로 저러는 건 아닐 거라고 확신했다. 그럴 수밖에. 평소 황후는 저렇게 안 웃으니까. 무뚝뚝한 표정이 평소 표정인걸?

책봉례가 끝나고 돌아가는 길이었다. 가마를 타고 이동하면서 원웅에게 황후가 왜 내게 뜬금없이 그런 일을 시킨 건지 의도를 해석해보라 하고 있는데 뒤쪽에서 연얼군주의 목소리가 들려왔다.

"천빈!"

돌아보자, 연얼군주가 느긋하게 걸어오고 있었다. 내가 손짓하자 태감들은 가마를 내려주었고, 나는 얼른 밖으로 나가 연얼군주 곁으로 다가갔다. 연얼군주가 손짓하자 우리를 따라오던 태감과 궁녀들은 일정한 거리를 두고 모두 물러나 주었다.

"무슨 일이에요?"

둘만 가까이 있게 되자, 연얼군주는 품속에서 작은 상자를 꺼내 내게 건네며 설명했다.

"선물이에요."

아, 이거!

"안 그래도 언제 주나 기다리고 있었어요."

분명 들고 오는 거 봤는데 안 주길래 내 거 아닌가…… 좀 실망했지. 내 거 맞았구나! 나는 신이 나서 그녀가 준 상자를 받고서 히히 웃었다. 왜 굳이 여기 와서 주는지는 모르겠으나, 선물을 받아서 아주 기뻤다. 그런데 히죽거리면서 선물 포장을 뜯을까 말까 고민하고 있자니, 평소와는 조금 다른 연얼군주의 시선이 느껴졌다.

"전하?"

고개를 들자 슬픈 표정의 그녀가 보였다.

"무슨 일 있어요?"

나는 걱정이 되어서 선물 든 손을 내리고 그녀의 눈을 쳐다보며 물었다. 대답하는 대신 연얼군주는 되레 자기가 질문했다.

"뭐 하나 물어봐도 돼요?"

늘 밝은 연얼군주가 무슨 일일까. 연얼군주가 저런 표정을 하는 건 자기 오라비가 죽었을 때뿐이었는데⋯⋯.

"응. 괜찮아요."

고개를 끄덕이자 연얼군주는 조심스럽게 물었다.

"천빈은⋯⋯ 날 좋아해요?"

저걸 왜 묻는진 모르겠지만, 나는 고개를 끄덕여주었다. 그러나 긍정적인 대답을 주었는데도 그녀는 더욱 고통스러운 표정을 지었다.

"왜 그래요?"

그걸 보자 불안한 기분이 덩달아 전염되어서 나는 그녀의 표정을 더 세세하게 살폈다. 좀 걱정된다. 혹시⋯⋯ 연얼군주도 내가 천년비인 걸 알았나? 내가 죽인 적들 중에 연얼군주의 친구가 있던 걸까? 괜히 불안해졌다. 물론 내가 죽인 자들은 모두 날 죽이려던 자들뿐이지만, 어디 사람이 그런 거 생각하는 존재던가.

"혹시⋯⋯ 천빈의 원수가 내 연인이라면요."

"아닌데요?"

"아니, 그냥 그렇게 가정해봐요."

아아. 다행이야. 내가 불안해하는 그런 얘긴 아닌가 봐. 하지만 연얼군주의 가정은 잘 상상이 안 간다. 내 원수는 개원인데, 개원이 연인은 연얼군주가 아니니까.

"네."

그래도 일단 대답을 하자, 연얼군주가 더욱 조심스럽게 물었다.

"천빈은 날 위해 원한을 포기할 수 있겠어요?"

그야 어떤 원한인지에 따라 다르겠지. 그런데 별생각 없이 대답하려다

보니, 연얼군주의 표정이 너무 좋지 않았다. 마치 내 대답에 자기의 미래라도 건 모습. 그 표정을 물끄러미 보다가, 내가 하려는 대답과 그녀가 듣고자 하는 대답의 무게가 너무 다를 거란 걸 깨닫고 대답 대신 되물었다.

"전하. 혹시 어떤 일을 선택해야 하는데, 그걸 내 입을 빌려서 하고 싶은 거예요?"

"!"

"그런 거라면 대답하지 않을래요. 전하는 내가 아니잖아요. 그리고 내 대답을 전하가 따라오는 건, 전하 선택이 아니잖아요."

연얼군주는 좀 충격받은 얼굴로 나를 보았는데, 어느 지점에서 충격을 받았는진 모르겠지만 어쨌든 나와 더 대화를 하고 싶은 상태는 아닌 것 같아 보였다. 생각에 정리가 필요해 보였으니까.

그녀의 눈치를 재차 살피다가 나는 "이만 가볼게요, 전하." 하고 작게 인사를 한 다음 얼른 물러나 가마에 탔다. 귀자가 태감들에게 가라고 손짓하자, 태감들은 가마를 도로 들어 올렸고 천천히 흔들림이 없도록 걸어갔다. 나는 가마에 앉아 있다가 슬그머니 뒤를 돌아보았지만, 연얼군주는 여전히 멍하게 서서 담벼락만 보고 있었다. 그 모습이 보이지 않을 때까지 바라보다가, 오월궁을 지나갈 즈음 나는 군주가 준 선물 포장을 끌러 보았다.

안에 있는 건 한 쌍의 원앙이었다. 꼭 붙은 원앙. 그리고 사이에 누운 새끼 원앙 하나. 군주가 준 선물답게 여기저기 보석을 박아서 참 예쁜 조각인데…….

"와. 정말 예뻐요, 소주. 아니, 마마!"

"그러게."

조각을 이리저리 보고 있자니, 군주의 슬픈 표정 옆으로 떡돌이의 목소리가 들려왔다. 운문비단 잠옷에 원앙을 수놓아 달라던 목소리가.

"그건 행궁에 가서 해야겠네."

"네?"

아깐 별생각 없었는데. 문득 이걸 보자 거기까지 가기 싫어진다. 거기 가면 몇 개월은 떡돌이 얼굴을 못 보겠지?

책봉례를 위해 모인 사람들과 주인공까지 떠났지만, 황제는 홀로 남아 태후와 식사 중이었다. 그러나 분위기는 좋지 않았다. 오가는 대화는 없었고, 태후는 점잖게 식사하는 반면, 월요 황제는 음식을 먹었다가 한숨을 쉬고, 젓가락을 내려놓고 한숨을 쉬고, 다시 먹다가 한숨 쉬길 반복했기 때문이다. 태후는 그 모습을 보다가 나중에는 너무 화가 나서 월요 황제가 들을 수 있는 작은 목소리로 중얼거렸다.

"어릴 때처럼 꿀밤을 먹일 수도 없고……."

월요는 그 말을 듣고서야 어머니가 자신을 한심하게 보는 걸 눈치채고 다시 젓가락을 제대로 쥐었다.

"똑바로 드세요, 아드님."

"예."

하지만 월요가 식사를 시작하자, 이번에는 태후가 젓가락을 내려놓고 말았다. 억지로라도 식사하려 했던 월요가 항의하듯 바라보자, 태후가 물었다.

"이러는 거. 황후가 일부러 천씨 가문의 여식 둘을 골라 행궁에 보내는 게 마음에 안 들어 그럽니까?"

"네."

대번에 월요가 대답하자, 태후는 짐작한 대답이면서도 혀를 찼다.

"가문들이 서로 견제하는 건 아드님이 원하는 구도라 생각했는데요."

"맞습니다. 하지만 오늘 막 책봉례 한 천빈에게 바로 떠날 준비를 하라니요. 게다가…… 천빈은 가문 사람들과 연락이 잦지도 않고 자매들과 잘 어울리지도 않습니다. 천씨 가문을 견제하기 위해 천빈을 제게서 떨어뜨리는 건 아무 효과도 없고요."

"그건 아드님 생각이지요."

"!"

"천씨 가문에 비빈이 셋이나 되고, 그중 하나는 아드님이 몇 개월이나 푹 빠져 헤어 나오지 못할 정도로 총애를 받지요. 황후로선 대비를 세워두는 겁니다. 황후의 입장도 이해를 해주세요."

"……."

운문비단 세 필 중에 어떤 걸 떡돌이 잠옷으로 할까, 고민하면서 살피고 있자니 오 공공이 찾아와 행궁에는 언제 갈지, 행궁 위치는 어디쯤인지, 가는 데 며칠이 걸리는지, 가서 어떻게 하면 되는지 등등을 알려주었다. 멍하게 듣긴 했지만 나는 거의 무슨 말인지 알아들을 수 없었다.

그래도 무식하게 보이기 싫어서 일단 다 이해하는 척하고 있자니, 웬걸. 오 공공이 설명을 마치고서는 갑자기 날 보면서 흐뭇하게 웃는 게 아닌가. 내가 너무 잘 이해해서 저러나 싶어서 같이 마주 보고 웃자, 오 공공은 이번에는 바깥문을 가리키면서 권했다.

"이쪽으로 오시지요, 마마. 보어드릴 게 있습니다."

응? 내가 설명을 잘 이해해서 웃은 게 아니었나 봐.

"어디?"

의아했지만 일단 따라나서려 하자, 오 공공은 내게 뭘 걸치고 와야 한다고 권했다.

"곧 저녁이라 쌀쌀하니까요."

여전히 그의 의도를 알 수 없었지만, 나는 시키는 대로 보송보송한 털이 달린 피풍의를 걸치고서 그를 따라갔다. 그러고 있자니 오 공공이 떡돌이가 나한테 준 '비밀 장소'로 걸어가서, 나는 그가 나를 떡돌이에게 안내해주려는 줄 알았다. 하지만 오 공공은 비밀 장소에 도착하기 전, 갈림길에서 전과 다른 방향으로 걸어갔다.

"어디 가는 건가?"

그게 이상해서 내가 물었으나 그는 가보면 안다는 묘한 대답만 하고서 계속 걸었고, 나는 더 묻지 않고 따라갔다. 의아했지만 오 공공을 믿고 따라가자 얼마 가지 않아 그는 어느 전각 앞에 멈춰 서더니 손으로 입구를 가리켰다.

"다 도착했습니다. 여기로 들어가시면 됩니다, 마마."

안에 떡돌이 있는 거 같은데? 나는 대번에 눈치챘지만 모른 척 문을 열고 안으로 들어갔다. 하지만…… 떡돌이는 없었다. 외문과 맞닿은 방은 평범한 전각 내부였고. 의아했지만 안쪽에 난 문이 하나 더 있기에 나는 다시 그쪽으로 들어갔다.

그러자 이번에는 놀라운 공간이 드러났다. 이곳은 지붕이 유리로 되어 있어서 저물어가는 붉은 일몰이 다 보였던 것이다. 게다가 바닥 중앙에는 보송보송한 풀이 나 있고 그 주위는 평범한 바닥재로 되어 있어서, 꼭 집 안의 중앙부에만 바깥을 옮긴 것처럼 되어 있었다.

여기 있으리라 짐작했던 내 떡돌이는 풀밭 중앙에서 뒷짐을 지고 서 있었는데 나와 눈이 마주치자 웃으면서 손을 뻗었다. 이쪽으로 얼른 오라는 듯. 내가 다가가자 그는 손을 뻗어 내 허리 사이로 넣더니, 자연스럽게 내 등이 자기 가슴에 닿도록 뒤에서 끌어안고서 물었다.

"어떠냐?"

"이게 뭐야? 내 거야?"

"넌 비밀 공간에 자주 가지 않느냐. 하지만 얼마 안 있으면 겨울이니."

"내가 추울까 봐 이런 곳을 만들었어?"

고개를 위로 하자 그가 '꼭 네 마음에 들었으면 좋겠다'는 눈으로 나를 내려다보고 있었다. 눈이 마주치자 저절로 입꼬리가 활짝 벌어지면서 들뜬 목소리가 흘러나왔다.

"좋아. 마음에 들어."

내가 싫어할 거라 여겼나? 떡돌이는 조금 안도한 표정을 짓더니, 다시 나를 뒤에서 감싸면서 속삭였다.

"네가 행궁에 가서 그곳을 관리하는 동안, 짐은 우리 천빈 처소를 더 안락하고 넓고 화려하게 바꿔두겠다."

나는 내 허리를 감싼 떡돌이의 손을 보았다. 그의 손등은 아주 고왔다. 손바닥은 의외로 거친데 손등만큼은 참으로 고와서 그가 얼마나 귀하게 자란 사람인지 알 수 있다. 내 손, 그러니까 내 진짜 몸과는 확실히 다른 손…… 그 손을 보고 있다가 나는 그의 손등을 어루만져보았다.

떡돌이는 가만히 내가 하고 싶은 대로 해보라는 듯 움직이지 않았다.

하지만 그의 손등을 내 손으로 쓸어내리는 순간, 내 손에 진득하게 묻은 피가 그의 고운 손에 옮겨가는 찝찝한 느낌이 나서, 나는 얼른 손을 도로 빼버렸다. 다행히 떡돌이는 내가 무슨 생각을 했는지 전혀 모르기에, 그저 내 손을 다시 주워 잡고서 속삭이기만 했다.

"네가 안 갔으면 좋겠다."

저녁놀 때문일까. 왜 내 손이 이렇게 빨갛게 보이는지 모르겠어. 떡돌이 손은 안 그런데.

그 순간. 덜컥 겁이 났다. 뭐가 겁이 나는지도 모르겠지만, 그냥 겁이 났다. 내가 겁을 내는 경우는 정말로 거의 없는데도. 알 수 없는 긴장감에 나는 그의 손을 꽉 움켜쥐었다.

그 상태로 떡돌이의 손을 조몰락거리며 이 정체 모를 불안감을 떨치려 애쓰고 있자, 떡돌이도 뭔가 좀 이상하다 싶은지 "반숙아?" 하고 의아한 목소리로 물었다. 나는 그에게 이 괴상한 초조함을 설명해주는 대신 얼른 몸을 돌리고서, 그와 눈을 맞추고 물었다.

"있지. 전에 떡돌이 네가 그랬잖아. 내가 폐하를 연모하지 않았으면 좋겠다고."

"!"

"아직도 그래?"

사실 이유 모를 불안감을 떨치기 위해 그냥 한 질문이었다. 그런데 입 밖으로 질문을 꺼내는 순간. 정말로 궁금해졌다. 예전에 그는 내게 "연모한다"고 말하면서도 자기는 내 사랑을 바라지 않는다고 했지. 사랑은 받기만 하라고. 그게 뭔 소리인진 모르겠지만, 하여튼 그 마음이 그대로일까? 문득 궁금해진다.

떡돌이는 잠시 아무 말도 하지 않았다. 그의 얼굴이 깊은 생각에 잠겨 있었다. 괜히 긴장이 되어서 나는 그가 무어라 대답할지 기다렸다. 딱히 원하는 대답이 있지도 않으면서. 그러나 떡돌이는 대답하는 대신 오히려 되물었다.

"그런 질문을 한다는 건…… 혹시 짐을 연모한단 뜻일까."

나는 진지하게 생각해보느라 눈동자를 위로 굴렸다. 이 안에 들어올 때는 붉은 석양이 보였는데, 어느새 유리 지붕 너머 하늘은 보라색이 되어 있었다.

"아니. 아직 그건 아닌 거 같아."

나는 판단을 끝낸 다음 솔직하게 털어놓았다. 떡돌이가 좋지만, 이게 연모인지 생각해보면 아직 확신이 서지 않는다. 사실 이건 떡돌이의 탓은 아니다. 내게 있어 사랑의 기준이 개원이라 그렇다. 내가 개원이를 사랑할 때 느낀 그 마음. 하지만 개원이는 그 사랑을 저버렸고, 나는 두 번 다시 그런 감정을 가지지 않을 셈이라. 어쩌면 나는 사랑의 기준을 그때보다 조금 내려야 하는 걸까?

"그렇군."

떡돌이는 내 말에 실망하지 않았다. 화를 내지도, 서운해하지도 않았다. 그는 오히려 태연하게 대답하고서, 뒷짐을 지고서 빙그레 웃었다.

"그러면 내 대답도 보류하지."

"왜?"

"네가 날 연모하지 않는다면 신경 쓸 문제가 아니니까."

그런가? 맞는 말 같아. 하지만 괜히 좀 발끈하게 되어서 나는 또박또박 따졌다.

"네가 제한을 걸어버려서 내가 널 좋아만 하는 건지도 몰라. 그런 제한이 없으면 연모했을지도 모르지."

떡돌이는 넘어가는 대신 코웃음을 쳤다.

"그건 핑계다."

"아닌데."

"핑계지. 넌 늘 짐의 말을 안 들으니까."

"!"

"그런데 연모하지 말란 명령만 따른다고? 이상하잖아."

하긴. 그건 그래. 순순히 인정하자니 좀 지는 기분이지만. 하지만……

나는 손을 뻗어서 떡돌이의 양 뺨을 내 손바닥에 가두어보았다. 손바닥에 닿은 부드러운 피부가 좋다. 떡돌이는 나를 밀어내는 대신 내가 마음껏 자기 얼굴을 만지게 해주었다. 거만한 표정을 보니, 내가 자기 얼굴에 홀렸다고 여기는 눈치다.

아주 틀린 말도 아니기에 나는 손을 떼는 대신 마음껏 그의 얼굴에 내 손을 붙이고 있었다. 그 상태로 손바닥 피부를 통해 느껴지는 그의 숨결을 느끼면서 진지하게 생각해보았다.

나는 떡돌이를…… 좋아해. 그건 확실해. 연얼군주도 좋고 태후마마도 좋지만, 떡돌이를 좋아하는 마음은 조금 다른 형태야. 하지만 개원이를 연모할 때만큼 푹 빠진 건 아냐.

그럼 이건 뭘까? 우정은 확실히 아닌데, 사랑이라 하면 부족해 보이는 이 애매한 감정은 뭘까?

나뭇잎이 거의 다 떨어져 나무는 앙상해졌지만, 이 때문에 산책로를 걸을 때마다 가을 눈이 쌓인 것 같은 소리가 났다. 황후는 천천히 그 소리를 음미하며 걷다가 멀지 않은 곳에서 사람들이 수군거리는 소리를 듣고 멈춰 섰다.

"그래도 그렇지 너무 노골적이다."

"그러니까. 책봉례 하는 자리에서 바로 행궁에 떠나라 하다니."

"원래도 천빈은 멍청하기로 소문이 났잖아. 그런데 막 빈 자리에 오른 사람에게 행궁 관리를 맡기다니, 너무 악의적이지."

"실수하길 기다리는 거야."

"이참에 폐하 곁에서도 떠나게 할 수 있고."

"황후마마가 웬만하면 안 이러시는데. 황후마마도 천빈마마는 질투가 나시나 보다. 그치?"

"하긴. 총애가 웬만해야지."

그 수군거리는 소리에 황후의 상궁은 화가 나서 그쪽으로 가려 했다.

"되었다."

황후는 단 한 마디로 말리고서 다른 쪽으로 몸을 돌렸다.

"하오나 마마!"

상궁은 자기가 더 화가 났으나 황후는 그들을 피해 가버렸다.

"마마. 어째서 저런 자들을 그냥 두시는 건가요. 궁 안에서 함부로 입을 놀린 대가를 치르게 해야 합니다!"

상궁이 다시 항의해보았으나 소용없었다.

"내가 저들 입단속을 시켜봐야 사람들 생각이 바뀌겠느냐. 오히려 속으론 날 더 비웃을 뿐이다. 저들은 저게 진짜라고 착각하고 있으니까."

"그렇다고 그냥 두고 보실 건가요? 황후마마는 황후마마십니다. 아무도 황후마마를 저런 식으로 말할 순 없어요!"

"입단속을 시켜야 할 때가 있고 아닐 때가 있는 법이다."

단호하게 말하던 황후는 뒤에서 느껴지는 시선이 돌아보았다. 그곳에는 뜻밖에도 황제가 서서 그녀를 보고 있었다. 황후는 그에게 인사를 올리려 했으나, 한발 앞서 황제 쪽이 먼저 고개를 까딱해 인사했다. 그 동작만으로 황후는 그가 연금이란 걸 알아보았다.

"……."

황후는 잠시 그 자리에 서서 이름 모를 황량한 갈대 같은 식물을 바라보다가 몸을 돌려 그와 반대 방향으로 걸어갔다. 아주 느린 속도로. 그러다 다른 길로 접어들 즈음. 황후는 잠깐 멈춰서 뒤에서 들려오는 소리에 집중했다. 그녀만큼 느린 속도로 누군가 천천히 따라오고 있었다. 거리를 두고 함께 산책하듯이.

황후는 입꼬리를 희미하게 올리고서 다시 걸어가기 시작했다.

19장

매화 향이 좋죠?

행궁으로 가는 마차 안에서 연비는 처음엔 혼자서 책만 읽었다. 인사 나눌 때를 제외하고는 책에서 시선을 떼지 않아서 '정말 대단한 집중력이 구나' 싶을 정도였다.

하지만 두 시진을 내리 책만 읽더니 자기도 좀 지겨운가. 아니면 마차 가 많이 흔들리기 시작하자 멀미가 나나?

어느 산길을 지나갈 즈음, 연비가 책을 내리고서 창문 쪽을 보더니 갑 자기 빙그레 웃고서 내게 말을 걸었다.

"온씨 가문은 네가 천빈이 된 일로 바짝 긴장한 눈치더라."

나는 멍하니 창밖과 연비를 구경하다가 "어?" 하고 되물었다. 나와 본격 적으로 대화하려고 그러나?

연비는 아예 책을 덮어 옆에 두더니 구체적으로 설명했다.

"이번 일은 아주 순한 시작일 뿐이니, 앞으로는 행동에 더 신경 쓰렴."

"무슨 행동?"

"가는 길에도 조심하고, 행궁에 도착해서도 조심하고, 행궁을 관리할 때도 조심하고. 이후 폐하와 후궁들이 왔을 때도 조심해야 해."

너무 의심하고 사는 거 아니냐고 묻고 싶지만 내가 직접 겪기도 했고 온 귀인이 당하는 걸 보기도 했으니……

"알았어."

나는 순순히 대답했다. 그런데 내가 딱 대답하는 그 순간. 갑자기 마차 아래쪽에서 '꽉' 하고 오리 오십 마리 정도가 동시에 기합을 내는 소리가 나는가 싶더니 마차 한쪽이 '우두둑' 소리를 내며 가라앉았다.

"어이쿠."

이게 뭔 일인가 싶어서 어리둥절해 있자니, 이윽고 담당 관리가 마차 창문을 열고서 얼굴을 들이밀었다.

"죄송합니다, 연비 마마. 죄송합니다, 천빈 마마."

관리는 나와 연비에게 번갈아 인사하더니 정말로 죄송하단 표정으로 상황을 설명했다.

"마차 바퀴가 빠졌습니다, 마마. 아무래도 아까 산길을 굴러갈 때 어디 큰 돌덩이라도 걸린 모양입니다."

관리는 나와 연비를 향해 말하면서도 그녀의 눈치를 보고 있었다. 반면 연비는 눈을 반쯤 감은 채 평소와 같은 우아한 표정이었는데, 기울어진 마차에 몸도 같이 기울어져 있었으나 조금도 우스꽝스럽지 않았다.

관리는 재차 연비를 살피며 조심스럽게 제안했다.

"아무래도 근처 마을에서 바퀴를 구해가야 할 것 같습니다, 연비 마마. 그곳에 들러서 얼른 바퀴를 교체한 다음에 다시 출발하겠습니다."

말이 제안이지 사실은 통보였다. 하긴. 이 와중에 '세 바퀴로라도 가볼까요?'라고 묻는 게 더 미친 거겠지만.

연비는 눈을 뜨고서 대답했다.

"이런 식이란다, 소여야."

하지만 관리를 향한 대답이 아니네. 날 향한 대답이다. 게다가 나한테 하는 말인데 나도 무슨 말인지 모르겠다.

뭐가? 뭐가 이런 식인데? 우리가 방금 무슨 말을 나누고 있었지? 아. 공격이 들어올 거란 말을 나누었지. 그럼 연비는 이 마차 바퀴가 부러진 것도 후궁들이 한 공격이라 말하는 건가?

나는 이해가 될 듯 말 듯했으나 전후 사정을 모르는 관리는 여전히 아리송해하며 보고했다.

"그럼 바퀴를 교체하러 가겠습니다, 마마."

그때 연비가 손을 올렸다. 조금 들어올린 것뿐인데, 관리는 창문을 닫으려다 말고서 연비가 뒷말을 잇길 기다렸다. 나도 연비가 뭐 하는 건지 가만히 지켜보았다.

그러나 연비는 말을 하지 않았다. 대신 관리 옆쪽에 서 있는, 관리 때문에 옆으로 밀려나 잘 보이지도 않는 상궁을 보며 눈짓을 보냈다. 그러자 상궁이 작게 고개를 끄덕이더니 놀랍게도 관리에게 이렇게 말했다.

"여분의 바퀴를 가져왔으니 그걸로 교체하고 가면 될 겁니다."

순간 관리의 표정이 굳었다. 이럴 줄 몰랐단 듯이. 하지만 그는 곧 표정을 원래대로 되돌리고는 그러면 되겠다고 물러났다.

연비의 말이 맞았다. 누가 이런 짓을 했는진 모르겠지만, 마차 바퀴가 빠진 건 고의였다.

와…… 연비는 마차 바퀴 빠질 것까지 다 계산하고 움직이나? 나는 감탄해서 그녀를 보며 엄지를 치켜세웠다.

"언니 머리 굴리는 솜씨가 진짜 대단해. 꼭 제갈세가 새, 사람들 같아."

그러나 연비는 자신의 예측이 맞았는데도 조금도 흔들림 없이 이렇게 말했다.

"방어만 하면 이를 갈고 더 덤벼들지. 너도 누가 한 대 치면 더도 말고 덜도 말고 똑같이 한 대 때려주도록 하렴."

"한 대만?"

"두 대 때리면 역효과가 난단다. 하지만 한 대 때리면 조심하게 되지."

377

"무슨 소리야?"

내가 의아해서 묻자 그제야 연비의 입꼬리가 올라갔다.

"당분간은 아무 일도 없을 거란 소리."

"마차를 웅호촌으로 보내는 데 실패했습니다, 황후마마."

저녁 무렵. 황후는 식사를 하다 급히 올라온 부하에게 보고를 받았다.

황후의 표정은 그래도 변화가 없었으나 입맛은 확실히 사라졌는지, 그녀는 수저와 그릇을 모두 다 내려놓고서 손수건으로 입가를 닦았다.

"거기에 들어간 모든 것이 다 헛수고가 됐단 소리군."

황후가 감정을 알 수 없는 목소리로 말하자, 부하는 허리를 더 깊게 숙이고서 물었다.

"다른 곳으로 장소를 바꿔서 시도할까요?"

그 말에 황후가 대답하기 전. 황후의 장태감이 급히 들어오더니 곁으로 다가와 보고했다.

"황후 마마. 마차 사고를 조사해보니 바퀴를 일부러 떼어낸 흔적이 있다며, 책임자를 문책해달란 상소가 올라왔습니다."

"벌써?"

"뿐만 아닙니다. 마차 상태를 마지막으로 점검한 사람이 황후마마께서 내무부에 심어놓은 사람의 이름으로 바뀌어 있습니다!"

내내 침착함을 유지하던 황후가 결국 미간을 찡그렸다.

"일부러 담당자를 다른 사람으로 해두지 않았나?"

장태감은 울상을 지었다.

"저도 사정을 알아내려 했지만 이 일로 이목이 집중되어……."

황후는 입가를 닦은 손수건을 내려놓고서 중얼거렸다.

"연비 짓이로군."

연비의 준비성 덕에 일정은 계획한 그대로 흘러갔고, 우리는 미리 일러 둔 대로 한 관부에 머무르게 되었다.

관부에서는 나와 연비가 머무를 방을 일부러 양옆으로 잡아주어서 언제든 자매끼리 어울릴 수 있게 해주었다. 별로 쓸모 있는 배려는 아니지만, 다른 부분은 만족스럽다. 특히 관부에서 지내는 것인지라 씻을 물이 충분해서 다행이었다.

나는 느긋하게 씻은 다음 머리카락과 몸의 물기를 다 닦아 내고서 밖으로 나갔다.

그런데 내가 침상에 앉아 머리카락을 털고 있으려니, 귀자가 찾아와 뜻밖의 말을 전해주었다.

"마마. 마마의 무공 스승이 마마를 뵙고 싶어 합니다."

개원? 개원이 여기에 왔다고?

"어떻게 할까요, 마마? 피곤하시다고 물릴까요?"

당연하지! 돌아간 다음 당과나 만들어서 보내라고 해. 솔직한 천년비가 내 위장 어딘가에서 외쳐댔으나, 나는 고개를 저었다.

"아니. 만나볼게. 뭐 볼일이 있으니 왔겠지."

"예."

"당분간 훈련을 못 한다고 과제를 내줄지도 모르고."

"아아! 그렇군요!"

귀자는 갑자기 왜 저렇게 놀란 척이야?

"들어오라고 해."

귀자가 나간 사이, 나는 개원이를 보고 험악한 표정을 짓지 않기 위해 입술을 빠르게 움직였다. 근육을 풀어야지. 그러고 있자니 장막 너머로 그림자가 보였다가 곧 개원이 모습을 드러냈다.

"천빈 마마를 뵙습니다."

개원은 내 품계가 올라갔단 소식도 들었는지, 마마라 부르면서 인사를 올렸다. 나도 권위적인 마마인 척 일어나라고 손을 휘휘 젓고서 물었다.

"무슨 일로 여기까지 따라왔지? 본궁은 좀 바쁜데."

말을 하고 나니 나는 아직 본궁이란 말을 사용할 수 없단 게 떠올랐지만, 괜찮다. 개원이는 무림인이니까 이런 거 잘 모를 거야. 암!

"마마께서 42천도에 있는 행궁에 가신단 이야길 들었습니다."

"그거 들었다고 알리러 왔나?"

"신도 41천도에 볼일이 있습니다. 폐하께서 마마께 무공을 가르치라 명하시기도 했으니, 함께 이동해 수련을 돕겠습니다."

뭐야. 인사하러 온 게 아니라 같이 가겠다고 온 거야? 그가 41천도에 볼일이 있단 말이 곧이곧대로 들리지 않는다. 저건 핑계고 그냥 천소여 곁에 있고 싶어 온 거 아냐? 수상한데?

"마마? 제게 할 말이 있으신지……?"

내가 눈을 가늘게 뜨고 그를 분석하듯 바라보자 개원이 찔리는지 조심스럽게 물었다. 좀 더 찔리라고 똘똘이 연비 같은 표정을 따라 하자, 그는 더욱 안절부절못했다.

그걸 보고 있자니, 이게 뭐 하는 짓인가 싶어서 나는 표정을 풀고 그냥 허락해주었다.

"그러도록 해라. 날 못 보면 죽겠다는데 어쩔 수 없지."

"그 정도는……."

개원은 우물거리다가 쑥스러운지 입을 닫고 머리를 숙였다. 나는 우아한 개시시처럼 다리를 꼬고 앉아 그에게 나가라고 손짓했다. 하지만 개원이 나가자마자, 괜히 열이 받아서 방 안을 빙글빙글 돌며 씩씩거렸다.

아니, 개원이 이 새긴 대체 천소여의 어디가 그렇게 좋은 거야? 어디가 좋길래 저런 말도 안 되는 핑계를 대면서까지 행궁에 쫓아오려는 거지?

생각해보니 그래. 사람들은 '천년비'는 싫어했는데 '천소여'는 좋아해. 그 사람들이 '진짜 천소여'를 좋아하는 거라면 이상할 것 없다. 그냥 내 성격이 안 좋아서 그러는 거니까.

하지만 '진짜 천소여'와 안 친했던 사람들이 '천소여 몸에 들어온 천년비'와는 잘 지내는 이 괴리가 너무 이상하단 말이야.

"마마?"

그렇게 팔짱을 끼고 콧김을 내뿜고 있으니 원웅이 보기에 이상한가 보다. 이부자리를 정돈해주러 온 그는 조심스럽게 내 눈치를 보다 물었다.

"왜 그러세요? 개 대인이 마마를 화나게 한 건가요?"

"사람들이 나를 왜들 이렇게 좋아하나 모르겠어."

"예?"

"그게 좀 화가 나네."

"예?"

"대체 내 매력이 뭐지? 내 어디가 그렇게들 좋아?"

"……."

"원웅아. 내 매력이 뭐 같아?"

이런 건 혼자 고민해도 알 수 없을 것 같아 나는 원웅에게 물어보았다.

원웅은 입을 벌리고 "어……." 하는 소리를 내며 눈을 끔뻑이다가 어색하게 웃으며 대답했다.

"이런 점 같은데요. 자신감……."

나는 개원이 가는 도중에도 무공을 알려주겠다 할 줄 알았다. 하지만 개원은 안 그래도 여행길은 피곤하기 때문에, 나 같은 초심자는 훈련과 여행을 병행할 수 없다고 했다.

아무래도 개원이 자식의 눈에 천소여는 한없이 가녀리고 야리야리한 모양이지.

어쨌든 그 덕에 훈련 없이 쭉쭉 행궁으로 이동했고, 예상한 날짜에 한 치의 오차도 없이 우리는 41천도를 지나가게 되었다. 이제 며칠 후면 무사히 행궁에 도착하는 것이다. 그런데…….

"어?"

지루해서 마차 밖으로 고개를 내밀고 있으려니 뜻밖에도 아는 얼굴이 지나갔다. 하나는 타천천이고, 다른 하나는 그…… 누구야. 태안루주. 그 사람이었다. 정보호와 사자친왕이 둘이서 차 마셨던 그 다루의 주인. 나 더러 '천년비'냐고 물었던 사람.

'타천천이랑 아는 사인가?'

제대로 본 게 맞나? 나는 재차 확인하기 위해 황급히 고개를 내밀었지만, 그들은 자기들끼리 대화를 나누느라 내 쪽을 쳐다보지도 않았다.

"아는 사람이라도 있니?"

맞은편에 앉은 연비만 이렇게 물을 뿐.

"난 기억도 없는데 아는 사람이 있겠어? 그냥 잘생긴 사람이 지나가길래 본 거야."

나는 얼른 둘러대고서 다시 엉덩이를 마차에 붙였다. 하지만 타천천을 보고 나니 엉덩이를 얌전히 두기가 어려웠다. 당장 그에게 달려간 다음 내 몸 안에 지금 누가 있는 건지, 진짜 천소여는 어디에 있는 건지, 나는 계속 이 몸에 있는 건지 등등을 묻고 싶었다.

하지만 내가 마차 밖으로 뛰어내리면 궁인들이 날 이상하게 보겠지. 똑똑한 연비는 더욱 그럴 테고.

'어쩔 수 없지.'

나중에 행궁에 도착한 다음 41천도에 다녀올 방법을 알아낼 수밖에.

"언니. 행궁에 가면 일은 언니가 다 할 거지?"

"……너는 뭘 할 건데?"

"나는 놀고 싶어.""참 당당하게도 말하는구나."

"안 돼?"

놀고 싶단 말에 연비가 대답을 피해서 좀 수상쩍다 싶더라니. 행궁에 도착해 짐을 풀고 난 뒤, 연비가 불러 가보자 그 이유를 알게 되었다.

"노는 건 내가 해야겠다, 동생아."

뭐?

내가 당황해 쳐다보자, 연비는 빙그레 웃으면서 설명을 덧붙였다.

"뭘 좀 준비해야 해서 일주일 정도 자리를 비워야 한단다. 그동안 네가 일하고 있으련?"

내가 충격을 받아 쳐다보자 연비는 픽 바람 빠지는 소리를 내며 웃더니 자기 상궁에게 눈짓을 했다. 상궁은 들고 있던 작은 두루마리를 내게 건넸다. 받아서 펼쳐보니 할 일 목록이 적혀 있었다.

"진짜 내가 일하는 거야?"

나 아는 거 하나도 없는데? 내가 당황해서 물었지만, 연비는 태연히 고개를 끄덕이고서 설명했다.

"나는 몸이 안 좋다 하고 자리를 비울 셈이란다. 그러니 네가 그 기간 동안 행궁을 잘 살피고 있으련?"

"난 이런 거 잘 몰라, 언니."

"그래서 적어 놨잖니."

이렇게 준비성 철저한 사람이 있나. 자기 놀려고 이런 것까지 준비했단 말이야?

기가 막히기도 하고 선수를 뺏긴 기분도 들어서 입을 꾹 다물고 있으려니, 연비는 그럴 줄 알았단 듯 웃고서 덧붙였다.

"네가 일주일간 행궁을 잘 살펴준다면, 남은 기간 동안은 자유롭게 지내도 좋아."

"일주일?"

"그래. 일주일."

행궁에서 지내야 하는 게 한 달에서 두 달 사이니까…… 뭐. 나한테 아주 나쁜 조건은 아닌가. 일주일만 일하면 나머지는 놀아도 된단 거니까. 그 정도면 41천도에 가서 타천천을 찾아볼 수도 있겠네.

"알았어."

결국 나는 연비의 조건을 받아들였다.

연비는 그럴 줄 알았단 듯 이제 나가보라 손짓했다.

나는 일어섰다. 하지만 나가려다 보니 아까 '노는 건 내가 한다. 너는 일해'란 연비의 말에 충격을 받아 잠시 묻지 못한 게 떠올랐다.

"근데 무슨 준비를 한단 거야?"

"낚시."

"언니 낚시 좋아해?"

연비는 대답 대신 입꼬리만 올려 조용히 미소했다.

내가 방 안에 돌아오자마자 연비는 빠르게도 꾀병을 부렸다.

"마마. 연비 마마께서 긴 여행으로 몸이 좋지 않으시답니다."

어찌나 빠르던지, 내가 연비가 준 두루마리를 다 읽기도 전에 귀자가 들어와 전할 정도였다.

"알겠어."

나는 시무룩하게 대답하고서 연비가 준 종이를 마저 읽은 다음, 방 정리를 빠르게 끝내고 서 있는 원웅에게 지시했다.

"원웅아."

"네, 마마."

"언니가 몸이 안 좋으니 내가 행궁 일을 당분간 맡아서 해야 할 것 같거든? 여기 책임자들을 불러와 줘. 언니가 해야 할 일 목록도 줬어."

내가 힘없이 지시하자, 원웅은 알겠다고 바로 밖으로 나갔다. 나는 원웅이 돌아오길 기다리면서 연비가 준 목록을 다시 돌돌 말아 두루마리로 만들었다.

그렇게 어느 정도가 지났을까. 원웅이 다 불러 왔다고 해서 나는 두루마리를 놓고 밖으로 나가보았다.

연비는 일 년간 비어 있었던 행궁을 청결하게 하는 걸 일 번 지시 사항으로 두었지. 그러니 하인들을 불러 대청소를 시키려 했는데……

뭐야. 하나. 둘. 셋…… 여덟. 왜 모인 사람이 여덟 명뿐이야?

"이게 단가?"

나는 어리둥절해서 혼자 앞에 똑 떨어져 나와 있는 낯선 태감에게 물었다. 내 질문에 그 태감은 공손히 손을 모으고서 인사를 올린 다음 대답했다.

"저는 이곳의 총태감입니다, 천빈 마마. 그리고 사람은 이게 다가 아닙니다, 마마."

그렇지? 안 그래도 이상했어. 행궁에 본궁보다 더 작긴 하지만, 그래도 책임자가 여덟 명뿐이진 않을 거 같아서.

"한데 왜 여덟 명뿐인가?"

어쨌든 책임자가 하인이 여덟 명만 있지 않다기에 나는 다른 이들의 행방에 대해 물었다. 그러자 총태감은 무척이나 죄스럽단 표정을 짓더니 이런 핑계를 댔다.

"천빈 마마. 실은 며칠 전 이곳에 독한 감기가 유행처럼 돌아서 몸이 안 좋은 사람이 많답니다. 이 때문에 아픈 사람은 나오지 못하였습니다."

그러나 나는 쉬이 믿기지 않았다.

"여기 오지도 못할 정도로 아프다고?"

그런 이야기는 못 들었는데?

"예, 마마. 참으로 송구스럽습니다."

그러나 총태감은 절대로 거짓말 같지 않은 표정을 하고서 내게 연신 허리를 굽신거렸다. 그래도 여전히 바로 믿기 힘들었다.

"여기 책임자가 모두 몇 명인데?"

"책임자 수는 총 열일곱 명입니다, 마마."

책임자 열일곱 명 중 여덟 명만 왔다는 건 반도 안 왔단 거잖아? 반 이상이 다 중병에 걸려 시들시들하다고? 내가 눈살을 찌푸리고 있자니 원웅은 뒤에서 작게 씩씩거리며 내게 슬쩍 알려주었다.

"거짓말 같아요, 마마. 분명 다른 후궁이나 황후한테 언질을 듣고 저러는 거예요."

"그렇지? 그럼 아프단 사람들을 이참에 다 내보내면 어떨까? 그러면 겁나서 꾀병을 그만두려나?"

386

"하지만 마마, 증좌가 없잖아요. 저들이 황후나 다른 마마의 명령을 듣고 저러고 있다면 나중에 이 일을 트집 잡을 거예요. 게다가 이 상황에 반이나 쫓아내면 폐하가 여기 오실 때까지 일손이 부족할 거예요."

하지만 원웅은 작은 목소리로 꾸준히 화를 내면서도 이 일을 크게 비화시키려는 걸 막았다.

"많이 아픈가? 내가 직접 가서 보겠네."

"세상에! 절대로 안 됩니다, 천빈 마마. 귀한 분이 감기에 옮아 아프시면, 저희는 전부 죽은 목숨입니다요!"

결국 더 크게 혼을 낼 수도 없어서, 나는 일단 모인 이들도 전부 다 흩어지게 했다.

"알았네. 아프면 쉬어야지. 가게."

"사려 깊으십니다, 천빈 마마."

총태감이 기분 나쁘게 웃고서 가자마자 원웅은 더욱 짜증을 냈고, 나 역시 팔짱을 끼고 미간을 찡그렸다.

그냥 일주일 같이 놀면 될 텐데, 연비가 나더러 일하고 있으라 한 이유가 있었네. 목록까지 써가면서. 그나마도 내가 나서니 이 정도지, 아예 둘 다 놀고 있으면 적들이 무슨 짓을 할지 모르니까.

그보다 어쩐다…… 황후 사람들이니 함부로 자를 수도 없고. 그렇다고 일주일간 저들이 꾀병을 부리게 할 수도 없잖아. 게다가 연비는 내가 일주일 동안 일을 잘 해야 놀게 해준댔는데.

"천빈 마마. 연비 마마께 가서 이 일을 상의드리는 건 어떨까요?"

나도 그렇고 싶어, 부성아. 근데 연비는 벌써 놀러, 아니, 낚시하러 가고 없단 말이야.

"……이렇게 해야겠다."

"어떻게요?"

387

부성의 질문에 나는 어깨를 으쓱했다.

응, 말해줄 수 없는 내용이야.

탁자에 마주 앉아 술을 마시는 두 태감은 아주 거나하게 취해 있었다. 그중 키가 큰 쪽은 낄낄 웃으면서 배를 잡고 웃어댔다.

"그 귀한 천빈 마마도 폐하 옆에서 떨어지니 별거 없구먼?"

그들은 오늘 자기들이 합심해 천빈을 물 먹인 일을 이야기하는 중이었는데, 술기운까지 더해지자 오늘의 성과가 재미나게 여겨졌던 것이다.

"원래 멍청하기로 소문난 여자 아닌가."

"듣기론 얼굴도 영 맹하게 생겼다더니만. 폐하는 취향도 참."

"죄다 미인들뿐이니 수수한 사람한테 눈길이 가는 거지. 화려한 꽃들 사이에서는 들풀이 보이고, 백조들 사이에서는 참새가 보이고."

태감들은 천빈을 헐뜯으면서 점점 더 신이 나고 흥이 올랐다. 여기는 본궁도 아니다 보니 벽 안에 숨은 귀도 없었고, 그들을 말릴 사람도 없었다. 총책임자인 총태감이 그들의 편이니 더욱 그랬다.

"어쨌든 다들 약조한 대로 하는 거네. 천빈이 불러도 절대로 가면 안 돼. 말만 잘 맞추면 천빈이 우리가 꾀병이라 의심해도 어쩔 수가 없어."

소리 내어 웃은 태감 둘은 잔을 부딪친 다음 술을 한 번에 목구멍에 털어놓고서 또 좋다고 웃어댔다. 그렇게 이각 정도가 지나자 마침내 쉴 새 없이 움직이던 그들의 입도 점점 느려지더니, 점차 꾸벅꾸벅 졸기 시작했다.

삼각이 지났을 땐 한 명은 탁자에 엎어졌고, 다른 한 명은 침상으로 엉금엉금 기어가 엎드려 자고 있었다.

그때. 탁자에서 졸던 태감은 가까스로 잠에서 깨어 눈을 뜨다가, 탁자에 드리워진 까만 그림자를 발견했다.

"음?"

태감은 그림자를 보고서도 이상한 점을 알아차리지 못했다. 술기운이 정신을 가린 탓이었다. 그 순간. 그의 목덜미와 허리춤에 손가락이 뾰족하게 닿아왔다.

"어엉?"

혀가 꼬부라진 소리로 중얼거린 그는 여전히 위협을 느끼지 못하고, 그저 이게 무슨 일인가 알아보기 위해 고개를 돌리려 했다. 그러나 몸이 움직이질 않았다.

"가위? 가위에 눌린 건가?"

중얼거리고 있자니 이번엔 머리 뒤쪽을 또다시 손가락이 꾹 눌렀다. 그제야 조금 잠기운이 달아나고 놀란 태감은 침상에 엎어진 동료를 부르기 위해 입을 벌렸다.

"!"

그러나 이번엔 목소리도 나오지 않았다. 탁자에 엎어진 태감은 당황해서 움직이려 했으나, 몸은 생각처럼 움직여지지 않았다. 이 와중에 누군가 등까지 떠밀자 그는 아예 이마를 탁자에 '쿵' 소리가 나게 박게 되었다.

이어서 누군가 목덜미를 잡아당기는가 싶더니, 차가운 무언가가 옷 안쪽으로 우르르 들어왔다.

"!"

태감은 놀라서 몸을 비틀려 했으나 소리도 나오지 않고 몸도 움직이지 않았다. 그러고 있자니 고의로 내는 듯한 발소리가 그의 뒤쪽에서 침상 쪽으로 이동하기 시작했다.

태감은 고개를 들려 했으나 여전히 몸이 움직이지 않았다. 멍한 머릿속에 귀신이란 글자가 둥둥 떠다녔다. 아니면 암살자일까?

그러는 사이. 저쪽에서도 뭘 우르르 쏟는 소리가 작게 났다. 하지만 역시 비명은 들리지 않았고, 태감은 차츰 머리가 더 맑아져서 침상에 누운 동료도 자신과 같은 꼴이란 걸 깨달았다.

그렇다면 귀신일 리 없었다. 태감은 두려워 덜덜 떨었다. 차라리 가위면 낫지. 암살자라면 이건…….

'우리를 죽이려는 건가?'

공포에 술기운이 완전히 달아난 그 순간. 그의 뒤에서 문 열리는 소리가 나더니, 곧 닫히는 소리가 났다.

태감은 발발 떨면서 눈동자만 굴렸다.

'간……건가?'

암살자는 아니었나? 그가 말을 할 수 있다면 아마 안도의 한숨부터 내쉬었을 것이다. 그러나 안심하자마자, 이번에는 두려움에 눌려 잠시 잊었던 냉기가 온몸에서부터 올라오기 시작했다.

다시 소름이 돋은 그는 온몸을 발광하듯 뒤틀었으나 여전히 몸은 움직여지지 않았다.

다음날. 푹 쉬고 일어나 아침 식사를 하고 있자니, 원웅이 다가와서 총태감이 왔다 알려주었다.

"들어오라고 해."

내 허락이 떨어지자마자 총태감은 안으로 들어왔는데, 어제보다 훨씬 공손한 모습이었다. 그가 왜 저러는지 짐작 가는 바가 있었지만, 나는 숟가락을 내려놓으면서 아무것도 모르는 척 물었다.

"무슨 일로 이 시간에 왔는가?"

총태감은 두 손을 꼭 붙잡더니 내 눈치를 한 번 보다가, 눈이 마주치자 얼른 온 얼굴 근육을 다 움직여 웃으며 말했다.

"어제 아프다고 한 책임자 태감들 말입니다, 마마."

"아직 많이 아픈가?"

"예에……."

그는 말끝을 흐리면서 다시 내 눈치를 보았고, 나는 거리낄 것 없이 흐뭇하게 웃었다.

내 미소를 보자 그가 다시 흠칫했지만 상관없다. 그 꾀병 태감들, 당연히 이젠 '진짜로 많이 아프겠지'. 내가 어제 열심히 돌면서 얼음을 옷 안 가득 다 부어줬는데 안 아플 리가.

"이런. 몸이 약한가 보군. 나으면 내가 한 번 빡세게 굴려줘야겠어."

"예?"

"체력이 약해서 그런 것 같아. 그렇지, 원웅아?"

"그럼요, 마마."

무슨 일인지 모르면서도 원웅이 얼른 내 말에 수긍하자, 총태감은 당황해서 쩔쩔맸다.

"그 얘기 하러 왔는가?"

그 모습을 잠시 감상하다가 묻자, 총태감은 그제야 황급히 자기 볼일을 털어놓았다.

"아, 아닙니다. 그게, 아프다던 태감들이 완전히 나으려면 시일이 걸릴 듯해서요. 업무를 대신 수행할 태감들을 뽑아 보내겠습니다, 마마. 이 말씀을 드리러 왔습니다."

총태감이 나가자 원웅은 입을 비쭉였다.

"어제 진작 그러지."

내가 돌아다니면서 꾀병 태감들을 얼음에 절여 준 걸 모르다 보니, 원웅이 보기엔 총태감이 날 대놓고 기만하는 것처럼 보이는 듯했다.

총태감은 아마 상황을 보다가 내가 기가 죽는 것 같으면, 태감들이 다 회복됐다고 말을 바꿨을 거야. 그런 다음, 내가 제대로 그들을 이끌지 못해서 제대로 관리가 안 될 뻔했지만 자기가 나서서 일을 잘 처리했다고 둘러대려 했겠지.

하지만 이렇게 됐으니 겁 좀 먹었을걸?

꾀병 부린 태감들은 다들 열이 올라서 얼굴이 벌건 채 모여서 달달 떨고 있었다. 총태감은 안으로 들어오다가 그 꼴 보고서 혀를 찼다.

"아주 잘들 하는구먼. 아주 잘들 해."

"어쩔 수 없었습니다, 공공."

"침입자가 와서 우리를 얼음에 파묻고 갔습니다. 아주 악질적이에요."

"악질적? 침입자가 안 죽이고 간 걸 고맙게 여기게."

태감들은 이를 부득부득 갈았으나, 총태감은 그들이 그저 한심스럽게 보일 뿐이라 고개를 설레설레 젓고서 상석으로 가 털썩 앉았다.

"어쨌건 천빈, 그 멍청한 후궁 곁에 누군가 실력 있는 무인이 붙어 있는 게 분명하다."

"그러고 보니 천빈이 군왕 암살 사건 후 습격을 받아서 폐하가 실력 있는 사람을 붙였단 말을 얼핏 들었습니다."

"연비 짓은 아닐까요?"

"아닐 거다. 연비는 지금 몸이 아파 아예 방 밖으로 한 걸음도 못 나오고 있으니."

"아픈 건 확실합니까?"

"모르지. 하지만 연비 쪽 사람들은 이동이 없어. 연비일 수가 없다."

가장 심하게 열이 나는 태감은 따뜻한 주머니를 꽉 끌어안으면서 코를 훌쩍이다가 이를 갈았다.

"여하간 이 일은 절대로 그냥 넘어가지 않을 겁니다. 몇 달 후면 마마들도 이리로 오시니 반드시 얘기할 거예요. 여러분 모두 같이 입을 모아주셔야 합니다."

연비는 본인의 말처럼 딱 일주일이 지나자 다시 돌아왔다. 오가는 걸본 건 아니지만, 일주일째 되는 날에 그녀는 몸이 좀 나았다면서 날 불렀는데, 뭘 어떻게 한 건지 진짜 아픈 사람처럼 안색이 안 좋아 보였다.

하지만 진짜 앓은 건 아닌지, 그녀는 곧장 일어서더니 "일주일간 어떻게 궁을 관리했는지 보여주렴."이라 말하고는 앞장서 방 밖으로 나갔다.

나는 그녀에게 태감들에게 얼음을 부어 가면서 관리한 궁 모습을 여기저기 보여주고 설명도 해주었다.

"싹 다 청소하게 한 다음에 위험해 보이는 부분은 보수공사를 했어. 수로가 깨끗한지도 확인했고…… 어, 하여튼 언니가 하란 건 다 했어. 일번부터 육 번까지."

내 설명을 들으면서 우아하게 여기저기 살피고 다닌 연비는 둘러볼 곳을 다 불러보고 나자 꽤 만족한 모양이었다. 그녀는 조금도 흠을 잡지 않고서 날 따라다니다가, 적당히 다 보았다 싶자 다시 자기 방으로 돌아간 다음 나를 제외한 사람들을 다 내보내고서 물었다.

"태감들이 말은 잘 듣던?"

"듣는 사람도 있고 안 듣는 사람도 있고. 일단 총태감부터가 영 그래."

"그래도 잘 해냈구나."

말을 마친 연비가 갑자기 손을 뻗어서 내 머리를 가볍게 문지르는 바람에 나는 조금 놀랐다.

"잘했다."

이걸 뭐라고 해야 하지? 이 기분이······.

"왜 그러니?"

"아니. 순간적으로 사랑받는 개가 된 기분이 들었어, 언니."

그래. 딱 이런 마음이 들었어.

연비는 내 말이 농담이라 생각했는지 웃음을 터트렸지만 진담이다. 정말 느낌이 그랬어. 동시에 깨달음이 들었다. 혹시 영빈이 연비를 졸졸 따르는 건 이 느낌이 좋아서일까?

"언니, 영빈한테도 이렇게 해?"

"가끔."

그런가 보다. 다음에 영빈을 보면 나도 이거 해줘야겠네. 그러면 영빈도 날 향한 적의를 좀 누르지 않을까? 영빈한텐 나도 언니니까?

"어쨌든. 약속한 게 있으니 이제 놀면서 지내도 좋아. 하지만 후궁에서 힘을 가지고 품계가 올라가려면 일은 배워두어야 한단다. 하루 한 시진은 날 따라다니도록 하련."

연비가 갑자기 말을 바꿔서 당황했지만, 그래도 다행히 양심이 있긴 한지 당장 일하라 하진 않았다. 그녀는 내게도 사흘은 일을 안 배우고 놀 시간을 주었다. 자기는 일주일 놀고 와서 내게는 사흘 놀라 하는 게 좀 아니꼽긴 하지만.

어쨌든 나는 무거운 책임감을 벗게 되자마자, 산책을 간단 핑계를 대고 서 월담해 행궁부터 빠져나왔다. 물론 옷은 그전에 가장 수수한 차림으로 입었다. 수수하다고 해도 후궁 복장이라 화려하지만 말이다.

'보자…… 이제 어쩌지? 내가 가야 하는 건 41천도인데. 여기서 41천도에 다녀오려면 하루 가지고는 안 되잖아?'

하루에 한 시진 연비를 따라다니는 거야 애원해서 안 간다 쳐도. 과연 내가 며칠간 궁전을 비우는 걸 원웅, 부성, 귀자가 봐줄까?

셋 다 내가 활만 잘 쏜다 생각하고 있으니, 며칠간 혼자서 자리를 비운다고 하면 펄쩍 뛸 텐데.

고민하면서도 나는 일단 근처의 객잔에 빈방을 잡은 다음, 밖으로 나와 변복할 옷을 몇 벌 사서 그 방 안에 잘 넣어두었다. 일이 어떻게 될지는 모르지만 일단 준비는 해 둘 생각이었다. 혹시 모르니까.

"그리고 또 뭐가 필요하지?"

음…… 일단 다녀보자. 다니다 보면 생각나는 게 있겠지.

개원은 연비가 몸이 아파 천빈이 바빠졌단 이야기에, 덩달아 일주일간 무공을 가르치러 들어가지 못하고 있었다. 그러다 연비가 다 나았단 이야기를 듣자, 그는 이제 슬슬 무공 수업을 다시 해야겠단 이야기를 하러 행궁으로 향했다.

그런데 걸어가다 보니 스쳐 지나간 사람 중에 낯익은 사람이 있었던 느낌이 들었다.

'천빈?'

그 느낌을 따라 고개를 돌린 개원은 곧 예상치 못한 인물을 발견하고 눈을 커다랗게 떴다.

개원은 황급히 사람들 사이로 몸을 감추고서 그녀를 좀 더 가까이 따라갔다. 후궁들의 화려한 복장은 아니지만 귀한 집 여식처럼 차려입고 팔랑팔랑 걸어가는 저 모습. 가까이서 보니 확신이 들었다.

분명 천빈이었다.

'왜 이런 곳에?'

개원은 당황했다. 후궁이 이런 곳을 혼자 다녀도 되나? 잠행이라거나 그런 말을 듣긴 했지만 혼자 다니면 안 되지 않나? 개원은 숨어서 그녀를 뒤따르는 호위가 있을 거라 여기고 여기저기 살폈다. 하지만 분명 호위는 한 사람도 없었다, 천빈은 정말로 혼자 돌아다니고 있었다.

'몰래 나왔구나.'

사람들이 후궁이 혼자 돌아다니게 둘 리 없단 걸 깨달은 개원은 속으로 혀를 찼다. 생긴 건 눈썹이 처져서 순해 보이는데, 의외로 제멋대로인 후궁이구나.

"후……."

한숨을 내쉬면서도 개원은 결국 멀리서 천빈을 뒤따르며 지켜주기로 했다. 그냥 지나치자니 그녀의 화려한 복색이 좀 걱정되었던 것이다.

그리고 역시나. 따라다닌 지 고작 일각이 지났을 뿐인데, 술에 잔뜩 취한 취객 하나가 천빈의 옷차림을 보더니, 배알이 뒤틀리는지 다가와서 시비를 걸었다.

홀로 있고 싶어 하는 천빈을 배려해, 개원은 직접 나서는 대신 취객을 처리하기 위해 돌을 주웠다. 취객의 다리나 팔쯤에 돌을 던지려던 생각이었다. 그러나 그 순간.

"아 무서워!"

천빈이 눈에 잘 보이지도 않을 속도로 취객의 얼굴을 딱 때렸다.

"!"

그로도 모자란 지 천빈은 "무서워! 무서워!" 하고 두 번 더 외쳤는데, 한 번 무섭다고 할 때마다 손이 몸통과 다리를 빠르게 때리고 있었다. 딱 세 번 상대를 내리친 천빈이 손을 거두자 취객은 자신에게 무슨 일이 일어난 건지도 모른 채 시선이 몽롱해져서 비틀거렸다.

개원은 눈을 비볐다. 그러다 쿵 소리를 내며 취객이 엎어지자, 천빈은 야무지게 바락 외쳤다.

"술주정뱅이, 이러지 마시오!"

그러고는 아무 일 없었던 것처럼 태연히 걸어가는데, 사람들은 너무나 빠르게 지나간 일에 천빈이 뭘 한 줄도 모르는 눈치였다. 다들 그냥 취객이 혼자 시비를 걸다가 제풀에 넘어진 줄 알고, 멀쩡해 보이는 사람이 대낮부터 술에 절었다면서 짜증이나 냈다.

개원은 그 모습을 멍하니 보다가 정색하고서 천빈의 뒤를 따라갔다.

'방금 그 손놀림. 무공을 모르는 자가 아니었다. 천년비일지도 모른다.'

사람들의 의심을 사지 않고 41천도에 다녀올 방법이 뭐가 있을까?

이거 참. 아무리 생각해도 생각나는 게 없네. 이럴 땐 내가 제갈세가 사람들만큼 머리가 좋았으면 싶기도 하다. 한 일각 정도만. 아니, 이각.

그런데 열심히 머리를 굴리고 있자니, 영 수상쩍은 눈빛이 느껴진다.

'뭐야?'

나는 찻잔을 내려놓고 문가를 돌아보았다.

'아무것도 없는데?'

하지만 문은 아까처럼 닫혀 있었고, 그 주위엔 모르는 사람들이 차를 마시거나 식사하는 중이었다. 객잔은 딱 아까만큼만 활기차고 더 들어온 사람도 없다. 점소이는 여전히 바쁘게 돌아다니고.

"흠."

다른 사람들이라면 이쯤에서 '내가 뭘 잘못 느꼈나?' 생각하고 말겠지.

하지만 나는 천라지망을 피해 도망 다녀본 천년비다. 뭔가 아니다 싶으면 완벽하게 안심될 때까지 확인해봐야 한다. 그래야 마음이 놓여.

생각을 끝내자마자 나는 자리에서 일어서 객잔 주인에게 돈을 건네고 밖으로 나갔다. 이후 일부러 길이 좁고 하나뿐인 곳으로 들어가 느릿하게 걸어갔다. 길이 넓고 사람이 많고 여러 갈래인 곳은 추적자에겐 좋지만, 추적자를 찾는 사람에겐 좋지 않으니까.

'역시.'

누군가 쫓아오고 있네. 주위에 사람들이 없어지니 확실히 알겠다. 내 원래 몸이었더라면 더 잘 알았겠지만. 좋아. 와봐. 누군지 몰라도 내가 아주 모가지를 똑 따 주마.

나는 굽이진 골목을 돈 다음, 그쪽으로 걸어가는 척 발소리를 내다가 다시 발소리를 죽여 골목 모퉁이에 딱 기대어 섰다. 그리고 날 따라온 놈이 나타나자마자 머리통을 똑.

"천빈 마마."

따려 했는데.

"개새, 원?"

나타난 인간은 뜬금없이 개원이었다. 내가 여기 있단 걸 알면서도 다가온 건지, 아주 침착하게 내 공격을 피한 개원.

"개 소협이 여기 왜 있지?"

놀란 척 묻자 개원은 공손히 인사하고는 아무렇지 않게 대답했다.

"수업에 관해 논의하러 행궁에 가던 길에 마마를 뵙고 따라왔습니다."

그는 내가 먼저 캐묻기 전에 날 따라다닌 게 맞다고 순순히 인정했다. 그러고는 눈이 마주치자 눈웃음을 짓는데…….

그래도 수상해. 내가 지나가는 걸 보고 따라온 거라면 그냥 와서 인사를 하거나 해야지. 내가 객잔에 갔다 골목길에 갔다 노점상에 갔다 하는 걸 그냥 뒤에서 따라만 다녔다고?

"그냥 부르지 그랬나."

떨떠름해서 묻자 개원은 이번에도 당당하게 대답했다.

"호위를 데리고 나오지 않으신 것을 보고 몰래 나오셨다는 걸 알아서요. 방해하지 않고 뒤에서 마마를 지키려 하였습니다."

왜 말하는 사람이 개원이란 것만으로도 이렇게 신뢰가 안 가는지 모르겠다. 그래도 내가 영 떨떠름하게 쳐다보자, 개원은 차분하게 웃고서 제안했다.

"이렇게 되었으니 마마와 함께 다녀도 괜찮겠습니까? 이렇게 화려한 복색으로 혼자 다니시면 위험합니다."

혼자 다녀도 하나도 위험하지 않지만, 여기서 거절하는 건 일반적인 후궁으로 보이지 않을 듯했다. 물론 일반적인 후궁이란 것도 그냥 사람들이 떠들어대는 상상 속 모습일 뿐이지만.

어쨌든 그런 고로 나는 개원이 자식의 제안을 받아들였다. 물론 속내는 있었다. 그가 천소여에게 푹 빠지게 만들려는 속내.

"뒤에서 지키려 하지 말고 그냥 부르지 그랬느냐."

이런 목적을 가진 탓일까? 나란히 서서 거리를 걸어가는데, 평소보다 내 목소리가 좀 더 상냥하게 들렸다. 개원도 내가 상냥하게 대해주자 기분이 좋은지 입꼬리가 실룩실룩 올라갔다.

좋냐? 좋아?

"혼자 있고 싶으신 것 같아서요."

"그래, 나한테 하려던 말은 무엇인데?"

"연비 마마께서 다 나으셔서 행궁을 관리하신다니, 이제 마마는 저와 훈련을 해야 하지 않을까 싶어 갔습니다. 날짜를 새로 잡아야 하니까요."

"훈련. 해야지."

그래야 내 영약을 먹을 수 있을 테니. 젠장. 하지만 개원이에게 뭘 배울 생각을 하니 아주 배알이 뒤틀리는구먼! 감정이 드러나지 않도록 나는 일부러 개원이 없는 쪽으로 고개를 돌리고서 경치 좋다고 중얼거렸다. 실제로는 저기에 뭐가 있는지 아예 눈에 들어오지도 않으면서도.

"마마께서는 여기에 왜 홀로 나오신 겁니까?"

"그냥. 일주일 동안 아픈 언니를 대신해 존…… 열심히 일했거든. 그러니 쉬러 나온 거다."

"마마께선 어지시군요."

참 사분사분하게도 말하네, 개원이.

"다들 나한테 그리 말하긴 해."

그런데 뭐야. 일부러 개원이 없는 방향을 보면서 걷고 있는데 개원이 날 계속 쳐다보는 게 느껴진다. 왜 이렇게 시선을 못 떼?

몇 걸음 지나면 괜찮아지겠지, 생각했지만 아무리 걸어가도 개원은 계속 날 보기만 했다. 이러다가 고꾸라지는 거 아닌가 싶을 정도였다.

결국 내 쪽에서 먼저 개원을 보았다. 눈이 마주치자 그는 소리 없이 웃으면서 나와 눈을 맞추었다.

"왜 자꾸 보느냐?"

그 시선이 너무 노골적이라 결국 나도 대놓고 물어버리자, 그는 솔직하게 대답했다.

"마마를 뵈니, 마마의 어린 시절이 궁금해져서요."

"그냥 남들처럼 똑같았다. 똥오줌 못 가리고 맨날 울었지."

"송구합니다. 제가 제대로 표현하지 못했군요. 그보단 좀 더 이후의 시절이 궁금합니다."

"별거 없어. 그때도 그냥 남들처럼 살았으니까. 그 뭐야, 수 놓고 있잖느냐. 수 놓고…… 경전도 읽고 그런 거."

근데 귀한 집 아가씨들이 읽는 게 경전 맞나? 헷갈려. 하지만 어쩔 수 없다. 귀족 아가씨의 어린 시절은커녕, 난 평범한 어린 시절도 보내지 못했다. 어릴 때 사람들이 뭘 하고 사는지 알 리가 없었다.

그러니 구체적으로 뭘 하면서 지냈다고 꾸며낼 수가 없어서 그냥 이렇게 둘러대는 거다. 남들처럼 살진 못했지만, 남들이 나 같은 어린 시절을 보내지 않는단 건 아니까.

다행히 개원은 내 말에 넘어갔는지 "그렇군요." 하고 중얼거렸다.

다행이군 다행이야. 속으로 중얼거리고서 나는 이 화제를 벗어나기 위해 일부러 다른 말을 꺼내려 했다. 하지만 내가 뭐라고 하기도 전. 개원이 먼저 말을 꺼냈다.

"제 친구 중에 마마와 많이 닮은 친구가 있습니다."

아주 신경 쓰이는 말을.

"!"

"마마를 뵙고 있으면 그 친구 생각이 납니다."

얘 의외로 말이 많네, 생각하다가 나는 심장이 철렁해서 오히려 마구 웃어댔다. 하지만 속은 아주 조마조마했다. 개원의 말 한마디 한마디가 무슨 뜻인가, 머릿속이 팽팽 돌아가고 있었다.

나와 많이 닮은 친구라니. 수상쩍게 여겨질 수밖에 없었다. 누굴 얘기하는 거지? 혹시 천년비를 말하는 건가? 내 얘기야? ……아닐 거야. 난 개원이 친구가 아니니까.

"그게 누군데?"

하지만 그냥 넘어가기엔 좀 걸리는 게 있어 대놓고 묻자, 개원은 의미심장하게 웃으면서 대답을 피해 나를 더욱 조마조마하게 만들었다.

"마마는 들으셔도 모를 사람입니다."

그럼 애초에 말을 하지 말던가.

"누군데? 말을 했으면 알려줘야 내가 시원하지."

"나중에…… 기회가 오면 알려드리겠습니다, 마마."

"지금이 그 기회인데."

재차 조르자 개원은 나를 힐긋 보더니, 눈으로 웃으면서 사람을 간 보듯 입을 열었다.

"아까 말씀드렸듯 마마와 닮은 사람입니다. 웃으면 같이 웃게 되고, 울면 같이 울게 되고, 화내면 같이 화내게 되는 사람입니다."

"정답! 거울!"

"……수수께끼가 아닙니다, 마마."

"아아. 그래."

"세상에서 가장 강하고…… 세상에서 가장 멋진 사람이지요."

어느 점이 나랑 닮았단 건지 모르겠다. 일단 우는 점에서 나와 확실하게 다르다. 난 양파 깔 때 외엔 울지 않으니까.

"개 소협, 눈에 콩깍지가 상당하군."

하지만 개원의 말에는 동의해주기도 싫어서, 나는 딱 잘라 말하고서 뒷짐을 지고 걸었다.

개원은 바로 따라오지 않는 듯하더니, 내가 걸어가다가 힐긋 뒤를 돌아보자 얼른 다시 따라왔다.

"차라리 날이 작년보다 빨리 추워졌으니, 행궁에 아예 공식적으로 빨리 가는 편이 낫지 않을까요?"

승언이 옆에서 아주 작은 목소리로 의견을 제시해보지만, 월요 황제는 대답하지 않았다.

"내 염치를 무릅쓰고 어마마마께 여쭈어보았다. 아버님이 어떻게 했을 때 가장 기쁘게 놀랐냐고. 계략에 당해 잠시 냉궁에 계실 적에, 아버님이 나타나서 용포를 벗어 주셨다더라. 그게 제일 기억에 남으셨대."

아니, 대답을 하긴 했으나 전혀 엉뚱한 대답이었다. 월요의 정신이 이미 다른 곳에 반쯤 가 버린 탓이었다. 하긴. 그가 멀쩡한 상태라면, 행궁에 있는 천빈이 잘 지내나 궁금하다고 바로 쫓아 오진 않았을 것이다.

"하오나 폐하. 천빈 마마는 냉궁이 아니라 행궁에 계시온데……."

"냉궁엔 이미 가보았다. 끄떡도 없더라. 추위도 안 타고."

"아……."

"그렇다고 한 번 더 해보려고 애를 냉궁에 보낼 수도 없지 않느냐."

"그것도 그렇습니다."

승언은 아무리 그래도 태후가 들려준 일화와 지금 월요 황제가 준비하는 깜짝 만남은 너무 다른 것 같다고 생각했다. 하지만 그림자인 그는 발언권이 크지 않는지라, 승언은 그저 입을 다물고 황제가 행궁으로 가볍게 걸어가는 뒤만 따랐다.

"반숙이가 짐을 보면 놀라서 펄쩍 뛰겠지."

상상만으로도 즐거운지, 월요 황제는 입꼬리를 흐뭇하게 올리고서 성문 근처의 커다란 나무 아래에 서서 승언에게 지시했다.

"너는 얼른 들어가서 귀자에게 짐이 여기 와 있으니, 반숙이를 데리고 이쪽으로 오라 이르라. 절대로 짐이 왔단 소리는 하지 말고."

"예, 폐하."

승언은 다른 그림자들에게 황제를 잘 부탁한다고 눈짓을 주고서, 행궁 안으로 들어가기 위해 사람들이 잘 다니지 않는 담벼락을 살폈다.

그런데 채 이동하기 전. 그는 주위의 분위기가 확 달라진 걸 느끼고서 반사적으로 월요 황제를 돌아보았다. 기척을 느껴 돌아본 것이라기보다는, 늘 황제의 안전을 최우선으로 하다 보니 저절로 시선이 간 것이었다.

다행히 황제는 습격도 받지 않았고 멀쩡했다. 올 때처럼 평범한 문사 차림이었고 얼굴에 면사도 제대로 두르고 있었다. 암살자도 없고 그를 알아본 이도 없다. 그러나 황제 그 본인이 어느 한 방향을 뚫어져라 보고 있었다. 앞으로 승언이 월담해야 할 방향이 아니라, 조금 뒤쪽 길거리를.

승언은 월요 황제가 바라보는 방향으로 덩달아 고개를 돌렸다. 대체 뭘 보셨기에……? 이윽고 그의 눈에도 월요 황제가 보고 놀랐으리라 짐작되는 이들이 눈에 들어왔다.

하나는 개 답응의 사촌인 개원. 다른 하나는 월요 황제가 찾는 천빈이었다. 두 사람이 조금 거리를 두고 선 채 나란히 걸어가는 광경이었다.

천빈은 좀 부루퉁한 얼굴이었지만 개원 쪽은 천빈에게 연신 말을 걸면서 자꾸만 얼굴을 힐긋대고 있고, 뒤에 호위는 아무도 없다.

설마 둘만 나온 건가? 둘이서 외출한 건가? 승언의 표정도 월요 황제와 엇비슷하게 변했다. 아이구야. 승언은 속으로 탄식하면서 황제를 힐긋 보았다. 면사 위로 드러난 월요의 눈동자는 이미 몹시 기분 나빠하는 기색이었다.

승언은 월요의 눈동자를 주시하다가 조심스럽게 물었다.

"폐하. 소신이 몰래 쫓아 볼는지요?"

"되었다."

하지만 월요는 싫은 얼굴을 하고서도 괜찮다고 대답했다.

"개 답응의 사촌은 손꼽히는 무림인이라 하지 않았느냐."

"예. 무림에서는 영웅으로 통한다지요. 그러니 쫓아가 보는 게……."

"그러니 놔두란 것이다. 널 눈치챌 수도 있으니."

승언은 황제의 인내심에 진심으로 감탄했다. 우리 폐하는 침착하시구나. 사모하는 사람이 다른 이와 저렇게 사이좋아 보이는데, 가만히 지켜볼 수 있는 사람이 대체 몇이나 될까. 지켜보는 쪽이 일방적으로 권력이 훨씬 강한 상황에서 말이다.

"폐하의 말씀을 따르겠습니다."

이런 힘의 관계까지 떠올리자 황제가 더욱 대단하게 여겨져서, 승언은 재차 탄복하면서 돌아섰다.

"그러면 폐하, 이쪽으로 물러서……."

하지만 그가 말을 다 마치기도 전. 월요는 이미 돌아서서 개원과 천빈 쪽으로 걸어가는 중이었다.

'폐하?! 직접 가시려고 저더러 가지 말라 하신 겁니까?'

승언은 당황해서 그 뒷모습을 향해 손을 뻗었으나, 이미 황제는 성큼성큼 빠르게 그들에게 가까워지고 있었다.

'천빈이 천년비인가'를 확인하기 위해 이런저런 시도를 했으나 아무런 소용이 없자, 개원은 점차 초조해졌다. 천빈은 이제 궁전으로 돌아가려는 듯했고 두 사람이 사적인 대화를 나눌 시간은 점점 줄어들고 있었다.

무공 수련을 할 때 다시 만날 테지만 그땐 둘이서만 있지 못할 터. 짧은 시간 안에 서둘러 여러 가지 방법을 써보아야 했다. 판단을 마친 개원

은 신중하게 머리를 굴리다가, 천빈이 목이 마르다며 근처에서 과즙차를
사자 좋은 생각을 떠올렸다.

첫 만남 때. 그는 천년비에게 손수건을 건넸다. 천년비는 나중에 당시
그의 행동에 큰 감명을 받았다고 했고. 그때처럼 손수건을 건네보면 어
떨까? 천빈이 천년비라면, 자신의 행동에 무언가 반응이 있을 것이다. 눈
동자가 흔들린다거나 당황하는 식으로.

"자. 개 소협. 그쪽 거."

"감사합니다."

판단을 마치자마자 개원은 잔을 받는 척하고서 몸을 돌리다가, 일부러
잔에 든 물을 천빈의 손으로 조금 흘렸다.

"?"

"이런, 죄송합니다."

개원은 재빨리 사과하면서 얼른 손수건을 꺼내기 위해 소매에 손을 넣
었다. 그런데 손수건을 꺼내려다 보니, 누군가 좋지 않은 시선을 보내는
게 느껴졌다. 아주 날카롭고 적대적인 시선.

'적?'

그는 소매에서 손을 빼고서 그쪽으로 고개를 돌렸다.

'이 자식이 지금 장난하나?'

사람을 갖고 노는 것도 아니고 지금 뭐 하잔 거야? 왜 손수건을 줄 것
처럼 굴다가 안 줘? 쏟은 건 실수라고 해도 뒤처리가 너무 짜증 나는데?

후…… 나는 공평한 사람이다. 자주는 아니지만 가끔은 공평하다. 그
리고 내가 생각하는 공평, 그가 내 손에 과즙을 쏟았다면 내게 손수건

을 바쳐야 한단 거다.

하지만 손수건을 바치지 않으니 어쩔 수 없지. 내가 알아서 손수건 대용을 찾는 수밖에! 나는 개원의 소맷자락을 가져다 손을 쓱쓱 닦기 시작했다. 그런데 반 정도 닦았으려나.

누군가 빠른 걸음으로 다가오더니 개원의 소매를 찰싹 내려치는 게 아닌가. 얼마나 야무지게 때리던지 찰진 살 때리는 소리가 날 정도였다.

'누구?'

의아해서 고개를 돌리기도 전에 연한 보라색의 부드러워 보이는 소매가 내 눈앞에 내밀어졌다. 어쩌라고?

"이걸로 닦아라. 이게 더욱 부드럽다."

의아해서 고개를 드니…… 떡돌이다! 떡돌이는 면사로 얼굴을 가리고 있지만, 뒤에 승언이가 있는 걸 보니 분명 떡돌이었다.

"어?"

아니 얘가 왜 여기 있는데? 나는 놀라서 입을 벌렸다. 그러고서 승언을 보니, 그가 절대로 아는 척하면 안 된다고 '쉿! 쉿!' 하는 신호를 보내는 게 아닌가.

"누구세요?"

그걸 보고 눈치껏 모르는 척을 해주자, 떡돌이는 잠시 당황한 눈으로 날 보다가 물었다.

"날 모르겠어?"

알겠어. 근데 쟤가 모른 척해달라잖아. 내가 눈으로 승언이를 가리키자, 승언이는 뭐가 억울하다고 억울한 표정으로 고개를 저었다.

떡돌이는 뒤돌아 승언이를 확인하더니 한숨을 내쉬며 중얼거렸다.

"날 모른 척하란 뜻이 아니다."

그러고는 내 손에 묻은 과즙을 직접 닦아주었다.

그걸 본 승언이 '당장 폐하의 소매에서 손을 치우라'는 눈으로 내게 신호를 보냈지만, 이번엔 내가 무시했다. 아무래도 승언이는 떡돌이 말을 잘 못 전달하는 것 같으니까. 승언이는 맹추야.

하지만 정말 이상하네.

"덕춘이 도령이 왜 여기 있어요?"

"그러는 넌 왜 여기 있는 게냐?"

"책임자 태감 몇 명이 나랑 언니를 괴롭혀서요. 좀 숨을 돌리고 싶어 나왔어요."

떡돌이는 내 손을 닦아주며 개원이 쪽을 힐긋거리다가 인상을 구겼다.

"뭐라? 누가 누굴 괴롭혀?"

떡돌이는 개원이까지 챙겨서 행궁으로 같이 가더니, 자신은 태감들에게 할 말이 있다면서 어디로 홀로 가버렸다.

가기 전에 개원이에게 "기다리라." 이 한 마디 명령만을 남기고.

덕택에 나는 방 안에 홀로 돌아와서 원웅과 부성에게 가출에 대한 잔소리를 한 움큼 먹어야 했다.

"산책 나가신다더니, 이게 산책이에요 마마?"

"다른 후궁이나 황후가 무슨 짓을 했을지 알고 혼자 돌아다니시는 거예요, 마마. 위험하다고요."

"정 나가고 싶으시거든 귀자라도 데리고 가시면 되잖아요."

"마마께서 폐하랑 돌아오시는 걸 보고 얼마나 기겁했는지 아세요?"

"마마는 스스로를 위험하게 하시고, 저희를 쓸모없는 아랫것들로 만든 거예요."

내가 윗사람이다 보니 잔소리의 수위가 높진 않았지만, 그래도 비난하는 말을 반복적으로 듣고 있자면 기분이 좋지 않아지는 법이다.

나는 처음엔 멍하게 의자에 앉아 두 궁녀의 걱정 섞인 잔소리를 소화하려 노력했지만, 나중엔 견디지 못하고 명령을 내리고야 말았다.

"그만. 이제 충분해. 그만해."

원웅과 부성은 아직도 할 말이 한가득한 얼굴이었지만, 어쩔 수 없이 입을 다물었다.

그런데 둘이 입을 다물자마자 이번에는 귀자가 들어오더니 "마마, 마마!" 하고 할 말이 가득한 얼굴로 부르는 게 아닌가. 이에 원웅과 부성은 얼굴이 환해지고 나는 골치가 아파 이마를 짚었다.

"너는 3절까지만 하도록 해. 4절은 듣지 않아."

"예? 무슨 말씀이신지……."

"잔소리하려는 거 아니야?"

"아닙니다, 마마."

하지만 귀자는 잔소리를 하러 온 게 아니었다.

그럼 들어봐야지. 내가 이마에서 손을 내리고 말해보라 손짓하자, 귀자는 얼굴에 싱글벙글한 미소를 띠고서 신이 나서 털어놓았다.

"마마, 폐하께서 꾀병을 부렸던 태감들과 총태감을 부른 다음, 마마를 괴롭힌 일을 두고 크게 화를 내셨습니다."

원웅과 부성은 귀자가 내게 잔소리하지 않자 부루퉁해졌다가, 태감들이 혼이 났단 이야기에 기뻐서 얼른 달려와 귀자를 더욱 재촉했다.

"그리고? 또?"

"벌은? 화내고 끝이서?"

"아아, 다 얘기할 겁니다. 다 얘기할 거예요."

귀자는 천천히 얘기하겠다고 거들먹거리고는, 다시 말을 이었다.

"폐하께선 마마가 위험한 곳을 돌아다니게 된 건 전부 다 태감들이 마마를 속상하게 했기 때문이라고, 마마는 행궁에 오기 전엔 절대로 그런 일을 하지 않으셨다고 탄식하셨죠."

좋아하던 원웅과 부성이 큼큼 헛기침을 한다. 내가 본궁에 있을 때도 두어 번 탈출했던 게 떠올랐나 봐. 하지만 무슨 상관이야? 그 태감들은 그 일을 알 리 없는데!

"그 태감들은 그럼 어떻게 됐어?"

"꾀병 부린 태감들은 마마께서 이곳에 머무르시는 동안 계속 녹봉이 삭감될 거고, 총책임자 태감은 강등당해서 다른 행궁으로 가게 될 거랍니다, 마마."

"총책임자 태감이 벌을 제일 크게 받는 거 같은데?"

"예. 여러 명이 동시에 꾀병을 부리는 건 총책임자 태감이 통솔력이 부족해 벌어진 일이라 판단하셨거든요."

귀자가 말을 끝내자 원웅은 안도해서 한숨을 내쉬었다.

"정말 다행이에요, 마마. 그자들도 뒷배가 있을 테니, 나중에 그자들을 조종한 사람이 이쪽으로 오면 또 꿍꿍이를 벌일까 걱정했거든요."

"그런가?"

"네. 하지만 폐하께 대놓고 혼이 났으니 이 일로 더 뭐라 나서진 못할 거예요."

"하지만 마마가 보고 싶어서 바로 따라오시다니……."

"폐하는 마마가 정말로 좋으신가 봐요."

원웅과 부성이 각자의 손을 모으고서 눈을 반짝이는 걸 보다가, 나는 시간을 확인하고 의자에서 일어섰다.

"소주? 어디 가시게요?"

떡돌이한테. 고맙다고 말해야지.

"폐하께선 아직 역정 내시는 중입니다, 마마."

떡돌이가 날 위해 꾀병 태감들을 조치해 주었다 들어서 고맙다 하러 왔는데.

분명 귀자가 대충 일의 전후를 다 얘기해 준 것 같은데, 와보니 떡돌이는 건물 안에 있고 승언이는 밖에 서 있다가 알려주었다. 떡돌이가 아직 화내는 중이라고.

아니, 여기서 더 화낼 게 남았다고?

"원래 이렇게 화를 오래 내?"

황당해서 묻자 승언이는 잠시 미묘한 얼굴로 나를 바라보더니 평소에는 이 정도는 아니라고 우물거리다 물었다.

"기다리실 겁니까?"

"그러지 뭐."

"예."

어쨌든 왔다 갔다 하는 게 더 오래 걸릴 것 같은데다, 마침 승언이에게도 할 말이 있었기에 나는 여기서 떡돌이를 기다리기로 했다.

"마침 너한테 할 말도 있었거든."

승언이는 햇볕이 드는 쪽이 좋은지, 그늘이 좋은지 내가 물어보다가 "예?" 하고 되물었다.

"제게 할 말이 있으시다고요?"

"아까. 나한테 네가 말을 잘못 전달했잖아."

승언은 눈살을 찌푸리면서도 내 말을 순순히 기다렸고, 나는 말을 돌리는 대신 그에게 정확하게 알려주었다.

"내 생각에 넌 좀 맹추 같아."

승언이는 고개를 끄덕이다가 발끈해 되물었다.

"그게 제게 하실 말씀입니까?"

"응."

"아니, 무슨 그런 말을 전하시기까지 합니까? 혼자 생각하시지."

"하지만 말해주지 않으면 넌 내 마음을 모를 거잖아."

"몰라도 됩니다! 그리고 말씀은 바로 하셔야죠. 제가 언제 폐하를 아예 모른 척하시라 했습니까? 폐하가 폐하란 걸 모른 척하시라고 한 거죠!"

"그래도 맹추야."

"그럼 제가 맹추면 마마는 뭔데요! 마마는 뭔데요!"

"난 똑똑하니까 똘추지."

"!"

잠시 충격받은 표정을 짓던 승언은 곧 표정이 미묘해지더니 시선을 아래로 내리깔면서 웅얼거렸다.

"마마께서 그리 말씀하신다면⋯⋯."

그 순간.

"애 갖고 놀지 마라, 승언아."

닫힌 문 안쪽에서 딱딱한 목소리가 들려왔다. 떡돌이 목소리였다. 나오지도 않았으면서 우리 얘기는 귀 기울여 듣고 있었던 듯했다.

아니, 그보다 갖고 놀다니? 무슨 소린가 싶어 승언이를 쳐다보자, 그는 눈알을 이리저리 굴리는가 싶더니 갑자기 "아!" 하고 어딜 보며 탄식했다.

뭘 보나 싶어 같은 방향을 바라보니, 개원이가 이쪽으로 걸어오고 있었다. 개원이는 내게 허리 숙여 인사를 한 다음 승언이를 보더니, 조심스럽게 말했다.

"죄송합니다만, 공공. 어느 정도 더 기다려야 할지요? 마부를 근처에 대기시켜 두어서, 오래 기다려야 한다면 돌려보내야 할 것 같습니다."

개원인 승언이가 내신 줄 알았나 봐. 나는 웃음을 참기 위해 입술을 깨물었지만, 승언이는 화가 났는지 평소보다 표정이 더욱 굳어서 딱딱하게 말했다.

"그건 폐하의 뜻입니다. 기다리십시오. 그리고 전 공공이 아닙니다."

개원이는 아차 싶었는지 바로 사과했지만 승언이는 이미 화가 난 얼굴이었다.

그때. 이번에도 문 안쪽에서 목소리가 들려왔다.

"그 무림인을 안으로 데려와라, 승언아."

나는 개원이가 들어갈 때 따라 같이 들어가려 했다. 나도 떡돌이에게 볼일이 있으니까.

"송구합니다, 마마. 폐하께서 부른 건 개 대인뿐입니다."

하지만 승언이 조심스럽게 내 앞으로 와 서며 막는 바람에, 나는 안으로 들어가지 못했다.

"폐하!"

혹시나 싶어서 문 너머로 떡돌이를 불러보았지만, 떡돌이는 치사하게도 승언이를 편들었다.

"천빈, 우리는 나중에 얘기하지."

너무하는군 너무해. 나도 볼일이 있는데! 나는 시무룩해진 심기를 드러내기 위해 입술을 꽉 다물고서 턱을 하늘 높이 치켜들었다. 이렇게 해봐야 떡돌이가 볼 수는 없겠지만.

그래도 내 분노한 모습이 승언이에게라도 가엾어 보였나 보다. 씩씩거리고 있자니, 승언이가 작은 목소리로 내게 소곤소곤 알려주었다.

"너무 서운해하지 마시지요. 폐하께서는 마마께 화를 내기 싫으니 저러시는 겁니다."

"화를 내다니?"

"폐하께선 마마가 보고 싶어 여기로 오셨거든요. 한데 마마는 저자와 나란히 사이좋게 걸어가고 있으니, 그걸 보고 몹시 투기하셨습니다."

뭐?

"내가 개원이와 사이가 좋아 보였어?"

"그게 중요한 겁니까?"

당연하지! 아, 하나 더 중요한 게 있네. 떡돌이가 나랑 개원이 사이에 투기를 했다고?

"다 들린다."

승언은 대답을 해주려 했으나, 떡돌이가 또다시 끼어드는 바람에 입을 다물고 고개만 저었다.

아, 떡돌이 쟨 왜 저렇게 귀가 밝아? 게다가 왜 자꾸 남의 대화에 끼어드는 거야?

어쨌든 개원이가 오면서 태감들의 꾸중 시간도 끝이 났나 보다. 꾀병 부리던 태감들은 이제야 우르르 밖으로 줄지어 나왔다.

게다가 와. 떡돌이가 얼마나 혼을 낸 건지, 그들은 나오다가 나를 보자 다들 흠칫흠칫 떨더니, 허리를 꾸벅꾸벅 숙여서 인사하고 지나갔다.

총책임자였던 태감만은 나를 무섭게 노려보았지만, 승언이 내 옆에서 날카롭게 쏘아보자 바로 고개를 숙이고 지나갔다.

승언은 총책임자 태감이 사라지자 걱정스러운 듯 작게 중얼거렸다.

"눈빛이 좋지 않군요. 혹시 모르니 조심하는 게 좋겠습니다."

"저 정도 가지고 뭘."

정파 무림인들이 날 노려보던 거에 비하면 별거 아니지.

"마마께선 의외로 너그러운 면이 있으십니다."

"그렇지?"

"승언아. 천빈이 피곤할 테니 조용한 정자에 모시고 가 쉬게 하라."

414

떡돌이가 또다시 안쪽에서 끼어드는 바람에, 나와 승언의 대화는 또 애매한 데서 끊어져 버렸다.

하지만 이쯤 되니 더는 전각 앞에 죽치고 있기도 뭐해서, 나는 궁금한 마음을 꾹 누르고 승언을 따라 다른 곳으로 걸어갔다.

승언과 천빈이 다른 곳으로 이동했는지 이제야 밖이 조용해졌다.

주위에 인적이 사라지자, 월요는 우두커니 서 있는 개원에게 조금 떨어진 곳에 있는 의자에 앉으라 손짓했다. 그러고는 개원이 의자에 채 앉기도 전에 질문했다.

"짐이 왜 널 불렀는지 아느냐."

개원은 단정하게 앉으며 대답했다.

"아둔한 머리론 짐작하기 힘듭니다. 송구합니다."

모나지 않은 대답이었다.

하지만 말과 달리, 개원은 황제가 왜 자신을 불렀는지 대강은 짐작하고 있었다. 천빈이 그의 소맷자락으로 손을 닦으려 할 때 황제가 빠르게 다가와 그의 손등을 찰싹 내려쳤기 때문이다.

그런 개원을 보다가, 월요는 무뚝뚝하게 입을 열었다.

"혼자 생각해보았다. 왜 개 답응의 사촌인 그대가 짐의 후궁과 함께 거리를 거닐던 걸까. 몇 가지 답이 나왔지. 하지만 생각해보니 그건 짐의 불안 아니면 희망일 뿐이더군."

"!"

"그래서 직접 묻기로 하였다. 왜 같이 있던 거지?"

궁궐 사람들은 다들 말을 빙빙 돌려서 한단 이야기를 여기저기서 들었기에, 개원은 황제가 이렇게 대놓고 물을 줄은 몰랐다. 하지만 어느 정도 대비는 하고 있었기에 그는 차분하게 대답했다.

"폐하의 희망에 가까운 답일 것입니다. 소인은 무공 수련 날짜를 잡기 위해 행궁에 가던 길이었고, 도중에 마마를 발견했습니다. 주위에 다른 호위가 아무도 없기에 호위를 자처하였지요. 위험해 보였으니까요."

말을 마친 개원은 황제를 힐긋 곁눈질하고서 조심스럽게 덧붙였다.

"제 행동 때문에 마마께 폐가 되었을까 염려되는군요."

실제로 그가 염려하는 부분이기도 했다. 천빈의 몸속에 있는 게 천년비이든 아니든.

월요의 한쪽 입꼬리가 삐뚤게 올라갔다.

"염려된다면 앞으론 그런 일이 없도록 하라."

"!"

"짐이 발견했으니 그나마 망정이지. 다른 사람이 발견했다면 괜한 오해를 살 수도 있었다. 특히 천빈의 적들이 보았더라면."

"……"

"대답."

이쯤에서 개원이 '예' 하고 대답했다면 이 대화는 끝났을 것이다. 그러나 개원은 내내 순순히 굴어 놓고서는 막판에 '예' 하고 대답하는 대신 몹시 조심스러워하면서도 직설적으로 물었다.

"하면 폐하께서는, 제가 천빈 마마가 혼자 위험하게 이동하는 걸 뵈어도 모른 척 지나가란 말씀입니까."

미약한 반항심이 어린 말에 월요의 시선이 서늘해지자 개원은 송구하다는 듯 고개를 숙였다. 그러나 질문을 물린 건 아니어서, 월요는 기가 막혀 헛웃음을 뱉었다.

"온순한 얼굴을 하고서 성질 있군."

416

"송구합니다. 소신은 고지식하여, 이런 일이 또 벌어진다면 어찌해야 할지 융통성 있는 답이 떠오르지 않습니다."

월요는 입가에 감돌았던 웃음기를 싹 거두고서 건조하고 딱딱하게 경고했다.

"나란히 길을 가던 게 문제가 아니다. 천빈을 보는 그대의 눈빛이 좋지 않았다, 이 말이다."

"!"

개원은 잠시 흠칫했으나, 월요가 차갑게 바라보자 다시 차분한 태도를 되찾고서 덤덤하게 변명했다.

"송구하오나, 신은 폐하의 말씀을 이해하기 어렵습니다. 신에게 어떤 눈빛이 보였다면, 그건 천빈 마마를 존경하기에 나온 눈빛일 겁니다."

그 대답에 월요는 더 말을 나누는 대신 "승언아!" 하고 불렀다. 그리고는 승언이 들어오자, 그의 턱을 잡아 개원 쪽으로 돌려 보이며 물었다.

"보이느냐."

그 행동에 개원이 의아해서 바라보자, 월요는 승언의 턱을 놓아주면서 차갑게 일갈했다.

"존경하는 눈은 이런 거다."

말을 마친 황제가 개원의 눈을 가리키며 "그런 게 아니라." 하고 덧붙이자, 승언의 눈동자가 빠르게 떨렸다.

그는 천빈을 근처 정자에 데려다주고 온 터라, 안쪽에서 무슨 말이 오갔는지 전혀 알 수 없었다. 하지만 분위기가 심각한 것만은 확실하게 알 수 있어서, 승언은 괜히 눈치를 보며 황제와 개원을 번갈아 살폈다.

얼마나 그러고 있었을까. 쥐가 꼬리 치는 소리조차 들릴 정도의 적막을 뚫고, 월요가 갑자기 아까와는 전혀 다른 따뜻한 목소리로 개원에게 물었다.

"그래, 무공 수련 이야기를 하러 왔다고?"

"……예."

개원이 움찔하면서도 순순히 대답하자, 월요는 "그럼 얘기해야지." 하고 중얼거리고서 승언에게 지시했다.

"승언아. 천빈을 데려와라."

정자에서 혼자 차를 마시고 있자니, 승언이 찾아와서 돌아가 무공 수련 이야기를 하라고 했다. 나는 개원이와 떡돌이가 무슨 이야기를 하고 있을지 내내 궁금했기에, 일어서면서 얼른 물어보았다.

"폐하랑 개 스승이 무슨 얘길 하고 있었어?"

"저도 모르겠습니다. 분위기가 좋진 않던데요."

"분위기가 안 좋다니?"

그러나 승언이는 자기도 들은 게 없다며 어깨를 으쓱하더니, 일단 가기나 하자고 나를 재촉만 했다.

'대체 무슨 일이야?'

의아했지만 일단 따라가서 떡돌이가 있는 전각 안으로 들어가자, 작은 의자에 앉은 개원이가 보였다. 그리고 다른 의자도 많은데 군이 자기 곁으로 오라며 손을 뻗고 있는 떡돌이도.

떡돌이 곁으로 다가가자, 그는 나를 옆에 앉히고서 개원에게 알렸다.

"자. 천빈이 왔으니 이젠 수업 이야기를 해라. 짐은 조용히 있을 테니."

'이젠 수업 이야기를 해라'는 말을 들으니, 떡돌이도 개원이 내 수업 문제로 왔다는 건 들은 모양이네. 그런데 왜 군이 자기가 있는 데서 수업 얘길 하라는 거지? 나는 의아해서 떡돌이를 보았다.

그러나 떡돌이는 왜 굳이 자기 앞에서 수업 이야기를 해야 하는지도 설명하지 않고서, 얘기를 계속하라고 손짓만 했다.

이상하네? 진짜 무슨 이야기를 했길래?

개원이를 보자, 개원은 좀 어두운 얼굴로 있다가 희미하게 웃으며 묵례하더니 이렇게 물었다.

"수업 방식은 이전과 같게 하면 되겠습니까, 마마?"

얘는 목소리가 왜 이래? 뭐야. 진짜로 둘이 무슨 얘길 했길래 그래?

결국 전각 안에서는 무공 수련 날짜 이야기만 했다. 그것도 아주 짧게.

짧은 건 그뿐만이 아니었다. 날짜를 잡고 밖으로 나오자 떡돌이는 개원에게 그만 돌아가라 명령했는데, 막상 개원이가 돌아가자 자기도 내게 돌아가야 한다고 말한 것이다.

"벌써? 온 지 얼마 안 됐잖아?"

오자마자 태감들 혼내고 개원이 혼내고. 혼만 내다 가는 거 같은데?

내가 당황해 묻자 떡돌이는 어깨를 으쓱하고서 말했다.

"네가 잘 도착했나 확인하고 싶어 온 거다. 급히 왔으니 급히 가야지."

"내가 보고 싶어서 왔어?"

고작 그 이유 때문에?

"그래. 안심이 되어야지. 넌 의외로 사고를 많이 치지 않으냐."

"내가 무슨 사고를 쳤다고."

난 사고를 치고 다니지 않는다. 사고에 휘말려 수습을 하고 다닌 거지.

하지만 떡돌이는 내 말을 믿지 않는 기색이라, 나는 괜히 떡돌이의 신발 끝을 내 신발 끝으로 쿡쿡 찌르다가 물었다.

"근데 진짜 개원하곤 무슨 이야기 했어?"

떡돌이는 시큰둥하게 대답했다.

"별 얘기 하지 않았다."

"별 얘기 안 한 얼굴이 아니던데?"

"찔리는 게 있었나 보지."

"떡돌이 네가?"

"그자가."

"표정은 네가 제일 안 좋았어, 떡돌아."

"……."

"무슨 말 했어? 나 이런 거 궁금하면 잠 못 잔단 말이야. 말해줘. 응?"

떡돌이를 조르느라 그의 손을 잡고 핑핑 흔들자, 승언이 점점 도끼눈을 뜬다. 무엄한 짓이라 여기는 거겠지.

반면 월요는 내가 하자는 대로 순순히 있다가, 내가 그의 손을 통 놓아줄 기색이 아니자 마지못해 조금 털어놓았다.

"눈빛 이야기를 했다. 그자 주장에 따르면, 승언이 짐을 보는 눈과 자기가 널 보는 눈이 같다더군."

뭐? 개원이는 천소여를 연모하잖아? 근데 개원이 천소여를 연모하는 눈이 승언이 떡돌이를 보는 눈이랑 같다고? 그 말은 승언이도……

"왜 자꾸 절 가지고 그러십니까."

내가 승언을 쳐다보자, 승언이 불쾌하다는 듯 툴툴거린다.

나는 승언에게 '폐하를 연모해?'라고 물어보려다가 눈치껏 입을 다물었다. 이 얘기를 하면 '내가 볼 때 개원이는 날 좋아해'라고 이실직고하는 것처럼 들릴 테니까.

대신 나는 눈치 좋게 둘러댔다.

"개 닮은 사촌은 내 그림자가 되고 싶은가 보네."

그러나 내가 이렇게 말을 돌렸는데도, 월요는 개원의 이야기도 하기 싫은지 대답 대신 내 손을 잡고 눈을 마주 보았다.

일부러 개원이 얘기를 피하기 위해 날 이렇게 보나 싶을 만큼, 그윽하고 분위기 좋은 시선이었다. 그 눈빛이 참으로 깊게 여겨져서 그를 마주 보고 있으려니, 떡돌이는 이번에는 한숨을 내쉬고서 중얼거렸다.

"안 보일 땐 얼굴을 한 번이라도 보면 마음이 편할 것 같더니. 얼굴을 보고 나니 돌아가고 싶지 않다. 데리고 가고 싶어."

"사랑은 하는데, 사랑은 안 받고 싶은 사랑도 있을까?"

내가 귤을 까면서 던진 질문에, 원웅과 부성은 거의 동시에 대답했다.

"무슨 뜻인지 모르겠어요, 마마."

"그러니까 내 말은…… 짝사랑만 하고 싶어 하는 사람도 있을까? 서로서로 사랑하는 거 말고, 그냥 짝사랑 좋아하는 사람."

떡돌이 같은.

이번에도 원웅과 부성은 거의 동시에 대답했다.

"있어요!"

"없어요."

정반대로.

'있다'고 대답한 부성과 '없다'고 대답한 원웅은 서로를 이상하게 쳐다보더니, 다시 날 보면서 자기들 의견을 강하게 피력했다.

"사랑이 무서우면 짝사랑만 하고 싶을 거 같아요. 사랑에 크게 덴 적이 있거나…… 아니면 용기없는 사람이요."

"그런 게 어딨어? 진짜 사랑하면 자기도 돌려받고 싶은 게 당연하지. 만약 짝사랑이 더 좋단 사람이 있잖아? 그럼 그건 변태다?"

질문을 한 건 나인데. 그때부터 부성과 원웅은 다시 짝사랑을 주제로 심오한 이야기를 나누기 시작했다. 나는 그 모습을 잠시 구경하다가 다시 귤을 까 입에 넣었다.

'쟤들도 잘 모르는구나.'

저 둘은 이게 황제 얘기란 걸 알면 반응을 어떻게 할까?

'정말 모르겠어. 떡돌이는 대체 날 어떻게 생각하는 거지? 내가 보고 싶어서 여기까지 달려올 정도면 날 많이 좋아하는 거 같은데. 왜 내 사랑은 안 받고 싶어 할까?'

떡돌이가 진눈깨비처럼 다녀간 이후. 놀리기라도 하듯 날씨는 갑자기 쌀쌀해졌다.

떡돌이에게 한 번 혼이 난 태감들도, 떡돌이가 혼을 내지 않은 태감들도 그날 이후 기합이 바짝 들었다.

연비는 그들에게 정교하면서도 세밀하게 지시해 크기만 하고 황량하던 행궁을 점차 안락한 분위기로 만들어갔다.

나는 떡돌이를 만난 날을 교훈 삼아 가끔은 얼굴을 가리고 행궁을 탈출해 돌아다녔고, 가끔은 연비를 따라다니며 수업을 받았으며, 나흘에 한 번씩은 개원을 만나 무공을 배웠다.

평화로운 일상이었다. 무공 수련 부분에 있어서는 지겨울 정도로.

"마마께서는 기초 체력이 굉장히 좋으십니다. 근력도 뛰어나시고요"

이런 날이 계속되자, 나는 수업 도중 개원에게 대놓고 묻고 말았다.

"언제까지 기초만 가르쳐 줄 건가?"

이미 아는 걸 복습하는 기분이라고 해도 어느 정도여야지. 개원이 자꾸 아는 내용을 늘어놓고 늘어놓고 늘어놓고, 나흘에 한 번 같은 말만 반복하자 아무리 좋은 목소리라도 나중엔 성질이 났다.

개원은 내 질문에, 잠시 나를 물끄러미 바라보더니 대답했다.

"기초가 가장 중요합니다, 마마. 기초를 잘 다지지 않으면 훗날에 제대로 익히기 어려워지니까요."

"네가 내 기초 체력이 좋다고 칭찬한 지 아직 일각도 안 지났는데?"

"무공은 체력만으로 익힐 수 없습니다, 마마."

솔직히 의심스러울 정도였다. 혹시 저거 저거, 나랑 있다가 떡돌이에게 혼난 일 때문에 저러는 거 아냐? 싶을 정도로.

결국 나중엔 '그래, 그냥 넌 기초만 가르쳐라'라는 심정이 되어서, 다음 수업 때는 무공 수련을 시작한 원래 목표나 세우기로 하고 바꿔 물었다.

"수련이야 그럼 느긋하게 간다 치고. 영약은 언제 먹어도 되지?"

"영약이요?"

"그래. 내가 무공을 수련한다니까 영약을 선물해 줬거든. 누가. 그걸 빨리 먹고 싶어."

하지만 개원은 이번에도 반대했다.

"기초 토대부터 쌓고 드시지요, 마마. 가장 필요할 때요."

그놈의 기초 이야기를 또 하면서.

그 소리를 듣는데 머릿속에서 '펑' 하는 소리가 들려왔다.

만약 개원과 친하게 지내야 한단 목표가 없었다면, 나는 아마 그 자리에서 개원에게 따졌을 것이다. 솔직히 말해봐. 나 가르치기 싫지? 후궁 가르치기 싫어서 지금 안 가르치고 최대한 버티려는 거지? 하고.

'개원이 저 자식은 예전에도 저러긴 했어. 무공 얘기가 나오면 절대로 안 물러섰지.'

하긴. 정파 놈들 고지식한 거야 다 그렇지. 개원이라고 어디 예외겠어?

"무공 스승을 바꾸어야 하는 거 아닐까요, 마마?"

결국 나와 개원이 사이의 그 의견 차는, 내 궁녀들이 눈치챌 정도까지 험악해졌다. 수련을 마치고 처소로 돌아가자마자 부성이 세수할 물을 떠 갖다 주며 슬쩍 말할 정도였다.

"왜?"

"마마랑 개 대인이 언쟁하는 소리가 다 들리니까요."

들리겠지. 떡돌이가 공개적인 곳에서 무공을 수련하라고 한 터라, 오가 면서 내 수련 모습을 모두가 볼 수 있는데.

아. 혹시 그래서 개원이가 더 수련을 안 시키려는 건가? 날 가르치는 과정에서 자기 독문 무공이 유출될까 봐?

……아냐. 그건 아닐 거야. 애초에 정식 제자도 아닌 내게 독문 무공까 지 가르칠 리가 없으니까. 시중에 굴러다닐 정도는 아닌, 하지만 노력하 면 얻을 수 있는 이류 무공서 수준으로 가르치려 했겠지.

"그래도 마마, 제 생각엔 계속 개 대인한테 배우는 게 나을 거 같은데 요. 지금 와서 무공 스승을 바꾸면 개 답응 보기도 좀 그럴 거고…… 두 분이 친하잖아요. 게다가 아예 의견을 못 낼 정도로 기가 약한 사람이면 감히 마마께 무공을 가르치지도 못할 거예요."

원웅이 자기와 또 반대 의견을 내밀자, 내가 다 쓴 세숫물을 들고 나가 던 부성이 인상을 구겼다. 부성의 표정은 '쟤 요즘 왜 자꾸 나한테 시비 지?'에 가까워 보였으나, 원웅은 싸울 생각은 아니었는지 얼른 내게 보송 보송한 수건을 가져와 내밀었다.

"얼굴 닦으셔야지요."

다행히 부성도 더 기분 나빠하는 대신 바로 밖으로 나가서, 나는 얼굴에 천을 대고서 원웅과 부성이 한 말을 진지하게 고민해 보았다.

애초에 난 영약 때문에 무공을 익히겠다고 나선 거니까. 그걸 위주로 생각을 해봐야지.

그런데…… 대체 무슨 심경의 변화일까?

"꼭 영약을 지금 드시고 싶으십니까?"

이번에도 고리타분하게 기초만 반복하겠지, 생각하면서 다음 수업에 가보니 개원이 뜻밖에도 평소와 다른 말을 했다.

"맞아."

내가 맞다고 하자, 개원은 잠시 신중하게 생각해 보는 척하더니 이렇게 물었다.

"마마께서는 아직도 몰래 호위를 물리고 밖을 다니십니까?"

어떻게 알았어?

"아니."

놀랐지만 부정하자, 개원은 전혀 믿지 않는 얼굴로 "그렇군요." 하고 중얼거리더니, 주위를 둘러보았다. 주위에 있는 건 승언이를 대신해 내 무공 수련을 지켜보는 귀자뿐이었다.

개원은 귀자가 잠시 다른 곳을 보는 걸 확인하더니, 일부러 목검을 가져가 천으로 닦는 시늉을 하면서 들릴 듯 말 듯한 아주 작은 목소리로 제안했다.

"그렇다면 저와 한 번 더 산책을 해주실 수 있겠습니까? 그때처럼. 행궁 밖에서요.”

산책?

“둘이서 말이냐?”

“예.”

“왜?”

“……즐거웠습니다. 그날.”

“둘이서 산책한 날 말이냐?”

“예.”

그러니까. 그날이 왜?

“그날 넌 폐하께 걸려 혼쭐이 났잖아.”

그런데도 즐거웠다고? 떨떠름해서 묻자, 개원은 잠시 표정이 흐트러졌다. 하지만 곧 차분한 모습을 회복하고서 웃었다.

“그래도 즐거웠습니다. 그래서 한 번 더 마마와 함께 있고 싶습니다.”

“개 대인……”

나는 개원을 놀란 눈으로 바라보며 감동받은 것처럼 중얼거렸다. 하지만 속으로는 ‘이 새끼 이거 무슨 꿍꿍이지?’ 하는 생각이 들어서 연신 뇌를 이리저리 굴렸다.

아니, 그렇잖아. 개원이 애 갑자기 왜 이래? 이해가 안 갔다. 그가 떡돌이한테 혼난 날 일을 즐거워하는 게 문제가 아니다.

고지식한 데다 융통성이라고는 조금도 없는 개원이가 나서서 내게 월담을 권유하고, 그로도 모자라 내내 반대했던 영약을 조건으로 다는 게 이해가 안 간단 거다.

애가 웬만한 꿍꿍이가 있지 않고서는 이럴 리가 없는데.

“싫으십니까?”

내가 대답하지 않자, 그가 평소보다 세 배 정도 정중한 목소리로 물으며 그윽하기까지 한 시선을 보냈다.

그 모습은 정말로 멋졌지만, 꿍꿍이가 있어 보였다. 자기 잘난 걸 이용해먹으려 들 정도면 진짜로 꽤 복잡한 꿍꿍이가 있던 건데…….

"마마."

하지만 그를 의심하면서도, 나는 결국 알았다고 대답했다.

"알았다. 알았어. 가자."

그가 무슨 꿍꿍이로 저러든, 뭐 어쩌겠어? 꿍꿍이는 나도 있는걸.

그리고 다음 날. 미리 개원과 약속한 대로, 나는 홀로 산책을 하겠다고 태감과 궁녀들을 모두 따돌린 다음, 인적 드문 곳을 통해 행궁 밖으로 빠져나갔다.

약속한 장소로 가보니, 개원이는 평소보다 좀 더 멋들어진 차림으로 길거리 한복판에 서 있었다. 면사로 얼굴을 가리고 나갔는데도 그는 내가 다가가자 바로 알아보았고, 나는 몹시 바쁜 척 물었다.

"어딜 가고 싶어서 자꾸 만나자 했느냐?"

"목적지는 없습니다. 그저 함께 걷고 싶었을 뿐이지요."

거짓말은.

"궁 안에서는 사람들의 시선이 많아 마마와 산책하기도 어려우니까요."

내가 미심쩍은 시선을 던지자, 개원은 희미하게 웃으며 중얼거렸다.

"제가 마마를 사모하는 걸 이미 아시지 않습니까."

"하도 영약을 못 먹게 하기에 그 마음은 이미 식은 줄 알았는데."

"걱정하니 영약을 함부로 드시지 말라 한 겁니다."

내가 그를 흘겨보다가 앞서가자, 개원은 친절하게 웃더니 옆으로 다가

와 방향을 조금 틀어주며 권했다.

"이쪽으로 가시지요."

그쪽 방향에 준비해 둔 꿍꿍이가 있나 봐?

개원이 날 데려간 곳은 얼핏 보기에는 평범해 보이는 다루였다. 3층 정도 되는 건물이었고, 그 주위로 잘 차려입은 사람들이 자주 오가는 건물. 약간 격식을 갖추어야만 들어갈 수 있는 것 같지만, 전에 본 태안루와 달리 입구에서 손님들을 가려내는 짓거리는 하지 않는 곳.

왜 이런 곳으로 오자 한 걸까?

멀쩡한 다루를 보자 의심은 더 깊어졌지만, 나는 안으로 들어갈 때까지도 아무런 내색을 하지 않았다.

하지만 3층에 올라가 자리를 잡기 위해 주위를 둘러보았을 때. 내 머릿속에서는 개원이의 꿍꿍이가 저만치 옆으로 밀려났다.

'타천천!'

41천도에서 본 그 타천천이 탁자에 앉아 차를 마시고 있던 것이다.

'41천도에서 이쪽으로 온 건가? 왜?'

그에게 물어볼 게 있던 터라, 나는 예상치 못한 얼굴을 발견하고 잠시 손가락을 움찔했다.

너무 교묘하고 시기적절하다 보니, 저절로 개원에게 의심이 갔다. 혹시 개원이 얘, 내가 타천천을 보게 하려고 데리고 나왔나? 하지만 왜? 개원은 타천천과 친분이 없잖아?

타천천은 사파였고 개원은 정파였다. 날 제외하면 딱히 공통된 친분이 있지도 않을 테고. 그냥 생각해 볼 땐 개원이 날 타천천에게 보여주기 위해 여기로 데려왔단 생각은 들지 않았다.

'우연일까?'

"저쪽 자리로 가지요."

'안내하는 자리는 타천천이 앉은 자리와 떨어진 곳이긴 한데……'

영 찜찜해서인가. 인상이 반사적으로 구겨지려고 한다. 그래도 표정을 관리하고 있자니, 개원이 점소이가 오기도 전에 갑자기 자리에서 일어서며 내게 말했다.

"실은 마마. 마마께 드리고 싶어 준비한 선물이 있습니다. 이 옆집에 잠시 맡아달라 했으니, 금세 찾아서 오겠습니다."

"차 마시고 가지?"

"먼저 마시고 계시지요. 금세 올 겁니다."

옆집에 맡겨뒀단 물건이 꿍꿍이인 걸까, 타천천이 있는 이곳에 날 데려온 게 꿍꿍이인 걸까?

어쨌든 이곳에서라도 타천천을 보았으니 다행이었다. 내가 41천도에 갈려고 행궁 밖을 오가면서 가출 준비를 한 것도 타천천을 보려던 것 때문이었잖아? 행궁 밖으로 멀리까지 혼자 다녀올 수는 없다고 해서 잡혀 있었지만.

개원이 나가자마자, 나는 얼른 자리에서 일어나 타천천에게 다가갔다.

타천천은 처음엔 나를 바로 알아보지 못했다. 그는 내 영혼이 들어온 몸을 본 적이 없으니까 그럴 만도 하지. 비원에게 천 귀인이니 천빈이니 들었을지도 모르지만, 일단 본 건 아니잖아.

"무슨 일이십니까, 소저?"

내가 가까이 다가가자 그는 처음엔 아주 냉랭하게 물어보았다. 변태 주제에 제법 차가운 목소리를 내고 있었다. 자기가 변태란 걸 감추기 위한 필사의 목소리겠지.

나는 구구절절 설명하는 대신 천견비의 5초식 미형벽을 펼쳤다. 타천천의 맞은편으로 가면서 그의 눈앞에 대고 남들은 볼 수 없게 손가락을 튕기는 것이다.

엄지와 검지 사이에서 파란 불꽃이 튀었다 사라지자, 타천천은 눈을 커다랗게 뜨더니 입을 벌리고 나를 얼떨떨하게 바라보았다.

"설마……."

내가 의자에 앉자 그는 가까스로 중얼거린다.

그래. 나다! 나는 어깨를 쭉 펴고 그를 위엄 있게 바라보았다.

타천천은 감동에 젖어 두 손으로 입을 가렸다.

"잠시만."

하지만 곧 그는 작게 중얼거리더니, 계단 근처에 앉은 이에게 의미 모를 손짓을 했다. 그러자 죽립을 눌러써 얼굴을 알 수 없는 여자가 일어나 고개를 끄덕이더니 계단 아래로 내려갔다.

"뭐야?"

"별거 아니야, 넝넝. 우리 대화를 남들이 들으면 안 되니 미리 조치를 한 거지."

"조치?"

타천천은 무슨 조치를 한 건지 설명하는 대신 두 손을 탁자 위에 내려놓더니 나를 나긋한 시선으로 바라보았다. 두 눈동자에는 기뻐하는 기색이 역력해서, 비원이 알려준 진실을 떠올리게 했다. 그가 날 구했다고.

- 《고수, 후궁으로 깨어나다》 4권에서 계속

고수, 후궁으로 깨어나다 3

초판 1쇄 인쇄 2023년 10월 16일
초판 1쇄 발행 2023년 11월 1일

지은이 코양희
펴낸이 김선식

경영총괄 김은영
제품개발 신효정, 윤세미
웹소설1팀 최수아, 김현미, 심미리, 여인우, 장기호
웹소설2팀 윤보라, 이연수, 주소영, 주은영
웹툰팀 이주연, 김호애, 변지호, 안은주, 임지은, 채수아
IP제품팀 윤세미, 신효정, 정예현, 정지혜
디지털마케팅팀 김국현, 김희정, 신혜인, 이소영
디자인팀 김선민, 김그린
해외사업파트 최하은
저작권팀 한승빈, 윤제희, 이슬
재무관리팀 하미선, 김재경, 윤이경, 이보람, 임혜정
제작관리팀 이소현, 김소영, 김진경, 박예찬, 이지우, 최완규
인사관리팀 강미숙, 김혜진, 지석배, 황종원
물류관리팀 김형기, 김선진, 양문현, 이민운, 전태연, 전태환, 최창우, 한유현
외부스태프 gnoey(디자인)

펴낸곳 다산북스 **출판등록** 2005년 12월 23일 제313-2005-00277호
주소 경기도 파주시 회동길 490
전화 02-704-1724 **팩스** 02-703-2219 **이메일** dasanbooks@dasanbooks.com
홈페이지 www.dasan.group **블로그** blog.naver.com/dasan_books
종이 아이피피 **출력·인쇄** 한영문화사 **코팅 및 후가공** 평창피앤지 **제본** 한영문화사

ISBN 979-11-306-4585-8(04810)
ISBN 979-11-306-4582-7(SET)